半夏引

BAN XIA YIN

天涯 ◎ 著

浙江人民出版社

图书在版编目（CIP）数据

半夏引 / 天涯著. — 杭州 ：浙江人民出版社，2024.4

ISBN 978-7-213-11422-9

Ⅰ．①半… Ⅱ．①天… Ⅲ．①长篇小说-中国-当代 Ⅳ．①I247.5

中国国家版本馆CIP数据核字（2024）第061219号

半夏引

天　涯　著

出版发行	浙江人民出版社（杭州市体育场路347号　邮编　310006）
	市场部电话：(0571)85061682　85176516
责任编辑	卓挺亚
责任校对	汪景芬
责任印务	幸天骄
封面设计	厉　琳
电脑制版	杭州兴邦电子印务有限公司
印　　刷	杭州富春印务有限公司
开　　本	710毫米×1000毫米　1/16
印　　张	23.5
字　　数	288千字
插　　页	2
版　　次	2024年4月第1版
印　　次	2024年4月第1次印刷
书　　号	ISBN 978-7-213-11422-9
定　　价	78.00元

如发现印装质量问题，影响阅读，请与市场部联系调换。

有史记载，从唐朝开始，宁波就有了中药业。到了清代，随着官营药局的废除，民间药业得以逐步发展。清咸丰至民国间，宁波中医药业极盛时期，城区内有大小药铺、药号、药行、药堂等几十家，绝大多数集中在一条街上，此街因故得名"药行街"。

故事从清光绪三十四年（1908）一个阳光灿烂的秋日开始。一个神秘的货郎客林长谷走进位于三法卿坊街（1928年改名为药行街）的冯家药号，向坐堂医师沈世荣求医。沈世荣根据货郎客的病症，给他开了一张以"姜半夏"为配伍的方子。从那天起，冯家药号的平静被暗处一双无形的手打破，波及的每个人被迫或主动地走上了一条与命运较量的路……

——题记

目 录

第一章

药　引

这是一个平常的秋日早晨。

天刚蒙蒙亮，宁波街头已有早起的行人和挑着担、背着篓筐的小商贩，他们开始为一天的生计奔波。身材矮小，身穿黑袄黑裤黑布鞋，盘着发的林长谷挑着货郎担慢悠悠在街上走着。也许是因为长年在外，他的皮肤比常人要黝黑几分，再加上普通的五官，走在人群里，他毫不起眼。经过一家已热气腾腾开张的早点摊，恰好肚子"咕"地叫了一声，林长谷停下脚步，对摊主说："来碗咸齑年糕汤。"

"好嘞。"摊主是位精瘦的中年人，只见他手脚麻利地抓了一把切好的年糕片放进已烧开水的铁锅里，又揭开盆盖，拨了一点咸齑下锅，最后装碗时用筷子挑了一丁点猪油放在汤里，一碗咸齑年糕汤很快端上了桌。

林长谷坐在长条凳上，嗓子又痒起来，忍不住咳嗽几声。他想，该去找个医师看看，配几帖药，实在是咳得太难受。拿出帕子擦了擦嘴角，低头喝一口热乎乎的汤汁，说不出的鲜味顺着喉咙滑下去，感觉舒服些。而滑糯的年糕夹带着食之生津的咸齑，也令人胃口大开。林长谷眯了眯眼睛，这些年游走宁波城乡，他是真的喜欢上这慈城年糕与东乡咸齑组合的吃食。可惜碗里的年糕片太少，没吃几口就只剩下漂着咸齑花的汤汁。把汤汁喝得一滴不剩，林长谷从口袋里摸出五文铜钱放在桌上，挑起货郎担继续向前走去。

穿过一条卖鸡鸭的嘈杂小巷，拐个弯，林长谷稍作停顿。空气里隐约有中药味飘过，他顺着药味走到三法卿坊街。这里集中了数十家药铺、药行、药堂和药号。林长谷放慢脚步，目光从一家家店名上扫过，全生堂、慎德堂、明德堂、五中堂、人和堂、仁和堂、大乙斋……最后定格在"冯家药号"这个招牌上。

这是一家很气派的店铺，坐北朝南，四间门面宽，木结构，上下两层，上层占店铺总高度的三分之一。正中是古色古香的大门，两边半落地玻璃窗，分别被切割成32块正方形小窗，下部饰有铜钱状的雕花图案。店铺左右各竖一块长条形"冯家药号"木招牌，不管从街的哪个方向过来都能看到，门楣上则是大气的"冯家药号"匾额。无论是招牌还是匾额，皆黑底描金字，很是醒目。

冯家药号的门还没有打开，林长谷侧过头，往里瞧了一眼，透过玻璃窗可以看到宽敞的店堂里有两个瘦小的少年在抹柜台。他转过头，挑着担子继续朝前走去。

店堂里，一身浅咖色土布立领对襟短袄配同色长裤，腰里系着灰白围裙的学徒川朴和川连已打扫好卫生，他们洗干净手，又到供奉的药王圣座案前摆好水果糕点，点燃香烛，拜了几拜。

"哥，你闻到香味没有？"川连问。早上他吃了两只馒头，一大碗稀饭，这会儿肚子还有些胀，可看着圣座案前的桂花饼和绿豆糕，仍忍不住偷偷咽了一口口水。

"你又饿了？莫不是火烧肚？"十三岁的川朴才不相信十二岁堂弟的话，一脸怀疑地说："你是嘴馋吧？"

"哥，你真的不馋？"川连很想把鼻子凑到糕点前去吸几口香气，不过他不敢，被师兄看到要挨骂，所以就这会儿过过嘴瘾。

　　川朴一脸严肃地说："不许胡说,这是供药王的。"他很珍惜到冯家药号当学徒的机会,即便三年没有工酬,学习也很辛苦,无故还不得自由行动,可东家管吃住,还有四季各两套衣服,比在家时吃不饱穿不暖不知要好上多少倍。刚进药号时,他和堂弟面黄肌瘦,这才过了半年,他们脸上已经有肉了。况且,只要认认真真学,他相信一定能学到很多东西。

　　"没劲,跟你开玩笑都听不出来。"川连嘀咕着。他眼尖,看到大师兄杜若从后院走过来,后面跟着伙计忍冬,忙碰了一下堂哥的手臂,两个人连忙规规矩矩站好。

　　在川朴眼里,今年二十岁的杜师兄像个文弱书生,那身子看起来很是单薄。按坐堂医师沈世荣师父的说法,他们几个都属于先天不足,在娘肚皮里没得吃,才会这么瘦弱。杜若走到药王圣座案前去上香。等他上好香,川朴腼腆地上前说:"师兄,柜台和桌椅都抹好了。"杜若走到柜台边,伸出一根手指刮了一下柜面,说:"不错,抹得干净。川朴,你去开店门。"

　　"是,师兄。"

　　川朴跑过去,伸出一双瘦小的手,用劲抽开门栓。"吱嘎"一声,药号大门打开了。

　　门外新鲜的空气争先恐后涌进来,与店堂里的中药味融合在一起,又悄无声息地飘了出去。

　　身穿浅灰色长袍,刚过而立之年,长得人高马大的查柜常山进来了,三人齐声问候。常山朝大家点了点头,跟往常一样,角角落落转一遍,见没什么问题,便开始一天的工作。

　　川朴拿着扫把走到店门口,很自觉地把四周清扫了一遍。刚扫好,见昨日请假回家的伙计苏木从街头匆匆走来,忙打了声招呼。苏木走进店里，正在检查各抽屉有没有少货的杜若见他来了，关心地问："苏木，你阿姆好些没有？"

苏木抬起胳膊，抹了一把额头上的汗水说："早上我阿姆感觉好多了，沈医师开的药就是不一样。"

跟在后面的川连不禁幻想起来，挤上前说："大师兄，什么时候我也能开方子就好了。"

杜若伸出手，弹了一下川连的额头，笑着说："还早着呢，大师兄学了这么多年才做个司药，还开不了方，你慢慢学吧！"

川连吐了吐舌头，用讨好的语气说："我听大师兄的。"

杜若说："你说错了，我们都要听师父的话。"

"有出息了，现在学会阿谀奉承了。"刚走进店堂，沈世荣就听到川连和杜若的对话，笑骂一句。

"师父好！""沈医师好！"

常山每次看到沈世荣就会在心里感叹，学医的人果真与普通人不同，明明跟大冯经理一样的年纪，可沈医师脸色红润、额头饱满光亮，看起来硬是比大冯经理年轻。尤其是他脑后那根长辫子，比他们任何一个都要油黑。在药号，所有人都知道沈医师跟两位经理的关系，那就是异父异母的"亲兄弟"，关系不是一般的好。这也是为什么世代行医的沈世荣接过他阿爸衣钵后，没有去开医馆，而是在冯家药号做一名坐堂医师的主要原因。

川连跑到后院，他和川朴、杜若、苏木，还有忍冬等人就住在这里。两排厢房中还有一些房间没住人，派其他用场了。他到厨房倒了一杯茶水，双手小心翼翼地捧着过来，走到沈世荣面前，恭敬地说："师父，请喝茶。"

沈世荣端起茶杯，吹了吹，喝一口，瞧了一眼这个小学徒："你倒是机灵。"川连嘻嘻笑了笑，又跑开了。

随着街上各家店铺"噼里啪啦"地开了门，四周开始喧闹起来。太阳出来了，又是一个好天气。

"卖杂货咧，杂货好买嘞……"，林长谷声音沙哑，边叫卖边摇着货郎鼓，"吧嗒吧嗒"走到冯家药号门口。他放下肩上的货郎担，对站在店门口的川连说："小哥，帮我看下担。"

川连点点头，做了一个请的姿势。林长谷走进去，一股药香扑鼻而来。宽敞明亮的店堂分成两大块。前一半分割成等候区和坐堂医师问诊区，配有供顾客坐的椅子和茶几，一面墙上挂着一横条书法"作善虽无人见，存心自有天知"，字体苍劲有力。后半部分也分成两半，一半配药，靠墙摆着一排顶天立地的药柜，最上面一层放着一只只青花瓷大肚圆瓶，余下是一格格抽屉，每格抽屉外面都贴着纸。只是离得远，他看不清那些药名，长长的柜台把这一区域给单独围了起来。另一半销售成药，旁边是收银处。店堂前后有四根大柱子，刻有楹联："但愿世间人长寿，不惜架上药生尘。除三山五岳病痛，收四海人间精华。"

川朴迎上来，谦恭地问道："这位先生，请问你是求诊问医还是抓药？"

"求诊。"

川朴把林长谷引到问诊区。沈世荣微笑着请林长谷坐下，然后问他有何不适。

"咳嗽痰多，胸口闷，四肢有些乏力。"

沈世荣把脉，又让林长谷张开嘴巴，观察他的舌苔，问道："可有恶心呕吐和头晕心悸？"

"咳多了偶尔想吐。"

"没事，我给你开个燥湿化痰、理气和中的方子。"沈世荣拿起单子，开始写药方："姜半夏两钱，橘红两钱，白茯苓三钱三，炙甘草两钱。三帖，煎水喝。"一式三份写完，又抬起头问："先生大名，还有年龄？"

"医师客气，乡下人哪有什么大名，邻里都叫我阿林，今年二十六岁。"林长谷说。

沈世荣把两张单子交给林长谷，让川朴带他去交钱。来到收银处，川朴把单子从小小的窗口递进去，伙计忍冬用算盘噼里啪啦一拨拉，说："药费六十文。"

林长谷付好药费，拿着盖了章的单子到药柜，杜若接过，一份留底，一份对照着抓药。他先把每味药分装单包，并附上印有药材标本图案、性味、功能和用法的药单，逐一核对，然后由常山拿着处方复查：看看有无十八反、十九畏等各种禁忌；看杜若有没有认错方子上的字、有无错抓和漏抓；再检查某些药材是否按照处方要求经过炮制，剂量与处方上开的是不是相等。确认无误后，常山在处方上加盖他的私印。杜若则把每帖药所需的单包一一归入大包，封装包扎。

趁杜若在忙，林长谷去旁边看成药柜里摆放着出售的药品，里面既有人参再造丸、人参大活络丹、参茸桂燕等高端药品，也有普通膏药、饮片以及药酒等，品种齐全。他的目光落在用两种不同颜色瓶子装的止血丹，指了指，问苏木："这两种止血丹有何不同？"

苏木说："一种外敷止血，一种口服，效果特别好。"

林长谷想到之前曾听过的传闻，说冯家药号止血丹疗伤止血的效果特别好，不知真假。

"先生，你的药配好了。"杜若把药包和药单一起交给林长谷。

林长谷接过，把药单塞进口袋，拎着药包往外走，见外面跑进来一个小厮打扮的少年，冲到坐堂医师面前，气喘吁吁地说："沈医师，我家少爷受伤了。"他不由得好奇地停下了脚步。

很快，进来两个抬着担架的人，担架上躺着个小青年，嘴上干号："沈医师救命！"

沈世荣见是张记木器行老板的儿子，赶紧上前察看。张家少爷的伤在腿上，沈世荣把他沾了血迹的裤脚卷起，看到很长很深的一道伤口，像是刀伤。沈世荣转头对苏木说："两种止血丹各拿一瓶过来。"又吩咐川朴去倒盆冷水、取一块干净的手帕来，让川连去倒半碗开水。

东西很快准备就绪，沈世荣让川朴把张家少爷腿上伤口四周的血迹擦干净，倒上粉状的止血丹，伤口本还在往外渗的血立马就止住了。

"沈医师，我胸口疼，这里不能碰。"张家少爷捂着左胸，继续嚷嚷。

沈世荣用手按了按，张家少爷像杀猪一样叫起来。沈世荣拿起另一瓶止血丹，倒出一颗，放进开水碗里，化成药水，让张家少爷喝了下去。"好了，你不放心的话，去陆氏伤科看看骨头有没有断。这蓝瓶止血丹拿回去，晚上再服一颗，跟刚才一样，化水喝。白瓶里面还有药粉，留着，这可是止血的好东西，不要搞丢了。"沈世荣把两瓶止血丹交给那小厮，问："带钱没有？"

张家少爷从衣袋里掏出钱袋，说："带了带了。"

沈世荣回到案桌前，写好单子，让小厮把两块银圆的药费付清。林长谷目睹了止血丹的功效，很震惊，心想这止血丹果然名不虚传，他回过头，若有所思地扫了一圈成药柜。张家少爷被抬走了，林长谷跟着出了店堂，又见迎面走来一中年男子，着藏青色长袍，身材高大富态，一双细长的丹凤眼闪烁着温和的光。那男子见林长谷提着药包，朝他微微点了点头。林长谷也有礼貌地颔首，有些羡慕对方的身高。

"大冯经理好。"川连亮了一嗓子。

原来他就是冯家药号掌门人冯正道。林长谷快速瞥了一眼刚才那位中年人，又很快移开。他走到货箱旁，把三包中药放进去，挑起担子，摇着货郎鼓："卖杂货咧，杂货好买嘞……"边吆喝边向巷尾走去。

沈世荣去后院洗干净手，回到案桌前坐下，冯正道走过来对他说："晚上跟我回一趟冯宅，老爷子有事找你。"

沈世荣玩笑道："有段时间没去看老爷子，他肯定想我了。"沈家与冯家是世交，沈世荣从小就喜欢去冯宅跟冯正道兄弟俩玩，在老爷子冯五洲眼里，他跟亲生的没啥两样。

"老爷子是三天两头念叨你。"冯正道随手拿起沈世荣案桌上用镇纸压着的两张药单子，看到"止血丹"三个字，说："我昨梦见我们这里又打仗了。"

说起打仗，沈世荣不禁想起以前曾听自家阿爸说过，当年太平军攻占宁波后，慈城死了很多人，仅他们沈氏家族就有不少妇孺惨遭毒手。那时候他阿爸还年轻，想拿把刀跟那些人拼了，为族亲报仇，可惜一个人势单力薄，就跑去找好友冯五洲商量。冯老爷子对他阿爸说："你们沈家世代为医，你的手应该用来救人，而不是杀人。"从那以后，阿爸就把所有精力都放在钻研医术上，可惜前几年出了意外不幸离世，为此，冯老爷子还伤心许久。想到这些年发生的各种大事，沈世荣感叹道："打仗只会让老百姓晦气，希望能太平点。"

冯正道没这么乐观，即便不打仗，这日子过得也不太平，各种盗匪出没，不是抢劫就是绑架，搞得人心惶惶。

忙碌的一天很快过去了。傍晚时，冯正道和沈世荣在药号吃了点便饭，叫了两顶二人轿，回慈城冯宅。

到了冯宅正大门，下轿，沈世荣抬头望着高耸的马头墙，对冯正道说："我每次来总觉得你们家房子太多，人太少。你说老爷子，还有你们兄弟俩为啥不纳几个妾，多生几个孩子？多子多福嘛。"

冯正道捶了沈世荣一拳，笑道："少来，也没见你们沈家谁纳妾。"

沈世荣摸了摸下巴，故作正经道："说得也是，我家是老祖宗定下来的规矩，不准纳妾，除非娶来的媳妇不会生育，那也要等男子三十岁以后才可以。估计是以前老祖宗吃过这方面大亏，才有了这么一条规矩。"

冯正道上前拍了几下大门上的铜环。里面守门的一听到铜环声，赶紧来开门。两人跨过高高的门槛，进了院子。

围墙里的冯宅分为三大居住区。"东兴屋"里住着冯正道一家，他娶妻后，生有两个儿子。弟弟冯正义婚后生了三个女儿，住"西兴屋"。老爷子住在"中兴屋"，位居冯宅的中心。每个居住区又分外院和内院，外院里有院子、下人房，内院里则是副屋和主屋。副屋是平房，用来接待宾客，有厨房、餐厅等。主屋在副屋后面，两层楼，雕梁画栋，很是气派。副屋与主屋之间隔着一个小院子，以确保主屋的私密性。三大居住区各为独立院落，关上院门，互不干涉，但打开院门，又连在一起。冯正道、冯正义两兄弟虽然没有分家，但吃饭并没有在一起，两家都各自配有单独小厨房。唯有中兴屋，除了小厨房，还另设大厨房，逢年过节和过生、宴请贵客时才会开。

沿着长长的走廊，沈世荣和冯正道来到中兴屋专门用来接待客人的客堂间，老爷子身边的贴身小厮大蓟过来请，说老太爷在书房等他们。两个人一前一后去了主屋的书房。刚进屋，冯五洲就让冯正道把门关上。沈世荣跟这父子俩不是一天两天的交情，见如此情状，好奇问道："冯叔，你要给我看啥宝货？这么神秘！"

"一会儿就给你看。世荣，你现在都不来看我老头子了。"冯五洲朝沈世荣笑眯眯地说，一脸慈祥。

"是我的错，以后我三天两头来蹭饭。"沈世荣嬉笑着朝老爷子作了一个揖，然后坐了下来。这间书房，他很熟悉。博古架上一半是书，一半放着瓷器类古董。墙上挂着名人字画，他外行，但老爷子喜欢。书房后半间另有一道暗门。小时候他曾和冯正道、冯正义一起趁老爷子没注意，偷偷进去过，长大后就再也没有做出这种逾矩的事。他只记得那里面放着一只只木箱子，至于箱子里装着什么，他就不知道了。

"吃饭这种小事体还说啥，尽管来。"冯五洲边说边解下裤腰上的一串钥匙扔给冯正道。冯正道接过钥匙朝里走去。沈世荣一惊，暗暗猜测什么东西这么重要，莫非是秘方？别的他也想不出来。

冯正道打开暗室的门，又在一串钥匙里找出一把小钥匙，走到角落一只毫不起眼的木箱子前，把小钥匙插进精致的铜锁，"啪"一声，铜锁开了。箱子里装的是古籍，三叠，整整齐齐排列着。冯正道从箱子里抽出最左边第六本，走了出来。

"世荣，把椅子搬过来。"冯五洲移了一下油灯的位置。

冯正道放下书，也搬了把椅子过来，三人围着书桌而坐。油灯下，冯五洲翻开古籍，里面夹着一张已泛黄的纸。他把摊开的书和纸条一起轻轻推到沈世荣面前，说："看看。"

沈世荣的视线落在纸条上，一看内容，眨了眨眼睛，怕看错，凑近些再看，没错！他惊讶地问："起死回生丹？"

冯正道"嘘"一声，沈世荣猛地闭上嘴。他觉得坐着不行，连忙站起来在屋里打转。好不容易平静下来，又一次在油灯下一个字一个字仔细看了一遍，上面清清楚楚写着："凡遇内伤重症，虽已气绝，只要不久，可将此丹化开，撬开牙齿灌服下，只要药水入肚，人就可起死回生。"下面是详细的配方。沈世荣的手有些颤抖，可以想象，这起死回生丹一旦被推向市场并验证有效，那将为冯家药号带来多大的财富。

"冯叔，你们冯家老祖宗到底还藏了多少宝贝啊！这真的太让人惊喜了。"沈世荣语无伦次地说。

"我也是在翻书时无意中发现，这几天我一直在琢磨，为什么老祖宗会把这么珍贵的方子夹在书里，是不是怕此方一面世引来祸事？若真能起死回生，谁不想？世荣，你是医者，今天请你来，我想听听你的意见。"冯五洲神情严肃，语气里有无法掩饰的忧虑。他经历得太多，深知祸福相依，冯家虽有财富，却无权势，没有靠山，只能谨慎再谨慎。

冯正道虽然觉得阿爸过于小心，但作为儿子，没特殊情况他不会忤逆老人的意见。坐在阴影处，见阿爸耷拉的眼皮盖住了昔日犀利的目光，眉间几根白色的长寿眉很是醒目。曾经那么强势的一个男人，现在越来越没有威慑力，甚至连个子似乎也一年比一年矮了。特别是八年前阿姆去世，阿爸可能突然意识到生命短暂，就彻底放手，不再过问药号的事。每天要么巡视他的"百草园"，或在书房读书；要么进城听戏，安享晚年。这些年他和弟弟一个主内一个主外，齐心协力，虽说没让冯家药号有大发展，但至少稳中有进，阿爸对此还是很满意。新秘方的发现，从长远看，对药号是件好事，难就难在面世后，怎样既能打出新药的知名度，又不让人眼红，这个分寸不好把握。

沈世荣想了想，说："冯叔，这么好的方子若不能让更多人受益，那简直是暴殄天物。你的顾虑是对的，冯家本来已经有那么多好方子，再加上这个，如虎添翼，必会招来些嫉恨。可是冯叔，即便没有这个方子，冯家就不引人注目了？我虽然不知道官府每年从你们这里敲去多少竹杠，但绝对不会是小数目。他们就像蚂蟥一样，药号只要还在，就逃不了被吸血。这起死回生丹，我认为推是要推出去的，但怎么个推法，要好好想一想。另外，这药若做出来，必须先验证疗效。有效后才可择机面世。不过这名称一定要改，'起死回生丹'太打眼了。"

"是啊，这么好的方子若不发挥它应有的作用，确实太可惜了。"

冯五洲还是不愿埋没了这张方子，终于下定了决心，"'起死回生丹'这名字不能用，换一个。具体怎么做妥当，你们两个好好商量一下。"

"世荣，我们还是先炼制少量药丸出来备着，有机会验证疗效就用上。方子你抄一份去，需要的料你亲自盯着人研成末，配比由你一个人掌握。"冯正道说。

沈世荣摇头："方子先不抄，等年后吧。"

"不急。到时候你找秦艽，让他配合你。"

"好。"沈世荣压低声音，郑重地对冯家父子说，"冯叔、正道，你们放心，我沈某人绝不会辜负你们的这份信任，绝不外泄秘方的事。为了以防万一，我给你们搞张假方子，必要时可以混淆视听。"

"可以。世荣，这方面你内行，由你来办。至于方子，目前就我们三人知晓，正义在外尚不知情。"冯五洲说。

沈世荣摊开双手，摆出一副不堪承受的样子："我压力好大。"

冯五洲笑道："你这小子还跟小时候一样皮。"

沈世荣转头对冯正道说："你们家应该找得到以前老祖宗留下的写方子的纸吧，给我找几张来，既然要做假秘方，就要做得跟真的一样。"

"好，我有空去找找。"

书房里，三个人还在继续轻声聊着。

门外，有人影一闪而过。

第二章

预谋还是意外

宁波的秋天特别短，还没等人好好享受秋的景致，转眼就进入了冬季。对开药铺的人来说，冬季是销售滋补药品的旺季，冯家药号制药工场进入一年中最忙碌的时节。

大清早，二十一岁的秦芄与负责工场安全的工人一起值完一晚上班，回到工场后面专供雇佣长工居住的统一住所。在这里，他有一个单独小房间。这值夜的差使是他新领的，因前几日东门内有家杂货店晚上发生火灾，连带着把左右两边的店铺烧掉三十多家，损失惨重，各商家吓坏了，纷纷加强晚上的安保，冯家药号也不例外。他就自告奋勇提出参与晚上值夜，白天休息半日，尽量杜绝可能存在的安全隐患。身为经理助理，他的工作内容一向比较杂，多数时间在工场，负责各项业务的抽查与监督，有时还送货去上海。

他洗把冷水脸，煮了一碗泡饭，就着咸齑下肚。稍作休整后，又朝工场走去，在去休息之前，他还要做一遍日常巡视。走到一块专门用来晒药的空地，见工人们正把药材一袋袋从货房搬出来，倒在铺开的干净草席上，分别摊开。秦芄抬头看了看天空，难得的好天气。一样样看过去，秦芄很快发现有些药材不适合晒，对工人说："芳香挥发性药材不能在太阳底下晒，你们不知道吗？"

几个工人你看我，我看你，摇摇头，他们不懂，只奉命干活。这时，货房头商陆从工场外进来，看到秦艽站在那里，打了声招呼。秦艽指了指厚朴、玉桂等芳香性药材问道："这些药材不是应该放在阴暗高燥透风处吗，怎么搬出来晒了？"

商陆一看，还真是，忙说："是我疏忽了。"急忙叫工人把那些不能晒的药材重新装好搬进货房。秦艽又仔细检查一遍，确定没有晒错，才去下一个区域。商陆对这个浓眉大眼的年轻人带六分佩服四分无奈：实在是太不圆滑、太较真，平时看起来很好说话，但一旦牵涉药号的事，那是一点面子都不给，今天这态度算客气了。

秦艽没管商陆的肚皮官司，推开生产工坊的大门，走了进去。这里空间很大，被分割成好多个半封闭工坊，怕混淆，一个工坊只做一种药丸，外面都挂着牌子。

工坊头杜衡走了过来，招呼秦艽："还没有去休息？"

"一会儿就去睡。"秦艽扫视过去，见大家都低着头干活，忙而不乱，很满意。

"年轻就是不一样，经得住熬。"杜衡虽比秦艽大十岁，但平时两人关系很好，经常开玩笑，"冬至进补，你要不要也去配几帖补药吃吃？来年可以打虎。"

"我不需要，杜大哥，你倒是要好好补一补。"秦艽故意跟杜衡比身高，调侃道。

"我是准备去补补，接下来一段时间工坊都不得空，年前是各类滋补丸和滋补膏的旺季，不能错过了。对了，今年我们推出的代客加工生意很不错，说起来还是你的功劳，出了这么好一个点子。有时候我真服了你这脑袋瓜，咋这么灵光？"杜衡敬佩地说。

秦艽笑笑，没有接杜衡的话。推出代客加工这项业务，是考虑到有的顾客手上有昂贵的药材，不放心交出去，但又想派用场。有了此业务，顾客可以到工场来请师傅上门服务，全程监督滋补膏的熬制过程，此法深受一些富贵人家的欢迎，他也是无意中听顾客抱怨时想到。

杜衡了解秦芄的为人，年纪虽轻，但沉稳低调。他信自己的眼光，这年轻人以后定然会有个好前途。他不打扰秦芄工作，自顾去忙了。秦芄不在意，走到止血丹制作工坊，停下脚步。为了防止配方泄密，药号有一整套完整的管理制度，像止血丹这类重要的配方，除了老太爷和大老爷、二老爷，外人就他跟沈医师知道。秦芄觉得自己何其有幸，毕竟沈医师和他不一样，他以前只是冯家的家仆，从小父母双亡，为了活命，才九岁的他自卖到冯家，幸得大老爷垂怜，让他跟着大少爷冯纵山。虽说是小厮身份，可大老爷鼓励他跟着大少爷读书识字。十二岁那年，他去求大老爷，让他到药号当学徒。大老爷同意了。三年后，得大老爷另眼相看，培养他。因这份信任，他时刻牢记一切以药号事为重。在他心里，大老爷就是他的再生父母。即便大老爷早已把卖身契还给他，他也不再是冯家的家仆，但大老爷的这份恩情，他秦芄一辈子都还不清。看到成品止血丹，秦芄随手拿了几瓶去称重。按规定，每丸须重一钱。见分量准确，秦芄放下药瓶，又接着转。

在工场，无论是制、炙、煨、炮、炒、焙、煅、漂、飞，都有极严格的操作规程。秦芄为了避免自己因外行被人糊弄，花了整整两年时间，把所有岗位都熟悉了一遍，要想蒙他还真不是件容易的事。转一圈，见没什么问题，秦芄才安心回去休息。

冯正道办公室，司账柏仁正坐在那儿向他汇报药号回收款情况。两人又聊起最近发生的三件大事：光绪帝驾崩；谁知第二天慈禧太后也咽了气；这个月月初，年仅三岁的爱新觉罗·溥仪登基。

"其实对宝座上坐的是谁，我们这些小百姓没多大感觉，管不着，再艰难，日子还得过下去。"冯正道感叹道。

"是的，说影响，还不如这两个月出现的钱庄倒闭潮的影响来得大。我看以后不能把钱只存一家钱庄，遇上倒闭就血本无归了。"柏仁说。宁波同丰、宏泰等钱庄因做规元亏负过多而相继倒闭，搞得市面一片恐慌，尤其大商户，更是提心吊胆、人人自危。想到这里，柏仁建议道："小港李家和江东严家，这两家钱庄比较有实力，我们要不要去开个户？"

作为宁波人，冯正道知晓小港李家和江东严家不容小觑的实力，钱庄只是他们众多产业中的一项。他当即同意去立个新户，以后资金分散存。

"那我现在就过去办。"柏仁说，"反正都在江厦街上，很近。"

"去吧。"

柏仁走出冯正道办公室，川连进来了，把一封信放在办公桌上："大冯经理，你的信。"

信是冯家药号上海分号经理冯安富寄来的。他在信中说，店里的驴皮胶销售良好，截至十一月底，销量达到九千斤，已超过去年。又说前些日子有身份不明的人上门想买药方子，说是多多益善，价格可以谈，被婉拒，后听说别家药铺也遇到过这事，问宁波是否也有此现象。还说上海滩鱼龙混杂，虽然店开在公共租界，但仍免不了时有地痞流氓上门来闹，收取保护费，巡捕来了他们就跑，巡捕走了又出现，很影响店里生意，他不敢轻易得罪，怕暗中遭报复，只能破财消灾，又恐他们得寸进尺；原想建议再去开一家分店，现在觉得还是暂时不考虑。另有一事：小少爷不喜欢药号司账助理一职，准备年后辞职……信里还附了一张要转交给常山的缺货清单，上面有虎骨胶、鹿角胶、人参再造丸、止血丹这四种，要求各发五箱过去。

放下信纸，冯正道目光虚空，右手曲着，食指有一下没一下地叩着桌面，思考着。冯安富是冯家旁枝，比他年长四岁，年少时就去了上海。从学徒到经理，多年来冯安富一直兢兢业业，很得家里老爷子和他们兄弟的信任。其实上海分号的财务跟宁波这边没有关联，单独核算，一年查一次账，具体事务全权由冯安富负责，他从不插手。只是冯安富当上经理后，每个月都会寄一封信过来，从未间断，这让他对上海分号的经营情况了如指掌。

想到冯安富所说的那些事，冯正道的心不由得沉了沉。上海分号以成药，尤其以驴皮胶在沪上享有盛名，所售的货均由宁波这边的制药工场提供。古人老话："树大招风。"眼下时局不稳，生意越火爆，越容易引起各方注意。这买药方的人挺奇怪，明知冯家有制药工场，不可能卖方子，偏提出来。不说冯家，同业中，哪一家开药铺的没几张镇店的方子？除非家道中落甚至破产或子孙不孝，谁会把老祖宗传下来的药方子卖掉？想到冯家药号有近四百种药方子，其中不少是真正的秘方，冯正道的心里增加了几分不安。至于小儿子冯纵川，让他很无奈。这孩子从小性格跳脱，做事三分钟热度，小时候去过几次上海就一直念念不忘，十岁那年一定要去上海读书。他和妻子童香芸不放心，没同意，结果小家伙就整日磨，最后还是老爷子做主安排他去了。让小儿子学司账是他的主意，有一技之长傍身总比什么都不会好，没想到这家伙才干了几天就不想干了，看来是皮痒了，到时候他定要好好敲打敲打。

冯正道走到店堂，把缺货清单交给常山，让他去安排。考虑到这些都是高档药，常山决定派人送货过去。要说派谁去最放心，自然非秦艽莫属。主意打定，常山让川连跑一趟工场，去叫秦艽来一趟药号。秦艽很快就过来了，他才睡了两个时辰，这会儿眉眼还带着几分睡意。常山开好发货单，交给秦艽，对他说："你安排一下，明天跑一趟上海。"

秦艽收起发货单，说："好，我等会就去库房提货。"

"辛苦你了，派别人去我不放心。"

秦芃回了句"不辛苦"。来到经理室，秦芃对冯正道说："大老爷，我明天去上海送货，晚上不值夜了。"

冯正道点了点头："路上小心。"

秦芃"嗯"了一声，风风火火走了。看秦芃一刻都不愿耽搁事情的利索劲，冯正道很满意。至今他还记得第一次看到秦芃的情景：瘦弱的孩子穿着一件破衣裳，光着脚跑到他面前，口齿伶俐地说着自己的遭遇；他见这孩子身世可怜，年纪也只比长子纵山大两岁，不由得心生同情。秦芃的大名还是他取的，原名是秦阿狗。这孩子没有辜负他的栽培，年纪虽轻，但这几年为人处事越来越稳妥，假以时日，必能委以重任。对秦芃，冯正道有自己的私心，这药号以后要交到纵山手中，他得提前为大儿子培养几个忠诚可靠之人。

秦芃来到成药库房提货，每个品种五箱，打好包，叫上货房工马辛，两个人各十箱，把货挑到轮船码头。秦芃先去买了第二天去上海的船票，再拿着船票去行李房办好随身货物托运手续。等一切办妥，他把船票和行李票小心放进衣服口袋，两个人扛着扁担回工场。

"秦芃哥，上海好玩吗？我还一次都没去过。就是这天太冷了，你跑来跑去辛苦。"马辛跟在秦芃身后，他个子矮小，像个未成年人，其实只比秦芃小一岁。他知道秦芃以前是冯家的家仆，现在是大冯经理信任的人，心里既羡慕又有些嫉妒，只是脸上不敢表露出来，语气里还带几分巴结。北风像刀子一样刮过来，马辛不由自主缩起了脖子。

"就坐一夜船，不辛苦。"秦芃说。

马辛一脸神往地说："也不知道我有没有去上海开眼界的机会。"

在秦芃印象里，马辛属于做什么都中规中矩，比较老实，听他这么讲，便安慰道："送货的机会多，下次我跟常查柜说说，让你一起去。"

马辛咧开嘴："谢谢秦芄哥。"

两个人东拉西扯聊着闲话，穿过小巷，拐到街口。一个汉子推着一辆装石块的独轮车迎面过来，为了避让一个奔跑的孩子，硬转了个方向，却没提防巷子里有人出来。这下人和车都来不及避开，就撞在了一起。原本这么撞一下也没什么，偏偏那汉子见撞到人，心里慌了，再加地又坑坑洼洼，独轮车侧翻了，石块重重砸在秦芄的右脚上。一声惨叫，秦芄跌坐在地。马辛吓了一大跳，车夫更是吓得呆在那里，等反应过来，两人忙一起把石头搬开。

汉子不停向秦芄作揖赔不是。马辛叫嚷着让他赔钱，汉子抖索着从口袋里掏出十文钱，欲哭无泪，说："我只有这么多。"

秦芄坐在地上，脱了鞋，见脚板已经肿了起来，钻心的疼痛让他头上直冒虚汗，心里顿感不妙，怕是骨折了，明天上海去不成了。他瞧了一眼马辛瘦弱的躯体，估计是背不动他，又瞧了一眼推独轮车的汉子：这么冷的天穿着一身破夹袄，脚上的鞋子裂着大口子，那捧到他面前的十文钱似乎是一只巨大的"金元宝"。他叹了一口气，说："你也不是故意的，算了，下次小心。你走吧。"

汉子千恩万谢，很费劲地把石头搬上车，弓着背继续朝前推去。马辛见秦芄不计较，不好说什么。"秦芄哥，我背你回工场。"

"你背不动我，帮我叫顶轿子吧，这脚得去陆氏伤科看。"秦芄虽然很舍不得轿子钱，但这会儿实在疼得厉害，只想早点去处理。

马辛赶紧找来轿子，和轿夫一起把秦芄送到位于百丈街的陆氏伤科。陆医师一检查，说："右脚板骨折，需要静养一百天。"

陆医师给秦芄涂上陆氏自制的祖传药膏，用夹板把他受伤的脚给包扎好。秦芄向陆医师道了声谢，又向他们租了一根拐杖。付清医药费，秦芄从另一只口袋摸出行李单和船票，交给马辛，让他去药号找常查柜，告诉常查柜自己去不成上海了，需另派人。然后他叫了顶二人轿，回了工场住处。

马辛来到药号，把行李单和船票交给常山，告诉他秦艽出意外的经过。冯正道刚好从办公室出来，常山上前跟他讲了秦艽受伤的事。"这批货已办了随身货物托运，我得另派人去送了。"

冯正道听说秦艽伤了脚，有些担心，准备叫沈世荣过去看看。说到送货人员，常山把目光落在马辛身上——这位到工场做工已有三年，虽不出挑，但也没听说有什么不良品行。要么这次让他去？考虑到马辛之前没送过货，这批货又贵重，常山决定让之前跟秦艽去过上海的苏木跟马辛一起去。

"我想让苏木和马辛一起去送货。"常山说。

"这个你安排好了。"冯正道回答。

常山问马辛："明天让你和苏木去上海送货，有没有问题?"

马辛一愣，他没想到常查柜会把这么重要的任务派给自己，激动地表态："没问题，没问题，我和苏木保证把货安全送到。"

常山叫苏木过来，嘱咐道："明天晚上到上海上岸后，你们先在码头叫一辆送货的手推车或板车，带上行李单去行李房领货，然后把货送到药号就算完成任务，记住没有?"

"记住了，常查柜。"两个人异口同声地回答。

常山让马辛再去码头补一张船票。考虑到马辛的年纪比苏木大，行李单和分号地址就交给他保管，又给两人各两块银圆作为盘缠。常山反复叮嘱两人一定要保管好这些。马辛和苏木再三保证。

马辛买好船票回到工场，很兴奋地跟商陆说了他和苏木明天要去上海送货，来回需要两天。既然是常查柜安排，商陆没什么意见。马辛又跑到秦艽处，跟他说了此事。

秦艽说："这是大冯经理和常查柜对你的信任，你和苏木路上小心，行李单千万别弄丢了，不然就取不出货。"

马辛有些烦秦芃的唠叨，应付几句走了。秦芃的心七上八下，暗暗祈祷这次送货一切顺利。

沈世荣听闻秦芃伤了脚，晚上回家前特意过去探望，还带了活血化瘀、消肿止痛的中药。"大冯经理会从冯宅给你调一个小厮过来照顾，等他来了，你让他给你煎药，晚上就喝。"

"谢谢师父，我有拐杖，自己可以煎。"秦芃感激地说。

"你好好养，不要年纪轻轻的落下病根。我回去了。"

"我记住了。"

冯正道回到冯宅，叫管家叶上秋派个小厮进城去照顾秦芃。叶上秋马上安排人过去。在东兴屋草草吃了晚饭，冯正道拿着冯安福的信去了中兴屋。

老爷子穿着棉袍加翻毛裘皮马褂，戴着风帽，坐在红木椅子上，双手捧着一只小巧的铜火熜，一副睡眼蒙眬的样子，旁边站着大蓟。

"阿爸，你困了？"

冯五洲摇摇头说："年纪大了，瞌睡多。"又对大蓟说："你先退下。"

"是，老太爷。"大蓟很恭敬地行了个礼，退出房间，轻轻拉上了房门。

"上海来的信。"冯正道把信递给冯五洲，走到另一边坐下。

冯五洲看完信，长叹一声说："巧了，我今日刚收到童老爷子从江宁府寄来的信，这天下不太平啊。"他伸出一根手指，指了指上方，顿了顿，接着说："你给安富写封回信，让他万事谨慎，开分店的事暂不考虑，宁可慢一点，一定要稳。不要轻易得罪人，和气生财，但也不要怕。"

"是，阿爸。丈人阿爸身体还好吗？"

"年纪大了，再怎么好也好不到哪里去。他想叶落归根，我劝他趁现在还走得动，赶紧回老家来。你那个光耀小舅子很能干，买了两艘船，药材生意做到外国去了。你和正义这几年能稳中求进，做得也不错。"

冯正道脸一红："儿子惭愧。"

"对了，正义和纵山什么时候回来？这么冷的天，罪过。"冯五洲心疼小儿子和大孙子，一年到头都在外面跑。

"是很辛苦，上次信中说了大概时间，快了，年前肯定回来。"冯正道说。

"纵山过了年二十岁了，这两年跟着他阿叔稳重了许多。他的婚事你们上点心，看看宁波医药世家里有没有合适的女子可以联姻。"对冯纵山这个长房长孙，下一任药号掌门人，冯五洲自然非常看重。

"等纵山回来我问问他，不过他才二十岁，不急。"冯正道自认为是个开明的父亲，他不反对联姻，但最好还是能彼此喜欢，免得凑成一对怨偶。

"慢慢看起来，人老了就这点盼头，娶妻娶贤，你丈母娘就把童香芸教养得很好，可惜她自个儿没享到你丈人阿爸的福，早早走了。"冯五洲感慨地说。

冯正道承认，作为冯家的当家主母，妻子童香芸确实很合格。冯家和童家有很多相似之处，都做药材生意，只不过童家发展重心在上海，后来又去了江宁府，冯家是宁波与上海兼顾。会成为儿女亲家，是因为两家老爷子冯五洲和童世海是年少时的好友。即便童世海后来离开了宁波，两人仍一直保持联系，互通音信。当年两人的妻子差不多时候怀孕，一次童世海回老家和冯五洲吃饭，酒酣之时，两人约定，若生一男一女就成亲家。就这样，冯正道还在娘肚子里就有了媳妇。

童世海见多识广，长女既然许了冯家，他就要求在老家的妻子必须以当家主母的标准来培养女儿。故而童香芸不但识字，还会看账本、懂持家之道。嫁入冯家后，她识大体，持家有方，又替冯家生了两个乖孙，公婆对这长房长媳非常满意。可惜冯正道与童香芸没什么共同语言，两人只是相敬如宾罢了。他们兄弟俩的婚事都是老爷子做主搞的联姻，不过弟弟成家比他晚得多，娶的乐家女，虽非嫡系，但乐家也是当地有名的药商世家，生意都做到京师去了。

　　父子俩说了一会儿闲话，冯正道见老爷子有些疲惫，就吩咐小厮和女佣好好照顾，自己回到书房给冯安福回信，准备第二天寄出。

　　夜，越来越深了。

第三章

货丢了

马辛一夜没睡好，他怕睡过头误了事，脑袋时不时抬起来瞧窗外的天色，好不容易熬到有亮光，赶紧起床，把同屋的三位都给吵醒了。大家都知道今日马辛要去上海，低声嘀咕一句，继续睡。

打开门，北风呼啦啦扑过来，马辛打了个寒战。温度低，门口七石缸里的水已结了一层冰，捡起一块石头，敲出一个洞，舀一瓢冰水洗漱，人就彻底清醒过来。检查一遍口袋里的银圆和票据，又悄悄从床底下一只小盒子里摸了几个铜钱放另一只口袋。想着过个夜就回，他就什么都没带，拉上门，前往轮船码头。到了码头，苏木还没有来，闻到小吃摊飘来的香味，马辛犹豫一下，买了一只水晶油包。咬一口，滚烫的猪油馅顺着嘴角流下来，他赶紧伸出舌头舔了一下。虽然烫，但真的好甜啊！马辛一脸满足，又大咬一口，感叹这简直就是人间美味。

与此同时，城中的河道中，皮肤黑黄的年轻船夫，穿了件破旧的薄棉袄，摇着乌篷船"欸乃欸乃"来到一处船埠头，靠岸，对船舱里的客人说："先生，浩河头到了。"

肩挎深灰色布包袱，依然从上到下一身黑的林长谷弯腰走了出来，跳上岸，快步朝轮船码头走去。

码头上，马辛和苏木终于等到船要开了，旅客们排起了长长的队伍。林长谷在最后几分钟挤上了船。随着几声长长的"呜呜——"，轮船"突突突"地驶出三江口，驶向大海。

马辛是第一次坐轮船，看什么都新奇，只是统舱里人太多，挤得他很难受。仗着年轻有力气，他和苏木在人群里找可以坐的地方，好不容易看到一个角落，也不管脏不脏、冷不冷，一屁股坐下，直喘粗气。没一会儿，又有人挤过来，挨着他们坐下。苏木偏过头，发现挨着他们坐的黑衣汉子很面熟，想了想，高兴地说："我见过你，你到我们药号来求过诊，是不是？"

林长谷打量起两位，显然也认出苏木，很热情地说："对，你记性真好，你们去上海办事？"

苏木还没有回答，马辛骄傲地挺了挺胸，一副堪当大任的样子："我们药号在上海有分号，这次是去送货。"

林长谷朝他们竖起了大拇指，说："沈医师很有水平，三帖药下去，我那些症状就消失了，这说明你们的药材质量好。特别是那天看到那位少爷腿伤这么厉害，药粉倒下去血就止住了。你们还有些什么好药，可否给我介绍介绍？"

说起那些成药的功效，苏木很内行，他开始滔滔不绝把冯家药号哪些药长销，哪些药是独家配方一一说了出来。随着林长谷的不断惊叹、附和，苏木越说越有劲，一脸的与有荣焉。三个人聊得非常投机，恨不得立马结拜成异性兄弟。

"还不知道两位兄弟大名？我应该比你们年长几岁，我叫阿林。"

"我叫苏木，十八岁，他叫马辛，二十岁。"

"苏木、马辛，是木头的木，辛苦的辛？好名字，不像我没大名。"

"阿林哥，我以前也没大名，因为姓苏，到药号后，我们常查柜帮我取了苏木这个名字，这是一味中药名。"苏木解释道。

"我也一样，我姓马，常查柜给我取名马辛，也是药名。"

"太有意思了，下次我去找你们常查柜，让他帮我取一个。"林长谷的笑容越发亲切。

"没问题，阿林哥，包在小弟身上。"苏木拍着胸脯，打包票。

聊了半天累了，林长谷从包袱里拿出厚厚的带着香味的麦饼请两位小弟吃。早上那只水晶油包早已消化，马辛咽了咽口水，和苏木一起接过麦饼吃了起来。肚子填饱，马辛倦意上来，眼皮直打架。苏木也有些困，林长谷说到上海要晚上了，让他们放心睡，到了会叫他们。马辛就这么和苏木背靠背，梦游周公去了。睡醒后，三个人继续说闲话，累了又闭上眼睛，等再次醒来，夜幕已降临，上海十六铺码头到了。

马辛下意识地去捏衣服左边的口袋，东西都在。林长谷目光微动，又若无其事地移开。三个人拍了拍僵硬的双腿，站起来，排队上岸。人群像潮水一样涌向出口，马辛感觉自己像中午吃的那只麦饼，已被挤成扁平状，连呼吸都变得困难。好不容易上了岸，才发现和苏木、阿林哥都挤散了，只好退到一边等着。过了好一阵，马辛看到了苏木的身影，但左右不见阿林哥。两个人带着任务，不好再等，心想着反正阿林哥知道他们，到时候可以在宁波见。

"马辛哥，我们先去租板车，再去取货。"

苏木送过一次货，知道流程。马辛没意见。码头上帮客人背货或拉货的工人很多，租好板车，来到行李房，马辛去掏口袋里的行李单，脸色突然变得煞白。

"马辛哥，怎么了？"苏木狐疑地问道。

马辛像被惊雷劈得失了魂，好半天才结结巴巴地说："行李单和银圆被人摸走了。"

"啊！那完啦！！现在怎么办？"苏木吓着了，颤抖着声音问。

都是第一次遇到这种事，两个人一下子没有了主意，急得团团转。

拉板车的汉子问他们还要不要车。苏木只好说不要了，汉子说了一句"吃豆腐"，把板车拉到一边去等客。

"我们去找安富经理，问问他有没有什么好办法？"苏木想不出其他法子，人生地不熟，眼下只能去求助冯安富经理了。

现在马辛的脑子像被捣成了糨糊，一塌糊涂，幸好两人都还记得分号在哪条路上。边走边打听，走得筋疲力尽之际，终于看到位于汉口路的"冯家药号上海分号"这个招牌，又累又饿的两个人都快哭了。

码头另一边，看到马辛和苏木离开，隐在暗处的林长谷叫上一辆板车去行李房，凭着行李单，很顺利地把二十箱货给取了。在单子上，他潇洒地签下了马辛的名字。

装好货，林长谷心情愉悦地对拉板车汉子说："辛苦你了，这一块银圆先给你。"

拉板车汉子激动地接过银圆，狠狠地捏了一把，小心放进口袋。他万万没想到眼前这位先生居然这么大方，给了这么高的报酬。路远怕什么，只要有钱赚，再远他都去："谢谢先生，你真是个大好人。"

林长谷笑着说："不用客气，你也就赚点辛苦钿。时候不早，我们走吧。"

"好的，先生。"

两个人一前一后，一车货很快消失在人群中。

药号还没有打烊，伙计见来了两个陌生的年轻人，迎上来问他们买什么药。苏木说："请问冯经理在吗？我们从宁波过来，有重要事找他。"

冯安富听伙计说宁波来人，从经理室走了出来，一见苏木，很高兴地问："你们两个是来送货的吧？货呢？"

马辛快速瞧了一眼冯安富，急忙低下头，不敢吭声，苏木只好心虚地说行李单丢了。冯安富一听，急得直跳脚："这行李单既然在船上丢的，不管是被人捡走还是扒走，你们两个都应该一人守在行李房，一人来报信。只要有人去取货，就可以把人给拦住，现在好了，这货百分百已被人取走。"

苏木和马辛傻在那里，他们根本没想到这些。冯安福气得不想说话，抱着一丝侥幸，他叫了两辆东洋车，带上马辛火急火燎赶往码头。苏木留在药号，看着宽敞明亮的店堂，想起第一次来上海看到电灯时的惊讶。不过此刻他没什么心情，行李单虽然不是在自己手上丢的，但既然一起送货，他也逃不脱这责任，不知道大冯经理和常查柜会怎么处理这件事。他坐也不是，站也不是，时不时跑到店门口伸长脖子瞧，看冯安富他们回来没有。

冯安富和马辛匆匆赶到码头行李房，冯安富走进去说明相关情况，询问那二十箱货还在不在。

"冯家药号的货已经取走了。"行李房的人说。

"谁取走的?"冯安富眼前一黑。

马辛一听货没有了，希望破灭，整个人似被抽走了骨头，两条腿打起了哆嗦，想瘫又不敢瘫，硬撑着。

"一个二十多岁的矮个子男人，穿一身黑，叫了一辆板车把货拉走了。"行李房的人回忆了一下说，他把那张行李单找出来给冯安富看。冯安富接过，看到签名处写着马辛的名字，疑惑地问马辛："对方怎么会知道你的名字? 是熟人?"

马辛的脑袋彻底炸开，穿黑衣的矮个子男人，那不是阿林哥吗? 想到他和苏木两个像傻瓜一样跟那人称兄道弟，真是蠢到家了! 现在冯安富问，马辛知道瞒不过，只好把上船后的情形说了一遍。冯安富指着马辛，真想扒开他的脑袋瞧瞧里面装了些什么!"常查柜怎么会派你们两个过来？没一点脑子！三言两语，人家就把你们的底都掀得干干净净，你们是被人卖了还帮人数银子啊！"

马辛垂头丧气地说："本来是秦芄哥来的，谁知道昨天下午他的脚受伤来不了，常查柜才临时派我和苏木过来。"

事已至此，冯安富只能强行按捺住暴怒的心情，带着马辛马不停蹄地去药号所在的公共租界巡捕房报案。冯安富向值守的巡捕说了货物被人冒领的事，又让马辛讲了一遍具体过程。马辛面对巡捕舌头打结，说得颠三倒四。

"二十多岁，穿一身黑色衣服，自称阿林，这一听就是假名字。这件事唯一的线索就是那个人叫了板车拉货，明天我们会派人去码头查询，看谁做了这笔生意，你们回去等消息。"巡捕是个年轻的中国小伙子，说话挺和气。

冯安富双手作揖，道了谢，心里没抱多少希望，只能死马当活马医，找找看。马辛低着头跟在冯安富后面，不知道该怎么办，这么多货，若要赔，他就是给冯家药号干几辈子都还不了。到了药号，冯安富让伙计带马辛和苏木去下房休息，自己在经理室枯坐到深夜。这批货若留在上海销售，只要进药店，说不定还能找到蛛丝马迹。一旦离开上海销往别处，那无疑滴水入海。他看过行李单，这批货保价四千两白银，售价至少翻倍！

板车汉子拉着货，跟着林长谷走了一个多小时，终于到了目的地，看样子是个工厂，挂有牌子，可惜他不识字。

"到了，还要麻烦你替我把货拉到库房去。"林长谷走到铁门前，轻轻敲了几下，微笑着对拉车汉子说。

"先生客气了。"拉车汉子憨厚地抹了一把额头上的汗，喘了几口粗气说。

铁门开了，里面走出来一个戴眼镜的壮汉，见是林长谷，张了张嘴，还没有发出声音，林长谷给他使了个眼色，吩咐道："你带这位兄弟先去库房把货卸了，再带他来吃饭，这么晚了，肚子还饿着，我先去让他们准备几个菜。"

拉车汉子摆着手说："不用不用，卸完货我就回去了。"

林长谷热情地说："没事，反正我也要吃，多双筷子而已。"

拉车汉子心里是说不出的感动，眼圈都有些发红，张了张嘴说了一句："先生，你真是个大好人。"

林长谷笑着摆摆手："进去吧。"

板车进了厂，铁门关上了。

卸了货，汉子被拉去陪林长谷喝酒。喝到最后，汉子醉了，他跪倒在地，抱着林长谷的腿哭，说从没有吃过这么好吃的饭菜。林长谷低头看了一眼裤子上留下的眼泪鼻涕痕迹，皱紧眉头。他蹲下身，伸出手拍拍汉子红得像猪肝色一样的脸，说："让你喝了一顿好酒，吃了一餐饱饭，我真是个大好人啊！"站起来，他对戴眼镜的壮汉说："四眼，等到半夜，你和阿三把他拉出去处理了。记着，不许留下任何痕迹。我回去休息了，这批货先放着，我另有打算。"

"林，你放心，我会处理好。"

林长谷点点头，走到门口，又转过头瞧了一眼躺在地上的拉车汉子，想到轮船上遇到的那两位，心情愉快地自言自语道："都是蠢货！"转身离开。

四眼去摸汉子的口袋，里面有一块银圆，还有十几个铜板，他把银圆往上一抛，又接住，啧啧几声，钱入口袋，转身去找阿三。

午夜，铁门开了。阿三拉着板车出来，板车上放着一只鼓鼓囊囊的麻袋，后面跟着四眼。两个人七拐八弯，来到河边，见四下无人，把麻袋抬到河边打开，拖出一个浑身酒味、打着鼾声的汉子。四眼把汉子的脑袋死死按在水里，直到没有了声音才松开，板车就歪倒在一边。确认没有纰漏后，两人带着麻袋回厂里。很快，四周又恢复了平静。

夜色越发浓重，下半夜还下起了淅沥的冬雨。某个阴暗角落，一位衣衫单薄的乞丐冻得浑身瑟瑟发抖，他不知道自己还能不能熬过这个冬天。

马辛考虑了一个晚上，决定跑路。他想过了，如果不跑，回到宁波，很有可能被送去坐牢，即便不坐牢，他也得一辈子给冯家药号白干活，那干脆就不回去了。上海这么大，找个活干应该不会很难。至于乡下的老娘，等他赚到钱再回去孝敬吧。主意打定，趁天没有亮，马辛蹑手蹑脚起来，偷偷把苏木口袋里的两块银圆给顺走，轻轻打开房门，溜了。

苏木醒来，发现马辛已不在床上，没在意。当他穿好衣服，习惯性去摸口袋，才惊觉不对。昨天马辛的两块银圆和行李单一起丢了，但他的钱没有动过，现在没有了，除了马辛，还会有谁？苏木又不是傻瓜，马上猜到这马辛分明是害怕担责跑了。"狗日的。"苏木愤怒地骂了一句，赶紧去找冯安富。冯安富昨晚没休息好，他想今天还得盯着巡捕房那边，看能不能找到线索。走进经理室，屁股还没有坐热，苏木就跑来了，一脸气愤地说："冯经理，马辛跑了，他还偷了我的钱。昨天我们来的时候，常查柜给了我们每人两块银圆，我这两块是用来买回去的船票，他的钱昨天跟行李单一起丢了，现在好了，我的也没有了。"

"这个小赤佬，下次让我碰到，送他去坐牢。"冯安富没忍住，爆了一句粗口。见苏木沮丧地垂着头，安慰道："回程票你不用担心，我叫人给你买好。我会给大冯经理写封信，你带回去。放心，既然你没有像马辛一样逃避责任，大冯经理也不会让你担全责。"说完又从钱袋里掏出一把铜钱，让马辛去买点吃的，逛逛上海滩，"你可不要走丢了。"

"我就待在药号，哪也不去。"苏木说。他现在哪有心情去走。

冯安富也不勉强，让苏木去门口小吃摊吃早点，他有事要忙。苏木接过铜钱，道了一声谢出去了。

苏木回到宁波，见到冯正道和常山，交上冯安富的书信，然后低着头缩在那里，像霜打过的茄子。冯正道和常山万万没有想到派两个人去送货，竟然会让人把货给冒领提走，那可是整整四千两白银的货！

"常山，你说这事是不是太巧了？原本打算派秦艽去，偏偏他受了伤，跟他一起去码头办手续的是马辛，送货的也有马辛，现在货丢了，马辛跑了，会不会是马辛跟外面的人勾结起来搞的圈套？"冯正道越琢磨，越觉得这事太蹊跷。

常山心里一样满腹疑问："如果是这样的话，不管送货的人我们有没有选马辛，这货都要丢。"

"大冯经理，常查柜，在船上跟我们在一起的阿林前段时间来我们药号请沈医师治过病，我记得很清楚。当时他一直跟我们说药号的药怎么怎么好，我们对他就没了戒心。这个人下次如果让我碰到，我一定认得出来。"苏木怯生生地补充道。

常山去找沈世荣，问他还记不记得那个叫阿林的病人。沈世荣记性很好，说："记得，是个货郎客，怎么了？"

常山就简短跟沈世荣说了货丢了的事："此人很可疑，马辛和苏木在船上就跟这个人接触过。"

沈世荣说了一句"见鬼"。现在大家想的都是同一个问题：秦艽的受伤和货物的丢失到底是巧合，还是有人故意设的局？若是暗处之人设的局，那事情就复杂了，说明马辛已被人收买，才会一环扣着一环。若只是巧合，那只能自认倒霉。可现在马辛跑了，他们又去哪找人？对马辛的去处，大家都猜测是上海，估计他暂时不敢回宁波来，药号这边知道他家地址。

大家经过商议，对苏木的处理结果出来了。发生这么严重的事故，作为当事人不仅要赔偿货款，还要被辞退，基于苏木平时工作认真，出事后没有一跑了之，而是主动承担责任，最后决定罚三个月薪资，取消年底员工分红资格。冯家药号对员工采用的是基本薪资加厘金制，每三年还有分红，今年刚好满三年。对此，苏木没有意见，他很珍惜这份工作，就怕被辞退。常山和冯正道作为管理者，一样被罚，以作自我警示。

"早知道这批货就直接办货运，大不了保价高些！真是亏大了！也不知道那个货郎客是什么人，竟做出这样的事。"常山愤愤不平地对沈世荣说。

"说实话，看长相还真看不出来那人是居心不良之徒。"沈世荣摇着头感叹道。

"知人知面不知心。"常山说。

这时，店门外一前一后进来两个人。一个金发碧眼、体格健壮，是个洋人，另一个是年轻的中国男人。听说是问诊，站着迎客的川连赶紧把两位引过来。沈世荣和常山看到洋人进店来看中医，很惊讶。

宁波自1844年1月1日正式开埠以来，江北岸就成了"外人居留地"，不少国家在那里派驻了领事。不同于其他通商口岸有明确的租界划分，江北岸的"外人居留地"并没有租界限制，而且是中外联合进行建设和管理，只不过中国地方当局的权力很小，大权握在领事团和税务司手上。冯家药号开了多年，但很少跟洋人打交道，主要是洋人极少会来看中医，故看到洋人上门，大家还是有些意外。

那年轻男人自我介绍是名翻译，姓吕。他告诉沈世荣，洋大人最近迷上了中医，口舌肿痛两日，不想吃西药，想找中医试试，但洋大人又不想喝中药汤剂，问沈世荣有没有办法。沈世荣给那洋人仔细把脉，又检查了他的口舌和喉咙，说问题不大，熬点药汤漱口即可。吕翻译把沈世荣的话翻译给洋人，洋人很高兴，眼睛里全是好奇。

沈世荣拿起笔开方："薄荷一钱、生石膏（研）两钱、食盐一把、川椒一钱、紫荆皮两钱、独活两钱。三帖。"并注明"以水熬透，随意漱之"，又写上翻译说的洋人名字和年纪：约翰，三十五岁。依然是一式三份。

"是否需要代煎?"沈世荣问吕翻译。

吕翻译询问洋人意见，洋人说不代煎，他还想研究那些中药。沈世荣把方子交给吕翻译去配药，提醒他煎药要用的药砂罐这条街上就有卖。

约翰目光炽热地盯着沈世荣，好像沈世荣是什么美味。两个人都有很强的交流欲望，无奈语言不通，鸡同鸭讲。吕翻译则站在柜台前，看杜若配药、常山复核，然后接过包扎好的药包，准备带洋人离开。洋人对他叽里咕噜说了一大堆。吕翻译转过头，跟沈世荣解释道："沈医师，约翰先生想拜你为师，学习中医。"

沈世荣越发惊讶，对吕翻译说："你问问约翰先生，他为什么要学中医?"

吕翻译把沈世荣的话翻译给他听，约翰不满地瞪了吕翻译一眼，似乎怪他怎么一点也不懂自己，卷着舌头，硬是吐出三个割裂的汉字："石、榴、皮。"吕翻译一拍脑袋，对约翰说了句抱歉，然后转过身跟沈世荣讲了一件事。

原来，两个月前，他和约翰去鄞县乡下，可能是吃了不洁的食物，两人拉肚子拉得厉害，直至两腿发软、双眼发花，再加上天气热，整个人感觉快不行了。这时恰好遇到村里的一位老婆婆，他们向老婆婆讨水喝。老婆婆虽然看到洋人的长相有些害怕，但见他俩脸色苍白，便好心询问。吕翻译跟她讲了他们拉肚子，这会儿没力气走路，口干。老婆婆把他们带到自己住的茅草屋，然后去烧水。两人看到她从一只坛子里摸出几块黑黄的东西放进水里，吓一跳，急问老婆婆那是什么。老婆婆说这是石榴皮，煮水喝，可以治拉肚子。他仔细看了看，还真是石榴皮。想到他们跟老婆婆无冤无仇，总不至于下毒害他们，他就跟约翰作了说明。

事后，他们喝了两大碗的石榴皮水，在老婆婆家休息了半天，腹泻果真止住了。约翰非常好奇，让他问老婆婆为什么石榴皮煮水能治拉肚子。老婆婆说这是一味民间土方，田头路边很多不起眼的野草其实都是药，听得约翰一愣一愣的。最后，约翰给了老婆婆一块银圆，从她那里买了一包石榴皮和她晒干的姜半夏、白头翁和雪见草等几味中草药，如获至宝带回来了。从那以后，约翰就对中医有了浓厚兴趣。吕翻译以为约翰只是嘴上说说，没想到还当真要学。

沈世荣听了吕翻译说的前因后果，总算明白过来。他想了想，若能让洋人喜欢上中医，那也是件好事，于是说："拜师就免了，约翰先生以后有什么想问的，可以来找我。"约翰站起来，朝沈世荣鞠了一躬，和吕翻译一起高高兴兴回去了。

办公室里，冯正道的桌上摆着冯安富的信，说等了一天，巡捕房没有消息传来，目前看希望不大。"哪找得回来！"冯正道拿起杯子，灌了一大口茶水，又重重放下，叹气。这事他还不想让老爷子知道，免得他担忧。但愿这样的亏只吃一次，不能再有第二次了。

第四章
茶馆及诡异偷盗案

在外奔波了四个月的冯正义和冯纵山带着伙计将离与明石一路辗转，风尘仆仆到上海。冯正义让将离和明石先回宁波，他们在上海还要待几日，等货到。安排好将离和明石，冯正义与冯纵山直奔冯公馆。

冯公馆是老爷子专门为他们几个儿孙在上海有个落脚处而特意建造。对老爷子的眼光，冯正义最佩服。冯家药号是同治元年到上海设的分号，老爷子买了地皮，请人造的店铺、仓库以及员工住所。1883年前后上海严重的金融风潮，对地产的影响非常大，无论是地皮还是现房都价格暴跌。老爷子又趁机买下几块地皮，但买下后几年都没有动，直到冯纵川五岁时，老爷子才选了最小的一块地皮动工造冯公馆，其他几块全转手卖掉了。这也成为老爷子最后悔的一件事，因为后来地皮疯涨，他卖得太早而白白少赚了好多银子。

冯公馆是一幢三层楼带花园的小洋房，中西结合，在法租界。大铁门日常都关着，人进出走的都是旁边安保房边上的小铁门。安保房装着玻璃，冯正义和冯纵山出现时，负责安保的石韦一眼就看到了，急忙打开小铁门，招呼道："二老爷、大少爷，你们来啦！小少爷出去找叶家少爷玩了。"

冯正义每次看到像一座黑塔似的石韦，就觉得让他做安保真是再好没有了，因为往那一站就很有威慑力。

"他一个人出去？有没有说什么时候回来？"

"小少爷说晚饭回来吃，我那小子跟着。二老爷、大少爷，行李给我，我来提。"石韦说。

"不用，我们自己拿，你忙你的。"冯纵山笑着拒绝。

"那我去跟木香说一声你们来了，让她晚上多做几个菜。"石韦说完，快步朝里去找妻子。

对石韦和木香这对夫妻，冯正义很放心。当年小侄儿要来上海读书，这夫妻俩是老爷子特意挑出来的人。他俩都是年纪很小时就卖身到冯宅，一个当小厮，一个是丫鬟。长大后，两个人彼此喜欢，冯正义阿姆就做主让两人成了亲。婚后生了一个儿子，取名石耳。夫妻俩对冯家忠心耿耿，这些年把小侄儿照顾得很好。到上海后一家三口不同分工：石韦负责冯公馆安保和庭院卫生、绿植养护；木香负责买菜做饭等内院杂事和照顾冯纵川的生活，石耳则成了冯纵川的小跟班。冯安富兼职了冯公馆管家一职，负责管钱。

冯正义和冯纵山边走边欣赏庭院的景致，虽是寒冬，但院子里依然充满了绿意。两个人沿着卵石铺就的小径往里走，经过一椭圆形小水池，冯纵山见池中假山上长出一棵纤细的树，对冯正义说："阿叔，你看这树是什么品种？"

冯正义摇了摇头："看不出来，估计是鸟落下的种子长出来的。"

冯纵山仔细瞧了瞧，那里分明没什么泥，树居然能生根，感慨道："这树生命力还真强，从石缝里长出来。"

"确实强，不过估计长不了多大。"

"那它至少努力过了。"

"说得是。"

两人走进主楼，里面的厅分成两大区块，前厅是会客的，后厅用于吃饭宴请。客厅采用了落地大窗，空间宽敞明亮，采光非常好。冯正义和冯纵山带着行李上楼，先去洗漱。他们的房间都在二楼，每个房间一模一样：卧室带书房和卫生间，再外加阳台。三楼是客房，面积要小些，有独立卫生间，有阳台，但没书房。两人最喜欢春秋季坐在阳台上喝茶，看花园里的风景。

木香听闻二老爷和大少爷来了，赶紧把大厅里的壁炉给点了火。等冯正义和冯纵山下楼，厅里已温暖如春。

"二老爷，大少爷，你们辛苦了。"木香端着茶盘过来，分别给两位爷上茶。在她眼里，高鼻薄唇，长着一双与大老爷一模一样丹凤眼的二老爷比他的实际年龄三十八岁要苍老些，此刻即便已洗漱过，神情仍带有几分疲惫。而十九岁的大少爷原先长得挺白净，这次看到黑了不少，显得越发英气，似乎成熟了许多，给人一种少年老成的感觉。送上茶，木香去厨房忙，她想天气冷，晚上给三位爷吃锅子，既方便又暖和。

"怎么样，这两年跟着阿叔到处跑，累不累？"冯正义坐在沙发上，拿起茶杯，喝了一口茶水，开口问道。

"不累，我喜欢在外面跑，很好的学习机会，可以看到很多在家看不到的东西。"冯纵山说的是实话。他清楚地记着第一次跟着冯正义去东北，一路所见，是他从未曾见过的，仿佛是另一个世界。他才知道，原来不是所有人都跟他家一样住着大房子，衣食无忧，还有家仆伺候，"朱门酒肉臭，路有冻死骨"真实存在。

"那倒是，每次出去等于多一次见识机会。"

冯纵山很认同。这两年走了不少地方，所见种种，给他心灵的冲击非常大，让他开始学着思考。

正聊着，客厅门被推开了，一个清脆的少年声音带着欣喜传来："阿叔，阿哥，你们回来啦！"

冯正义和冯纵山抬头，见冯纵川挟带着一身寒气走了进来。十七岁少年很秀气，眼睛晶亮，有着不谙世事的天真，皮肤像牛奶一样白，脸上是压抑不住的欢喜，好似一棵充满了生机的嫩竹等待快速成长。后面跟着十三岁的石耳，他无疑继承了父亲石韦的体格，很壮实。

"二老爷好，大少爷好！"石耳腼腆地上前行了一个礼。

"石耳你又长高了，再长长就能超过小少爷了。"冯正义笑着说。目光打量眼前的少年，跟在冯纵川身边的人，笨一点没关系，最重要的是忠心。

石耳不好意思地说："我阿姆说，我以后会长得跟我爹一样高。"

打过招呼，石耳去厨房帮忙，客厅里叔侄三个继续聊。

"纵川，你今天没去药号？跟叶家少爷玩什么去了？"冯正义见小侄儿活脱脱就是一个奶油小生，再过几年，还不知道是怎的风流倜傥。这些年，他每次出去采购药材经过上海时，都会留一两天陪陪小侄儿，冯纵川交了些什么朋友，他都有所了解，主要是怕小侄儿交友不慎被带坏。叶家少爷名家驹，跟冯纵川是同学，在学校里两个人关系就比较好，他也经常到冯公馆来玩。冯正义见过几次，印象不错，又了解到叶家驹的爷爷年轻时从宁波到上海，从一家小小的药铺开始，发展到现在有了三家药房，做中西医药生意，正经商人，也就放下心来。

冯纵川故意挤到冯正义和冯纵山中间坐下，双手搓着自己冰冷的脸蛋说："没去干吗。外面好冷，阿叔，我不想去药号，这司账工作太枯燥了，不喜欢。"

"阿爹说得没错，你就是三分钟热度。"冯纵山伸出手，搂住弟弟的肩膀，一针见血地说。虽然从弟弟十岁开始兄弟俩就没在一起生活，但他知道，弟弟实际上非常聪明，小小年纪，很有主见，骨子里有些叛逆，不像自己那么听话。

冯纵川调皮地朝阿哥眨了眨眼，平时这么大的冯公馆就他一个主子，很孤单，今天见到阿叔和阿哥，自然非常开心。他缠着冯正义给他讲采购药材路上的各种见闻。

冯正义知道，他们家对纵山和纵川两兄弟的培养方向不一样，纵山从小是作为冯家药号下一任掌门来培养，所学的东西都围着这个目标，所以对他要求很严格。而对纵川则宽容多了，长这么大，也就让他学做司账。不过为了防止纵川长大后变成纨绔，经济上冯正道对他还是卡得比较紧。冯正道存了一笔钱在冯安富那里，每个月月初，冯安富会来一趟冯公馆，一是把上个月的公馆开支账单给销了；二是给石韦一家发薪资，给纵川一些零花钱。若纵川有额外花钱的地方，则合理的给，不合理不给，这让纵川养成了不乱花钱的好习惯。

"阿叔，你明天带我们出去玩玩吧。"冯纵川眼巴巴地望着冯正义，相比性格古板的阿爹，他更喜欢风趣幽默的阿叔。

"行啊，明天阿叔带你们兄弟上街去领领市面，等货齐了，我们一起回宁波过年。"

石耳过来请他们去吃饭。三人到餐厅，桌上已摆好饭菜，中间是一只热气腾腾的萝卜羊肉暖锅。冯正义和冯纵山这一个多月都在船上度过，没好好吃过一餐像样的饭，闻到香味，顿时有了食欲。

木香见他们吃得开心，很高兴，带着石耳回屋，一家三口开始吃晚饭。桌上也是一只锅子，只不过里面是大杂烩，但对他们来说，已经很满足。吃住免费，一年还可以存下不少钱，最关键的是石耳能跟着小少爷一起读书识字，说不定以后也能成为一个有出息的人。就凭这一点，夫妻俩都觉得必须尽心尽力做事。

休息一晚，冯正义说话算数，带着冯纵山和冯纵川出门去了清风阁茶馆。三个人都穿着棉长袍，掩腰长裤。冯正义和冯纵山脚上穿的是适合长途行走的黑色快靴，冯纵川则是黑布鞋。走进茶馆，上二楼，三人找了一张靠窗的八仙桌坐下。

很快有茶馆伙计上前，冯正义伸出食指朝他弯了弯，要了蟹黄包、豆腐干等小吃。伙计说了句"客官稍等"，马上去办。

"阿叔，你刚才这手势是什么意思？"冯纵川好奇地问。虽说他在上海读书生活，有时会和同学一起出来玩，这清风阁茶馆不是没来过，但他们感兴趣的是一楼，那里有很多好玩的东西，是个小型的游乐场，可以看杂耍、西洋镜，还有珍禽异兽、高矮畸形人等。至于吃茶，他觉得那是上了年纪的人才会喜欢。

"阿叔点了红茶。"冯纵山解释道，他曾跟着冯正义来过两次，知道这手势的意思。

"这里可不是简单的茶馆，什么人都有，如果想打探消息，坐上半天，保证你有收获。"冯正义笑着说。

茶点和茶杯端来了，一一摆上桌。有伙计手握铜壶来了。壶嘴离桌数尺，伙计瞄准茶杯，一举一落，杯中水已八分满。

"客官请慢用。"

冯正义端起茶杯，轻轻吹了几下，喝一口，环顾四周，轻声说："到这里吃茶的大多是来谈生意的，带着样品过来，对方若满意，价格谈妥就立约。"

"都有些什么生意？"冯纵川用目光扫了一圈，兴致勃勃地问。

"品种多了，你听听隔壁桌在讲啥。"冯正义压低嗓子，故意逗冯纵川。

冯纵川竖起耳朵，认真倾听。冯纵山见弟弟那傻样，觉得好笑，用手虚握成拳放到嘴边，轻咳一声。冯纵川朝阿哥翻了个白眼，两只眼睛偷偷往隔壁桌溜。只见一个操着外地口音的中年汉子从包里拿出四件样品，从颜色看，分黑、白、黄及花色。另一男人大概三十多岁年纪，带着上海腔。

原来，两个人在谈一笔猪鬃生意。

中年汉子很熟练地分别报价，其中白鬃、黄鬃价高，花鬃次之，黑鬃最便宜。上海腔男人嫌贵，在跟他讨价还价。

中年汉子说："这白鬃是我们四川荣昌和隆昌所产，品质最高。黄鬃是野猪鬃，量本来就少。花鬃弹力很强，就黑鬃稍微差一点，我们这个鬃毛外国人最喜欢。"

两个人你来我往，言语交锋，这边叔侄三人听得津津有味。最后，那个上海腔男人跟中年汉子约定第二天上午再到茶馆，给确切回话。走的时候，上海腔那位带走了样品，说要给洋行的外国老板看质量。中年汉子同意了。

等两个男人离开，冯正义笑着问冯纵川："怎么样，是不是很有意思？那个上海腔男人是个买办，两边牵线，赚中间差价。"

"有趣有趣，阿叔，没想到这个毫不起眼的猪鬃毛也能做成大生意。"冯纵川从不知赚钱之辛苦，还以为做生意是件很好玩的事，便缠着冯正义说："阿叔，下次你去采购药材，把我也带带去？"

冯纵山拉过话头，故意说："行，我俩换一下，你不要半路哭。"

冯纵川不服气地瞪了冯纵山一眼，说道："阿哥，我只比你小两岁，过了年我就十八岁了。你可以，我也可以，别瞧不起人。"

"你不怕吃苦的话，下次跟阿叔出门去。"冯正义说。

"好。"冯纵川得意地朝他哥扮了个鬼脸，想到过几天就要回宁波，他不想当司账助理，阿爹肯定不会放过他，于是装出一副可怜相："阿叔，阿哥，到时候如果阿爹骂我，你们一定要帮我说几句好话。"

冯纵山把一碟豆腐干推到弟弟面前，说："还说我瞧不起人，你看看你这样子，像三岁小孩，吃吧。"

"你啊，是该好好向你阿哥学习。"冯正义笑着拍了一下小侄儿的脑袋。

冯纵川想要辩解几句，可阿叔和阿哥说的是事实，他只好夹起一块豆腐干塞进嘴里，含糊道："我会好好学。"

吃好茶，冯正义带着兄弟俩到茶馆设置的沪上各行庄现货交易中心。那里面带着瓜皮小帽的人进进出出，热闹非凡。在固定营业的交易所里，冯正义对西药尤为关注。见多识广的他不但听人提过，还见识过西药的疗效，是要比中药快得多。

"阿叔，你说这西药以后会不会成为我们中药最有力的竞争对手？"冯纵山转过头问冯正义。

"肯定的，你一点都不用怀疑。我见过西药的疗效，很厉害。不过眼下国人对西药了解不多，估计以后会有越来越多的人接受西药。"

冯纵山暗下决心，以后要设法多了解西药，知己知彼，才能立于不败之地。叔侄三人领了市面，心满意足打道回府。

下午，冯正义带着兄弟俩去了药号，这才得知货物被人冒领提走的事，很是意外。这么多年，这种事还是第一次发生。

"巡捕房没什么消息吗？"冯正义问。

"有消息，巡捕去码头查询了，穿黑衣雇板车拉货的有好几个，只有一位第二天没出现，有认识这位码头工的工友说他那天晚上没回家。后来又有人报案，说发现有人溺亡，他们带那个工友去认，是失踪的那位码头工，但仵作验了尸，此人是由于醉酒溺水而亡，这事就这样断了线索。我怀疑对方是杀人灭口，如果这个码头工没死，就能知道货送到哪里，可惜没有证据。"冯安富叹着气说。

"百分百是杀人灭口，不然不会这么巧。这个叫阿林的人身份太可疑，绝对不是普通人。普通人就算冒领了货，也没胆子做出杀人这种事。"冯正义分析道。

"不知道此人到底是谁，想想都觉得可怕。"冯安富语气里充满了忧虑。

这下，大家的心情都不好了，连少年不知愁滋味的冯纵川都没心思说笑了。

秦芄这几天脑子里反复在想他受伤和货物丢失、马辛跑了这三件事有没有关联。可那天送货不是提前决定，而是临时，除非马辛早就被人收买，通知对方把他撞伤，阻止他去上海。再想想又觉得不可能，叫上马辛，他也是随机，哪有这么巧叫的刚好是被收买的人？那么，他被撞伤大概率是意外，但苏木和马辛在船上遇到的那个人，可以肯定是有目的地接近他们。

夜深了，不知何时下起了雪，开始是雪子，后来越来越大。叶上秋派来的小厮名叫小蓟，是老太爷身边大蓟的弟弟，十六岁，是个小话痨。秦芄本来想拒绝，他有拐杖，不影响生活。又想到这是大老爷对他的关心，他不能不识好歹，就把小蓟给留下了。这会儿见小蓟睡得没一点动静，秦芄很羡慕。虽然服了药，脚板还是痛，很影响睡眠。想到昨夜镇海营储药局突然爆炸，似有匪徒纵火，烧毁三百余间民房，另有不少人员死伤，他的心就莫名悬了起来。他决定明天提醒一下晚上值夜的人，大家都警醒些，年底了，贼多。想着想着，倦意终于上来，他闭上眼睛，渐渐进入梦境。

一夜风雪。

秦芄是被外面一阵嘈杂声吵醒的。他忙叫小蓟起来出去打探消息。小蓟赶紧穿好衣服跑出去，一会儿冻得鼻尖和耳朵发红跑回来，紧张得话都说不清楚："秦芄哥，完了完了，库房，库房的门锁被撬了！"

秦芄刚穿好衣服，闻听大吃一惊，急切问道："值夜的人呢？"

"他们讲不清楚为什么会睡着，而且睡得很死，没听到一点声音。"

"得赶紧派人通知大老爷！"秦芄几乎是喊了出来。

“已经有人跑去报信了。”

秦芄拄着拐杖朝仓库一拐一拐小跑。小蓟紧张地跟在后面，地上是厚厚的积雪，他怕秦芄滑倒。

拐到仓库，秦芄早已出了一身大汗，冷风一吹，寒意入骨，但他顾不上这些。工场的几个工人六神无主地蹲在库房门口，见秦芄过来，大家都站了起来。昨晚库房值夜的川柏脸色发白，哭丧着脸说：“秦芄哥，怎么办？我和三七不知道怎么回事，下半夜突然就睡了过去，早上才醒来，起来一看，发现门锁坏了，我估计那贼肯定给我们用了迷药，不然我们不可能睡得像死人一样。对了，库房里面我们没进去，看到的时候门是半开的，我把它拉上了。”

“三七呢？还有工场晚上巡逻的人也没听到吗？”秦芄问。库房跟工场连在一起，虽说各自都安排人值守，可若库房这边真有什么响动，按理说工场值夜的人也能听到。

“三七去通知大冯经理了。巡逻的人跟我俩一样，都睡死了。”川柏懊恼地说。

秦芄低头看地上杂乱的脚步，又瞅了瞅四周围观的人，心情异常沉重。大家都愁云满面，现在只能等冯正道来了。

雪，掩盖了一切痕迹。

这时，商陆、杜衡等几位负责人闻讯赶来，附近早起的街坊听说库房失窃，也围过来看热闹，叽叽喳喳，各种猜测。

“二老爷和两位少爷来了！”小蓟眼尖，喊了一声。秦芄一看，果真是，三位爷后面还跟着常查柜。

冯正义紧紧抿着嘴，神情严肃。他们三人早上到宁波，考虑到货太多，就没急着去提，而是先回药号，准备晚些时候叫上几个伙计过去帮忙。没想到刚进门，就有人跑来说库房被盗，他们就立马跑了过来。冯家两个大库房里面存放的东西不一样。药号那边主要放一些越陈越好的成药，像驴皮胶。当年生产的新胶全部装在大板箱里贮存起来，最少也要放三年才能出售，长的五年、十年都有，年存货量四万斤左右。还有龟板胶、鳖胶等，另外就是供店铺零售的各种中药材及成药。制药工场这边的库房更大，放着专供批发的各种药材和成药。这个库房被分割成库中房格式，像高档药材全部锁在细货房，成品药放在成药房，都分开放。冯正义现在担心的是盗贼会不会把所有高档货给偷了。捡起扔在库房门口的大铁锁，他眉头紧锁，还不知道里面什么光景。

推开门，看热闹的人都齐齐跟过来，药号的人自觉上前，挡住他们的目光。

"你们几个跟我进来，其他人在门口守着。"冯正义叫上常山和商陆、杜衡等人走在前面，冯纵山与冯纵川随后跟着。兄弟俩的神色都不太好，回家的喜悦被这突如其来的偷盗案给浇灭得一干二净。

早上起来，冯正道感到有些冷，他穿上灰色厚长袍，又在外面加了一件棉褂子，戴上灰色风帽。吃过早饭，他叫卜轿夫准备去药号。正准备上轿，见三七连滚带爬跑过来，大声嚷嚷："大冯经理，不好了！不好了！！库房被贼给偷了！"

冯正道大吃一惊，稳了稳心神，对三七说："别嚷嚷，不要惊动了老太爷，我这就进城去。"上轿，吩咐两个轿夫说："走快一点。"

轿夫抬起冯正道，一脚高一脚低朝城里赶，三七跟着。只是雪太厚，走过的地方又结了冰，很滑，想快也快不了，冯正道急得头发都要燃起来。想到库房里不但有大量供批发的药材，还有许多冯家药号的招牌药丸、药酒、饮片、滋补膏药等成药，还不知被那可恶的窃贼搬去多少，冯正道不由眉头紧锁。紧赶慢赶到了那里，看到弟弟和两个儿子，忙问："究竟怎么个情况？"

"大哥，刚才我们大致检查了一下，应该是个团伙，目标明确，他们就偷了细货房和成药房里的高档货，其他的估计是拿不动，暂时还不清楚多少损失。"冯正义沉着脸说。

冯正道走过去，细货房和成药房房门大开，里面空空荡荡，这盗贼是一锅端了，所有高档药材和人参再造丸、全鹿丸、止血丹等皆被洗劫一空。看着眼前的一切，冯正道脸色铁青。库房有严格的入库和出库程序，大小钥匙也都分别由专人保管，日常开库房时，必须有三个人同时在场，登记核实，相互监督，避免监守自盗，这次可以肯定是外来的贼。

"纵川，你跟常查柜去药号取账册，先核对细货房和成药房的损失。商陆，你安排一下，库房的货要重新盘库，一样样登记好，不要漏了。纵山，你去衙门报官。"这个时候冯正道稍稍冷静下来，赶紧安排起来。

秦芃没忍住，对冯正道说："大老爷，你说最近这些事是不是太巧了？"

冯正道的视线落在秦芃上了夹板的脚上，说："确实是太巧了。"

冯正义过来，说："从手段来分析，这个团伙很可能是江湖中人，用了迷药，值夜的人才会都睡得无知无觉。"

"江湖中人？"冯正道想来想去，自己好像没有得罪过江湖势力，莫非库房被盗只是他们运气不好？他总觉得没那么简单。

很快，账册送来了，冯正义叫来将离和明石，让他们一起帮忙统计细货房和成药房的库存，列出品种和数量。在大家惶惶不安中，制药工场陷入一片忙碌。

库房外，有身份不明的男子跟着看热闹的人在转悠，听闲话，直到衙役来了，才悄悄离开，朝江北岸走去。

第五章

警　钟

这一天，对冯家药号来说，绝对是灾难日。

经过账房间两位司账柏仁和陆英，以及青盐、石竹两位助理的紧张核算，细货房和成药房被盗窃的高档药材与成药价值十万两白银。冯正道接过清单，看到上面的数字，心在滴血。他把清单递给冯正义，冯正义一看，仅人参一项就占了三万两！要知道人参可是稀罕的高档货，价格高，一根有些年份的人参甚至要数千两白银。他可是费了很大的劲，一趟趟跑东北，好不容易才存了些货，没想到现在一下子全没有了，偏这次出去还没进人参。这下深受顾客欢迎的人参产品要受严重影响了。

衙役张三和李四过来登记损失，盗窃金额如此巨大，是为大案，刚刚上任的道台大人很重视，答应出告示重金悬赏线索，但这赏金需要冯家药号出。冯正道定下若能提供明确线索，给赏洋五百块。若因此线索缉获盗伙，追回被盗货物，再赏洋一千块。年前是各类滋补药品、高档药材的畅销季节，现在药号不但接下去一段时间无药可售，而且也没有货给那些之前预订并交了定银的商家和个人。这一违约，还得交大笔赔偿金，一来一去，这损失……冯正道不敢再往下想。

冯纵山和冯纵川走出库房，心情很沉重。特别是冯纵川，他一直被保护得很好，不知人世之险恶，药号短短几天发生这么重大的两件事，让他很受刺激。

"阿哥，你说他们昨晚离开时若再在库房扔一把火，那我们是不是全完了？"冯纵川想到这个可能，不寒而栗。

"是啊，这么说起来对方还真的手下留情了。"冯纵山听弟弟这么一问，不由琢磨起盗贼的企图。他们若接着纵火的话，万一没控制住，事情就会闹大，免不了露出蛛丝马迹。

"纵山、纵川，你们跟我一起去码头提货。"冯正义追了出来，他忙晕了，刚想起来货还没提。他们叫上几位伙计，一行人直奔码头。考虑到工场库房要重新盘库，冯正义决定把这批药材先放到药号库房。

长长一溜送货的板车和独轮车到了药号库房前，大家一起动手，又是一阵忙碌。不同药材贮藏方式不同，这边库房只有木箱，没其他容器，常山又赶紧叫人去工场库房拉来空的大缸、小氅、锡瓶、玻璃瓶等容器过来。等所有药材入库，已是傍晚时分。

沈世荣从早上开始就惦记着库房被盗的事，他是坐堂医师，不好无故离开，怕有人来就诊找不到他。不过具体情况，他已有所了解，见冯正道无精打采走进来，他忙问："今天这事老爷子知道吗？"

冯正道猛想起早上三七在老宅门口嚷嚷，难保不传到老爷子耳朵里，不过没见老爷子派人过来，那有可能还不知情，叹口气说："我还没想好要不要告诉他实情。"

"这事你想瞒也瞒不住，不如实话实说，要不要我跟着去？"沈世荣想到老爷子年纪大了，万一听到这消息受不了，他在边上还能搭把手。

"不用吧，老爷子没这么脆弱。"冯正道迟疑了一下说。

沈世荣想想冯正义和纵山兄弟俩都在，应该不会有什么问题，就不再坚持。两人又分析一番，感觉这起偷盗案很诡异：说有意针对吧，人家只偷了一部分货，并没有全部搬空；若只是偶尔被选中，那难道是因为冯家药号运气差？

"算了，还是回去听听老爷子的看法。"沈世荣知冯正道深受打击，一时半会儿还没缓过来，劝慰道。

"不想了，头痛。"

冯正义和冯纵山、冯纵川过来了，药材已入库，他们准备回家去。冯正道没心思做事，跟着一起离开。

库房被盗的事还没有传到冯五洲耳朵，他并不知情，看到提着行李的叔侄三人回来，老爷子非常高兴。四人分别请了安，各自找椅子坐。冯五洲让冯纵川到他身边去。冯纵川走过去，蹲下身子，任阿爷摸他的脑袋。冯五洲笑眯眯地说："过了年你就成大人了。你这孩子，这么久也不来看我们，一个人在上海生活开心吗？有没有乱花钱？"

冯纵川觉得这时候实在笑不出来，只好扯了扯嘴角，说道："阿爷，孙儿很乖，从来都不乱花钱，等孙儿会赚银子了，一定常回来孝敬您。"

"好好，阿爷等着你孝敬。"冯五洲边说，视线扫了一圈，很快察觉这几人神情不对，心里"咯噔"一下，把目光投向冯正道："出了什么事？"

冯正道就从秦艽受伤开始说起，讲到发往上海的货被人冒领，伙计跑路，再到库房被盗。冯五洲越听脸越黑。冯正道说完，冯正义又作了补充，把上海巡捕房的调查结果说了一遍："这个冒领人身份很可疑，看样子也是团伙。"

冯五洲沉默了好一阵，开口道："冯家家大业大，就算损失了十万两，药号也不至于关门倒闭。现在就怕这起盗窃案并非偶然，那麻烦就大了。无论是意外还是有人故意针对，此事件是一记警钟，提醒我们以后要更加谨言慎行，切不可狂妄大意。"

冯正道想到冯安富曾在信中提到有人要买冯家药号方子的事,问道:"阿爸,你说这事会不会跟洋人有关?"

"洋人?"冯五洲陷入了沉思。在宁波人眼里,北郊的江北岸是另一个世界,那里不但有西式洋楼,设有海关、领事馆、洋行、教堂、巡捕房,修了马路,建了码头,还造了一座浮桥连接城里。这么多年,他们跟江那边的人并没什么交集。再说宁波经营药材的商家很多,冯家药号的规模只能算中等,不至于成为出头鸟,但这世上总有很多无法理喻的事。"不管是什么人,我们都不要自乱阵脚,面对就是。若真是有人设局,总会跳出来。你吩咐下去,都给我绷紧了,尤其是制药工场那里,很容易让人钻空子,落下把柄。正义、纵山,这段时间你们帮着一起盯。"

冯正道点点头,他也有此忧虑,药材若被人动了手脚,后果不堪设想。冯正义说:"年前可以,等过了年,我和纵山就得出门去,库房里的高档药材都没货了,这次带回来的货里虽然有一些,但品种不多。有些货可以先从其他药行拿,价高点就高点,有些货只能去产地进,那些成药的原料不能耽搁。另外,从库房盗窃情况看,对方用了下三烂的手段,我觉得更像是江湖盗匪所为。"

冯五洲说:"每年过年前盗窃案都比平时要多得多,你说的江湖盗匪可能性还是很大。看官府那边有没有什么线索,过几天你们去问问。至于药号的事,你们兄弟商量着安排。"

"还有我,阿爷,阿爹,我也可以帮忙做些事。"冯纵川主动站起来说。

冯正道瞪了小儿子一眼,没好气地说:"我问你,你学了司账又不做,想折腾什么?"

"阿爹,我不喜欢跟数字打交道,太烦琐。"冯纵川正视冯正道,又说道:"我想去当买办,我学过洋文,可以再去补学一下。当买办好，不需要本钱就能赚钱。"

冯正道见小儿子想一出是一出，气得要用家法来教训。冯纵川忙躲到冯五洲背后，一边双手给老爷子捏肩，一边伸出脑袋朝冯正义喊道："阿叔，你快跟我阿爹说说当买办好不好！"

冯正义一脸无奈地看着这个调皮的小侄儿："纵川，当买办没你想的那么容易。再说，从来都没有过这么年轻的买办，人家根本不会相信你，你就别做这种不切实际的梦了。"

"我早晚要被你气死！"冯正道很想骂这儿子，不过被他这么一弄，倒是转移了刚才那个沉重的话题。

冯五洲拍拍小孙子的手背说："你想做什么，阿爷支持你，但你做之前一定要三思。你阿叔说得对，你现在还太年轻，要先把本事给学会。"

冯纵川暗下决心，回上海后去好好补习洋文，为以后当买办做好准备。现在还是老老实实闭嘴，免得讨阿爹一顿骂。

"晚上一起吃饭，正道，你让香芸去大厨房安排。"冯五洲瞧着两个孙子年轻的脸庞，一扫胸中愁绪，只要冯家后继有人，没什么可怕的。

"儿子这就过去。"

冯正义跟着站起来，他要回一趟西兴屋，跟妻子去见个面，一会再过来陪老爷子。

冯正道带着两个儿子一同回东兴屋。进屋，见童香芸正坐在书桌前写什么。她身穿深紫色丝绸斜右襟上衣、黑色摘绫绣马面裙，配灰色狐毛裘皮坎肩，梳着妇人髻，头上插着一根锡杖形金簪，温婉端庄。

"阿姆，阿拉回来了。"两兄弟齐齐上前给童香芸行礼。

见到两个儿子，童香芸放下手中的毛笔，激动地站起来，先拉住大儿子的胳膊，心疼他瘦了，在外一定吃了很多苦，边说边抹起了泪花；又拉住小儿子的手，嗔怪他这么久都不回家来，是个小没良心的。

“阿姆，我想吃咸齑黄鱼汤。”冯纵川最会插科打诨，见童香芸有些伤感，忙找话说。

“好好，阿姆这就吩咐下去。”童香芸笑眯眯打量两个孩子，怎么也看不够。或许因为小儿子眉眼更像她，会讨人喜欢，又不在身边，每次见到免不了有些偏爱。

“阿爸说晚上开大厨房一起吃饭。还有，药号库房昨晚被偷，损失惨重，这晚餐简单清爽点就行，我怕大家都没心情吃。”冯正道说。

童香芸很吃惊，忙点头表示知道了，转身对两个儿子说：“阿姆要去忙了，你们先去房间休息。”

“阿姆，你去忙，我们一会儿去陪阿爷。”冯纵山说。

“好。”童香芸带上丫鬟芍药，迈着三寸金莲去安排晚餐事宜。

冯正义来到西兴屋，乐如眉正在屋里绣花。她已生了三个女儿，做梦都想再生一个儿子，可惜生小女儿时伤了身子，恐再难怀孕，实在遗憾。长女冯薇薇今年九岁，就读于教会学校；次女冯暖暖七岁，还没上学；小女冯爱爱五岁。这会儿三个孩子不知道跑哪玩去了，不过有丫鬟跟着，她不担心，总归是在这宅子里。

“我回来了。”冯正义提着行李进屋，乐如眉一看到丈夫，不由噘起了嘴巴。

冯正义看着比自己小八岁、在娇宠中长大的妻子，虽已是三个孩子的娘，但在他面前仍时不时有些小女儿的娇态，这也是他最喜欢她的地方，只是今天他没心情跟她说笑。把行李一放，冯正义告诉妻子库房被盗的事。“年前我和大哥都会很忙，没时间陪你们，等过了年又要出门去，只能委屈你了。”

　　乐如眉一听损失这么大，感觉身上被割了一大块肉。出了这样的大事，这个年还有什么心情过？想到丈夫年后又要出门，更不开心了。冯正义了解妻子的性情，上前把她搂在怀里安抚道："我不在家时，你多跟大嫂走动走动，不要整日关在屋里，孩子们都还小，你多费点心。我知道你心里委屈，可你也知道，我不能不出去。"

　　乐如眉抱着丈夫的腰，正扭捏着，冯爱爱像一阵风似的跑进来，嘴上叫着："阿姆，阿姆。"

　　夫妻俩赶紧分开，乐如眉的脸有些红。冯爱爱许久未见父亲，一时不敢上前。冯正义弯腰抱起胖乎乎的小女儿说："怎么了，爱爱，不认识阿爹了？"

　　"阿爹回来了。"冯爱爱搂住冯正义的脖子，这才开心了。

　　冯薇薇和冯暖暖先后走了进来，乐如眉见三个孩子小手都冻得像红萝卜，衣服袖子和鞋子都湿了，脸一沉，问道："是不是去玩雪了？"

　　冯薇薇和冯暖暖叫了一声"阿爹"，低头承认是去玩雪了。

　　"白芷，带她们三个去换衣服。"乐如眉吩咐道。

　　冯正义放下冯爱爱，对乐如眉说："晚上开大厨房，你过去看看大嫂那边需不需要帮忙，有话回头再说。"

　　"好，我马上过去找大嫂。"乐如眉答道，转过头对大女儿说："换好衣服，不要乱跑，到时候带妹妹们去阿爷那吃晚饭。"

　　冯薇薇乖乖点头，三个小姑娘跟着白芷回房间换衣服去了。乐如眉带上丫鬟辛夷随后去找大嫂。冯正义又过去陪老爷子。

　　乐如眉二十岁嫁进冯家，二十一岁当娘，接二连三生了三个女儿，而大房却有两个儿子。童香芸既是当家主母，又得公婆信任，对此乐如眉心里难免有些嫉妒，年纪小，脸上免不了带情绪，那些年她和大嫂的关系并不好。幸得丈夫开解，随着年龄的增长，她渐渐理解大嫂当家的辛苦。相比之下，她这个二房太太的小日子实在过得很轻松。心里没了疙瘩，妯娌俩相处起来就舒服多了，关系也一天比一天好，有事就一起商量，像亲姐妹一样。

中兴屋大厨房里，童香芸果然在忙。大厨房那些人平时都分散在三个小厨房，这会集中起来，根据童香芸的分工安排，各就各位。虽说是普通家宴，冯正道也说了没心情吃，但童香芸还是很认真对待，只不过在菜的品种上做了些调整。这么晚了，没地方买新的菜，童香芸就根据现成的菜确定菜单。

"大嫂，有什么事我可以帮上忙的？"乐如眉上前对童香芸说。

"如眉来了，有这么多人在，哪需要你动手。"童香芸笑着说。对这个比自己小了十二岁的弟媳妇，童香芸自认为一直很宽容，从不计较她的那些小心思。这些年磨合下来，两房相处融洽，这是好事。

"大嫂，那件事你听说了吧？"乐如眉悄声问道。

童香芸点头，发起愁来，说："不知今年这过年怎么个过法。"大户人家过个年杂事繁多，各种人情往来，官府打点，雇员及家里用人打赏，还要添置衣物等，所有支出加起来可不是个小数目，这些琐事都需要她这个当家主母来操心。

"该死的小贼，让他有命拿没命花。"乐如眉忍不住咒骂一句。

"那些事交给他们男人去处理，我们后宅妇人也做不了什么。"童香芸说。

"都不让人过个好年。"乐如眉接着抱怨道，"真是触霉头。"

"你啊，少讲两句。"童香芸看了乐如眉一眼，哭笑不得，"你比爱爱还小？"

见大嫂打趣自己，乐如眉有些不好意思，不再多言，两个人开始忙晚餐的事。

天黑了，一盏盏油灯点燃了。

乌狼鲞燀肉、咸齑冬笋大黄鱼汤、白斩鸡、糖醋排骨、肉糊辣等十个热菜加一只"咕嘟咕嘟"冒着热气的腌笃鲜，一一端上桌。

冯五洲坐在首位，脸上并没有出现什么异样的神情，语气平和地说："天冷，趁热吃吧！"

餐桌上没有人说话，连冯爱爱都安安静静地坐在那吃饭。只是除了年幼的三姐妹，其他人都食不知味，冯纵山对最爱的乌狼鲞燀肉都没了胃口，连冯纵川都觉得今天的咸齑冬笋大黄鱼汤没有鲜味。

外面，淅淅索索，又下起了雪子。

一夜无话。

第二天一早，冯正义带着冯纵山兄弟直奔工场库房，和商陆他们一起盘库，忙得天昏地暗，累得腰都直不起来。秦芄拄着拐杖，带着小蓟来帮忙。

冯家药号库房被盗，损失如此巨大，引发众人热议。此事也提醒了各商家做好防盗工作，大家纷纷加固门锁，让年轻学徒和伙计直接睡在店里，重点库房更是加强安保，杜绝隐患。与此同时，药业同行纷纷派人过来慰问，询问是否需要帮助。冯家药号若需药材只管去他们那里拿货，账赊着即可。这让冯正道感动不已，他对沈世荣说："都说同行是冤家，但这一条不适用在我们宁波药业，同行在这里不是冤家，而是朋友。进货时能互通有无，缺货时能相互垫充，大家不搞独门独户、刁难同行的事。"

沈世荣说："我们宁波人做生意习惯抱团，这点很好。亲帮亲，邻帮邻，滚雪球一样，织成各种关系网，这样无论走到哪里都不怕，都能把生意做出来。还有各家族之间的联姻，很自然就成了一个强劲的圈子。"

冯正道想想确实是这个理，像他最要好的两位朋友，恒峰药行东家钱高峰和茂昌药行东家张东财：钱高峰娶的是张东财的表妹，而张东财的妻子又是乐如眉隔一房的堂姐。弯来绕去，大家大多是亲朋关系。偷盗案发生后，钱高峰和张东财两位兄长第一时间把他们药行库存药材清单叫人给送了过来。冯正道也不客气，交给常山，让他根据客户订单列出急需的药材，找两位去"匀"一些回来，以解燃眉之急。

一直到过年放假前最后一天，库存终于全部盘点清楚。对照账单，药材有缺失，不过量不算大。冯正义猜测对方之所以放过这么多药材，估计是准备不足，货太多，实在拿不了，故而选了那两间最值钱的货房下手。

自偷盗案发生后，冯正道一直关注官府那边的消息，重金悬赏告示贴出已有一段时间，可惜没什么有用的线索。官府的人说，那夜雪太大，即便有什么痕迹也都被掩盖了，但他们会继续查，只是需要时间。冯正道很无奈，除了等待，别无他法。

放假前，常山派苏木去马辛乡下的老家打探，看马辛是不是偷偷回来过年。苏木坐着乌篷船，手里拿着地址，找到马辛家，很破旧的一间草房。马辛的老娘一只眼睛是瞎的，生活困苦，家里全靠儿子在工场做工挣钱养家糊口。苏木问了左邻右舍，都说马辛以前是一个月回来一次，最近没看到他回来过。苏木看着马辛老娘一脸期盼儿子的样子，忍不住告诉她，马辛已离开冯家药号去了上海，等他发财了会回来。马辛老娘很惊讶，她不明白儿子本来好好地在冯家药号干，怎么会一声不吭去了上海。苏木让她等马辛回来了问，其他的就没再多说。

回到药号，苏木把相关情况向常山作了汇报，常山又跟冯正道提了提。这个结果也在他们意料之中，不管马辛跟提货的人有没有关系，他肯定都会躲起来。

第六章

推 进

在压抑的气氛里，新年到了。

这一年冯宅与往年不同，虽然挂了红灯笼，放了炮仗，买了不少年货，冯正道给佣人们也发了红封，但少了真实的喜气。主人家心情不好，下面的人都很有眼色，走路说话规规矩矩，不敢造次。

正月是走亲访友的好时机，冯宅从大年初二开始就客人不断，冯正道、冯正义即便心里压着块大石头，有客上门，还是热情接待。

这一日上午，钱高峰和张东财带着礼物到冯宅给冯五洲拜年。冯五洲在客堂间接待他们，冯正道和冯正义作陪。

"两位贤侄，中午留下吃杯酒。"冯五洲热情邀请道。

"冯叔，我和东财中午另有约，下次定来陪冯叔喝两杯。"钱高峰抱歉地说。

冯五洲见他们真有事，就不再多说，大家坐在一起喝茶聊生意和时局，话题不可避免提到了偷盗案。

张东财问："你们有没有发现这两年偷盗案件发生的频率特别高？去年一年，就发生多起入室抢劫和当铺、商行被盗，还有船上旅客被抢等恶性事件。"

冯正道和冯正义还真没太在意，除非是大案，一般听过算数，不会放心上。张东财补充道："大多是团伙作案，我听说有些案件是大岚山盗匪所为，你们这次遭的很有可能是那帮人。现在就盼着新上任的道台大人能有魄力把那帮盗匪给剿了，而不是像前任一样只知道整天打我们这些商家的主意。"

冯正义听是盗匪，并不意外："我当时就有怀疑，会下迷药的应该是江湖中人。若真是这帮盗匪，上次尝到了这么大的甜头，还会不会故伎重演？至于官府，大过年的，他们就算愿意去剿匪，也不会选这个时候。"

钱高峰说："对官府还是不要抱什么幻想，我们得靠自己。现在我药行所有放贵重药材的地方都上了双重锁，库房也改成内锁外锁，晚上值夜的人都让他们睡在里面。"他的恒峰药行跟冯家药号一样，做药材和成药的批发、零售生意，只不过侧重点不同，恒峰药行的成药品种没有冯家药号多，而且他们的特色是各种膏药。

冯正道有些发愁："你这个法子不错，我们药号也加强了安保，可心里总不是很踏实，晚上都睡不安稳，怕哪天没提防冲出来一只恶虎把冯家给吞吃了。"

冯五洲见大儿子的脸色很差，决定让沈世荣开个药膳方子过来，一家人好好补补。他对冯正道说："就当破财消灾，你也别多想。"

钱高峰和张东财齐声附和，冯正道苦笑，道理他当然懂，只是一想起就很心痛。冯正义见气氛有些凝重，忙转移话题说过几天要出门去采购药材。钱高峰问道："正义，你这次准备去哪几个地方？"

"第一站先到重庆，四川那边好药材不少，然后去云南或贵州。"

"你若去四川的话，帮我留意一味药材，如果有，有多少就帮我代购多少，我回头叫人送三千两银票给你，到时候若不够，你帮我先垫付。"

冯正义答应下来，又好奇地问："什么药材？"

"空青，四川那边可能有。你知道我们药行有很多膏药品种，其中最受欢迎的就是治眼疾的那款膏药，但生产量很小，主要是空青这味药材不好找，巧妇难为无米之炊。别的药还能找替代，可治眼疾的这药方里必须得有它。东财，你们的船出去了，也帮我留意一下。"钱高峰知晓张东财药行的那艘船每次出去都是设计好路线，一边采购，一边有机会就倒腾着买卖，赚得盆满钵满。茂昌药行还在全国很多地方设立了代收代销点，令人羡慕。

"没问题，我回去就跟采购人员打声招呼，让他们一起帮着找。"张东财爽快答应。

"那就谢了。我们药行的采购人员去年跑了广东、湖北、内蒙古等地，只找到极少量的货源，现在库存所剩无几，我有些急。"

冯正义对空青这味药材的药性还是有所了解，此药具有凉肝清热、明目去翳、活血利窍的功效。它不是植物，而是一种奇特的矿石。说实话，他采购的药材品种够多了，但空青还真没见过几次，那东西太稀少。怕自己认错，冯正义让钱高峰送一小块空青样品过来，他到时候带身上。钱高峰一口答应。

众人聊了会儿闲话，因还有事，钱高峰和张东财没有多坐就告辞离开。随后，钱高峰派他儿子给冯正义送来了一只盒子，里面装着一小块空青和三千两银票。冯正义收下，想到马上又要出门，妻子那里还得再哄哄，于是就进了一趟城。

晚上，冯正义从口袋里掏出一只首饰盒递给乐如眉："送你的。"

乐如眉接过首饰盒，狐疑地看了丈夫一眼，说："好端端的，怎么想着给我送首饰？"

冯正义笑着说："你辛苦一年，给你买件小礼物。看看，喜不喜欢？"

乐如眉打开首饰盒，里面是一根白玉簪，雕成玉兰花的样子，很是精致。乐如眉一见就喜欢上了，照着铜镜，她拿起玉簪插在发髻上，眉开眼笑地问："好看吗？"

"好看，很配你这身红色的衣裙。"

乐如眉把白玉簪取下来，放进首饰盒里，问道："这簪子你刚去买的？"

冯正义说："是的。"

乐如眉娇嗔地说："无事献殷勤，说吧。"

冯正义呵呵笑了几声，跟乐如眉说了他又要出门的事。乐如眉转过背，不想理丈夫。虽然冯正义年前回来就跟她说起过完年要出门，但她没想到这么早，还以为至少过了正月十五才会走。她实在有些无法理解，这药号又不是二房一家的，丈夫这么拼命干吗？"你说说你才回来几天？就算回来了，也不见人影，现在又要出门去，人家过年一家团圆，热热闹闹，我们家倒好，有男人跟没男人一样。"说着说着，眼泪就下来了。

冯正义只好耐心跟她讲道理："我这么辛苦也是为了这个家，一笔写不出两个"冯"字，二房和大房一体。这次损失实在太大，若非之前阿爷和阿爸挣下的家底厚，那就不只是伤筋动骨了。大哥这段时间每天晚上都睡不着觉，他嘴上没说，但我知道他压力很大。"

冯正义又说了一堆软话，乐如眉知道自己无法让丈夫改变主意，就顺势下了台阶。这一晚，夫妻俩好好温存了一番。

冯正义跟冯正道和冯纵山说了正月初五出发的计划，冯纵山没意见。大儿子回家没几天又要出门，童香芸很舍不得，可她又说不出阻拦的话，只好闷闷不乐替儿子去收拾行李。冯纵川回宁波后，安静了许多，他第一次意识到自己对这个家没有过任何贡献。阿哥只比他大两岁，却比他懂很多很多。他想起阿爷说过的话，是该好好想一想以后的路该怎么走。之前他以为就凭冯家小少爷这身份，自己什么都不用做，家里的钱也用不完。可一次偷盗就能让冯家大伤元气，一旦有事，他手不能提，肩不能挑，岂不要活活饿死？想到这里，十八岁的冯纵川心里涌起了从未有过的羞愧和不安。他想这次就跟着阿叔和阿哥一起出门，去开开眼界。他提出了这个想法，结果没有一个人同意。冯正义的理由是这次采购任务与以往不同，会非常辛苦，而且要去的都是些偏僻地区，怕他吃不消，到时候反而误事，下次有机会再带他去。冯纵川被说服了，帮不了忙，至少也不能拖后腿，那就等下次机会。

冯纵山知道弟弟的想法后，安慰道："阿川，你安心在上海，以后阿哥带你去。如果不想继续在药号，那就去读书吧，总要学点东西，不要荒废了。"

"阿哥，我会好好去读书。"冯纵川向阿哥保证。

冯正道原想着叫冯正义把将离和明石带上，冯正义觉得大过年的还是算了，那两个小伙子跟着他一年忙到头，难得休息几天。"大哥，过完年，你叫常山去采购一批浙药回来。我这次带几种样品过去，看看有没有合适的药商可以合作，开拓一下新市场。将离和明石这两人可以培养，让常山多带带他们。"

"这事我会安排好，你们两个人出门在外一定要注意安全，到了一个地方寄封信回来。"冯正道见弟弟坚持，又想到两个人不是第一次出门，便不再多言。

"好。"

转眼到了出门的日子。冯正义和冯纵山已在头天晚上和老爷子提前道别，大清早就没有再去打扰。大门口，童香芸拉着冯纵山的手再三叮咛："一定要多写信回来，吃好点，别省银子。"

"儿子记住了。"冯纵山不是个善于表达感情的人，想了想，只说了一句："阿姆，你和阿爹都多保重身体。"

冯正道上前，拍拍儿子的肩膀，说："路上当心。"

"阿哥，你要记着给我写信。"冯纵川很想今天跟着阿叔和阿哥一起回上海，又怕阿爹和阿姆不高兴，只好在家再待几日。

"好，阿哥会给你写信，你有空多回来陪陪阿爷。"

"我会的。"

站在一旁的乐如眉看着丈夫，眼睛里写满了浓浓的不舍。冯正义把妻子脸上的一缕碎发理到耳朵背后，轻声说："我走了，家里就交给你了。"

"你放心，我等你回来。"

轿子来了，怕误了上船时间，只好把千言万语化作一句"平安"。几个人就这样站在大门口，目送叔侄俩又一次踏上了远行千里的路。

正月初六，药号开门营业。

新年开门第一天，很多药店都会有一种仪式，冯家药号也不例外。大清早，常山就去"药皇殿"买了一些胖大海和大莲子，寓意大发大利。伙计们进店后，先净手，然后拣万金枝和金银花，寓意取黄金和银子。这一日若有人来配药，杜若会故意把药名换个名称喊，如把"茱萸"称为"如意"，"贝母"称"元宝贝"，"桔络"叫"福禄"，等等，讨个彩头。冯正道很注重这些仪式，见店里一切都井井有条，很满意。他把冯正义临行前说的采购浙药的事转告常山，常山表示知道了，他会安排好。

冯纵川在家又待了几天后准备回上海，这段时间他一直在想自己今后的路该怎么走。临走前，他找阿爹谈了自己的想法。等药号找到司账助理，他想去好好学洋文，以后到洋行找一份工作。冯正道对小儿子还是有点心软，只要不是很过分的要求，他愿意成全。说到底，他对小儿子的品性还是很认可，相信离谱的事这孩子不会去做。

"记住了，不许去碰赌嫖和大烟。如果你敢去碰，就不再是我冯家子孙。"冯正道警告道。

"阿爹，你放心，我绝对不会去碰那些东西。"冯纵川一脸认真地回答。

"有空多回来看看你阿爷和阿姆。"

"嗯，我一定常回家。"

冯五洲和童香芸虽然很想让冯纵川再多留几天，可年轻人在家里关不住，只好随他去。

冯纵川回上海后，跟冯安富说了自己的打算，等新助理上岗，他再离开。冯安富之前还以为冯纵川过了年就不来药号了，他已托人在打听有没有学司账的年轻人，只是一时没有合适的人选，不管怎么说，这个岗位还得找知根知底的人才放心。现在冯纵川既然愿意等到新助理到位才走，当然更好。其实前助理很不错，可惜半年前因母病重回乡，后来没了联系。冯安富心里琢磨要不要写封信去问问。既然想到了，就立马行动，他找出前助理的老家地址，写信前去询问。

一个半月后，新的司账助理人选终于定下来了。前助理一直没有给冯安富回信，冯安富只好放弃，这时恰好有经销商朋友听说他在找司账助理，就向他推荐了一位二十四岁的青年，名叫蒋文炳，宁波奉化人，来上海十四年，学的是司账，各方面条件都比较符合要求。

冯安富对蒋文炳的第一印象很好：身材匀称，长相斯文，衣着整洁，说话语气温和。他把蒋文炳带到账房间，让老司账程兴面试。五十二岁的程兴是药号老员工，留着花白胡子，是个沉默寡言的小老头。他问了一些司账方面的知识，蒋文炳对答如流。一番交流后，无论是冯安富还是程兴，对蒋文炳都比较满意，助理的事就这样定了下来。

面试时，冯纵川一直在旁边看着，蒋文炳对业务的熟练程度远远超过自己，这让他既惭愧又高兴。惭愧的是自己学得不精，高兴的是有个优秀能干的助理，程司账以后可以轻松些。

得知蒋文炳是奉化人，冯纵川不由好奇地问道："你来上海很多年了吗？奉化口音听不太出来。我认识一位做衣服的裁缝师傅，他那个奉化口音很明显，说话特别硬。"

蒋文炳微笑着说："我十岁来的上海，奉化话确实不太会讲了。"

冯纵川很热情地说："你下次要做衣服，我可以给你介绍，对了，那师傅也姓蒋。"

蒋文炳已知冯纵川身份，朝他作了一个揖："冯少爷真是个热心人。"

冯纵川笑了笑，他把手头上的工作和蒋文炳做了交接，等都搞定，天色已晚，便跟大家告别，准备打道回府。

冯安富叮嘱道："有事记着来找伯伯。"

冯纵川说："我晓得。"

走出药号，冯纵川叫了一辆东洋车回冯公馆。坐在车上，看着上海热闹的街景，想着从明天开始，他若隐去"冯家小少爷"这个身份，不知道能不能凭自己的能力，在上海找到一口饭吃？想到这里，他不禁兴奋起来，自己虽没有阿哥能干，但也不愿做个废物，不过很快又冷静下来，还是先去巩固洋文吧。

回到冯公馆，石耳向他汇报："小少爷，叶少爷派人来传话，约你明天上午十点去清风阁茶馆。"

冯纵川正打算去茶馆打探消息，叶家驹此约正好。

第二天，冯纵川一个人来到清风阁茶馆。上二楼，叶家驹看到他，朝他招手。冯纵川走过去，见旁边坐着一位陌生的年轻人，那张脸不像他和叶家驹那般阴柔，倒跟他阿哥很像，有一股英武之气。

叶家驹连忙介绍："阿川，今天我给你介绍一位新朋友，我家亲戚项有志，也是宁波人，现在华英药房任司账。人特别好，有志哥比我俩大三岁。"

冯纵川和项有志彼此客气地打了招呼。三个人一边喝茶一边聊天。冯纵川瞧了瞧四周，轻声说："阿驹，我不去药号了，新的司账助理已招到。我这次过年回家，发现自己很没用，什么忙也帮不上。"

叶家驹很惊讶地问："那你想去做什么？你是受什么刺激了吧？"

项有志投来好奇的目光。冯纵川的情绪一下子低落下来，他喝一口茶，简单说了冯家药号年前遇到的事，听得叶家驹和项有志心惊肉跳。叶家驹说："难怪你会有这样的想法，你们家这次损失也太大了。阿川，我阿爹整日批评我不学无术，要不我们一起找个事做？"

冯纵川一听，激情又回到身上，说："我的理想是去当买办，这个不需要本钱，只要有本事。但我阿叔讲，当买办，我这个年纪不合适，太年轻，人家不相信，而且当买办洋文要好。所以我想先去补习洋文，巩固一下，再到洋行找份工作，过几年有合适的机会去当买办。"

项有志看冯纵川的眼神充满了探究，说："买办以前有很多要求，必须通过官府才行，现在洋商可以自由选择代理人，不过冯少爷，你阿叔说得对，你太年轻了，洋商不会雇你当代理。"

"项先生，你不要叫我冯少爷，太见外了，叫我名字好了，或者跟阿驹一样，叫我阿川。"冯纵川正试着抹去"少爷"的身份，对称呼就比较敏感。

项有志是个爽快人，立马同意："好，阿川，那你也不要那么客气叫我项先生，你若不嫌弃，就称我一声有志哥。"

冯纵川叫了一声"有志哥"，两个人感觉一下子亲近了许多。接着，冯纵川又说了想当买办的理由："年前我阿叔带我和我阿哥来这里喝茶，我目睹一个买办跟卖家谈生意的样子，很厉害。我琢磨，买办这个职业好，没什么风险，只要两边牵个线，谈成了有钱，谈不成就当浪费些时间，正适合像我这种没钱却又想做事的人，总有一天我一定会成为一个厉害的买办。"

叶家驹一脸谁信你鬼话的样子："你冯家小少爷没钱，那谁有钱？"

冯纵川辩解道："阿驹，你不知道我阿爹从来都不准我乱花钱，他怕我有了钱会学坏。"

项有志更感意外，为冯家的家风。冯纵川喝了一口茶水说："不怕你们笑话，我以前从未认真想过以后干什么，反正有阿爹阿哥在。可这次回家让我意识到一个问题，如果冯家倒了，我不再是冯家少爷，我又该怎么办？"

叶家驹和项有志对冯纵川有这样的想法很惊讶，虽是个假设，但以后的事谁又能说得清呢？叶家驹跟着假设了一下若没了叶家……还没敢深想，心里就打起鼓来。未见冯纵川之前，项有志还以为冯家少爷是个只知吃喝玩乐的富家子弟，没想到原来他有这么清醒的认识，投过去的目光里多了几分敬佩。他的出身跟眼前这两位少爷不同，他只是叶家的远亲，小时候家里很穷，只读了几年私塾，十三岁时一个人去了人生地不熟的苏州，一边当学徒，一边自学文化。去年到上海，叶家驹的父亲叶林松介绍他去了华英药房，那边恰好急需一名司账。叶林松倒是问过他愿不愿意在叶家药房工作，但叶家药房暂时没合适的岗位，他就去了华英药房。

三个年轻人坐在茶馆，越聊越投机。尤其是冯纵川和项有志，一副相见恨晚的样子，惹得叶家驹都要吃醋了。冯纵川说："阿驹，你今天做了件好事，让我认识了有志哥，实在是三生有幸，谢谢你，好兄弟。"

叶家驹得意地哼了一声："你知道就好。"

项有志笑了起来，朝两位小弟抱拳道："这是我的荣幸。"

从茶馆出来，三人各自回家。冯纵川自信满满，他觉得自己像一把还未出鞘的剑，等待崭露锋芒的时机。

叶家驹回到家，跟叶林松说起冯纵川的打算。因叶家驹的关系，叶林松对冯家这位小少爷印象很好：除了贪玩点，并没有沾染有些富家子弟的不良恶习。听到冯家小少爷的理想是当买办，叶林松觉得很有意思。他不是瞧不起买办这个行业，相反，买办不是谁想当就能当，过去只有有权有势的人才能谋得此位，现在虽没那么多限制，但你得有真本事让洋商看中。年轻人有自己的想法很好。叶林松借此话头便对叶家驹说："你是不是也该去学点东西，你看有志，只比你大三岁就能独当一面。"

"我这不是有个好阿爹吗？"叶家驹嬉皮笑脸地说。

"富不过三代，家驹，你若没有创业的本事，至少要学会守业的本领，不然叶家有再多的钱早晚要被败光。"

叶家驹心虚地低下头，半天才憋出一句话："那要么我重新去学洋文？"

叶林松挑了一下眉头。他们叶家情况有些复杂，三房一子，他两个哥哥生的全是女儿，他生了两女一子，两个女儿已嫁人，儿子又是最小的，难免有些娇生惯养，吃不得苦。不过让他欣慰的是，除了不爱读书，这孩子生性善良，人又聪明、活络。现忽见儿子有了上进心，叶林松很是宽慰："你想重新学洋文是好事，只是这次去洋文学校，切不可再半途而废。"

"放心，阿川的洋文很好，我也不能落后。"

叶林松没想到自己三天两头说教，还不如冯纵川这一激，又气又好笑，心里对冯纵川的印象分又提高了几分。父子俩难得父慈子孝，一片和谐。

隔日，叶家驹来找冯纵川，说要一起去洋文学校补习洋文。冯纵川说："太好了，那我们一起去。你以前不是不喜欢洋文吗？"

叶家驹摸了摸自己的鼻子，有些不好意思："别提了，以前心思不在读书上，学过就忘。现在想想，我俩是好朋友，你说你能讲一口流利的洋文，我结结巴巴的什么都说不出来，岂不太没面子？阿川，你不要得意，我很快就会赶上你。"

冯纵川没想到是这个理由，不由得大笑，他拍着叶家驹的肩膀说："行，那我俩比比谁更厉害。"

一时，两个年轻人都激起了好胜心，暗下决心定要读出点花头来。

第七章
新药与栽赃

不知不觉，又到了春暖花开的季节。

冯正道和沈世荣开始准备炼制起死回生丹。由于不清楚实际效果，又考虑到成本，经过商量，冯正道和沈世荣决定第一批先炼制五十颗出来。怕人多眼杂，冯正道还专门在药号后院清理出两间空屋子供沈世荣使用。沈世荣把所需的药材列出来，根据配方比例称重，每样分成五十份，让川朴和川连用药碾子一份份碾碎，反复碾，再用石臼捶打至粉末状。这个工作比较烦琐，有的药材捶不成粉末，则需要煅成灰。把每·颗药丸所需的药粉混合在·起，用高度白酒调湿度，再用少量蜂蜜调黏度，搓成药丸，最后用模具让每颗药丸都变得光滑匀称。搓药丸，沈世荣不放心别人干，就把已养好伤的秦艽和小蓟叫过来一起帮忙。秦艽见沈世荣这般重视，知是炼新药，但他没问，只做好分内的事。至于川朴、川连和小蓟，更不会多嘴了。

五十颗药丸做好，沈世荣把它们一颗颗摊开，晾在竹匾上，放到二楼账房间隔壁一个偶尔用来待客的房间窗台，打开前后窗户，通风晾干。他提醒账房间的人，不要让闲杂人等上楼，离开时一定要锁好下面上楼梯的那道门。

谁知有一天晚上，遇狂风暴雨，不但晾药丸的竹匾被吹翻了，雨水还把药丸全给打湿了。当时沈世荣在家，看到这天气，想起那些药丸，急得团团转。可这么大的风雨，不好出门，更重要的是他没上楼的钥匙，只能干瞪眼。好不容易等天亮，跑去一看，药丸全部报废。他既心疼又自责，主动找冯正道要承担损失、扣薪资，冯正道没同意，只让他重新做第二批。

一个半月后，沈世荣看着一颗颗散发着淡淡酒香的药丸，非常激动，终于成功了！沈世荣让川朴把每颗药丸都裹上专用防潮纸，装进一只瓷瓶里，盖上盖子。他捧着瓶到冯正道办公室，高兴地说："正道，你快来看看这药丸。"

冯正道打开盖子，从里面拿出一颗放在掌心，揭开专用防潮纸，用鼻子闻了闻，说："这药丸跟其他的药丸是不一样，虽带点酒味，但整体气味很纯正。就是不知效果如何。"

沈世荣自信地说："应该不会很差，这药丸我已留出十颗，遇上内伤病人可以试，余下的先放你这里。"

冯正道点点头，把瓷瓶放好。沈世荣又说道："我看秘方上写了头伤者加藁本、脚伤者加牛膝、手伤者加桂枝、腰伤者加杜仲、肋伤者加白芥子。今天炼制的这瓶没另加，我想干脆针对各种症状都炼制一百颗备着，你觉得如何？"

"可以，这事你做主好了。"冯正道说。

"好，那我明天继续。"

就这样，沈世荣吃住在药号，除了给患者治病，其他精力就放在炼制起死回生丹上。秦芫全力配合，小蓟暂时留药号帮忙。川朴川连因为熟练，分配给他们的任务也完成得越来越快。

当沈世荣把一只只瓷瓶放到冯正道面前，眼睛里盛满了喜悦的光芒。冯正道看着瓶子外贴的编号，不禁被沈世荣逗笑："牛一、桂二、杜三、白四、本五，哈哈哈，真有你的。"

　　晚上，冯正道把一颗起死回生丹递给冯五洲，冯五洲闻着药味，心情很复杂，既高兴冯家药号的成药多了一个品种，又怕外界知道这个药方名，带来祸事。"此药对内伤重症究竟有没有效果，效果如何，还需要验证，先不要急着推出去。试用的人要让他们签下同意试药书，免得出事惹来官司。药名就叫回阳丹吧。"

　　冯正道正有此意。有关药名，他和沈世荣这段时间一直在斟酌，原本想着是不是取个普通的，可若要推向市场，贴着普通药名的新药很难引起关注，更不可能售高价，而药的成本又在那里，总不能卖一颗亏一颗。他当即说："回阳丹这名字好。试药的事，阿爸放心，我和世荣都有数。"

　　冯五洲把药丸装进小瓶子，放进抽屉，拿出一封信。"你丈人的信，他提到江宁府有两家药店在低价销我们的药。"

　　冯正道马上猜到一个可能："恐怕来路不正。"打开信一看，猜测正确。

　　童世海在信中说江宁府有两家药铺在出售冯家药号的虎骨胶、鹿角胶、人参再造丸，价格比他们正仁堂还要便宜两成。他开始以为是不是假冒的，特意派人去各买了一瓶回来，可看来看去，药和药瓶都一模一样，很纳闷他们的定价为什么会这么低。后来经过打听，说是有人上门来低价推销，他们见货是真的，贪便宜收了，怕卖一样价格没优势，就故意降价销售，以便早日回笼资金。童世海来问是不是有人偷了药号库房的货出去卖，让他们好好查一查。

　　"上海那批丢失的货一共有四个品种，这里有三种，只有止血丹没提到，估计是被冒领人留下或卖到别处去了。这也证实了我们之前的猜测，对方不是普通人，他们不但能杀人灭口不留痕迹，还能转移药品到别处销售。"冯正道眉头紧锁，他又想到宁波被盗的那批货，这么久了，官府一直没有消息，一想就心里就堵得慌。

"给你丈人写封信，到时候把我的回信一起寄出。你告诉他详情，让他们那边找找，看还有没有其他线索。这两件事若没关联还好，若有，怕只怕以后没得清静日子过了。"冯五洲神情严肃地说。

"这正是最令人担心的地方。"

书房里，父子俩陷入了久久的沉默。

在冯正道准备放弃等待时，官府那里终于传来消息，说抓到一名大岚山盗匪，招供了这几年他们参与的宁波城乡多起盗窃案，其中就有冯家药号。只是大岚山地形复杂，盗匪又神出鬼没，官府暂时还没有力量去捉拿围剿，目前只能这样。

冯正道想起正月里张东财到冯宅来拜年，提到了大岚山盗匪，没想到真是他们作的案。他急着想了解盗匪为何会盯上冯家药号，于是私下去找了衙门里专门负责保管案件卷宗的书吏，塞了银子，得到内情：是有人与大岚山盗匪合作，盗匪只管偷，对方负责销，所得五五分成。据此人招供，大当家之所以会接下这一单，是觉得此事简单又利厚，只撬个门锁，搬个货物，不费劲就能得五成，合算。为了确保偷盗行动万无一失，他们用了迷药，进库房后，才发现里面堆满了货物。他们虽有准备，但根本拿不了这么多，只好偷了高档药材和一些成药，顺走了几袋药材。得手后，货连夜被对方用小船运走了，至于运到哪里，他们不清楚。对方是什么身份，也只有大当家知道。更重要的是，大当家除夕夜莫名失踪，至今下落不明。

冯正道明白，他们最担心的事还是发生了，偷盗案并非偶然，而是有人故意为之。苦思冥想，自己好像没得罪过人，这么多年，冯家一直秉承和气生财的原则，谁会在背后下黑手？这案子表面破了，实际上仍疑云重重，要知晓真相，恐怕只能等那位大当家落网。只怕是这位大当家已被灭口，死无对证。想到暗处有一条毒蛇吐出蛇信子在盯着冯家，冯正道不禁毛骨悚然。非他胆怯，实在是过去的四十多年，他从未遇到过这么严峻的考验。

回到药号，冯正道闷闷不乐，坐在办公室发呆。常山和沈世荣过来询问。冯正道简单说了下内情。两个人虽有思想准备，但确定真是这么一回事，心里不免暗惊。

"那个人应该跟盗匪大当家很熟，不然那大当家凭什么相信对方最后会分一半银子给他们？"沈世荣分析道。

"对，也只有是熟人才不提防。这大当家极有可能已被灭口，这样对方可以独吞这大笔赃银。"常山越想越觉得这个可能性最大。

冯正道点点头，说："大当家失踪太蹊跷，只有死人才最让人放心，可见这幕后之人的狡猾和狠毒。我现在担心对方还有下一步行动，不知道会出什么招。"

"逃不脱给你来个栽赃陷害。"沈世荣想着以后开药方得更加谨慎才行。

"工场那边得让秦艽他们盯紧点。"常山说。

正说着，川连慌慌张张跑进来，结结巴巴地说："大冯经理，不好了，有人来闹事。"

三人一愣，急忙出去，见店门口堆了四只麻袋，两个壮实的男人站在那里，一青年，一中年。中年男人看到常山，粗着嗓门说："常查柜，你们冯家药号怎么回事，居然把假药材批发给我，是不是欺负我是外地来的？"

常山上前，朝中年男人作了个揖，义正词严说："胡先生，我们冯家药号开了这么多年，从来没有卖过一钱假药材，不知胡先生为何要污蔑我们？"

"谁污蔑你们了？常查柜，你睁大眼睛好好看看，这几袋药材是不是我昨天才从你这里进的货？"这位胡先生气愤地说。

冯正道见街上看热闹的人都围了过来，上前说："我是冯家药号经理冯正道，可否请两位先生进店，我们坐下来好好说说药材的事。倘若真是我们的责任，绝不推卸。可如果不是我们的责任，也请先生谨言。"

"就在这里说。"对方坚持道。

冯正道和常山、沈世荣都不约而同想到一个词——"来者不善"。冯正道说："好，那就在这里讲。我只想问一句，昨天你进货时没检查过吗？"

那男人激动地说："我是听说你们冯家药号的名号，货真价实，才找你家进货。昨天是开过袋，但没仔细查，因为我相信你们。今天我准备发货走，发现有个袋子破了，换袋子时把里面药材倒出来，才发现混有假药材，如果我没发现，这些货就运走了，倒霉的是我。你们别不信，货栈伙计可以替我作证。"

说完，那位年轻人主动打开一麻袋，把里面的药材倒了出来，指了指地上的东西，说："我们进的是浮海石，结果这里面只有少部分是，一大半是普通石头。"

沈世荣蹲下身，用手一扒拉，发现在清肺化痰、软坚通淋的浮海石里掺杂了不少随处可见的小石头。他站起来对冯正道说："还是报官吧！"

冯正道最开始不想惊动官府，现在看对方想闹大的样子，就没必要私下协商。还有这么多人看着，若大家以为冯家药号卖假药材，以后他们生意还做不做？常山让川朴跑一趟衙门，这会儿他们三个反倒不急了。那两个男人听到常山派人去请衙役，脸上闪过一丝慌乱，又很快镇定下来，依然一口咬定药材有问题。

衙役来了，老熟人张三和李四。

另三袋也被打开。外面写的是补肝肾、强筋骨、安胎的杜仲，里面却装着普通的树皮；凉血除蒸、清肺降火的地骨皮袋子里有三分之二是烂树根；最离谱的是一袋写着姜半夏的，居然没一片是真的。

常山沉着脸说："胡先生，你非要这么说，那我也可以讲，你昨天是进了四种药材，可你又要如何证明今天拿来这四袋就是昨天的那四袋？"

"对啊，商品离柜，概不负责，这是祖宗传下来的规矩，你买的时候怎么不仔细检查？"有人抱打不平。

"说不定还真以次充好，以假乱真。"人群里，有人在煽风点火。

常山目光扫过去，看热闹的人太多，他没找到那个说话阴阳怪气之人，再一次开口道："冯家药号绝不会做这种自毁牌子的事，没这么傻。多年来我药号一向以熟知药材产地、精于鉴别、择优进货的标准而闻名。不仅仅是冯家药号，整个宁波药业，都诚信为上、货真价实、童叟无欺。随便你找哪一家，都一样标准。"

"那你们又如何证明昨天给我的是真药材？"对方不依不饶。

"现在我请大家一起到我们的库房去，当着众人的面随意抽查里面的药材，倘若发现有假货，这两位先生的损失由我们双倍赔付。如果没有假货，那就请两位去一趟衙门，说说为什么要栽赃冯家药号。"冯正道冷静地说。

张三和李四也觉得冯家药号很倒霉，明眼人一看都能发现这里面有猫腻，这般胡搅蛮缠，说到底就是想恶心冯家。两人当即同意冯正道的建议，一行人浩浩荡荡去了制药工场。沈世荣没跟过去，他又细心察看地上的那堆真假药材，得出结论是对方有备而来，低声骂了一句。秦艽等人看到衙役带着这么多人过来，开始没明白过来，转念便猜到大概。

站在库房门口，冯正道请张三去请附近几家药铺的查柜过来，他们内行，认识药材，帮着一起查。等人齐了，打开库房的门，冯正道让秦艽和商陆带着两位衙役和几位查柜进去，随机抽查，当众验货，其他闲杂人等在外面等着。

冯正道没有进去，他见那两个人一副胸有成竹的样子，有些吃不准，莫非库房真被人动了手脚？再想想，觉得不太可能。去年偷盗案发生后，正义他们可是重新盘了库，在盘库的时候所有药材都仔细检查了一遍，就怕有人趁机埋下祸根，陷害他们。从那以后，进出库房要求更严，想调换药材，除非管理的人全被收买。只是不知为何这两人不但不惊慌，眼神里似乎还有些雀跃？这究竟怎么回事？冯正道心里七上八下。

一袋又一袋药材被抬出来，检查结果，没有发现假货。冯正道仔细观察那两人的神情。请来的几位查柜用绝对肯定的语气告诉围观的人，没有发现假药材。话音刚落，那两人脸上闪过一丝惊愕，然后转身就跑。

"快抓住他们。"常山一直盯着那两人，见此情形，高声大喊。

秦艽和常山去追人，张三和李四立马跟上，还有围观了整个过程的旁观者。两人见势不妙，分开跑路。在有心的人干扰下，年轻人跑得不见踪影，那位胡先生被抓住了，但还不老实，嘴上仍在大喊冤枉，一行人又跟着衙役去了衙门。冯正道去击鼓，有小吏走过来说："大人今日不在，你击鼓也没用，有事明天再来。"

冯正道朝小吏作了一个揖，说了栽赃的事。小吏同意先收监，有事明日再议。冯正道无奈，只好和常山、秦艽悻悻而回。

路上，冯正道问常山："这两人以前是不是没有到我们药号来进过货？"

常山很郁闷地说："是的，第一次，外地客商。本来就是一手交银子一手交货的买卖，我就没怀疑，哪知道竟是个圈套。"

冯正道说："我发现他们好像一点也不怕我们去库房，直到听说里面没有假货脸色才变。常山、秦艽，交给你们一个任务，去排查工场所有员工，看谁有异常。我总觉得他们最初的计划应该是在我们库房发现假药材，把我们锤个半死，我怀疑有内应。可能是现在库房管得太严，没机会下手，他们这次栽赃才失败。"

秦艽说："昨天之前所有出去的货都正常，那我们就查这两天每个人的行踪。"

常山附和："对，哪个时辰，在哪里，做什么，有没有证明人，都一一记录下来，找找线索。"

冯正道又想到一个可能，提醒道："还有工场各个角落都仔细找找，他们若想把假药材混进库房，数量不可能多，估计就小小的几包，放在醒目地方，故意让人发现，说不定那东西还来不及扔。若找到内应之人，明天一早我们就送去衙门，晚上我在药号等你们消息。"

常山和秦艽加快脚步往工场去，冯正道回药号，跟沈世荣说了相关情况。沈世荣有些担心："可惜让另一个人跑了，这位收监的晚上不会出幺蛾子吧？"

冯正道迟疑道："不会吧，好歹是官府的牢狱，难不成还有人把他给放了？"

沈世荣想想这个可能性不是没有，又怕冯正道晚上睡不着，忙说："可能是我多虑了。"

常山和秦艽到了工场，跟商陆碰头，分开行动。两人找了间办公室，开始一个个询问，对有机会进入库房的人重点查询。两个人一个问，一个观察记录。另一边，商陆一个角落一个角落找过去，还真让他找到了可疑之物。在晒药材的院子里一个角落，有十几块黄褐色拳头大的石头。商陆拿起一块看，不确定这是别有用心的人放的，还是单纯只是石头。看天气已晚，不方便再找，商陆捡了一块回办公室。

商陆进去的时候，刚好看到秦芄开口在问川柏这两天的行踪。川柏一脸忐忑，视线落在商陆手上拿着的黄褐色石头，不由得双腿一软，颤抖着声音说："我说，他们吓我，如果不照办，就把我打死扔河里。他们让我当内应，给我一袋石头，让我昨晚值夜时，避开其他人把石头放到装雄黄的袋子里，还要求我必须把雄黄袋搬到门边。我害怕，可又不想做对不起药号的事，就把那些东西扔在院子角落了。"川柏指了指商陆手上的石头，低下头，两手不停地搓动着。

川柏的话让三个人精神一振，秦芄问："来找你的是什么人？你为什么不提前讲？"

"不认识，天黑，一个个都戴着帽子，看不清脸，就前晚上的事。我当时出去了一下，在小巷子被他们堵住。回来后我想过找商货头，可我又怕你们不相信我，不敢说。"川柏还是一脸惊恐。

常山反问道："那你现在怎么愿意说了？"

川柏解释道："今天的事我听说了，如果昨晚我真把东西混进雄黄袋，这祸就闯大了。你们若不来找我，我也想晚上去找大冯经理坦白。"

"你不怕他们报复？"常山的语气里略带疑惑，他不是很相信川柏的话。

"我想求大冯经理同意我去上海。"这是川柏想出来的最好躲避报复的法子。

常山一听这个理由倒是可信。秦芄问常山："其他人还要问吗？"

"继续问，那几个人又怎么会知道川柏昨晚值夜？搞不好还有别人在当内应。"常山不敢掉以轻心。他让商陆先带川柏去冯正道那里，这边继续询问。

沈世荣陪着冯正道在药号等消息，看到商陆带着川柏进来，立马关上经理室的门。川柏老老实实说了事情经过，讲完后小心翼翼地问："大冯经理，我怕他们把我打死，可不可以让我去上海药号避避风头？"

"你明天跟我去一趟衙门作证，作完证，你去上海。"冯正道说。

川柏很激动，连声道谢，他很庆幸自己没有做那蠢事。冯正道让商陆和川柏回去，明天一早再过来，他和沈世荣还要等常山他们的消息，看看会不会有新发现。

商陆和川柏回去了。沈世荣拿起商陆带过来的那块石头看："如果让这玩意混进雄黄里，那真落入他们圈套了，这招好阴险。"

"这次可以百分百确定，有人在背后搞鬼。"

沈世荣放下手中的石头，深有同感："真刀真枪不怕，最怕这种阴谋诡计。"

两个人心事重重地坐在那里等，常山和秦艽一直到午夜，才把近百位员工询问了一遍，暂时没发现什么问题。两个人回到药号，把结果告知冯正道，累得瘫坐在椅子上。

"暂时没发现问题，并不代表真的没问题。秦艽，明天你跟其他工头都说一声，大家随时关注各员工情况，一旦发现异常，立马上报。"冯正道语气冷肃地说。

"是，大老爷。"

大清早，冯正道带着常山和川柏，还有那四袋假药材去衙门。昨天那个小吏走出来，面无表情地说："大人去了杭州还没回来。"

冯正道感觉有些不妙，试探道："能否让我见见昨日送来的那个人？"

小吏很不耐烦地回答："你们抓错人了，那人已离开。"

冯正道心里的火一下子就窜了上来，怒斥道："案子还没有审，你们怎可以把人给放了？"

"你有什么证据？人家没有告你们乱抓人算客气了。"小吏板着脸，扔过来这么一句话。他不怕冯正道去找道台大人，无凭无据怎么能随便关押人？他做得没错。

冯正道很想骂一句"你算什么东西"，只是想到阎王好见，小鬼难缠，只好耐着性子说："昨日太匆忙，没带证据过来，今天送来了。"他指了指身后的常山和川柏，两个人各挑着两只麻袋站在那里。

"过时不候，你们有本事再把那人抓来。"小吏翻了一记白眼，不理会冯正道的愤怒，背着手进去了。

常山没想到事情会变成这样，只好劝冯正道先回去，等道台大人回来问问到底怎么回事。冯正道压着怒火离开衙门。

回到药号，冯正道让川柏再等等，无论怎样，那位道台大人他总要去见一见："你这两天就待在工场，不要出去。"

川柏也怕那几个人来找自己麻烦，忙点头，表示会乖乖待在工场里，保证不出去。

冯正道把自己关在经理室，自从去年库房被盗后，他心里就一直有种无法言说的不安。虽然清楚担心尚未发生的事并不明智，但仍控制不住要去胡思乱想，所以一直很焦虑。把头靠在椅背上，闭上眼睛，冯正道在想明天怎么去跟道台大人交涉，现在嫌犯已经跑了，说了也没有用。可若不说，他又实在咽不下这口气。

见冯正道的办公室关着门，半天不开，沈世荣和常山两人你看我，我看你。沈世荣低声说："如果正义在就好了，他点子多。"

"是啊，小冯经理见过世面，见识不一样。"对此，常山深有同感，"也不知道他们到哪里了，算算时间，第一批药材也该到了。"这几个月，工场里一些急需的紧缺药材都是他厚着脸皮从同行手里"挖"过来，其中问恒峰和茂昌两家药行拿得最多。

"这个不好讲，若是进山区采购，可能会耽搁。"沈世荣说。

"也是，这次他们计划要去的地方都有些偏。"

冯正道在憋闷中熬了一夜，好不容易等到天亮，一个人又去了衙门，终于见到了年过花甲的李道台。李道台对冯家药号印象特别深刻，没办法，当初那偷盗案可是在他刚上任就给了个下马威。让他失面子的是，官府既没有帮失主追回货物，也没有抓到元凶，仅根据抓到的那个大岚山盗匪口供糊弄着算是把案子给结了。可此案不了结也不行，按照律例和处分条例，在地方上发生偷盗案，倘若在一定期限内没有把盗贼抓获，就有"疏防"之罪。以前"疏防"之罪是被本省的督抚题参，由吏部给予处分，要降一级调用。道光以后，条例愈加严格，像此类偷盗大案，是要被督抚直接摘顶戴，必须在规定时间里缉拿盗贼的。如果没抓到，处分会很严重。李道台能逃过摘顶戴，是因为案子发生时，他的脚才刚刚迈进宁波，上面对他网开一面。此时看到冯正道，李道台的心情不免有些复杂。

冯正道朝李道台作了一个揖，详细说了被人栽赃的过程，也说了有位小吏把嫌犯给放了，想知道原因。李道台很生气，叫来张三，让他把小吏带过来。

小吏来了，一脸谄媚地喊了一声："大人。"

"你怎么回事，谁给你的权力把嫌犯给放了？"李道台沉着脸问。

小吏挑衅地看了冯正道一眼，上前走到李道台身边，弯腰，在李道台耳边轻声说："是抚台大人派人来接，说是冯家搞错了，误抓。"小吏边说边观察李道台的神情，不出所料，李道台听到是抚台大人出面，不再说什么，直接让他退下。小吏面带得色，装作没看到冯正道不解的目光，得意扬扬走了。他刚才撒了谎，那嫌犯跟抚台大人没有关系，而是有人给了他十块银圆，还教了他这么说，让他不要怕，这事道台大人绝不会去问抚台大人。官场上，大家心照不宣的事太多，根本不用担心会穿帮。想到那十块银圆的外快，小吏的脚步越发轻快了。

"冯经理，这件事你就不要再追究了，下次小心点就是。"李道台站起来，"回去吧！"

冯正道不是傻子，李道台态度突变，分明是因那位小吏说的话，可惜他没听清。但就算没听清，他也猜得到，定是那背后之人把嫌犯从衙门给带走了。

"打扰大人，草民告退。"捺住气，冯正道依然很恭敬地朝李道台作了个揖，转身离开。

这个时候，冯正道特别希望冯正义在身边，兄弟俩可以说说心里话，消解几分内心的抑郁。弟弟不在，他只能找沈世荣倾诉。

沈世荣听了，叹息道："自古以来都是官官相护，你好歹也算有钱，仍得不到公道，更不用说那些无权无势之人了。"

"这世道，最苦的是草民。"

和沈世荣聊了聊，冯正道心情平静些，两人不由念叨起冯正义和冯纵山，盼着叔侄俩早日平安归来。

第八章
飞来横祸

冯正义和冯纵山正月初五从宁波坐船到上海，再从上海坐长江轮船往重庆。到重庆，已是个把月以后的事了。上岸，叔侄俩先找家客栈住下，好好洗了一个澡，稍作休息，随后去逛了一圈药材市场了解行情。

重庆地理位置特殊，是四川与内地联系的主要通道，也是四川以及长江上游最大的商业城市与货物集散中心。自开埠头后，重庆的药材市场就呈现了短途贸易少、长途大宗贸易多的特点。很多好药材都被洋商垄断，直接出口海外。像川西出产的麝香是制造香水及其他各类香料的重要原材料，洋商最喜欢。还有大黄，因具有通便解毒、染色等功效，被洋人广泛用于食品、药品等领域。冯正义这次要进的货有些多，尤其是麝香、犀牛角等稀有贵重药品，库房里的存货被偷得连一丝碎末子都没有了！不过这会儿他需要的好几种药材都没有货，只能等等。他准备带冯纵山先去荥经转转。又特意去打听了空青，每家都说没有，这让他很失望。至于浙药，这里有多家药商在销售，且各自有进货渠道，冯正义就没有再去谈。他的目标是开辟个新市场，只有去别处看看了。

第二天一早，叔侄俩坐船去荥经，到了县城后，又走了几十里路，来到一个叫李家村的小山村。冯纵山是第一次来这里，见此地地貌奇特，植被茂密，是个出药材的好地方。

"阿叔，你怎么知道这里有药材？"冯纵山好奇地问。

冯正义打量眼前的小村庄，几年过去了，似乎没什么变化。他转过头对冯纵山说："阿叔以前跟别的药商来过这里，发现山上药材非常丰富，就跟他们的族长建议，可以把成熟的药材采收了卖出去。那次我们在这里待了半个月，我收了一批走。我们先去洗把脸，再去找族长。"

有溪流从山谷蜿蜒而下，冯纵山刚把手伸进溪水就像被蛇咬一样，猛地提起来："好冷。"

冯正义已经开始擦脸了，笑着说："这是雪水，冰得彻骨。"

匆匆洗好脸，两人重新盘了个发，朝村里房子修得最漂亮的那户人家走去。到了院门前，冯正义上前轻轻敲了敲门："请问族长在吗？"

门开了，出来一位年轻人，还没开口问，冯正义忙上前一步说："我们是来贵地收购药材的药商，前几年我曾来过一次，得族长诸多帮助，这次又要前来打扰。"说完，把身上的路引递给那年轻人看。

年轻人接过，狐疑地看了他们一眼："两位稍等，我去禀告族长。"

"麻烦了。"

门又关上了。冯纵山说："阿叔，我们这个样子不像是收购药材的药商，倒像是土匪。"

冯正义笑着说："不洗脸更像土匪。"

不一会儿，门再次打开，头发花白的族长走了出来，冯正义上前作了一个揖："老人家，我又来打扰您了。"

族长记性不错，认出了冯正义，哈哈大笑道："请进请进，你们来收购药材就是我们的贵客。"

两个人跟着进了院子，族长吩咐年轻人去收拾一间屋出来，供客人休息，又见两个人风尘仆仆，就让他们先去洗漱。冯正义取出一张二十两银票交给族长，当作在这期间的伙食和住宿费。族长也不推辞，接下后转手给了他老妻，说："去买些肉菜回来，晚上请客人吃。"老太太忙把银票收起来，带着一袋铜钱出去了。

等收拾好，叔侄两个已换了模样。族长坐在堂屋，热情地接待他们。冯正义请族长出面告知村民，这段时间他们在村里收购药材，不管是家里已有的存货还是上山去新鲜采收的，均可送到族长家来，按质论价，并承诺以后他每年都会过来收购。

族长听了很高兴，这里山高林密，药材非常多，只是出去一趟很不方便，他们是守着宝山过苦日子，若真有药商能年年过来收购，那是再好没有了。有药商来村里收购药材的消息很快传开。

晚上，冯正义和冯纵山难得吃上一顿热腾腾的饭菜，只可惜太辣，他们被辣得眼泪都出来了，感觉倒是很爽。

吃饱喝足，叔侄俩回房间休息。冯纵山躺在床上，压低声音，悄声问道："阿叔，你以前有过一个人去山里采购药材的经历吗？"

冯正义说："没有，至少两个人，一个人太危险。有时候碰到别家药行的进货人员，大家都愿意结伴而行，这也是为了安全。出门在外，财不露白，与人为善。到了一个地方，直接找那个'头'，把关系搞好，事情就会好办许多。做药材生意的人现在是越来越多，药农也多，有药商来大批收购的，也有小药贩收去转手卖给城里药铺，赚点差价的。越偏的山区，越容易找到好药材。"

冯纵山还有些不明白，问道："那为啥有些药材我们去货源地拿货，有的直接在药材市场进？不能都去货源地吗？"

"我们去山西采购黄芪，是因为那里的黄芪最好，质优价廉，量大的话，在产地收合算。有些药材量小，那就到药材市场拿货，市场里各种等级的药材都有，有比较，任你挑，只不过价格要高些，那也正常，批发商总要赚一点。"

冯纵山想想也是，笑自己愚笨。冯正义说："我对这个地方印象比较深，民风很纯朴，如若不是，我还不敢带你来。另外，此地药材品种非常多，有几百种，质量又好，价格便宜。即便都是生药，也很合算。我们一次性采购一批，通过水路发回去，再到别处看看。"

两个人说着说着，渐渐没有了声音，很快进入深睡中。

冯正义和冯纵山在李家村住了大半个月，每天从早到晚忙着选药材，好中选优。比如天麻，有红蒂、呈米黄色、蒲鞋底体型、半透明角质状、肥大润泽的才要。杜仲有十年的，也有十五年的，最老的是二十年，那就收十五年和二十年的。比如党参，先看形状，要根条粗壮、皮细肉紧、质地柔润；接着看颜色，断面黄白色且有菊花心的质量最好；最后切一片尝下口感，要气微香，味甜，嚼之无渣。符合这三项的才要，不符合再便宜也不要。让冯正义高兴的是，他发现这里的百草霜质量非常好，这恰好是制作止血丹必不可少的一味药。他查过库存，百草霜没多少存货了。但这里量不多，全部收了也只有一百斤。另外空青还是没有，只能再去别的地方找了。

冯纵山没想到这个小山村的药材品种会这么丰富，各式各样的药材摆在族长家的大院子地上，让他大开眼界，有很多他还不认识。就这样挑挑拣拣，叔侄俩最终选出一批价廉物美的货。由于品种多，每家每户多少都有收益，所以皆大欢喜。至于没被选中的药材，村民们就放着，下次卖给小药贩。考虑到这些药材还得到重庆才能办托运，冯正义请族长出面，雇了几位年轻力壮的青年帮忙运送到荥经县码头。离开时，族长依依不舍，他欢迎冯正义和冯纵山下次再来。冯正义很爽快地答应了。

冯正义一行人天没亮就出发，走了一整天，终于在傍晚时分到达荥经县码头。他们租了一艘小木船，大家把所有药材都搬上船，那几个送货青年拿了送货费回去了。

　　小木船晃悠悠走了好几天到达重庆，叔侄两人雇码头工把药材暂存在码头货栈，找了家客栈休息一晚。

　　第二天，叔侄俩去逛重庆药材批发市场，补了几样货，还获得一条空青的线索。有药商说曾在西昌那边收购到空青。冯正义决定第二站去灌县，那里有个很大的药材市场，说不定有空青。若没有，他们可以从那边再去西昌。办好相关药材托运手续，同时寄出三封信，一封是冯正义给乐如眉的，另两封是冯纵山给冯正道和冯纵川的。

　　办好事，冯正义买了两张当天去灌县的船票，准备出发。

　　黄昏时分，船，起航了。

　　重庆到灌县有几百公里，先沿着川江，后入岷江。叔侄俩坐的这艘船不是单纯的客船，也不是只载货的货船，而是客货两用船。船不大，货物又多，再加上人，船舱就很拥挤。虽已是三月天气，但晚上还是很冷，船上门窗都关了起来，冯纵山觉得有些闷，便走出船舱，见两岸都是高山，河道忽宽忽窄，江水跟着时缓时急，很考验船夫技术。天色已晚，冯纵山看得心里直打鼓，疑惑这船是不是通宵行进。见一位头发花白的老者叼着烟袋出来，便忍不住询问。老者见冯纵山很担心的样子，操着一口四川腔说："没得事，都是老手，半夜会靠岸休息。"

　　正说着，有船工点燃松明子火把，照亮黑黝黝的江面。凝视前方，冯纵山胸中忽滋生出一股豪迈情怀，他认为这也是一种游历，不仅可以看不同地区的风土人情，还能了解同一种药材不同产地的不同药性。如川贝母与浙贝母，同属百合科，但功效有差别。川贝母和浙贝母都具有清肺、化痰止咳及清热散结的作用，但川贝母偏于润肺止咳，多用来治疗肺燥咳嗽、虚劳久咳，清热力相对不足；而浙贝母则清热力较强，偏于清肺化痰。相比之下，浙贝母性味更苦寒，清热散结之力更强。这里面的学问太深了，他现在相信明朝董昌其写的那句"行万里路，读万卷书"，游历比死读书重要。他想一定要找机会带弟弟出来，让他好好看看这山川江河。

回到船舱，冯纵山对冯正义说："阿叔，下次我们出门把阿川带上。"

"好啊，我看他这次是想跟着来。"

"阿川很羡慕我能跟着阿叔到处跑，也不知道他现在是不是安安心心在读书。"

"他的性格没你沉稳，不过只要他真下决心去做一件事，我相信他能做好。"

"我也相信。"

船舱渐渐安静下来，随着船体的晃动，倦意袭了上来，叔侄俩陷入梦境。

不知道过了多久，外面突然传来"嘭"的一声巨响，木船剧烈地晃动起来，一下子把睡梦中的众人给惊醒了。冯正义和冯纵山几乎同时睁开眼睛，冯纵山紧张地叫了一声："阿叔。"

冯正义定了定神，轻声说："别慌。"

有船工推开船舱的门，大声对里面的人说："船撞坏了，各位拿好自己的行李赶紧跟我下船。"

顿时船舱像炸了锅，像冯正义他们行李简单的还好，一人一包拎着就走，那些行李多的人心急慌忙，只能胡乱抓上什么就是什么了，逃命要紧。叔侄俩出了船舱，看到在松明子火把照耀下，船老大很努力地把船往峡谷边上的一个小河滩上靠，有船工用竹篙探水的深浅，等船不会动了，船工抛锚固定住位置，然后撑着篙跳下去，把跳板斜着搁在船舷上，指挥船上的人下来。有胆大的人直接往小河滩上跳，有的还没跳就被后面的人挤到水里去了，各种尖叫声，无形中又增加了几分恐慌。冯正义和冯纵山出门在外，并非没有遇到过危险，不过像这种还真是第一次。深更半夜，这么冷的天，一群惊慌失措的人被困在小河滩，等天亮经过此处的船只救援。船工拿来几块木头，借火把的火点燃，众人围在火堆旁，一个个神思恍惚。

"这次是阿叔不对，不该急着坐晚上的船，忽略了安全问题，让你受惊了。"冯正义很后悔，不敢想那个后果。

冯纵山此时也心有余悸，可这事又怎么能怪阿叔？忙说："阿叔不要这样讲，这谁也算不到。我们运气不错，如果这船在江中心被撞没，就没这么轻松了。"

冯正义想想也是，不由得在心里默念"祖宗保佑"。

下半夜河水涨起来，淹没了小河滩，众人只好手脚并用往峡谷边上靠，行李已经顾不上了，没有什么比命更要紧。冯正义和冯纵山在悬崖下找到一块落脚地，他们的行李还在，这会就直接坐在上面喘气。冯纵山玩笑道："这经历可以吹一辈子牛了。"

冯正义掏出怀表看了看时间，又瞧了瞧天色，说："以后说给你孙子听。你现在不要睡着，受凉了可不好，再熬熬，天快亮了。"

"阿叔，我不困。"

两个人就这样有一搭没一搭地说着话，心里都藏着不安，彼此都怕对方担心，就装作若无其事的样子，聊些轻松的话题，耐心等待。

东方发白，天色渐渐明亮起来。

潮水退了一些，一船人都又冷又怕，面无血色，眼巴巴等着船老大去问经过的船只。好半天，总算拦住一艘去灌县的船，可那船本身已满载，大家好说歹说对方只同意带十人走。带谁呢？这下好了，大家都争着要上船，场面一片混乱。一看这情况，叔侄俩决定不去灌县，他们请船老大帮忙，不管下一艘船去哪里，他们就跟着那船走。

船老大是个很有江湖气的黑脸汉子，他朝众人抱了个拳，请大家少安毋躁，说了两个解决办法：一个是只要有船就搭，到下一个码头转；另一个就是等去灌县的船，但不能保证过来的船有足够空位。只是船票钱退不了，他也没办法，船坏了还得找另外的船来拖。这时大家只想尽快离开，也就不计较船票钱了。

又一艘船被拦住，目的地汉口，听到对方愿意让他们搭乘，冯正义和冯纵山毫不犹豫地上了船。等他们离开，小河滩上还有很多人伸长脖子等着。

"阿叔，我们是下一个码头下，还是直接去汉口？"

"去汉口，那边有非常大的药材市场。"

"好。"

到汉口的船是轮船，折腾了一夜的叔侄俩这会儿终于长长吁了一口气，放松紧绷的神经，相视一笑。

轮船"突突突"地顺流而下，在江面上犁出道道波纹，又一段新的旅程正式开始了。

又一个夜晚降临。

船舱里，冯正义和冯纵山还没有睡，主要是太冷。这艘船比之前他们坐的船要高级得多，只不过他们属于临时搭船，只能在最底层廉价的舱位。那里没有床铺，只有席子。两人租了条硬得像砖头、看不清颜色的被子。但到了晚上，那无处不在的寒气从船底、门窗缝隙钻进来，让船舱的温度越发的低。即便这会儿穿着棉袍子坐在被窝里，仍能听到牙齿时不时上下打架的声音。

"好怀念家里的床啊！"冯纵山拍了拍没有暖意的被子，感叹道。

冯正义笑着说："纵山，你让阿叔最佩服的地方就是能吃苦，这点实在难得。"

"阿叔才是侄儿最敬佩的人。"冯纵山一脸认真地回答。

"好了，时候不早，休息吧。"冯正义看了看四周，舱里的乘客基本上都躺下了。他把身上的棉袍脱下来，压在被子上，钻进被窝。另一头的冯纵山见冯正义睡下了，也跟着脱了衣服躺下。叔侄俩一床被，倒不是不想租两床被子，实在是没被子了，只能将就。

正当两人即将进入梦乡时，外面忽然传来尖叫声，接着，一阵充满了无处可逃的恐惧声音传来："水匪来了，水匪来了！"冯正义和冯纵山立马惊醒，赶紧翻身起来，匆忙拿起棉袍穿上，扣子都来不及扣，抓起裤子套上。再看其他人，反应快的已爬起来穿衣服，反应慢的还呆在那里。

船舱门被人一脚踢开，春夜料峭的江风挟裹着寒意铺天盖地而来。三个拿着有一手臂长的刀，皮肤黝黑，身穿黑衣的壮汉大摇大摆走进来。其中一个挥舞着长刀，威胁道："把你们身上所有值钱的东西都拿出来，乖乖蹲到那边角落去。"

冯正义环顾四周，底层舱里中青年居多，还有一部分老人和妇女。比起三个水匪，他们这边人数上要多得多。慌乱的人群此刻反而异样地安静下来，大家你看我，我看你，谁也没说话，慢慢朝角落走去，只是中青年男人都有意无意地挡在了老人和妇女面前。钱财虽是身外之物，但谁能保证给了钱，水匪不会杀人灭口？三个水匪又没蒙黑布，长什么样都暴露在众人面前。冯正义此刻什么都不敢想，只想着怎样才能带着侄儿一起逃过此劫。一个人的力量有限，如果联合起来呢？男人们在这一刻心有灵犀，彼此用胳膊做暗号，相互碰撞。当三个水匪嚷嚷着要开始搜身时，男人们一拥而上，去夺他们手中的刀。

争夺中，有人受伤，惨叫一声，吓得胆小的人拼命朝门外跑去。冯正义和冯纵山相互配合夺到了一把刀，还没有想好退路，忽听到一声口哨，外面又冲进来几个黑衣汉子，冯正义心知坏了。这几个水匪一进来就拿着刀砍人，这下船舱里更乱了，尖锐的叫喊声刺破了耳膜。

"你赶紧出去找个地方躲起来！"冯正义有生以来第一次看到杀人场面，腿都软了，可这个时候不能泄气，他拿着刀，护着冯纵山朝门边退去。

"阿叔，我们一起撤。"冯纵山的心在剧烈地跳动，有温热的鲜血溅到他的脸上，让他的大脑瞬间空白。

这个时候大家都跟冯正义一样的想法，受伤的没受伤的都拼命朝门口挤去，以为到了外面能求得一线生机，殊不知外面还有水匪在等着他们。既然逃不了，那只能拼命。落水声、此起彼伏的呼救声、打斗声混成一团，船上到处都是鲜血，已成人间地狱。

冯正义和冯纵山身上沾满了血迹，有别人的，也有自己的。这会儿，他们已感觉不到痛，只是麻木地做着反击的动作。冯正义双手受伤，刀掉在脚边，冯纵山正准备弯腰去捡，猛看到冯正义后面冒出个手拿双节棍准备砸人的水匪，他想也没想冲过去，护住冯正义。双节棍击中了冯纵山的头部，让他一下子趴在了甲板上。

冯正义回头，大惊失色，大喊"纵山"，跪倒在地。他想扶纵山起来，可双手受伤，无力行动，只好拼命喊着侄儿名字，泪流满面。他满脑子都是纵山，没意识到四周还有水匪，直到背部传来剧痛，才惊醒过来，可惜来不及了。紧接着，腰部又受了重重一击，冯正义直接被踹得跌落江中。在被刺骨的江水淹没头顶的那一刻，冯正义感到从未有过的悔恨，是他害了纵山！

远处传来了轮船"突突突"的声音，特别清晰。

"有船过来了，撤。"又一声口哨响起。水匪们带着战利品纷纷跳上跟在轮船后面的一艘小船，快速离去。

火把下，泛着微弱水光的江面浮满了沉重的血色。

第九章

试 药

冯正道吃过晚饭，去中兴屋向冯五洲请安。到了那里，见叶上秋正陪着老爷子聊天，两人神情都有些凝重，冯正道不禁诧异。

"阿爸，叶管家，你们在聊什么？"

"我们在说今天又有米店被抢，外面实在有些乱。"冯五洲说。

"不只是米店，还有大户被抢。以后老太爷若要进城去听戏，还是多跟两个小厮，这样才放心。"叶上秋在那唠叨。自十岁那年差点饿死街头，被冯五洲带回冯家，叶上秋就再也没有离开这座宅子。从小厮到管家，他用忠心获得冯家上下的信任。

"上秋啊，你到冯家有四十年了吧，时间过得太快，一晃你都五十了，今年过生开桌酒席好好庆祝一下。"冯五洲感慨地说。四十年相伴，叶上秋早已是家里一分子。

"如果没有老太爷，我恐怕已不在这个人世。"叶上秋说的是心里话，是冯五洲给了他这个小乞丐一条生路。他一直未娶，怕有了妻儿会滋生贪念，哪天做出对不起冯家的事，他就罪该万死。对这个理由，冯五洲哭笑不得，劝过多次，见他固执拒绝，只好作罢。为此，冯五洲承诺，以后由孙辈负责给叶上秋养老送终，让他没有后顾之忧。

"冯家有你管着，我们都很放心。"冯正道是没有耐心管家里那些琐碎的事务，幸好有叶上秋，他是个合格的"管家公"，特别爱操心，做事又一板一眼非常认真。

"这是我应该做的事。"

话题又转到抢劫上，冯正道说："这大小院门一定要关紧，安全第一。所谓穷凶极恶，一无所有的人做起事情来很容易不计后果，我们只能小心提防。"

抢大户和抢米店不是现在才有。这几年，物价尤其是米价上涨过多，宁波城乡不断有此类恶性事件。

"我看还是暂时把东兴屋和西兴屋出入的小门锁了，都从中兴屋大门进出，这样便于管理。守小门的婆子可以调一个过来守大门，两个人可以相互监督。"叶上秋建议。平时，东兴屋和西兴屋的小厮丫鬟有事都直接开小门进出。

"可以，你安排就好。"冯正道说。

"行，那我去安排了。"叶上秋想起那群抢米人疯狂的样子，不敢大意。冯家是当地大户，必须小心。

陪老爷子聊了一会儿天，见他有些疲倦，冯正道让他好好休息，自己回东兴屋。走进书房，想练几个字，拿起毛笔，又觉心浮气躁，没那心思，只好又把笔搁下。想起上海那批卖到江宁府的货，老丈人那里后来也没查到什么有用的线索，库房失窃的那批货更是消失得无影无踪，这些实实在在的损失，还不知什么时候能补回来。他把目光移向一只小瓶子，里面装着一颗回阳丹，目前为止，还没有找到合适的试药者。他的内心很矛盾，既想有机会去证明回阳丹疗效，又怕它真有奇效惹来祸事。若真有效，这么好的方子不拿出来造福世人，又觉对不起老祖宗，真是纠结！"算了，顺其自然吧。"

日子一天天过去，冯正道一直盼着的药材和书信终于到了。冯正义在信中说他们还要继续在四川找药材，钱高峰要的空青还没有找到。

他心疼弟弟和长子在外辛苦，想着等他们这次回来，一定要让他们好好休息一段时间。至于新药，冯正道与沈世荣商量后，在药号门口贴了一份寻找自愿试用内伤新药患者的启事，写明凡是内伤患者，不管轻重，只要签一份协议，表示自愿服用冯家药号新药"回阳丹"，无论有无效果，药号均免责任。作为回报，药号将免费医治患者。

启事一贴出去，引来众多好奇的目光。

这是平常的一个午后，店堂里大家都各司其职。有个十几岁的少年背着一个男孩走进店里。那少年大概已力竭，两条腿都在打颤，川朴跑上前去帮忙，把他背上的人扶到椅子上坐下。

"怎么回事？"沈世荣走过来察看。

男孩在沈世荣面前跪下，哀求道："求求你救救我弟弟。"

沈世荣赶紧把他扶起来："你弟弟怎么了？"

"我弟弟在码头上快被人打死了，我听人说这里有免费的新药，可不可以让他试试？"少年又急又害怕，把所有希望押在了沈世荣身上。

沈世荣走到男孩面前，把他的头轻轻靠在椅背上，弯下腰仔细检查，发现情况很严重，男孩已气息奄奄。沈世荣神情严肃地对那少年说："你弟弟伤势很重，我可以给他用新药，或许能救他一命，也有可能无效，我现在无法保证。你多大？这事能不能做主？"

"我叫倪平，我弟弟叫倪安。我今年十七岁，可以做主，无论结果如何，绝不找你们的麻烦。"倪平毫不犹豫地说。

"好，常查柜，你让他按手印。川朴，你给我去倒半碗温水，再拿一根干净筷子，放桌上。"沈世荣一一吩咐下去。很快，温水端来，药丸化开，沈世荣用筷子搅了搅。让倪平把他弟弟的脑袋轻轻靠在椅背上，双手扶住，他刺激患者知觉，把半碗药水给灌了下去。

"好了，药水已下肚，等结果。"沈世荣把碗交给川朴，拿来方凳，坐在受伤男孩身边，抬起他的一条手臂放在自己的膝盖上，闭上眼睛开始切脉，感受脉搏跳动的频率。时间一分一分过去了，店堂里陷入一种从未有过的寂静，常山和杜若等人的心都悬了起来。大概过了半炷香工夫，沈世荣惊喜地说："成了成了，你弟弟有希望了。"

"谢谢医师！"倪平再次下跪，朝沈世荣重重磕了三个响头。

沈世荣又认真给伤者检查了一遍，对倪平说："等他醒来，你带他回去好好养，我再给他开几帖药。放心，免费。"

冯正道闻声出来，沈世荣给了他一个惊喜的眼神。冯正道有一种尘埃落定的感觉，心莫名平静下来。看热闹的人七嘴八舌交流着，对回阳丹都有了浓厚的兴趣。

冯正道的视线扫过大家热切的眼神，笑着说："这是冯家药号最新产品，目前还在试验中，过段时间会上市。"

众人的胃口就这样被吊了起来。一炷香燃尽，椅子上的男孩发出了一声呻吟。倪平见弟弟真的醒了，忍不住哭了。沈世荣开好药，又问倪平住址，叫川朴帮忙，一起把伤者送回家。临走前，倪平朝冯正道和沈世荣深深鞠了一躬，说："小的永远不会忘记这份救命之恩。"

等看热闹的人都散了，沈世荣跟着冯正道走进经理室，开口道："从今天验证的情况看，这药效果不错，那孩子送来时，脉象非常弱，瞳孔都有些散，我一直摸着他的脉搏，能感受到那种变化。"

"是福不是祸，是祸躲不过，随便它了。明天开始，我们药号恐怕要热闹了。"既然已下决心要推出这个新药，冯正道也不再瞻前顾后。

"不要等明天，等我走出经理室，这条街上的人就都知道了，不信的话我跟你打个赌。"

"哈哈，我信。"

果然，不断有人闻讯过来想探个究竟，沈世荣知道他们想问什么，说："各位，不要着急，等过段时间大家就知道了，再等等，现在说了也没用，还在验证中。总之，是个好药。"

众人见沈世荣不肯透露太多信息，只好散了。但人都是这样，你越不说就越会有各种猜测。于是，你传我，我传你，特别是在目睹沈世荣用新药救人神奇过程的那几位热心人士的推波助澜下，还没等天黑，冯家药号有神奇救命新药的事已传得沸沸扬扬。

晚上，沈世荣跟冯正道一起来到冯家，坐在老爷子的书房，商议下一步计划。冯五洲听说此药效果后，再次惊叹老祖宗留下的东西，他建议此药先不急着面世，最好再验证几次，今天这例就是最好的广告，不怕没相似的重症患者送上门来。

沈世荣赞同，说："不多验证几次我也不放心。不过此药成本高，定价还是不能低了。"

冯正道说："按颗来卖，我去定制一批药瓶。"

冯五洲和沈世荣都觉得这个办法好，三人经过商议，最后定下十块银圆一颗的价。若遇穷人，酌情收费，特殊情况可免费。免费赠药，冯家药号常做，冯正道并不在意，每年他都会抽出一部分利润去做修桥铺路之类的善事。不只是他，很多商户都这样，宁波人很讲究积德行善。

经过一夜发酵，有关冯家药号新药的传说有了很多版本，但万变不离其宗，核心内容没变，就是一个已经被打得半死的人灌下半碗药水后活了过来。"起死回生"这几个字太迷人，太有诱惑力了。第二天清早沈世荣走进药号，发现里面已挤满了人，躺在门板上被抬着来的竟然有五个，一字排开在店堂中央，看得沈世荣的脑门都要裂开了。他只好清了清嗓子说："各位，昨天大家都听说了我们药号有一味新药救了一个重伤的孩子，这事是真的，没错，但并不是所有快死的人吃了那药就能活，那不成了仙丹？我现在告诉大家，那个药，只对跌打损伤重症有效，其他的不能乱吃。哪些症状可以试，外面的启事都写清楚了，大家去仔细看看。"

众人一听，原来还是有针对性，并不是包治百病，看来是传言有误。病人既然已被抬来，沈世荣还是一个个切脉过去。这几位老年人的病症都很严重，治一下能拖些日子，不治回去差不多可以安排后事了。沈世荣把情况作了说明，让送来的人自己决定。最后，除了一位老人的家人请沈世荣开药，说有儿子在外还没回来，看能拖多久就拖多久，其余四位都被人抬着回了。沈世荣重新给留下的这位老者做了一番检查，发现老者身上长有无名恶疮，漫肿无头，有的已经溃烂。见老者神智还算清醒，沈世荣问了他几句。老者说每日疼痛难禁，生不如死，如果不是为了等儿子回来，他早想死了。

沈世荣说："老人家，我给你开味药，保证可以让你消肿止痛。"

老者有气无力地说："只要不痛，你给我毒药我也喝。"

沈世荣说："你相信我，明天你就不会痛了。"

"大戟二两，光慈菇二两，千金子二两，文蛤一两，朱砂五钱，雄黄五钱，草河车二两，麝香五分。研为细末。用法：未溃者用陈醋调敷，可消肿止痛；已溃者，擦净脓血，将药撒上，化腐生肌收口。"沈世荣把方子开好，交给老者家人，告诉他怎么个用法。老者家人配好药，便抬着老者回去了。

沈世荣虽然作了说明，但听到的人毕竟是少数，相信他话的就更少，更多的人是听风就是雨，有关冯家药号有起死回生药的传言越演越烈，来冯家药号求药的人也越来越多。沈世荣筛选出那些对症的病患试药，都一样的程序，说明、签字、服药。事实证明，此药对内伤确实非常有效，尤其是重症内伤，疗效奇佳。

这一日，钱高峰过来找冯正道，还没有开口，冯正道似乎猜到他想问什么，主动说："高峰兄是不是想问新药的事？这药对治内伤有效，症状越重，效果越明显。"

钱高峰惊讶地说："治内伤的药不少，但症状越重，效果越好的药极少，此药一旦面市，必能很快赢得声誉。不过现在传言如此厉害，你们还是要小心点。"

冯正道很感谢钱高峰的提醒，告诉他："我们已做了些准备，回阳丹会以治内伤良药推出，至于会有怎样的反响，顺其自然。"

"好，有需要帮忙的地方尽管开口。我今天过来是想问问可有正义的消息？不知道他有没有找到空青，我派出去的几个采购员目前都没好消息传过来。"

"前些日子收到过一封信和一批药材。信中说了，还没找到空青，但有线索，说是西昌那边可能有。他第二站是去灌县，若那里有空青是最好，如果没有，他准备去西昌找找。"

"实在麻烦正义了，等他回来，我要好好请他喝几杯。"

"顺带，高峰兄不必客气。"

"回阳丹推出后，可以从我们药行这边的销售渠道走一批，新药还是需要让更多的人知晓。"

"是的，必要时去报纸上打广告。"

这时，川连过来，说有衙门里的人找。钱高峰见冯正道有事，跟着站起来，一起来到店堂。来人是张三，冯正道想起上次栽赃事件最后不了了之，对官府中人极其厌恶，可脸上还是不能出情绪。

"大冯经理，我家大人请你去一趟衙门。"张三说。

钱高峰担心地看了冯正道一眼。冯正道说没事，让他先回去，自己跟着张三去衙门。他边走边琢磨，今日这位大人叫他过去，很可能跟回阳丹传言有关。难道这位李道台想中间插一脚？那种事冯正道不是没有遇到过，只不过有的是暗要，有的明抢。像之前有一任道台，且不说逢年过节要各种孝敬钿，还张口要入股，且这股金让他在分红里扣，把他气得哭笑不得。当时，他和阿爸商量有没有一劳永逸、不让那道台吸血的方法。阿爸说，没有一劳永逸的方法，三年清知府，十万雪花银，哪个做官的不贪？把这个喂肥了，换一个新的又得重新喂，还不如留着这个肥的。后来宁绍台地区的商人们对那位道台的贪婪忍无可忍，收集各种证据，以宁波总商会的名义向浙江巡抚告状。当时宁波总商会的人来问他参不参与这个签名告状，他毫不犹豫地在诉状上签下自己的名字。那份诉状很快送到了浙江巡抚的案头，上面详细列出了那位道台侵吞税厘数万两以及用各种名目敲诈商户的不法行为。

浙江巡抚见此人触犯了众怒，又加上证据确凿，不可能置之不理。想处理，又因那道台背后有靠山，阻力重重，只好扯一块遮羞布，以他身体有疾，不再担任道台一职而落幕，算是给宁绍台地区的商人们一个交代。众人虽不满此处罚，可自古民斗不了官，只能就此作罢。

冯正道清楚地记得，那位道台灰溜溜离开宁波那天，他叫上沈世荣去冯宅，和阿爸一起好好庆祝了一番。虽然阿爸说新来的道台不见得会比那人好，可他不想那么多，实在是受了太多的冤气。那天晚上，他们三个人都喝多了。

衙门后院，李道台身穿便服坐着喝茶。这几日冯家药号有起死回生药的传言让他很头痛，怕再来个大案，他这乌纱帽怕是要丢了。

张三把冯正道带到李道台面前就退了出去。冯正道上前作揖，恭敬地问道："大人唤草民前来有何吩咐？"

李道台挺客气，指了指下方的一把椅子，让冯正道坐。有小厮送上茶水，又退下。

"听闻冯家药号有起死回生药，不知此传言可真？若是真的，冯掌门不怕再次引来巨盗吗？"李道台的语气里带着一丝无奈。说实话，他这么大年纪了，当这个宁绍道台时间不会太长，只求在任期间能平平安安，不要出什么大事，他就心满意足了。

李道台的态度有些出乎冯正道的意料，转念一想，他又有些理解这个道台大人的心情。宁绍道台这个位子很少有人能坐得长久，这也是那些人来了就想狠狠捞一笔走的原因，实在是动作不快机会就错过。于是他恳切地说："谢大人一片爱民之心，冯家药号确实在试制一种新药，对内伤有疗效，所谓起死回生的说法，不过是街坊们的戏言、谣传，切不可当真。"说完，他站起来，弯腰又深深作了一个揖。

"既然是谣传，还须及早澄清，免生事端。若是真的，我劝你还是把药方献给朝廷，以保性命。"李道台语重心长地说。

"这只是一张普通药方，谢大人提醒。"

"你心里有数就好，别给本官找事。"

"是，草民谨记大人教诲。"

李道台主动提起年前的那次失窃案，表示官府并没有放弃，仍在追查盗匪头目，一有消息，会派人告知。冯正道又道了声谢。李道台见事情已问清楚，就让冯正道回去。冯正道从口袋里掏出一张一百元银票压在茶杯底下，李道台翻了翻眼皮，装没看见。冯正道也当他没看见，行了一个礼，大步走出衙门。他决定回去就正式推出回阳丹。

"听说冯家药号那个神奇的新药现在有货了，就是很贵。"

"吃了真能让快死的人活过来？"

"那肯定是乱说的，不可能。"

"去看看。"

冯家药号贴出广告："祖传秘方，专治内伤良药回阳丹今日正式发售。"广告很快引来了一大波人，不过全是来看热闹的，没病没灾，谁会掏十块银圆来买一颗药回去？

冯正道和沈世荣不急，他们深知新药不会这么快就被认可，这需要一个过程。为了稳妥，回阳丹现阶段只限在宁波发售，其他地方都没动，沈世荣还想再多验证几次疗效。

很快，有病患送上门来了。

这天下午，两个男人用门板抬着一个脸上像开了染房的洋人，身后还跟着一个年轻人，急匆匆走进店堂。

"沈医师，麻烦你快来看看约翰的情况，他好像不太好。"

沈世荣见来的是老熟人：约翰和吕翻译。自从去年给约翰开了三帖中药把他的口舌肿痛问题给解决后，这位洋人时不时跑过来找沈世荣，两人交流只能靠吕翻译，一来二去，彼此都熟悉了。

"怎么回事？"沈世荣赶紧快步上前察看。约翰人已昏迷，脸肿得有些变形，身上因穿着衣服看不出来是否有伤。沈世荣不解地问："你们怎么不把他送到大美浸礼会医院去？"

"他跟人格斗，被人打成这样了，昏迷前说要找你。"吕翻译无奈地说。他只是一个小小的翻译，又做不了洋主子的主。

沈世荣不知是该感叹这位洋大人对自己的信任，还是感叹洋大人的固执，看这样子约翰必定有内伤，搞不好还断了几根骨头。他是可以推托治不了，让他们送西医医院去，免得到时候出了事，冯家药号脱不了干系。可人已送到，人家还这么说，总不能不管。于是他对吕翻译说："我这里可以让他先服一颗回阳丹，但要签字，你能不能做主？"

吕翻译瞧了一眼洋主子的惨状："按他手印不行吗？"

"你签字，他按手印，同意我就治。"

吕翻译想想他这个洋主子人还是挺好的，他也不想主子出事，一咬牙便答应下来。沈世荣一边吩咐川朴去倒温开水，一边仔细检查，他摸了摸约翰的肋骨，确定约翰昏迷跟头部受伤有关。他拿出一颗针对头伤的回阳丹，温水化开，给约翰灌了下去。

周围跟进来的人都睁大眼睛在等，沈世荣一样在等待。只要约翰醒来，他可以肯定，回阳丹在宁波必成畅销产品。时间似乎被拉得很长很长，心急的人都快要跳脚了，大家都盯着门板上的洋人。

众人正望眼欲穿之时，忽听到一声呻吟。"醒了醒了，沈医师，约翰醒了，太好了！"吕翻译激动得语无伦次，他俯下身用英语问约翰怎么样。

约翰说好多了。

吕翻译告诉约翰，是沈医师给他吃了回阳丹他才这么快醒过来。约翰用生硬的中国话对沈世荣说："谢谢你。"

沈世荣又给约翰把了一次脉，对吕翻译说："你们还是赶紧送他去医院做个全身检查，万一有骨折。若没什么大问题，要调理的话再来找我。"

吕翻译把沈世荣的意见转告给了约翰，约翰同意了。吕翻译付好药费，带着人前往大美浸礼会医院。这次，目睹全过程的众人对回阳丹治内伤的功效心服口服，再来看这价格，纷纷表示不贵，都能把打得半死不活的人给救回来，这点钱又算什么？钱，哪有命值钱。

事后，吕翻译专程代表约翰来感谢沈世荣，说回阳丹的效果非常好，不然这次恐怕要吃些苦头，最后每个种类他都各买一颗走，无形中给回阳丹打了一波广告。

不出所料，价格并不便宜的回阳丹很快成了热销产品，那些有钱人都觉得身边不备几颗不安心，私下里还把它改名叫救命丹。有成药批发商听说后，上门来谈生意，想先少量批发一些去外地销，一有销量就追加订单。常山根据冯正道安排的步骤正式外发回阳丹，先少量试水，看市场反馈。对回阳丹的"钱途"，冯正道还是很自信。为了避免工场有心怀不轨之人打回阳丹的主意，冯正道让秦芜选人，专门成立了一个回阳丹制药工坊，全权负责此药的生产。至于此药会不会引来幕后之人，冯正道已经想得很明白，与其日日夜不成寐，不如坦然面对，兵来将挡，水来土掩。这么一想，人立马就轻松多了。

第十章
药方失窃

天亮了。

叶上秋打开房门，大清早，太阳就明晃晃挂在天空。他今天有一项很重要的工作要做：晒书。冯宅有一书楼，里面有很多祖上传下来的珍贵书籍和字画，几位爷的书房里也都有书和字画。每年出梅后，这些宝贝都要搬出来到太阳底下晒晒，以防止因受潮而发霉受损。每次晒书和字画，叶上秋都提心吊胆，怕哪个小厮手脚不知轻重，把东西给损坏了。

无论是书籍还是字画，量都很大，一天根本晒不完。叶上秋没有分散开来晒，按惯例都放在老爷子的院子晒，派专人盯着。

很快，一箱箱书被搬了出来，每只木箱子都有编号，书全部都分类，而不是胡乱装。地上早已铺好草席，一本书一本书拿出来放上去，一箱放一排。等全部铺满，叶上秋就指派小厮小蓟和苍耳守着，其中小蓟还负责上午翻一次书，午后再翻一次。傍晚，要把所有晒过的书按原样收好，装进箱子，再抬回书楼。

就这样，趁着天气晴朗，日日晒书。这一天轮到晒几位爷书房里的书了。每位爷书房里的书都是叶上秋亲自带上人和空箱子，去书架上取下来，小心装好，再抬到晒书处。大蓟见弟弟在忙碌，上前帮忙，他把老太爷书房的书放在草席的另一边，每本书都仔细翻一翻。突然，大蓟的心剧烈地跳动起来，他发现有一本书里夹着一张纸，他虽识字不多，但还是认得"回阳丹"这几个字。这是药方子！大蓟紧张地环顾四周，他很想把那张薄薄的纸抓在手中，可他知道不能，今天在这院子里守着的小厮有好几个。他强迫自己冷静下来，装作若无其事的样子，把剩下的书都摆好，心里暗暗记住了那本夹着药方子的书《药鉴》。

一上午，大蓟都心神不宁，冯五洲看他这样子，抬起眼皮问道："你这段时间怎么回事，魂不守舍的。"

大蓟一惊，忙解释道："老太爷，我是感觉人有些不舒服。"

冯五洲又看了他一眼："身体不舒服去看医师。"

大蓟感激地说："谢谢老太爷，等午后你休息了我出去找医师看。"

冯五洲点点头，不再说什么。吃过午饭，冯五洲去午休，大蓟找了个机会悄悄出了冯宅，没多长时间又回来了。傍晚的时候，所有晒的书又各归各位。

下半夜，冯宅一片寂静。

忽然有火光随着浓烟蹿起，过了一会儿，便有人大喊："走水了，走水了。"惊醒过来的冯正道快速披上衣服打开房门，一看那位置，大惊失色，回头对已在床上坐起来的童香芸说："不好，西兴屋走水了。"说完边跑边大声喊人救火。弟弟不在家，西兴屋只有弟妹和三个侄女，还有几个丫鬟，男性家仆都住在院外。如果弟妹和侄女们出点什么事，冯正道还没想那个结果，冷汗就流了下来。

一重重院门打开了，家仆们拎着木桶，各自从院子中的七石缸里舀上水，奔向着火点。不知是谁在冯五洲房前大喊"走水"，慌得冯五洲衣服纽扣都没扣整齐就跑出来，一看烟的方向是西兴屋，便急急朝那边赶。住在西兴屋的乐如眉被吵醒了，听到外面的嘈杂声，吓得心惊胆战，以为土匪进院了。门外传来辛夷的声音："二太太，小姐，快起来，小厨房走水了。"

火越烧越大，似有弥漫之势。一时，冯宅兵荒马乱，大家都跑去灭火。谁也没发现，有个人影从中兴屋的一个角落闪出来，快速跑到冯五洲的书房门前，见四周无人，掏出口袋里的钥匙，插进去，"啪"一声，锁开了。推开门，他侧身闪了进去，关上。屋里有点黑，他小心点上油灯，去书架找书。那本书上的两个字他不认识，但书和字的样子他记得。一本本看过去，终于找到了，赶紧翻开，把里面那张纸小心折好放进口袋。他赶紧吹灭灯，快速退出书房，锁上门，跑回住处，把那张纸藏在枕头里，转身向西兴屋奔去。

在众家仆齐心协力扑救下，火终于灭了。冯五洲父子和叶上秋看着被烧毁的小厨房和杂物间，眉头紧锁。这火烧得蹊跷，下半夜谁会跑厨房来烧吃的，还不小心走水？冯正道抬头看了看围墙，这高度，普通人翻不进来，外面扔进来火星也不太可能，火必定是宅子里的某个家仆放的。

"阿爸，天还没有亮，你再去休息一会儿。"冯正道见老爷子神色凝重，上前说。

"正道，这里交给上秋处理，你跟我去书房。"冯五洲急促地说。

冯正道想到了一种可能，他向叶上秋交代了几句，父子俩匆匆返回中兴屋。走到书房门口，见门锁好好的，两个人不由自主地松了一口气。冯五洲摸出钥匙，嘴上说了一句："难道是我想多了？"

"进去看看。"

冯五洲打开门，父子俩进屋，冯正道去点油灯，手指碰到灯沿。"不好，有人进来过，这灯沿还有点热，说明那个人刚离开没多久。"

灯，点燃了。

冯五洲先去了书房的后半间，确定暗室没有被人发现，这才真正放松下来。他走到书架边，抽出《药鉴》，随手一翻，说："看来今天晒书时有人看到夹在这里面的那张药方子了。冯家出内贼了，如果我没有猜错的话，这事应该是大蓟做的，他贴身伺候我，想配到书房的钥匙并非难事，而且这段时间他很反常。你去把他叫来。"

"阿爸，儿子倒有个主意，我们不妨借此引蛇出洞。从今夜之事看，内贼至少有两个，一个放火，一个偷药方，就算我们现在把大蓟送去官府，能不能审出另一个内贼和幕后之人还很难说，不如故作不知，暗中盯紧，看他们如何联系，说不定能找到幕后之人的蛛丝马迹。"冯正道说。

冯五洲想了想，冯正道说的有道理，他吩咐道："大蓟偷了药方，定会想办法送出去，你让上秋找个可靠又机灵的人盯着他。"

"我现在就去找叶管家，阿爸你先回屋休息。"冯正道送冯五洲回卧室，自己去找叶上秋。

叶上秋还在现场，在确定没留一点火星后，他让大家散去，等天亮了再来收拾。冯正道走过来，对这些家仆说："晚上参与救火的人都奖励两百文钱，明天问叶管家领。在查到走水原因之前，大家暂时不准外出。"

大家听到可以领两百文钱，都很开心，只有一个家仆的脸上闪过一丝紧张，只是光线昏暗无人注意到。见人都走了，冯正道低声对叶上秋说："书房里的秘方被人偷了，小门的钥匙都在你手上吧？提醒守大门的人，盯牢，没有你的同意，谁也不准出去。还有，阿爸怀疑是大蓟偷了药方，那么肯定还有一个放火的人，我们得把这两人给揪出来。"

叶上秋料到了，他当了这么多年管家，对用火一向非常小心，深更半夜小厨房不可能用火，却偏偏走了水，说这中间没有鬼，打死他都不信，原来是调虎离山计。叶上秋深深地吸一口气说："我明白了。"

这么一折腾，天快亮了，两人没心思再去睡回笼觉。说起来，这宅子里的家仆都有卖身契，生死都在主家手中，会出这种事，无非是被威逼利诱，再加上侥幸心理，看来幕后人对冯家实在"另眼相看"。

西兴屋主屋，童香芸在安慰乐如眉和三个孩子。乐如眉脸色发白，搂着冯爱爱，母女四人都被吓着了。幸好烧的只是小厨房，离主屋有一段距离，还隔着一道门，再加上当夜没风，避免了连片遭殃，真是不幸中的万幸。

"好了，没事了，现在还早，你们再去休息一会儿。"童香芸说。

"这火烧得古怪。"乐如眉缓过神来，皱着眉头说。

"恐是有人有意放的，等天亮了问问。这几日，你们都到我那边去吃饭。"

"好，谢谢大嫂。"

"一家人有啥好谢的，你们喜欢吃什么，叫丫鬟过来说一声就是。"

安抚好母女四人的情绪，童香芸回屋，见冯正道不在，猜他在忙，她也无睡意，干脆坐在椅子上琢磨走水的事，越琢磨越不安，盼着丈夫早点把纵火之人给找出来。

草草吃过早饭，叶上秋把宅子里所有家仆都召集起来，站在院子里，开始一个个查问。很简单，每个人说出走水时自己在哪里，有没有人证明。冯正道坐在一边听。

"我在睡觉，听到有人喊走水才醒来，我们三个住一屋，都差不多时间起来。"

"走水是我喊的，我拉肚子，半夜起来去茅房，看到着火就叫了起来。如果火是我放的，我肯定不会喊啊。再说，好端端的去小厨房放火，不是有病吗?"

"我在睡觉。"

"我也是，同屋的人可以证明。"

轮到中兴屋的几个小厮，叶上秋和冯正道已看出大蓟神情有异，两人都装作没发现，依然重复着相同的问题。

"我和小蓟都是听到走水声起来，我很慌，去喊了老太爷，也没等他起来，就跑去救火了。"大蓟故作镇定地说。

"原来是你在老太爷房门前喊的走水？"冯正道见到老爷子的时候就问他怎么这么快赶过去了，老爷子说有人在他门口喊，但声音有些模糊，没听清是谁。现在见大蓟主动承认是他喊的，冯正道点了点头说："你做得很好。"

大蓟以为过关了，悬着的心放了下来。

冯正道又问小蓟："你呢？起来就去救火了？"

小蓟说："是的，当时我哥去叫老太爷的门，我直接跑过来了。"

小厨房的人觉得自己太冤，再三诅咒发誓，昨晚离开时，灶间里没有一粒火星。一圈问下来，似乎每个人都排除了嫌疑。冯正道站起来，扫视一遍众人："我暂且相信你们都清白，但小厨房不可能无缘无故就走水，大家回去再好好想想，若有什么新的发现就来告诉老爷我，必有重奖，现在到叶管家那领赏钱。"

等家仆们领完赏钱，冯正道和叶上秋又去了西兴屋小厨房那边，仔细察看，发现火应该是从堆放稻草的杂物间里燃起的。回到老爷子的书房，三人商量应对措施。

听到在找到小厨房走水原因前，任何人不得离开冯宅一步，大蓟一下子慌了神，他还没有把秘方送出去，这下好了，连大门都出不去了。怎么办？如果把秘方毁了，对方说不定马上就会要了他们兄弟俩的命。还有，昨晚的火不知是谁下的手，这说明宅子里还有他们的人。想到这里，大蓟急得团团转。可他知道，这个节骨眼上，他必须得跟平常一样，不然露了馅就全完了。

　　大蓟永远忘不了半个月前，他刚出冯宅没多远，一黑衣男子上前勾住他的肩，在他耳边说"要命乖乖跟我走"，吓得他魂飞魄散。那日他头昏脑涨，只记得自己被蒙上眼睛带到一幢房子里，然后有一个人提出要跟他做笔交易，让他去偷冯家秘方，一张给他一百块银圆，完事后还可以送他和弟弟离开宁波，想去哪儿都可以，从今以后不用再干伺候人的活。那个人先说完这好处，然后威胁说若他不听话，就等着给他弟弟收尸。看得出来，对方了解过，知晓弟弟是他在这世上唯一的亲人。此事不答应也得答应。他说不知道秘方在哪里。对方让他自己想办法。他想起过年前的那个夜晚，无意中在书房外偷听到什么秘方之类的话，开始还以为听错了，没想到前些日子他又再次听到老太爷和大老爷在说新药的事，就猜秘方很有可能藏在书房。他犹豫了一下，跟对方说了有一张秘方可能藏在书房，但老太爷钥匙从不离身。

　　对方说他既然是老太爷贴身小厮，怎么可能没机会，只不过是想做或不想做的问题，还教他怎么把钥匙的样子拓出来，告诉他拓好了就交给这条街路口那个配钥匙小摊的摊主，摊主会跟他约取钥匙的时间。就这样，他稀里糊涂地拿了对方给的十块银圆，怀着惊恐的心情回来了。自始至终，他都没看到对方的样子，只知道是个男人。对方让他找机会，给他的限期是一个月，那家配钥匙小摊是接头点。

　　昨天晒书，他知道机会来了，中午去了那个小摊。晚上听到走水声，他明白这是最佳时机。虽然不太明白这么重要的秘方为什么就这样随意夹在书里，但他顾不了那么多。这些日子对他来说实在太煎熬，过得心惊胆战，又不能让人察觉，连亲弟弟都不能讲。他从没有做过贼，其实去开书房门时，他的脑子里只有一个念头：把秘方偷到手，换成钱，和弟弟一起离开这里，早点了结这件事。现在他们会不会来搜？大蓟越想越乱，连小蓟在跟他说话，他都没有反应。

　　"哥，你在想什么？"小蓟拍了一下大蓟的肩膀，疑惑地问。

大蓟吓了一大跳，回过神没好气地说："你不知道人吓人会吓死人的吗？"

小蓟看了哥哥一眼，他想问为什么昨晚走水时，两个人一起走出那道门，哥说去叫老太爷，让他先过去，可老太爷来了，哥却不见人影，过了好一阵才看到他出现在火场。别人忙着救火顾不上，可身为弟弟，怎会不关注自己的哥？哥到底去做什么了呢？大蓟见弟弟好像有很多话想问的样子，不由得心虚，把视线移开，不与弟弟对视。他把两百文钱塞给小蓟，借口去洗把脸清醒清醒，换一身干净的衣服，他要去伺候老爷子了。

"哥。"小蓟在身后叫了一声，张了张嘴，又不知该问什么。

大蓟回头，朝弟弟笑了笑说："好好干你的活去。"

小蓟低下头，嗯了一声，把赏钱收好，去西兴屋小厨房干活了。管家说过，今天的工作就是把小厨房清理干净。

冯正道听叶上秋说要找工匠来修西兴屋小厨房，想到他们商定的计划，现在冯宅的人出不去，若对方想拿到药方，一定会想尽办法混进来，修小厨房是个好机会，此计甚妙。

进城到了药号，冯正道招呼沈世荣来一趟经理室。

"世荣，昨晚冯宅走水，不出所料，药方被偷了。"

"走水？没事吧？"沈世荣一愣，关心地问。他在椅子上坐下，感慨道："幸好我们提前做了准备，这样也好，省得他们惦记。"同样的假药方他写了好几张，分别藏在老爷子书架、抽屉等地方。

"还好，就烧了西兴屋偏院的小厨房。世荣，你说他们会不会发现药方是假的？"冯正道还是有些担心，万一对方用假药方做出药，出了人命，他良心上受不住。

"不用担心，因为我的这张药方首先是药材很难配齐，更不可能大批量生产，成本太高。就算真做出来，吃了也绝不会死人。"沈世荣狡黠地朝冯正道眨了眨眼，为了这张假方子，他可是动了不少脑筋。

"那就好。"冯正道说。接着，他跟沈世荣讲了引蛇出洞之计，沈世荣觉得可行，只有把幕后之人揪出来，这晚上才能睡得安稳。

正说着，有客来访。沈世荣见是张东财，知他找冯正道定然有事，站起来准备走。张东财叫住他，说一会儿也有事跟他商量，沈世荣就留下来听。

冯正道站起来，热情招呼："东财兄，今天怎么有空过来了？"

"有要紧事，正道，前段时间我去了一趟日本，发现有药店在卖冯家成药，不知道会不会跟之前失窃的那批药有关？你们有货销到日本吗？"

"我们药号没有直接跟日本人做生意，至于有没有批发商把药销到那里，这个我还真不清楚，你讲讲具体情况。"

"我是无意中在那边一家中国人开的药店看到有出售人参再造丸等药，那个瓶子的造型很像冯家的，就拿过来看，发现瓶底有你们冯家的特殊标志，但瓶身上的介绍换成了日文，我怕是假冒，买了一瓶带回来，你看看。"张东财从随身带的包里拿出一个瓶子递给冯正道。

冯正道接过，打开蜡封的瓶塞，闻了闻气味，倒出一颗，捻开。"世荣，你过来看看，我感觉这药是真的。"

沈世荣上前，仔细察看，点头，说："是真的。"

"莫非失窃的那批货真被人运去日本了？难怪这里什么都查不到，东财兄，你在那家药店有没有看到止血丹卖？"

"我特意去其他药店转了，发现多多少少都有你家的货，不过还真没看到止血丹。"张东财说。

"我们去年曾被人冒领走一批货，后来出现在江宁府，里面也没有止血丹。止血丹针对性很强，没受伤没出血这药又没用。"冯正道很疑惑，谁在暗中囤这个货？

张东财猜测道："除非用在战场上，可如果真是这样，就你家这点东西也远远不够啊。"

冯正道和沈世荣对视一眼，细想，还真有这可能。三个人不禁面面相觑，突然冯正道如梦初醒，说："难怪有人想买药方子。"

提到药方子，张东财说了他得来的一些信息，有人在暗中大量收购药方子，对一些特殊的药方子则重金求购。现在想想，此举恐怕目的不纯。

"如果失窃的这批货都运到日本去了，说明与大岚山盗匪合作的人跟日本方面有关系。我叫人去查查失窃案发生后那段时间，有没有宁波去日本的船。"

"是要去查一下，不管有没有用，至少心里有数。正道，你好好想想，是不是得罪过什么人？"张东财对冯家遇到的事，也是百思不得其解。要说规模，冯家药号在同业里名次确实比较靠前，但比他家生意做得大的比比皆是，就他们张家做的生意都比冯家大，怎么就找上冯家了呢？

冯正道苦笑道："我脑袋想破也没找到原因，你知道，我这人没什么野心，平常也不跟人争什么，只想着和正义一起守住这份祖宗传下来的家业，好好地交给下一代就心满意足了。"

"我又何尝不是？怕只怕变数太多。"张东财降低声音，悄声问道，"宁波现在有不少同盟会成员，你们两位可知晓？"

沈世荣摇头。冯正道一愣："同盟会？我听正义提起过，宁波也有？东财兄消息真灵通。"

张东财也不隐瞒，解释道："我这次去日本，认识了两位同盟会成员。一个是我们宁波人，在日本开了很多家药店。另一个慈溪人，生意做得特别大，他们都在暗中支持那位孙中山先生搞革命。还有我听说了，赵家兄弟就是同盟会的第一批会员。"

沈世荣好奇地问道："是我们都知道的那个赵家？"

冯正道说："我记得他们兄弟前几年就回国了。"

"是的，赵家兄弟现在都在上海。正道，这同盟会我们倒是可以悄悄关注，若真有成的可能，可以考虑合作。"

"我们只是生意人，你说若沾上那个，万一……会不会风险太大？"

张东财还是比较了解冯正道，知他有顾虑，笑着说："先看看，哪能像赵家兄弟那样一头扎进去？我们都上有老，下有小，家大业大，自然要谨慎行事。只是这天下已乱，恐怕谁都无法独善其身。"

冯正道轻叹一声道："说得也是，只能走一步看一步了。"

"对了，正道，还有件事，我要问你借世荣。"张东财差点忘了过来的另一个目的。

"什么事？你说。"冯正道和沈世荣异口同声问。

"最近来你们这里就诊的拉肚子病患是不是特别多？"

"是的，基本上是寒湿痢。应该跟天气炎热，吃了不洁的生冷食物有关。幸好不具传染性，不然麻烦就大了。"沈世荣说。

"不只是你们这里，其他药铺接诊的此类病人也不少。怕两年前的悲剧重演，药业公会准备搞一次专门针对痢疾病患的义诊，同时做个宣传，让大家注意饮食，不要吃不洁的生冷食物。"张东财说。他是宁波药业公会的负责人之一。

"没问题，哪一天义诊？"沈世荣问。两年前，上海瘪螺痧流行，早上感染晚上人就去世了，非常厉害，还波及江宁府与宁波府，最初也是因水源和不洁食物引起剧烈腹泻，大家现在回想起来依然谈虎色变。

"明天一上午，就在我们这条街上，集中摆摊开方，药材由参与的药铺负责免费提供。"

"义诊好。世荣，药材你跟常山打声招呼。"冯正道说。

"好，我去说。"

"那我回去了，世荣，要辛苦你了。"

"不辛苦，应该的。"

张东财走了。沈世荣跟常山说了义诊的事，让杜若提前把治湿寒痢的药材准备充足，由于无法确定会来多少病患求诊，只能多备点货。

冯正道在想张东财提到的同盟会，决定等正义回来好好问问，看他了解多少。眼下还有要紧事要解决，他吩咐秦芄去查宁波到日本的船班时间。

秦芄速度很快，没多久就拿到一张表，一对照日期，偷盗案发生第四天有船去日本。秦芄想查这艘船运了什么过去，由哪家洋行或贸易行托运，可惜只查到那艘船上运的是茶叶、瓷器和药品，但哪家委托，却查不到。回到药号，秦芄把调查情况向冯正道作了汇报。

"现在基本可以肯定，与盗匪勾结的人就在宁波，身份很可能是生意人，说不定就在江北岸。"冯正道说。他想到那个约翰，倒是可以考虑请他帮个忙，于是让秦芄把沈世荣叫过来。沈世荣听到冯正道让他找约翰打听江北岸那边的商家情况，点头答应，不过只能等约翰来找他。冯正道也不急，反正急也没用，他只是想弄个明白。

义诊摊集中摆在街的中间部分，一共有十位义诊医师。大清早，川朴和川连就把桌子和凳子摆好了。沈世荣带上所需的物件过去，坐下来，跟左右各大药铺的坐堂医师相互打招呼。

药业会公提前在报上发了消息，还在码头等人流集中处贴了义诊通知，闻讯过来的病患很多，尤其是对穷苦人家来说，这是难得的好机会。张东财带着几个年轻人在维持秩序，大声提醒大家不要喝不洁的水、吃不洁的生冷食物。一个衣衫褴褛的老人走过来，睁着混浊的眼睛说："阿拉连饭都吃不饱，哪管得了这么多？"

张东财很尴尬地笑了笑，上前对老人说："老人家，还是要注意啊，那个拉肚子严重了是要人命的，不信你问问这些医师。"

沈世荣和其他几位听到的义诊医师都齐声说："对的，天气热，吃的东西容易坏，大家一定要注意。"

有个小伙子弯着腰，捂着肚子，双脚发软一步步挪到沈世荣面前，一屁股坐在凳子上，有气无力地说："我不行了，从昨晚开始已经拉了很多次了，走路都没力气了。"

沈世荣给那小伙子把脉，问道："昨晚是不是吃了油腻的东西，又到河里泡了很久？"

小伙子惊讶地说："你怎么知道？"

沈世荣说："把脉把出来的。"

小伙子很佩服，说了经过。原来，昨日小伙子的东家有喜，酒席结束后，东家把剩下没吃完的菜赏他们这些帮忙的人，他贪吃了些。回到家，感觉很闷热，一头扎进门口的小河里凉快，结果肚子就不行了，还恶心呕吐、胸闷。

"把嘴巴张开。"

小伙子张开嘴，沈世荣一看，舌苔很腻，说："下次千万不要这么做。我给你开个方子，你去冯家药号拿三天的药，回家赶紧煎来喝。"

"谢谢谢谢！"

沈世荣诊断小伙子是暑天感寒湿下痢，需祛暑散寒，化湿止痢，这藿香要加一钱，于是拿起毛笔，开始写方："藿香四钱、苍术四钱、法半夏三钱、厚朴三钱、炮姜两钱、桂枝三钱、陈皮两钱、木香一钱、枳实三钱、大枣三钱、甘草两钱"。写好，交给小伙子。小伙子接过方子，又道了一声谢，前去药号取药。

有的病患不是痢疾，一样接诊，只不过药费没法免。医师们都没想到，现场会来这么多人，从衣着上可以看出，都是穷苦人家。张东财看着眼前熙攘的场面，心情说不出的沉重，对沈世荣说："看看这些来求医的人，再想想那位老者说的话，世荣，以后我们要做的事还有很多。"

沈世荣点点头："有钱人吃穿都讲究，吃坏肚子的现象不是没有，但不多，穷苦人家确实是管不了那么多。"

临近中午，气温越来越高，张东财怕大家中暑，看时间差不多了，就宣布义诊结束。现场还有没看完的病人，跟着医师过去到店里继续诊治。

沈世荣回到药号，喝了一大杯菊花水，才缓过劲来。常山数了数单独放在一起的义诊单子，对沈世荣说："你这里一上午看了二十多个，其他人呢？"

"估计差不多吧，我看每个人都没空闲过。"

冯正道走过来，对常山说："义诊方子你让他们单独做账。"

"好，我会跟柏仁司账说。"

"家里的事安排得怎样了？"沈世荣问冯正道。

"这两天会有结果。"

"那就好。"

第十一章

内　贼

　　叶上秋去了本地的一个牙行，说要找工匠，烧毁的杂物间和受损的小厨房需要重新整修，提出只要技术好，干活速度快、稳妥，人可以多叫几个。牙人笑得眼睛都眯起来，保证一定尽快找齐人手。叶上秋留下定金就回了。牙人动作很快，半天时间就给叶上秋送来了十个人，自带各式工具。其中木工、瓦工和泥工各一位，每个人又带了两个徒弟做帮手，再加一个工头。叶上秋把人带到西兴屋偏院小厨房，相关物料他已提前准备好。工头是个中年男人，姓郑，到现场看了后，对叶上秋说："叶管家，这个简单，你放心，交给我们。"

　　"需不需要叫几个年轻人来帮忙？"叶上秋问道。为了安全，小厨房到主屋的那道小门被锁起来了，西兴屋主仆这几天都在东兴屋吃饭。

　　郑工头高兴地说："那再好没有了，这样干得更快些。"按行规，他们的工钱是按天算，由主家付，但若通过牙行，工钱是由牙行给，不是按天算，而是给一个总数，所以自然是越快越好。至于主家付牙行多少，跟他们无关。现在听到叶上秋说多叫几个人来帮忙，工头哪会不答应？叶上秋亲自点了大蓟、小蓟、苍耳、马钱等几个年轻家仆，又特意把秦艽叫来，让他负责监督重建工作。

　　大蓟和小蓟都有些心神不宁：大蓟是怕被大老爷和老太爷发现自己就是偷秘方的人；小蓟是担心哥哥有什么事瞒着他，好几次开口想问，都被大蓟转移话题。大蓟无数次在想，如果这事一开始就去向老太爷坦白，他相信无论是老太爷还是大老爷，定不会让他们兄弟白白送命，他们可以去上海，离开这里就安全了。可现在走到这一步，他已没有退路，就算去坦白，大老爷和老太爷会原谅他吗？当得知这深宅大院里还另有人被他们收买，他就更不敢去冒这个险。这烫手山芋，得想办法尽快脱手，一拿到钱，立马带着弟弟离开。

小厨房所在的偏院里，一众人等在工头指挥下，一片忙碌。秦芃则在暗中观察这群匠人，同时不放松对大蓟和小蓟的监视。大蓟并没有想过这群匠人里会有让他窃取药方的人，这几天他反复在猜那天晚上放火的人是谁，可惜看来看去大家都很正常，也没人故意来接近，目前他又出不去，只能等待。

"兄弟，木头有些重，我一个人扛不动，你帮下我。"一个年轻男人走到大蓟面前，指了指放在角落里的一堆木料说。

"你是木匠师傅？"大蓟放下手中的石块，好奇地问。

"我是木匠师傅的徒弟。"

两个人一前一后走着，那年轻人一个踉跄，撞在大蓟身上："你明天把东西给我。"对方一句耳语，炸得大蓟的心脏差点停止跳动，"不要让人发现你异常。"一句警告的话瞬间让大蓟回过神。旁人只看到大蓟扶了一下那位小师傅的手臂，但秦芃注意到了更多，暗暗把那人的样子记在心里。

晚上，工匠们走了，他们明天早上过来继续干活。秦芃去找冯正道，说了自己的发现。冯正道喊了叶上秋，三个人，你一句我一句说想法。

秦芃气愤地说："明天大蓟交药方时，干脆把那两人都抓了，人赃俱获，不怕他们抵赖，到时候送官府，还怕审不出幕后主使？"

叶上秋提醒他："你不要忘了，除了大蓟，我们还不知道是谁放的火。而且我估计就算把大蓟抓来问，恐怕也说不出什么重要的信息，那些人不会轻易让他知道什么。"

"这药方一定要让他们顺利送出去，反正是假的，如果不送出去，他们后面肯定还会有其他招数，但若送出去了，至少可以消停一段时间。"冯正道说。

最后商定，第二天下工后，秦芃盯住那个木匠的徒弟，看他把药方送到哪里。至于大蓟，明晚审问。

第二天一早，那群工匠来了，偏院又变得热闹起来，大家说笑着干活。秦芃看似忙碌，实际上注意力全在那个徒弟身上。叶上秋时不时出现，东瞧瞧，西看看，觉得哪里不是很好就提出来让他们改。可快到晚上收工，那个徒弟还没有跟大蓟有任何肢体接触。秦芃想，得给对方一个机会。

"你会不会走路？眼睛瞎了？脚趾都被你踩断了。"耳边突然传来一个男人的呵斥声，秦芃猛一惊，偏过头看到瓦工徒弟和泥工徒弟像对鸡眼一样相互瞪着！

"你才眼瞎！"

两个人你一句、我一句的，越说火气越大。工头忙走过去劝解，秦芃就这么一分神，那个木匠的徒弟已从大蓟身边经过，跟着去劝架。秦芃知道那人已拿到药方。

为了赶工，晚上收工有些晚，天都黑了。冯家除了工钱，还包了大家一顿午餐及上、下午两顿点心，但不管晚饭。叶上秋很客气地给他们每个人两只馒头，让要回城的秦芃送他们出去。走出大门口，秦芃见那木匠的徒弟不紧不慢走街穿巷，朝前走着。秦芃不敢跟得太紧，看起来此人就住在慈城，东拐西弯后，见他进了一幢普通的宅子。秦芃在外面等了好一阵，没见此人出来，只好暗暗记下位置，想着回头让叶上秋去查一查这宅子的主人。

回到冯宅，秦芄跟冯正道说了那个徒弟的住处，叶上秋让秦芄明天带他过去认一认。这会儿，他们想听听大蓟怎么说。冯五洲被请了过来。

大蓟交出药方后，松了一口气，幻想着对方能说话算数，给他送余下的九十块银圆过来。他想，最好能找到卖身契，这样他们走到哪儿都不怕了。正做着美梦，秦芄过来，说大老爷有事找他，大蓟忐忑不安跟着去。一到客堂间，看那阵势，大蓟意识到事情已暴露，扑通一声跪倒在地，不用冯正道开口，就痛哭流涕地把他怎么被"请走"，对方怎么威胁他等详细过程说了一遍。"老太爷、大老爷，对不起，我没有办法，我真怕他们要了小蓟的命，我阿爸阿姆临死前要我一定要照顾他，我答应过他们。"

冯正道沉着脸问："那你知不知道谁放的火？"

大蓟摇摇头说："大老爷，这个我真的不知道，没有人联系过我。"

冯正道又追问道："他们让你有事找街口那家配钥匙小摊摊主？"

"是的，本来偷到方子让我交给那个摊主就行，可能是看我出不去，才派人进来取。"

秦芄想到晚上他并没有看到那个配钥匙的小摊，或许是已收摊，也有可能那个小摊再也不会出现。听到大蓟说对方出的是一百块银圆，他先拿了十块，插了一句："那余下的九十块，对方怎么给你？找那个摊主要？"

大蓟一脸茫然地说："我不知道，他们说到时候会送过来。"

叶上秋真是恨铁不成钢，盯着大蓟怒骂道："你别做梦了，想想这些年你们两兄弟虽是家仆，可又受过什么委屈？老太爷、大老爷、二老爷他们对你还不够好？就算养条狗也会替主人叫几声，你倒好，反咬一口，真是白眼狼！这事小蓟知不知道？"

大蓟满脸羞愧地低垂着脑袋，被问到小蓟，连忙说："他不知道，老太爷、大老爷，我是猪油蒙心，对不起你们，求求你们不要迁怒我弟弟，他是无辜的。"说完，拼命磕起头来。

冯五洲发话了："行了，别磕了，先回去，好好想一想自己到底错在哪里。"

大蓟趴在地上，又磕了一个头："是，老太爷。大老爷，那我先回去了。"爬起来，快速退了出去。

屋里四个人一阵沉默，他们万万没有想到，对方只花了十块银圆、说几句威胁的话，就能买通一个平时看起来很老实听话的家仆。倘若外面的人想要他们一家人的命，是不是只要买通厨房，下个毒就行了？或者直接往主楼点一把火，那岂是眼下这一点点损失？叶上秋有很多不明白的地方，开口道："我怎么突然觉得这幕后主使还挺心慈手软，他们的目标好像就是药方，并不想要我们的性命，或者把事情闹大。假如那把火不是落在偏院小厨房，而是主楼，搞不好这宅子就毁于一旦，你们说那幕后主使到底是什么意思？"

冯正道想起库房被盗，当时他们也有种隐约的猜测，就是对方不想把事件闹得太大，这说明对方身份有可能很敏感。即便如此，只要一想到还不知何人也被收买，他就控制不住焦虑，这种被人捏着命的感觉太糟糕了。

叶上秋的疑惑让他的猜测进一步得到确认，他对冯五洲说："阿爸，这幕后主使很有可能是日本人，东财兄上次跟我说，他在日本发现很多冯家药号的成药，应该就是失窃的那批。他们之所以没有一把火把库房和我们这宅子烧了，就像叶管家说的，是不想闹大，他们有顾忌。"

"日本人向来不安什么好心，明朝的时候，宁波这一带可是深受倭寇之苦。"冯五洲似乎看到风雨已在来的路上。

"老太爷，你说等他们发现秘方是假的，下一步会有什么行动？我们是不是应该提前做些准备？"秦芃问道。

"我想他们要药方，更多的是为了谋利，世荣造的这张方子虽然不是真实的回阳丹方子，但也费了不少心思，他们想要试制出来并不容易，有的药材很难买到。就算试制成功，想大量生产也难。越难，他们就越会认为这方子是真的。这里有个过程，应该没这么快就有下一步行动。"冯五洲说。

"是的，现在首要的还是把内贼给清理出来。"冯正道说的也是大家眼下最关心的事。

"这事我尽快去处理，也就十几个人，我想应该查得出来。对了，大蓟小蓟两兄弟怎么处理？"叶上秋心里已有一个初步想法，这事越早解决越安心。

冯正道想了想说："为防他们狗急跳墙，大蓟的事还得悄悄处理，我们得装作不知药方被盗，只查纵火的人。把卖身契还给他们，让他们离开冯宅吧，以后不管做什么，都跟冯家无关。"

秦芃有些担心，怕大蓟落到对方手里，说出冯家已知药方被盗的事，对方见冯家没应有的反应，就会怀疑药方真假。他建议让这兄弟俩离开宁波去上海，并说了自己的理由。从内心讲，秦芃挺为他们可惜，大蓟本性不坏，对弟弟也是真心好，可这不是他去偷盗药方的理由。没有把他送官，已是最大的仁慈。小蓟年纪虽小，却很懂事，三个月朝夕相处，再加上后来又一起参与做新药，秦芃对小蓟印象很好，可两兄弟一个走一个留也不现实。

冯五洲同意秦芃的建议，与其把他们赶出去落到对方手中，不如远远送走。他要秦芃亲自送这两兄弟上船，看他们离开。时候不早，冯正道送冯五洲去休息，叶上秋和秦芃去找大蓟小蓟。他们来到下房，敲开门，见大蓟脸色苍白，低着头什么话也不敢说。小蓟已从哥哥那里知道事情真相，呆呆地坐在床边。他没想到哥哥会这么糊涂，又想到这是为了他才这么做，心里特别难受。

叶上秋看着兄弟俩，叹了一口气，这两人在冯家有五年了，表现一直不错，谁知会发生这样的事。没有规矩不成方圆，叶上秋收起同情心，把冯正道的意思告诉兄弟俩："明天一早，我会把你们兄弟的卖身契拿过来。大蓟，你们兄弟运气好，碰到这么善心的东家，如果换个人，不要说还卖身契，恐怕早就把你送进牢里了。希望你们兄弟离开这里后，不要再做任何伤害冯家的事。还有，有个要求，你们必须离开宁波，这也是为你们好。"

大蓟万万没想到这次居然因祸得福，不但能拿回卖身契，还获得了自由，不禁欣喜若狂，连声道谢。秦艽见小蓟脸上并无喜气，走过去说："小蓟，你跟我出来一下。"

小蓟跟着秦艽出来，秦艽跟他直言："你哥做了这样的事，原本不是送去坐牢，就是打个半死卖出去，实在是老太爷和大老爷想到你们之前还算本分，特别是你，受你哥牵连，就饶了你们这一次。明天早上我送你们去码头，你们离开宁波去上海讨生活，你要劝你哥千万不要心存幻想去找那些人，如果不想丢了性命，就听我的，你好歹也跟了我几个月，我不会害你。"

"我记住了，秦艽哥，谢谢你，我会好好劝我哥。"小蓟郑重地保证。

叶上秋和秦艽离开了。大蓟忙着收拾包袱，兴奋地对小蓟说："明天我去问那个摊主要余下的钱，等拿了钱，我们就走。阿弟，你说我们去哪里？"

小蓟站起来，脸上是从未有过的郑重："哥，你已经做了对不起冯家的事，大老爷还这么爽快放我们走，把卖身契还给我们，你怎么还能去要出卖冯家的钱？再说，你不怕那些人杀人灭口吗？"

大蓟不以为然："他们答应过的。你傻啊，九十块银圆，这么大一笔钱，干吗不要？"

小蓟坚持说："这种钱不能要。我们有手有脚，可以自己挣。你若一定要去拿那个钱，我就不跟你走，我去老太爷门前跪三天三夜求他们留下我。"

大蓟看着一脸固执的弟弟，无奈地说："阿弟，你太死脑筋，难道那药方就白送给他们？"

"这些不是我们该管的事。"小蓟心情复杂地叹了口气，开始收拾行李。这时兄弟俩才发现，除了这几年存的工钱，其他所有东西都是冯家的。小蓟不知道他们兄弟以后还能不能遇上像大老爷这么好的东家：从不打骂下人，无论是吃的还是穿的，没见他们苛待过谁。离开冯家去上海，又会是个怎样的境况？小蓟想不出来，但他相信秦芄的话，如果不离开宁波，大哥肯定不死心，一定会去要钱，到时候完全有可能丢了性命，还是先离开这个是非之地，只要肯干活，总归找得到饭吃。

这一晚，兄弟俩各怀心事睁了一夜的眼睛。天刚蒙蒙亮，叶上秋和秦芄一起过来了，叶上秋把两张卖身契当着兄弟俩的面给撕了，说了一句"好自为之"。兄弟俩跟着秦芄走到冯宅大门口，小蓟突然跪下来，朝大门磕了三个头，站起来，背着包袱向前走去。大蓟犹豫了一下，跟上弟弟的脚步。秦芄走在最后，把他们送到码头，买好船票，看着他们踏上了去上海的轮船才返回冯宅。经过路口时，仍没看到那个钥匙摊，看来是不会再出现了。

郑工头又带着工匠们过来。不出所料，那个木匠的徒弟没来，说是家里有事来不了。秦芄带叶上秋去昨晚那个人进的宅子，敲门，没人应。向邻居打听，才知道宅子的主人好多年前就离开宁波，这宅子一直空着，前不久听说租了出去。租给谁？不清楚。两个人知道线索又断了，只好揣着一肚子闷气回来。

秦芃去套那位木匠师傅的话，想打听那个所谓徒弟的身份。木匠师傅告诉他，那人是郑工头带过来的，借他徒弟的名义。秦芃又去问郑工头，郑工头说是牙行的牙人介绍过来。叶上秋又去找牙人。牙人回答说不认识此人，他在找工人时，那人主动找上门求带，说只想要口饭吃，不要工钱，他就同意了。叶上秋知道问不出什么了，只好作罢。

小厨房的活终于干完，郑工头带着工匠们走了。叶上秋安排了一桌酒席，把所有家仆都叫上，说是大老爷的意思，大家辛苦了，放开肚皮吃喝。他和秦芃陪同，大家坐在一起边喝酒边聊天，气氛热烈。

"叶管家，大蓟和小蓟呢？怎么没看到他们。"马钱开口问道，他平时负责冯宅外院的卫生和绿植维护。

"大老爷派他们出去办事了。"叶上秋夹起一块肉片说。

马钱哦了一声，秦芃拿起酒壶，给马钱倒了一杯："来来，喝酒喝酒。"

酒杯碰酒杯，一杯接一杯，众人喝得渐渐有了醉意，话就不知不觉多了起来。秦芃仔细听他们的醉话，一边有意识引导讲些快发财之类的话。听到跟马钱同屋的苍耳嚷嚷道："马钱你这小子不讲义气，自己吃肉，也不给兄弟一口汤喝，亏我还帮你。"

马钱举着酒杯，醉醺醺地说："发，发什么财？你乱讲。"

苍耳睁着一双酒意上头的红眼睛，盯着马钱说："我看到了，你这个小气鬼。"

叶上秋低声对秦芃说："你看好他们。"

秦芃回了一个安心的眼神，站起来说："不说不说了，今晚重点是喝酒，干杯干杯。"

等酒席散，大家都喝得差不多了，相互搀扶着回去睡觉。马钱和苍耳走得跌跌撞撞，秦艽在他们后面跟着。来到住处，见门开着，两个醉糊涂的人还没反应过来，苍耳一头冲进去倒在床上，睡了过去。只有马钱看到冯正道那张黑得要滴下墨汁的脸，又看到桌上放的十块银圆，酒突然醒了。

"是你放的火。"冯正道用肯定的语气说。

马钱想抵赖，可他无法解释这银圆是从哪里来的。因为他每到月底发工钱那天，他家人就会等在冯宅门口来拿钱，他自己最多留少许铜板，根本不可能有银圆。由于没有到发工钱的时间，他把银圆藏在草席下，上面还故意扔了件衣服，想着等月底交给家人，没想到被发现了。

"是谁让你放的火？"冯正道逼视着马钱的眼睛问。

马钱知道赖不了，只好承认被人利诱，他是觉得只烧个小厨房不要紧，扔个火星，就有十块银圆的报酬，这买卖合算，就答应下来。至于为什么要放这把火，他并不知缘由。对利诱他的人，马钱一口咬定不认识，他是在冯宅外面碰到的。

第二天一早，有官差上门，带走了马钱和苍耳。其中马钱以纵火罪被关押，苍耳因替马钱作伪证，被打了二十棍，赶出冯家。两人悔不当初，恨不得跳三江口。

冯正道对余下的家仆作了一番恩威并举的告诫，丫鬟小厮们一个个都没想到自己身边会出现背主的人，都老老实实低着头在那里听。

"以后只要你们忠心耿耿，认认真真做事满十年，若想离开，我就把卖身契还给你们，还送你们一笔安家费。但倘若你们为了一点小利出卖冯家，那就别怪我不客气。"冯正道厉声说。

这些丫鬟小厮都是卖身进的冯家，本来的话除非哪一天有钱了可以自赎其身，或主家主动让其离开，不然就是"终身制"。现在听说只要满十年就可以获得自由，不但不用出钱，还能得一笔钱，个个喜出望外，纷纷表态绝不会做对不起冯家的事。

告诫结束，冯正道离开了，余下的事交给叶上秋。一下子少了四个小厮，他得把这些人重新做个分配。非常时期，他没打算招新仆进来，就这些老的，他也得留个心，免得再次出现像大蓟和马钱这样的人。

第十二章
命运的伏线

夜晚，冯公馆主楼灯火通明。

冯纵川和叶家驹在洋文学校时看到不少年轻人"剪辫易服"，心痒痒的，想跟着仿效。现在一个在洋行工作，一个在自家药店，都觉得自己已是大人，可以自作主张了。两人一商量，决定把项有志叫上，三个人一起去剪辫子，约了晚上聚。项有志如约而至，等着冯纵川说他的"伟大计划"。

冯纵川也不卖关子，开口道："有志哥，我和阿驹想把头上这根辫子给剪了，你愿不愿意跟我们一起？等我们剪了辫子，就可以穿西服、戴礼帽，改变形象。"

项有志对上海街头时不时出现的身穿西服三件套的短发者早已见怪不怪，心里还有些向往，向往那种轻松自在。大男人每天梳长辫子实在烦，只不过这是老祖宗传下来的规矩，他还没想过要把它给剪了。现在听冯纵川这么一说，不禁有些意动，问叶家驹："阿驹，你能做主剪辫子？"

叶家驹苦着脸说："有些担心，你们说我把辫子剪了，我阿爹会不会打断我的腿？"

冯纵川说："不会，叶伯伯不是那种古板的人，他还做西药生意，眼光不一样。再说你又没跟他提过，又怎知他不同意？"

叶家驹想了个主意："要不这样，剪掉辫子后，你们跟我一起去我家，让我阿爹看看我们的新形象。反正我们的辫子都已经剪了，接又接不回去，还能怎样？"

冯纵川立刻举双手赞同："这个主意好。还有，我认识一位奉化的裁缝师傅，会做长袍马褂，也会做西服。约个时间，我们上他的店去做两套西服。"

项有志摇着头说："我听说配一整套西服行头很贵，我还是算了，先把辫子剪了，一步步来。"

冯纵川和叶家驹想着既然一起剪辫子，这易服当然也要一起，项有志不愿意，那他们暂时也不换装，就先剪辫子，三个人约定"从头开始"。

项有志平时很关心时事，每天都要看报纸。他在苏州时，曾在药店订阅的《大公报》上看到过《剪辫易服说》这篇文章。当时他就在想那些剪辫子的人勇气可嘉，自己可不敢那样做，怕剪了辫子丢了工作。这几年，剪辫子的人在增多，何况上海跟苏州、宁波又有区别，对剪掉辫子大多数人不会大惊小怪。这么一想，他更加放松下来。看着冯纵川和叶家驹一副晚上要睡不着的样子，项有志笑着说："我们现在特别像故意去干坏事以挑战阿爸权威的孩子。"冯纵川和叶家驹想想还真是，不约而同笑了起来。

项有志和叶家驹走了后，冯纵川叫来石耳，问他愿不愿意剪掉辫子。石耳去问石韦。石韦是小少爷说什么，他就听什么，小少爷要剪辫子，想让自己儿子一起剪，那就剪。石耳见阿爹同意，欢天喜地去跟冯纵川说。冯纵川很高兴，又多了一位剪辫子的"盟友"。

趁着这股兴奋劲，四个人选了个休息日，偷偷把辫子给剪了。刚剪掉辫子，看着镜子里的人，感觉特别陌生，很不习惯，甚至有些别扭。可又不得不承认，没了那根辫子，脑袋真的轻松了许多。叶家驹怕被叶林松骂,就把大家带回叶公馆。叶林松一见,那口气不上不下地憋在胸口,连声说"胡闹!"可事已至此,再说现在剪辫子已非大逆不道之举,他呵斥几句这事就算过去了。叶家驹没想到自家阿爹这么开明,赶紧拍了一通马屁。

叶林松看着面前一张张年轻的脸,无奈地摇着头说:"你们啊,就是胆大。"

四个年轻人坐得规规矩矩,神情专注,一副聆听教诲的样子。叶林松觉得好笑,摆摆手,让他们自顾去玩。见叶家驹没了辫子并未引起叶林松震怒,冯纵川他们便不多留,告辞离开。

走在街头,冯纵川对项有志说:"我阿爷和阿爹看到我这个没有辫子的新形象,不知会有怎样的表情。等我阿哥和阿叔进货回来,我定要鼓动他们也把辫子给剪了。"

"肯定是不认识你了。"项有志一本正经玩笑道。

冯纵川想象家人见到他新形象时的吃惊样,嘿嘿一笑,心里无比热切地盼着那一天早日到来。

沈世荣通过吕翻译,请约翰帮忙了解江北岸外滩日本人或跟日本做生意的商行有哪几家,什么时候成立、做什么生意。约翰还是很靠谱,隔日让吕翻译送来一份资料。沈世荣翻了翻,交给冯正道:"我看这几家商行,都成立好几年了,只有这家最可疑。"他指了指资料上最后一行——"日甬贸易行":去年新成立,老板名叫周星魁,中国人,做茶叶和中药材生意。

冯正道很仔细地一家家看下来,这日甬贸易行无论成立时间,还是经营范围,跟冯家发生的事似乎都能找到那么一丝若有若无的关联:"最好能找机会认识一下这位周老板,看看到底是什么人。"

"我再去打听打听,看能不能找到跟这个周老板关系好的人。"

"好，这事就辛苦你了。"

"客气啥，都是自家的事。"

"对了，这么久了，正义和纵山怎么既不见信来，又没有药材到？他们是跑深山老林去了吗？"沈世荣的语气里还带着几分调侃，可话音刚落，两个人突然意识到叔侄俩第二封信迟迟未来，这并不是个好现象，冯正道的冷汗一下子就出来了。这段时间，他的神经太紧绷，再说以前冯正义去偏远地区收药材，隔四五个月才来一封信的情况也有，他就没有多想。童香芸和乐如眉也习惯了，心里记挂，也没多问。

"世荣，你说他们会不会出什么事？我这心怎么七上八下地慌得很。"

"这次是有点久，估计是去了太偏僻的地方，你别太着急，说不定这几天就有书信到。我看你脸色不太好，给你配几帖药调理一下。"

"不用，我没事。"

常山进来了，对冯正道说："大冯经理，回阳丹市场反馈很好，货已备足，我们可以大面积推了。"

冯正道回过神来："你尽快发一批货到上海，还有江宁府，争取一炮打响。其他地方你看着办。"

"好，那我安排下去。"

这一日，冯正道没心思工作，一直心神不定。晚上回到冯宅，他跟童香芸说，她和乐如眉可以找个时间一起去七塔报恩禅寺拜拜菩萨，捐些香油钱。童香芸有些吃惊地打量丈夫，平时她初一、十五吃素，每天早上到小佛堂观音菩萨那里点三炷清香，上一杯清茶，冯正道从没参与过。今天太阳从西边出来了，居然从丈夫嘴里听到这样的建议。

"是不是正义和纵山出什么事了？"童香芸忽有不祥之感，焦急地问道。

"没有，你别自己吓自己。我确实有段时间没有收到他们的信，上一封信你不是看了吗？估计是去了邮路不通之地，弟妹若问你了，也这么跟她讲。你们女人不是喜欢拜菩萨吗？去拜拜，心安。"

童香芸不再说什么，她去了小佛堂，跪在蒲团上，念了几遍《心经》，让心慢慢平静下来。

冯正道并不是个佛教徒，可这个时候他真希望有无所不能的菩萨保佑叔侄俩平安归来。

这一夜，夫妻俩辗转反侧，都没有睡好。天一亮，童香芸就起来了，匆匆吃过早餐，和乐如眉坐着轿子离开冯宅，去城里的七塔报恩禅寺。两个人各带一个心腹丫鬟，叶上秋还安排了两个小厮跟随。

"昨晚你也没睡好吧？"童香芸见乐如眉眼底的青色，关心地问。

"睡不着，大嫂，看样子你也一样。"乐如眉瞧着童香芸眉宇间的愁绪，叹了一口气。她嫁给冯正义这些年，对他不定期的外出已从不习惯到习惯。再说家里有三个孩子需要照顾，她没那么多时间去伤春悲秋，只在有空时重温一遍丈夫从不同地方寄来的书信，安慰自己。她刚嫁进冯家时并不信佛，还是大嫂劝她信，说她丈夫在外，平安第一。她觉得有道理，在大嫂的指点下，在家里布置了一个小佛堂，慢慢成了一种精神寄托。这次丈夫出去这么久，她才收到一封信，免不了胡思乱想。当大嫂提出到寺院拜菩萨、捐香油钱，她想也没想就同意了。

"是，闭上眼睛，脑子里乱糟糟一片。"儿子出门在外，当娘的怎么可能不牵肠挂肚？只不过没说罢了。

"我们求菩萨保佑吧，今天多捐点香油铜钿。"

"好。"

七塔报恩禅寺到了。

芍药和辛夷分别扶童香芸、乐如眉下轿，两个小厮手上提着香烛和供佛的水果，一行人走进寺院。来到佛殿，供上水果，点燃香烛，童香芸和乐如眉跪在蒲团上，虔诚祈祷跪拜。拜好菩萨，见供桌上有签筒，妯娌两个决定求一签。

童香芸捧起签筒，重新跪在佛像前，闭目想自己所求之事，双手摇动签筒，"啪"一声，一根竹签掉了出来。童香芸捡起来一看，第七签。她把竹签放进去，交给乐如眉。乐如眉照样来了一遍，她抽到的是第三十八签。两人来到佛殿角落的一个解签处，从一位上了年纪的老和尚那里各拿到一张黄色的签文。童香芸一看自己抽到的是下下签，脸色大变。她双手合十，朝和尚行了个礼："恳请师父为民妇解一下签。"

老和尚开口问道："女施主此签是想问什么？"

"问外出之人平安。"

老和尚盯着签文，不紧不慢地说："天机不可泄露。"

乐如眉迫不及待地插话道："师父，那我抽到的这支签呢？我问的也是外出之人的平安。"她手中的是支中平签。

老和尚又来一句："天机不可泄露。"

说完，老和尚看了童香芸一眼，说："女施主多念念佛就好。"

童香芸失魂落魄，乐如眉忐忑不安，两个人没心思再逗留，签文都没拿，匆匆捐了香油钱，出了寺院回家。到家后，童香芸想着那张下下签就心慌，她想去找老太爷，又怕丈夫回来怪她多事，只能忍着。乐如眉安慰道："大嫂，正义和纵山一定会平安回来，我们再等等。"

"如眉，明天开始家里事你多费点心，我要去念佛了。"童香芸满脑子都是老和尚说的话，她相信，只要她多念念佛，定能让纵山逢凶化吉。说完，她就自顾自去小佛堂念经去，芍药赶紧跟上。

乐如眉傻站在那里，无奈苦笑，她只能帮嫂子盯着内院的丫鬟婆子有没有偷懒，再去三个厨房看看，其他的她也不懂。她只知道大嫂管的是内院丫鬟婆子、一日三餐、人情往来和各种账目；叶管家则负责外院所有小厮的调教安排，以及冯家在乡下数百亩良田出租收租等对外事务。想了想，乐如眉还是带着辛夷去找叶上秋，跟他说大太太最近一段日子可能没太多精力管内院的事，她就帮着代管一下，若哪里有疏漏的，请他提醒她。叶上秋知道大太太和二太太刚去了寺院，怎么一回家大太太就不管家只念佛了，是不是出了什么事？不过他没问出口，只向乐如眉表示，他有数了，会注意，请两位太太放心。

乐如眉回到西兴屋，自己坐在那里发呆。想着今天如果不去寺院抽这个签，是不是仍然跟平常一样好好的？明明是两个人同行，她和大嫂问的又是同一个问题，为什么一张下下签，一张中平签？难道说是纵山会出意外？乐如眉赶紧打住，不行，她也去小佛堂念念经，平静一下心绪。

叶上秋到中兴屋找老太爷。自从大蓟背主后，冯五洲身边就留了一个中年女佣、一个跑腿的小厮。见叶上秋过来，冯五洲让身边人退下。叶上秋说："老太爷，今日大太太和二太太去了七塔报恩禅寺，不知为何，回来后二太太告诉我，大太太这段时间要念佛，内院的事由二太太代管，我担心是不是有什么事。"

冯五洲不好直接叫儿媳妇过来问话，说："这事晚上让正道去问，大太太既然要念佛，家里你就多看顾些。"

"老太爷放心，我会安排好。"

冯五洲叨念道："不知道正义和纵山什么时候回来，这个家太冷清了，还是早日让纵山成家，也好热闹些。"

"等大少爷成了亲，老太爷就可以抱重孙了。"

"现在我就这么个心愿了。"

叶上秋去忙他的事。冯五洲坐在那里，想是什么理由会让童香芸这个当家主母去小佛堂整日念佛？莫非是寺院师父指点，让她为出门在外的叔侄俩祈祷？

晚上，冯五洲跟冯正道讲了童香芸的举动。冯正道很诧异，回到东兴屋找童香芸。童香芸已在小佛堂念了半天经，腿都跪麻了，这会儿芍药正在给她揉腿。见冯正道进来，童香芸让芍药先退下，自己上前抓住冯正道的胳膊，颤抖着声音说："老爷，我今天抽到了下下签，会不会是纵山出了意外？"

冯正道并不是很信这些虚无缥缈的东西，实在是任谁大清早去寺院抽到这么个签，都会不安。见童香芸情绪有些失控，他忙安抚道："你别多想，再等些日子，定会有音信传来，我们不可自己吓自己。"

"师父让我多念念佛，我想在他们叔侄俩回来之前，让如眉管内院，我要让菩萨看到我的诚心，保佑他们早日平安归来。"

冯正道见童香芸心意已决，只好说："你也不可太过劳累，若病了，纵山回来岂不难过？"

"我有数。"

冯正道想到老爷子还在等他，又去了一趟中兴屋。他不敢跟老爷子讲实话，只说了童香芸是因为今日在寺院听师父一言，让她这段时间多念佛，可保家宅平安，故有此举动。

"正义还没有书信来吗？"冯正道正准备走，冯五洲又问了一句。

"还没有，可能是半路寄丢了。"冯正道临时想了这么一个理由。

"去吧，有音信了告诉我。"

"是，阿爸。"

这次常山派秦芃和倪平去上海送货。自从倪安成为回阳丹试药第一人，没几天，倪平就来求冯正道，想到药号做工。冯正道让常山安排。常山就叫他去了工场，顶了马辛的工位。

这次送货路上，秦芃和倪平精神高度集中，一丝都不敢松懈，一直到把带的货一箱不少地送到冯安富面前，两人才惊觉又累又饿。冯安富叫蒋文炳过来，向秦芃作了介绍。秦芃把货单交给蒋文炳，蒋文炳一一做了清点，监督货物入库，又回到账房间把账目记好。冯安富和程兴对蒋文炳都很满意。冯安富还专门给他安排了一个单间住宿，不像别的伙计是三个人一间，这让蒋文炳很高兴。

店堂里，冯安富安排人带秦芃和倪平去吃饭休息。秦芃说不急，大老爷还有话让他带过来。冯安富把秦芃带到经理室，秦芃就一五一十地把药方被盗等事告知冯安富，但他没有说药方是假的。这是冯五洲的吩咐，主要是怕节外生枝。

"大老爷让你小心点，现在不知道他们后面还有什么招数、真正的主子是谁，不过有一点可以肯定，这里面有日本人动的手脚。"秦芃说。

"日本人？怎么会惹上日本人？"冯安富忧心忡忡地问。

"原因我们也不清楚，现在很被动，可又没办法，只能走一步看一步。冯经理，回阳丹是药号新推出的治内伤良药，大老爷希望能尽快在上海一炮打响。"

"我好好想想怎么宣传。"

"小少爷最近怎样？大老爷说小少爷很久都没给他写信了。"

"小少爷现在一家洋行工作，是叶少爷的父亲介绍的。他没给大老爷写信吗？明天他可以休息，你去冯公馆找他。"

"好，我明天过去。"

两个人絮絮叨叨说了一会儿闲话，各自散了。

第二天，秦芃去冯公馆，冯纵川刚好在家。秦芃看到冯纵川第一眼，竟没有认出来，看了好一阵，才说："小少爷，你的辫子呢？"

"剪了。"冯纵川笑眯眯地回答。自从剪了这根辫子，他感觉自己简直像脱胎换骨一样。

秦芫上下打量冯纵川，不得不承认，没有辫子的小少爷看起来更精神了。他不禁有些羡慕，摸了摸自己头上的辫子，啥时候他也能把这辫子给剪了？宁波除了住在外滩的洋人是短发，街上没辫子的人还极少，想到这，他不禁感叹道："上海就是不一样。"

"你要不要也把辫子剪了？我跟你讲，剪掉后这脑袋都清爽了许多。"冯纵川怂恿道。

秦芫想了想，摇摇头说："还是算了，大老爷不会同意。"

冯纵川睁着不可思议的眼神说："辫子是你的，跟我阿爹有什么关系？"

"我不想惹大老爷生气。"

冯纵川没想到秦芫会这么想，笑着说："阿爹看人还是很准，你比我们兄弟都要贴心。不过你是你，阿爹是阿爹，再说剪辫子又不是什么大逆不道的事。"

秦芫诚恳地说："大老爷和大太太是我的再生父母，这份恩情我一辈子都还不清。"

"你真好。来，快跟我讲讲宁波有什么新鲜事。"

秦芫就把冯宅走水、出内贼，药方被偷等事说了一遍。"这次事件跟去年的库房被盗，背后的人应该是同一个。我们有怀疑对象，但没证据，很可能跟日本人有关。"

冯纵川听得手脚冰冷，他在上海每天鲜衣美食，什么都不用操心，怕阿爹知晓自己的叛逆行为，连信都不写一封回去，却不知家里出了这么多事，实在太不孝了！他当即让秦芫坐一会儿，自己马上去写信。到了书房，冯纵川提起笔，又不知从何说起，坐了一会儿，他还是老老实实汇报自己在上海做的事，包括剪掉了辫子，还说他现在一家洋行工作，他会好好干，请家人们放心。写好信，装进信封，交给秦艽。

"这次我阿叔和阿哥怎么去了这么久还没回来？家里有收到他们的信吗？"冯纵川问。

"只收到过一次书信和药材。是有点久，估计是去了太偏僻的地方。"秦艽说。

冯纵川紧张地问："那没事吧？"

"以前也有过这种情况，小少爷不要太过担心，再等等。"

"都大半年过去了，我只收到过阿哥一封信。"冯纵川嘀咕道。既然秦艽说以前也曾有过这种情况，那只能再等等。

送走秦艽，冯纵川陷入沉思，从小他就知道阿哥是药号下一任掌门人，根据阿爹的计划，阿哥先跟着阿叔跑药材采购，以后还要学习内部事务管理，到一定年纪接手药号。至于他，大概阿爹早就看出他无论是主内还是主外都不合适，便任他自由发展，说等他以后成家了，每年只拿分红，不参与药号经营。当然，他若有兴趣参与也可以。从小到大，阿哥比他辛苦得多，要学很多东西，不像他这般轻松自在。他就这样一直心安理得活到十八岁，可现在他越来越觉得这世上没有理所当然的事。身为冯家一员，他怎么可以什么都不付出就得到这么多？他觉得自己不能再这样混日子，不管能不能帮上忙，对药号的事还是要多点关注。

秦艽回到药号，回阳丹的样品都已经摆出来，单独放在一个专柜。由于每种回阳丹添加的最后一味药不一样，故工场在瓷瓶上贴了不同的说明，以示区别：回阳丹（专治头伤）、回阳丹（专治手伤）、回阳丹（专治腰伤）、回阳丹（专治肋伤）、回阳丹（专治脚伤）共五种。白瓷瓶是根据回阳丹的大小特制的，一瓶一颗，上面有标志，看起来高端大气。一个品种一排。墙上贴了一张广告纸，白底红字，突出"回阳丹"三个字，很是醒目。

冯安富见秦芃回来了，说："我还以为你会在小少爷那里吃午饭。现在还早，你和倪平要不要出去逛逛？"

秦芃想这会儿没啥事，就把信放进带来的布包袱，和倪平一起上街去。秦芃和倪平前脚刚离开，蒋文炳走了过来，笑眯眯地跟冯安富和伙计们打招呼。来到回阳丹专柜，看到整整齐齐码出来的药瓶和标着的价格，他问冯安富："冯经理，你说这十块银圆一颗的价，再加上是新药，没知名度，会有人要吗？"

冯安富自信地说："此药难得，成本又高，这个价并不贵。"

蒋文炳玩笑道："莫非有起死回生的功效？"

冯安富言语中带着骄傲："此药对内伤特别有效，说一颗回阳也不过分，宁波那边已试过疗效。"

蒋文炳惊喜地说："真的啊，那是好东西，不贵不贵！冯经理，我们应该去《申报》上登广告，最好能连续登个十天半个月，这样容易给人留下深刻印象。"

"我是这么打算。在新药的疗效口碑还没有积累起来之前，广告宣传非常要紧。"冯安富说。

"冯经理，账房间眼下不忙，这些跑腿的事交给我去做好了，我等会儿就去拟广告语，拟好了给你看看，如果没问题，我去报社办。"蒋文炳自告奋勇。

"好，这事就交给你去办。"冯安富很欣慰地看着蒋文炳，对他积极主动的工作态度非常满意。

蒋文炳动作很快，没一会儿就想出一句广告语："回阳丹，祖传秘方，专治内伤重症，一颗见效。"冯安富一看，连声说好，让蒋文炳赶紧去报社。蒋文炳说一声"好嘞"，就带上广告语走了。

秦芃和倪平出了药号，一路前行，边走边打量四周。比起宁波，上海要热闹得多，形形色色的店铺，似乎卖什么的都有。

"秦艽哥，这个是做什么生意的？"倪平好奇地指了指前方一幢气派的两层楼房，匾额上写着"醉眠阁"。秦艽摇摇头，他也不清楚这是做什么的。

一个刚好经过他们身边的老者听到倪平的话，好心地解释道："小伙子，那是花烟间，没钱可千万不要进去。"见两人还是不明白，老者又多讲了一句，"就是妓子与吸大烟的地方，千万不能进，命都要没的。"老者边说边晃着脑袋走了。

秦艽和倪平吓了一跳，对大烟，他们并不陌生，见过不少由于吸食大烟倾家荡产的人。冯正道在这方面管得特别严，不管是冯家子孙，还是家里的下人、药号的员工，绝不允许沾染。秦艽怕沾上什么似的，对倪平说："乌烟瘴气的地方，走快点。"

两个人快步经过醉眠阁门前，里面有人出来，两人退一步避开，秦艽忽听到一个熟悉的声音："先生慢走，欢迎下次光临。"转过头一看，竟然是大蓟，秦艽一时愣在那里。倪平不认识大蓟，见秦艽停住脚步，神情怪异，不由好奇地打量大蓟。大蓟万万没想到会在这里碰到秦艽，旁边那位既然和秦艽在一起，那定是冯家药号的人，他慌忙转身，朝里面跑去。

"大蓟，小蓟呢？"秦艽反应过来，朝着大蓟的背影喊。

大蓟没回答，很快就不见了人影，秦艽又不好进去找，只得和倪平离开。

倪平瞧了瞧秦艽的脸色，小心翼翼地问："这人是谁啊？"

秦艽此刻心情很复杂，虽说走出冯宅，这两兄弟跟他已没有关系，但想到他们到这种地方做工，仍觉得很惋惜，尤其是小蓟。见倪平问，他淡淡地说："背主的人，不值一提，可惜了他弟弟。"

倪平不了解具体过程，不过在这种地方做工，他也认为不好："那是可惜了。"

秦芄想起了马辛，对倪平说："还有那个马辛，我若碰到他，倒是想问问，怎么能出了事就一逃了之，他家里还有老娘，他就这样不管了。"

"我听人说过，像大冯经理这么好的东家真的不多。"

秦芄很欣慰倪平有这样的认识，高兴地说："是的，你好好干，你弟弟后来怎样？身体没什么影响吧？"

倪平想到弟弟的身体状况，去做码头工不太合适，于是恳切地说："秦芄哥，可不可以让我弟弟也来工场做工？你放心，我们一定会好好做事。"

"回去我问问常查柜。"

倪平感激地道了谢。两个人逛了半天，见了世面。回到药号，跟冯安富说了在醉眠阁看到大蓟在那做工。冯安富连声说冯家太仁慈，像这种人应该送官府，让他得到应有的惩罚。秦芄知内情，只是不能说出来，附和了几句。秦芄想起川柏，问怎么没看到他人。冯安富告诉秦芄，川柏在他这里干了两个月就走了，可能是找到别的事做了。秦芄有些意外，不过人各有志，他管不了这么多。晚上，秦芄带着冯安富和冯纵川的书信，和倪平一起坐船回宁波。

冯正道接过秦芄递过来的两封信，拆开看起来。看冯安富的信，情绪正常；再打开冯纵川的信，这脸像开了杂货铺。他又气又好笑，心想这孩子当真是被宠坏了，如此任性。罢了罢了，看他还算懂事，找了份洋行的工作，就不跟他计较了。不管怎样，小儿子年纪虽小，做事还是有分寸。眼下最牵挂的还是在外的叔侄俩，时间一天天过去，这心就一天比一天揪得紧。

第十三章

暗潮涌动

午夜，醉眠阁陷入另一种喧闹。

虽然官府已颁布了《禁烟章程十条》，发起禁烟运动，但这大烟一旦吸上瘾，哪能说戒就戒？醉眠阁在上海已开了多年，生意一直很兴隆，老板发了大财，实在是这东西利润厚啊。在租界，开这样的店，背后自然有靠山，即便官府说要禁烟，也没几个人当回事。

大蓟的工作是每日站在门口迎客送客和各种打杂，一直等到下半夜，他才拖着疲惫不堪的身躯回到醉眠阁提供的住处——一条小弄堂里一间低矮的小平房，里面住了九个跟他一样的伙计。没有床，地上铺些稻草，打通铺。吃的是清汤寡水配馒头，不饿死就行。

平时，大蓟躺下就睡着，因为太累，可这天晚上却久久无法入眠，脑子里全是白天碰到秦艽的事。他和弟弟离开冯家到上海，刚开始还天真地以为身上好歹有些钱，先去租间小屋，再出去找工。谁知刚到上海，他身上的钱袋就被人给扒走了，而小蓟身上只有几十文钱。两个人就这样流落在上海街头，在桥洞下凑合着过了一夜。第二天满大街去找工，看到醉眠阁在招人，包吃包住，他们就走进去碰运气。当了解到醉眠阁是做什么的后，他不是没有犹豫过，可想到身无分文又怎么可能在上海活下去，现实由不得他选择。不料小蓟硬是不同意，说宁可去讨饭，也不想伺候人吸大烟。大蓟坚持说，他们只是在这里

144

做工，只要不去碰那东西，又有什么关系？两个人谁也说服不了谁。那天他特别生气，也很委屈，看着一点都不理解自己的弟弟，没忍住，第一次动手打了小蓟一记耳光，说了很多难听的话。他清楚地记得，小蓟离开时看他的眼神，那么的陌生。小蓟跑了，再也没有来找过他。他冷静下来，想找小蓟道歉，可上海这么大，他上哪里去找？他每天都在等，等小蓟气消了主动来找他。闭上眼睛，大蓟不禁怀念起在冯宅的日子，没比较不知差距，可世上无后悔药，他已经没有第二条路可以走了，只盼着弟弟一切平安，能早日理解他的无奈。

在城市的另一个角落，有一座桥，这桥下有好几个桥洞，小蓟很幸运地和一个流浪汉共同拥有其中一个。那日被大蓟打了一巴掌，听到那么多怨言和责备的话，小蓟心里难受了许久。他一直记着哥哥偷药方是为了保他性命，可他仍无法认同哥哥的做法。他不想再成为哥哥的累赘，更不想在那种地方做工，所以决然离开，去了码头当搬运工。他人长得瘦小，力气不大，重一点的货物根本背不动，每天挣不了多少工钱，一时又没别的去处。为了能填饱肚子，他白天做搬运工，晚上去那些热闹场所乞讨，也不喊，只是低着头坐在地上，面前摆只破碗，若有铜板丢进来，发出清脆的声音，他就抬起头，轻轻道一声谢。一晚上下来，有时有收入，有时没有。夜深人静了，他拿着破碗回桥洞睡。每次回去，睡在桥洞的几个流浪汉都会热情跟他打招呼，大家同病相怜。小蓟不想去找哥哥，他想，没有了他，哥哥以后就再也不会被人威胁。他已经十七岁，不是小孩子了，他要为以后做打算。无论是码头搬运工还是乞讨，都是临时的，他想去药店当学徒，学一门技术，可没有担保人，又怕人家嫌弃他年纪大。动过去冯家药号上海分号做工的念头，可一想到大蓟做的事，他就没有了这勇气。

"明天再去找找。"小蓟想着，渐渐进入了梦乡。

下半夜，天下起了小雨，淅淅沥沥，像一个不敢哭出声的人在黑暗中细碎呜咽。

天亮了，断断续续的秋雨增添了几分萧瑟。冯家药号上海分号刚开门营业，有段时间没有露面的几个地痞又找上门来，这次他们没有要钱，而是提出要十盒回阳丹，不同品种各两盒，如果不给，他们就坐在店门口，把门给堵住，不让你做生意。

冯安富真是不胜其烦，那几个地痞像苍蝇，时不时跑出来骚扰一下，敲点钱走。你不给，他们就不走，影响药号正常营业。不是没报过案，一是他们要的数额并不大，二是其溜得快，一次两次后，巡捕房的人就懒得理会，让冯安富自己想办法解决。

"各位爷，之前孝敬你们的银子都是我自掏腰包。今天你们要这么多盒回阳丹，价值一千块，很抱歉，恕我无法答应。这不是我个人的店，我做不了主，还请各位爷高抬贵手。"冯安富有气无力，朝为首的刀疤脸作了个揖，恳求道。

"冯经理，不是我们兄弟不给你面子。你自己说说，我们是不是很久没有过来了？兄弟们每天在刀尖上讨生活，问你要几盒回阳丹过分吗？"刀疤脸拍拍冯安富的肩膀说，"冯经理，你不要敬酒不吃吃罚酒。"

冯安富一咬牙说："最后一次，我只能每种给两瓶，再多没有，我赔不起。"

刀疤脸的脸色立马黑了下来，厉声问："给不给？"

冯安富想到他们的得寸进尺，源于自己一次次的妥协，假如第一次就强硬，是不是就不会如现在这般陷入被动？于是坚持道："我们是正经生意人，一向主张和气生财，对几位爷也孝敬过多次，但你们不能一而再再而三敲诈我们，没有这个道理。"

刀疤脸大概没想到冯安富这次态度会变硬，不像以前只要一威胁就乖乖把孝敬铜钿送上。当着手下的人，他顿觉没了面子，上前一把揪住冯安富的衣服，伸出拳头就朝他脸上打去。冯安富头一偏，拳头打在太阳穴上，让他脑袋嗡嗡直响。另外几个地痞围了过来，店铺里的伙计一看这情形不对，立刻做好还击的准备。

"你想干吗？到底还有没有王法？"冯安富在身材高大的刀疤脸面前，力量有些悬殊，但平白挨了一拳，实在咽不下这口气，当即还手。

程兴和蒋文炳听到吵闹声，跑出来一看，大吃一惊，赶紧冲过来帮忙。冯安富这次豁出去了，想着干脆把事情闹大，不怕巡捕房的人不管，但他又怕店里东西被打坏，所以有意识把人往外推。几个伙计领会了冯安富的意思，一起上前把人推到店门口。蒋文炳见冯安富不是刀疤脸对手，急忙上前把他护住，自己跟刀疤脸对打。程兴趁乱，急急跑去找巡捕。人多力量大，伙计们气恼这几个地痞欺人太甚，这会儿火气上来，大家都不管了，打起群架。

转眼工夫，药号门口就有了场混战。很快，几个巡捕到了，冯安富一看，带头的竟是有过几面之缘的李巡捕，忙上前告知详情。地痞们一看不妙，想跑，被伙计们给拦住了。李巡捕看着一张张鼻青脸肿的脸，让冯安富安顿好后去一趟巡捕房，那几个地痞他们先带走了。冯安富连声道谢。

刚才远远围观的人这会儿都走上前来，七嘴八舌地替药号的人打抱不平，冯安富向他们作揖感谢。店里的伙计多多少少都挂了些彩，衣服也都被淋得半湿，冯安富让他们赶紧去收拾，别受了风寒。蒋文炳身上的袍子都被扯破了，半边脸肿胀，冯安富回想他护着自己的样子，又感动又心疼，上前说："文炳，要不要去医院？"

蒋文炳摸了一下脸，"嘶"一声咧了咧嘴，说："不用，就一点皮外伤。"

冯安富拍拍蒋文炳的肩膀，环顾四周，对伙计们说："你们都是好样的，我谢谢你们。"说完，弯下腰，深深作了一个揖。

"冯经理，这是我们应该做的。"蒋文炳带头说。

"对，这是我们应该做的。"伙计们异口同声说。

冯安富很欣慰地笑了，他让大家相互帮忙擦点药，他去一趟巡捕房。到了那里，冯安富再次向李巡捕详细说了一遍这几个地痞流氓敲诈勒索的事。

"你说这次他们要的是回阳丹？"李巡捕敏感地捕捉到不寻常的地方。

"是的，回阳丹是我号新推出的伤药，由于成本高、疗效好，每瓶售价十块银圆，每盒十瓶，十盒就要一千块。我没同意，他们就动起手来。"

李巡捕说："这事蹊跷，等我审问后再告知你结果。"

冯安富再一次道谢，他对这位年轻的巡捕印象不错，离开时，他犹豫了一下说："李巡捕，回阳丹治内伤效果极佳，以后若有需要可以来药号找我，我可以免费提供三颗。"

李巡捕笑着说："谢谢冯经理，希望没有那一天。"

冯安富连声说抱歉，表示自己没有别的意思。李巡捕让他回去等消息。

冯安富回到店里，大家都已收拾好。他来到账房间，问蒋文炳要不要回屋去休息。蒋文炳说没事，一点小伤，不要紧。冯安富看他的眼神越发慈祥。

回到办公室，冯安富冷静下来还是有些后怕，那几个地痞会关多久？出来后会不会报复他们？越想，头皮越发麻。幸好这位李巡捕人很好，以后还是要多联络感情。

李巡捕在天快黑的时候来到药号，冯安富急忙把他请到经理室坐，奉上茶，目光殷切，小心翼翼地问道："李巡捕，那几个人怎样？"

"冯经理，我审问过了，这几个人今天过来要回阳丹，是受人指使，指使的人是谁一直不肯说。我原本还想再多问几句，可很快就有人过来保释他们。已经有人警告我，让我不要多管闲事。我过来就是提醒你，你们还是要做些自保的思想准备。"李巡捕的神情很复杂，作为一名巡捕，他很想严惩那几个地痞，保护商家合法权益，可今天的事让他明白，那些人背后的人绝不是他一个小小巡捕可以招惹的。

冯安富听出了李巡捕的言外之意，对这份善意的提醒，他很感激。李巡捕走后，冯安富坐了很久没动弹。在上海，若想混得好，必须跟某一路搭上线，这里有黑吃黑的，也有黑白通吃的，他到底该去拜哪个码头？官府靠不住，帮派……冯安富拍了一下脑袋，暗骂自己没脑子，他怎么忘了在上海有很多宁波人，他可以去找商会、商团寻求帮助，新成立的"四明旅沪同乡会"就在汉口路上。真是一叶障目！宁波那边，他不准备把这烦心事告诉冯正道，还是由他来担着吧！想到了办法，冯安富紧绷的神经总算放松些，事不宜迟，他决定明天就去拜访。

第二天，冯安富准备了一份厚礼，去拜访四明旅沪同乡会的创始人洪先生。不巧洪先生已离沪，刚好副会长虞先生在。虞先生是慈溪人，他很热情地接待了冯安富。冯安富说了药号经常有地痞流氓上门骚扰，很苦恼：态度若软了对方就会没完没了，强硬了又怕事后被报复。

"以后若再发生这样的事，你可直接找万国商团中华队，不要担心，遇到什么困难，尽管来找我们。"虞先生笑眯眯地说。

冯安富突然想起这中华队的成立跟眼前这位年纪比他小好几岁的虞先生的努力分不开，之前自己闷着头管着眼皮底下的事，眼界实在是太狭窄。冯安富当即表态，以后同乡会有任何事，他一定积极参与。

虞先生微笑着点头说好。有了虞先生的承诺，冯安富安心了许多。知虞先生是个大忙人，他不敢多打扰，就告辞离开。路上又想起宁绍轮船公司也是虞先生发起组织，他心里越发有了敬仰之情。

日沪贸易行三楼，林长谷背着手站在窗前，看沿街热闹的街景。他的思绪飘得很远，远到他都快忘了的日本春天的樱花和富士山的雪。时间过得太快，不知不觉他来这块地方已有十五年。他仿佛看到了十二岁的长谷四郎和一群差不多年纪的孩子一起，离开家乡，踏上了前往上海的船。他们的父母站在岸上，脸上并无太多的不舍，更多的却是一种自豪。年少的长谷四郎并不懂这种情绪，他只知道以后要留在中国，何时回，未知。

那是一次终生难忘的旅程。风浪、暗礁，还有日夜的颠簸，让他见识了海的辽阔，也深刻体会了海的喜怒无常。到上海后，他们成了日清贸易研究所里的学员，三年一批，学成后分别以各种身份潜入中国各地，窃取情报。他改名林长谷，有了新的身份。

他在研究所待到十六岁，然后被派出去。想想这些年他到过的地方，扮演过的不同角色，林长谷不禁有些得意，他很喜欢这种挑战，这让他非常有成就感。

从1905年开始，上峰把他和另四位学员组成了一个五人小组，分配了一个绘制宁绍地区地图的秘密任务，他负责宁波这一片区。就这样，他以货郎客的身份游走在宁波城乡，暗中绘制地图，特别在有军事设施的地方全都做了重点标注，去年他这部分工作终于完成。不过上峰说，这是第一版，以后每几年要更新一次，随时补充军事设施变化。为此，上峰在任命他为新一任日沪贸易行经理一职的同时，又让他在宁波成立了一家日甬贸易行，作为一个据点。

日沪贸易行已成立多年，做的是药业生意：开了一家制药厂，还有两家药店。这在上海的商圈并不引人注目，做同类生意的有很多，正好掩饰他们的真实身份。以商养谍，这还是日清贸易所创办人、乐善堂创始人岸田吟香定下的策略。虽然现在创办人不在了，但东亚同文书院和乐善堂还在，他们的使命依旧。日甬贸易行，他交给了同门师兄伊藤，化名周星魁，一边做茶叶和中药材生意，一边暗中收集情报。伊藤短短时间就搜罗了一批混混，并根据那批人的各自特长进行了强训。这一点，让林长谷佩服。

这几年，林长谷自认为对宁波这个地方还是有所了解——药商众多、每家都有自己的秘方，这让他非常眼红。上峰让他想办法搜罗各种中成药的配方和珍稀药材，这也是天皇针对中国下达的指令之一。毕竟很多年前，他的国已靠着汉方药在满世界赚钱。他还从上峰那里得知，天皇还制订了针对中国的更大计划，而且这些计划都已在一一推进中。林长谷想起这些年执行的任务里，绘制地图最特别，属于绝密级。上峰跟他说过，一旦泄密，他只有一条路——自我了断。林长谷越来越有预感，他的国家在下一盘很大的棋，应该会比甲午战争还要大。

走到办公桌前坐下，拉开抽屉，林长谷从里面拿出一份资料。上面是宁波有一定规模的药行药号药铺名单。把冯家药号列入第一个目标，是因为他不止一次听人说冯家药号有几百种成药，数十种胶膏，全是根据祖上传下来的秘方研制出来，这实在让他心动。他曾派人去几家大药店试探买药方，包括冯家药号上海分号，发现行不通。有人跟他说，除非家破人亡陷入绝境，那些后代子孙是不可能把祖宗的东西拿出来卖掉的，据他调查来的资料，冯家人口简单，祖孙三代没一个不成器，都不赌不嫖不抽大烟，这样的人家想要让他们一夜易主，并不容易。更何况身为暗棋，他们做事还是有很多的限制，上峰再三警告：搜罗药方只能暗中进行，绝不可轻举妄动露出一丝痕迹，若要下手，必须万无一失。

林长谷又仔细回忆了一遍去年年末冯家药号库房被盗事件。此案正好符合中国人所说的"天时地利人和"，这让他很得意。伊藤的能力更让他惊喜，那批货物运到日本，他们很快就收到了五万两白银的货款，上交给研究所四万两，余下一万两由他支配，每个参与者都得到了不少好处。唯一让他不满的是，此事竟然挨了上峰的批评，说他们太鲁莽，没有个轻重，这么大的盗窃案，万一尾巴没断干净，一旦被官府盯上，得不偿失。

"年纪大的人，胆子总归要小一些。"林长谷喃喃自语，心里很不以为然。不过他不敢明目张胆惹上峰生气，以后尽量做得更隐蔽些便是。得知冯家药号推出了回阳丹，传言有起死回生之效，他没忍住，跟伊藤商量，看能不能偷到药方。让他意外的是，他们只花了二十块银圆就买通了冯家两个下人。为了不引起官府关注，才让人烧了那么个角落。他越来越觉得宁波真是自己的福地，冯家药号是他的财神。

楼下传来了雪野狂躁的吼叫，林长谷坐着没动。他知道雪野找了几个地痞去骚扰冯家在上海的药号，结果搞砸了，人进了巡捕房，看样子现在是捞回来了。

"这点小事都办不好，老子要你们何用？阿大，把他们给我带下去，让阿发好好伺候。"

很快，几个地痞的求饶声就听不到了。林长谷摇摇头，雪野是日沪贸易行的副经理，这家伙什么都好，就是脾气太暴躁，动不动就放狼狗去咬人。

没一会儿，雪野上来了。林长谷看到他脸上怒气未消，说："怎么了？又放阿发去咬人了？"

雪野给自己倒了一杯水，一口气喝了大半，气呼呼地说："林，我听说了，今天这几个废物差点被那个巡捕给套出话来，幸好我动作快，叫人把他们给保了出来，不然说不定就把我们给拖累了。"

"这种方式是简单粗暴了些，下次我们可以换种文明的方式。那几个人你还是好好敲打敲打，让他们把嘴给闭紧了。"林长谷提醒道。

"我有数，现在就去。"雪野站起来，又火急火燎地下楼去。

后院，被阿发"伺候"过的地痞们躺在一个房间里，半死不活地哀号着，他们身上都有狼狗撕咬过的伤口，血淋淋的。阿大进来替他们的伤口作了处理。雪野走了进来，笑眯眯地问："诸位，感觉如何？"

五个地痞吓得直打颤，原以为找到了靠山，从此可以横着走，谁知这靠山对自己人都这么狠，太可怕了。可这个时候已由不得他们选择，除了乖乖听话，别无他法，于是连声保证，下次一定好好办事。

"记住了，任何时候，都不准泄露这里的人和事，不然你们会得到抽筋剥皮的下场。"雪野威胁道。

"是是是。"地痞们结巴着答应。

"行了，今天就饶过你们这一回，若下次还办事不力，我就把你们给剁了喂阿发。"雪野说完，转身又跑去林长谷那儿。

林长谷正准备去药厂，他把止血丹都送往日本，留了两瓶拿给药厂的日本医师源内去研究，一直没有把成分搞清楚，试验失败。这次拿到回阳丹药方后，又让源内在抓紧时间做，也不知做出来没有。雪野要跟着去，林长谷就随他。两个人一起来到药厂，源内正在他的实验室忙。

"源内先生，回阳丹做出来了吗？"林长谷走过去，闻了闻长条桌上摆的瓶瓶罐罐，全是中药味。

"还没有，这方子里有几味药材太稀有，药厂没货，我让他们去药材市场找，还没找到。"源内搔了搔头皮，他是个矮胖的小老头，在中国多年，因痴迷中药，曾拜一位老中医为师，学到不少东西。

"怎么会找不到？若真无原料，那冯家药号是怎么做出来的？还请源内先生想想办法，尽快做出来，然后找人试药。"林长谷耐着性子说。

"药方中无货的药材，其他几样勉强能找到替换，唯有一味'空青'无法替代。若无空青，我就不能保证做出来的药丸有效。"源内就事论事。

"空青哪里有？"

"不清楚，我问过采购员，说此药材偶尔才能碰到，非常稀少。"

林长谷琢磨，若空青如此难得，冯家能做出大量的回阳丹，说明他们手上有空青这味药材，要不要让伊藤再去偷一次？只是现在的冯家库房恐怕不会那么轻易就能进去了。林长谷不想就此罢休。正琢磨怎么办，他又听源内说道："之前我一直纳闷这治内伤的方子里为什么会有空青这味药，后来得知回阳丹有五种，我猜我们手上的这张方子应该是针对头部的回阳丹药方，中医实在太奇妙了，可惜没有空青，我无法亲眼看见此药方的神奇。若能得到另四张药方就好了，我可以对照比较。"源内边说边晃着脑袋，表示很遗憾。

"你说空青这药材很稀少，那冯家为什么会有？"林长谷还是有疑惑。

"空青虽稀少，但并非没有，冯家有冯家的进货渠道，这个不奇怪。"

"既然真药这么麻烦，那你说我们若生产一批假的止血丹和回阳丹，换上冯家药号的外包装，推向市场如何？"林长谷忽心生一计。

"不行，假药要吃死人，万一被官府查到假药是从我们这里出去，这后果你能承担？"源内不赞同。

林长谷想了想，若真出了人命，官府要追查，冯家恐怕也不会善罢甘休，而自己的主要目的还是求财，于是对源内说："那你就做吃了不会死人的药丸，有个要求，成本一定要低，样子要像。"

"行行行，那我想想用什么做。"源内见林长谷同意他做吃了不死人的药丸，算是让步了，不再多说。

林长谷吩咐下去，照着冯家药号止血丹与回阳丹的瓶子样式，做一批一模一样的出来，又去印了一批止血丹和回阳丹的标签纸。一切准备就绪，只等着假药生产出来。

源内在林长谷下了死命令后，一直枯坐在实验室，他的面前摆着一颗止血丹和一颗回阳丹，想着林长谷要求——成本要低、样子要像，又不能吃死人，总不能用面粉做吧？源内灵感突现，对啊，可以用面粉，吃了不会死人，成本也不高，要做得像，那就往面粉里加草药汁。那回阳丹有酒味，方子上也写了用酒，那就再加点白酒好了。源内激动得站起来，马上去找面粉、白酒与蜂蜜，又从库房领了一些雪见草，亲自动手实验。

浓浓的雪见草汁熬出来了，倒在一盆面粉里调色，又加蜂蜜调黏度，再搓成一颗颗"药丸"晾干。另一盆面粉则加了点白酒。等这批"药丸"成形后，源内把它们与真药丸摆在一起，闻着假药丸的气味，感觉真假药丸差别不是很大，他得意地哈哈大笑起来。

林长谷看到源内做的假药丸，拿到鼻子底下闻了闻气味，很有兴趣地问："这是用什么做的？"

"面粉加雪见草汁，一种只加了蜂蜜调和，另一种还加了点白酒，没什么成本。"

"不错，源内先生，接下去要辛苦你了。"林长谷非常满意，选了几个可靠的人，由源内负责指导做假药。

第十四章
因与果

小蓟在码头边做工边找新工作，寻寻觅觅，有一天经过日沪制药厂门口，看到墙上贴着招包装工人的启事，包吃住，每个月再给一块银圆。小蓟不禁喜出望外，只要有口饭吃，有个落脚点，不用睡桥洞，还有钱拿，他就很满足了。负责招人的是个大叔，见小蓟人长得机灵，年轻，又孤身一人，没多问，把他给留下了。只是在写名字的时候，那个大叔写了个"小井"，小蓟无所谓，小井就小井，反正对他来说都一样。进了药厂后，小蓟手脚勤快，话又不多，在新老工人里面表现很突出。

这一日，管事的四眼把小蓟叫去，说要调他到另一个分装车间去，提醒他嘴巴一定要紧。小蓟表示会时刻牢记管事的话，好好做工。四眼把小蓟带到一个大库房，里面已有十来位工人。四眼把他们分成两组，一组把药丸装进药瓶，塞上木塞；另一组负责瓶口封蜡，装盒。小蓟被分在装瓶组，开始他并没在意，只是觉得这些药瓶跟冯家药号的药瓶简直一模一样，当他看到药瓶上贴着"止血丹"和"回阳丹"标签时，不由满心疑惑，不明白这是怎么一回事。即便他不认识几个字，但这一模一样的"长相"，他肯定不会认错。况且他跟着秦芃的那段时间，每天都会去制药工场，而且他还参与了回阳丹"搓圆"的工序。在装药丸时，他看了一眼瓶底，发现居然连冯家的标志都有。可他没听说过冯家药号在上海有分厂，只知道有家分号，而且现在这药厂名叫日沪，他听说老板是日本人，连药师都是日本人。可以肯定，这家药厂跟冯家药号没有任何关系。小蓟一下子紧张起来，他想起自己哥哥偷的药方，似乎找到了那些人让他哥偷药方的原因。

怎么办？小蓟一边双手装药丸，一边脑子快速转动。大老爷待他们兄弟不薄，是他哥做了对不起冯家的事，可冯家没有把他哥送官，反而把卖身契还给他们，让他们离开，这样的恩情他不会忘记。有什么办法可以让冯家的人知道这件事？小蓟想到每个月他们有半天休息时间，他想无论如何都要通知冯家药号的人才行。主意打定，他就平静下来，继续老实干活。

好不容易到了休息的那一日，四眼过来通知，所有人都不能休息，要加班加点把这批货装完发走。小蓟无奈，只能耐心等机会。看着满满一库房的货，小蓟就算是个傻子，也知道这意味着一大笔银子。他不懂药，但在装药丸过程中，他发现这药丸跟他在宁波看到的似乎有些不一样，不禁有些疑惑，明明他哥偷了药方，为什么会不一样呢？是不是他们故意做的假药？若病人吃出毛病来，背黑锅的就是冯家药号！小蓟越想越觉得可怕，下决心就算是丢了这份工作，也要尽快让冯家的人知道这个消息。他很想偷偷拿一瓶做证据，可旁边有工头紧盯着，离开库房都要被搜身，只好按下那个念头。

考虑到离下个月的休息时间还有很多天，有可能到时候又不准出厂，小蓟觉得自己不能再等，得找个机会跑出去。可怎样才能瞒过人？小蓟绞尽脑汁，终于想到了一个法子。在一个深夜，小蓟大叫肚皮痛，在一床破席子上滚来滚去。跟他住在一起的几个工人都吓坏了，去找值夜的阿三。阿三过来一看，见小蓟这样子，以为他病得很严重，怕他死在厂里，就派了一个手下，表面说要送他去医院，实际上暗示找条河把人给扔了，反正小蓟孤儿一个，死了也没人知道。小蓟装作已痛得昏迷过去，任那人背着他出了厂门朝前走去。背到一条小河边，那人毫不犹豫就把他给丢进河里，骂了一句"晦气"，拍了拍手，转身走了。

小蓟识水性，被丢进河里后，他怕那个人还没走，就沉在水底憋气。过了好一阵，实在憋不住了，才悄悄冒出头。四周寂然无声，小蓟做梦也没想到，他们会如此心狠手辣，一看工人有病就扔河里，可见这药厂是个狼窝。小蓟庆幸自己逃过一劫。他游了好长一段距离才上岸。

深秋的夜晚已有浓重的寒意，小蓟浑身上下都是水，被冷风一吹，整个人开始发抖。他赶紧找了个避风处，把衣服和裤子脱下来绞干，再穿上。摸摸口袋，里面只有一块银圆——他不敢把这几个月赚的工钱带上，怕引起他们的怀疑。他不后悔自己的举动，当务之急，还是先找到冯家药号。借着路灯的光，小蓟朝药厂的反方向走去。对上海分号的地址，他知道个大概，只能等天亮再问路人，先找到那条路，再找药号，这个时候，他只想离这家药厂越远越好。

天亮了，小蓟穿着一身湿衣服，边走边打听，终于找到了冯家药号上海分号。每年冯安富回宁波，会到冯宅来探望老太爷，小蓟认识他。伙计听小蓟说要找冯经理，还以为他是哪儿冒出来打秋风的穷亲戚，不过还是把他带到了经理室。冯安富抬头一看，这不是上次秦芃说的，因为偷药方被赶出冯宅的那个下人的弟弟吗？听秦芃口气，对这弟弟印象倒不错。

"你找我有什么事？"冯安富的态度很平淡，他在猜小蓟是不是找不到活干，想上门来讨口饭吃。

小蓟关上门，冯安富一惊，站起来说："你要干吗？"

小蓟见他误会，连忙说："冯经理，我有天大的事要跟你讲，不能让别人听到。"

冯安富想想小蓟应该没那么大的胆子和本事对自己做什么坏事，便说："什么事你可以说了。"

小蓟就把他怎么去的日沪制药厂，在药厂的发现以及自己冒死跑出来报信的经过说了一遍。冯安富听了心惊肉跳，这事情太大了！他看小蓟的目光不再冷淡，而是感激，他上前紧紧拉住小蓟的手说："好孩子，你这是救了冯家。"

小蓟惭愧地说："我哥做了错事，我这样做是应该的，老太爷和大老爷一直对我们兄弟很好。"

"这事要马上告知宁波那边，小蓟，你愿不愿意回宁波报信？如果你想留在宁波，我跟你们大老爷说，无论你回冯宅，还是去药号工场找份事做，都可以。你若想在上海，那你送完信就回来，到我这里来。不过为了安全，我建议你暂时还是留在宁波，我怕万一那家药厂的人发现是你把消息泄露出去，会对你下毒手。"这事电报上不能讲，也说不清，只能写封信让人送过去。冯安富不想派别人，这功劳是小蓟的，就全给他。

小蓟想了想，若留在宁波，他可能会不好意思面对大老爷，还是在上海吧。再说，无论怎样，大蓟总是自己的亲哥哥，是唯一的亲人，等他从宁波回来，他还要暗中去看看，也不知哥哥现在怎样了。

"冯经理，我回宁波送信，送完信就回来，我还是想留在上海。"

小蓟刚说完，肚子就"咕咕"叫了起来。

"你坐会儿，我让人给你去买些点心来吃。这衣服是不是还没干？今天你不要出去，在我这里休息，等晚上直接上船，船票我会让人买好。你想留在上海也可以，这样，等你回来，我送你去冯公馆，等风声过了再到药号来。"

小蓟想想也对，药厂的人一旦发现假药的事被传了出去，第一个怀疑对象就是自己，那些人肯定会到冯家药号来找人。"好，一切由冯经理安排。"

等小蓟换上干净的衣服，吃饱后，冯安富又详细问了一遍他们兄弟到上海的事。小蓟没隐瞒，说了大蓟在醉眠阁当伙计，他不愿意伺候人抽大烟，所以才跟他哥分开。冯安富对小蓟越来越满意："你是个好孩子，那你送完信就回来找我。"

小蓟说了一声好。冯安富叫来伙计带小蓟去休息，他给冯正道写信。此事非同小可，冯安富的心像下油锅一样，乱跳，煎熬。

晚上，冯安富亲自送小蓟上船，让他务必把信送到冯正道手中。小蓟向冯安富保证，他一定会把信送到。

日沪制药厂少了一个包装工人，并没有引起多大的关注。四眼听阿三说小井半夜得了急病被扔河里了，心里有些疑惑，这白天还好好的，晚上怎么突然就不行了？只是人已被处理，再怀疑也没用。想起林长谷的吩咐，这些包装工人半年内不能离开厂里一步，四眼又去了小蓟住的屋子，见行李和挣的工钱都在包袱里，确定是突发疾病，就不再放心上。只有跟小蓟住一起的几位工人发现他再也没有回来，各种猜测，萌生了哪一天逃命的念头。

自从药方被偷后，冯正道一边在等后续，一边盼着弟弟和儿子有音信传来，一颗心每天都悬着。

"正道，小蓟有事找你。"沈世荣在药号门口碰到小蓟，很惊讶，听小蓟说找冯正道，赶紧把他带到经理室。

小蓟第一时间先把门关上，然后从胸口掏出一封信，很郑重地说："大老爷，要出大事体了，这是上海冯经理的信。"

冯正道的手下意识一抖，急忙接过信拆开看，还没看完，就心跳如鼓。他把信递给沈世荣。沈世荣接过信快速看了一遍，既有一种尘埃落定的感觉，又有一种无法预知结果的不安。

"小蓟，你跟我再详细说下这件事。"冯正道强作镇定地说。

小蓟说了一遍他和大蓟离开冯宅后这几个月的经历，听到他为了报信而故意装病，半夜被扔进河里，冯正道百感交集。当初放他们兄弟走，是出于多种因素的综合考虑，没想到这孩子会给予这样的回报，不由感动地说："冯家欠了你一个大人情。"

"没有，大老爷，冯家没有欠我，是我哥错了，我只恨自己没有早点想出装病这一个办法。我离开时，那些药都已经装箱了，就是不知道会运到哪里去。"小蓟诚恳地说。

沈世荣说："他们做了这么多假药，是要当真药卖出去，顺便再栽个赃。万一出了人命，这黑锅就让冯家背。正道，这事得赶紧想一个对策，我估计这假药很快就要遍地开花。"

冯正道神色凝重，说："世荣，你让川连把秦艽叫过来，还有常山，我们得好好商量一下，晚上再去听听老爷子的意见。"说完，他的目光转向小蓟，说："小蓟，你愿意留在这里吗？我让秦艽带你。"

小蓟不好意思地摸了摸自己的脑袋，说："大老爷，我还是想去上海，冯经理说了，让我先去冯公馆避风头。"

"好，以后你就跟着小少爷。"冯正道拿出一张一百元的银票给小蓟，以谢他冒着这么大的风险来报信的情。小蓟不要，说太多了，他不是为了钱来报信，好说歹说，最后答应只拿十块银圆。

很快，秦艽和常山过来了，见到小蓟，他们都一脸惊讶。大家坐下后，冯正道说了事情过程。谁都能料到这件事背后隐藏的严重后果，大家你一句我一句，说着各自的建议。

"此事麻烦的地方在于不知道这批假药的去向，这批假药肯定会比真药低许多的价批发出去，得尽快想办法让人家知道这事。我一会儿就给外地那些合作药商写信。"常山现在能做的也只是提个醒，会不会有人贪图便宜进假货，他保证不了，毕竟人心难测。

秦芄则猜测这假药应该不会在宁波和上海出现，而是销往外地，但一旦有事，罪名就要落在冯家药号上。沈世荣认为此事不可控因素太多，他可以肯定，这假药绝对不是按偷去的那张方子做。现在只能寄希望造假药的人只为求财，不图命。只要假药吃了不死人，那危险就降了许多，最多名声受损，如果提前宣传到位，操作得当，把影响降到最低，此劫还是能躲过。

冯正道感觉非常累，弟弟和大儿子一直没有消息，药号里又接二连三出事，他的内心有一团火，很烦躁，倘若那做假药的人真如沈世荣所说，只为求财，不图命，那还有回旋的余地，不然真闹出人命，恐怕在劫难逃。

秦芄问道："能不能让上海的冯经理去报官？小蓟就是证人。"

报官，冯正道第一时间想过，可他们没有直接证据。如果让小蓟带巡捕去那家生产假药的药厂指证，万一什么也没查到，定会被对方反咬一口。再说，若真要报官，最好时机已错过。秦芄说完，也意识到证据这个关键。

不管怎样，他们总不能坐以待毙。常山去写信了，告知那些合作的药商，最近市场上会出现一批低价的假止血丹和回阳丹，大家不要进货，若发现线索，烦请及时告知。写好叫川朴赶紧去一一寄出。冯正道则拟了三份声明，一份让秦芄贴到药皇殿那边的药材批发市场，一份贴到自家药号外面，第三份跟信一起交给小蓟，让他带回上海。在信里，冯正道让冯安富去《申报》刊登声明，连续登一个月，到时候把报纸留好，万一这假药真出了什么事，也算是能证明自己清白的证据之一。

"秦芄，你带小蓟去置办几套衣物。小蓟，明天回上海路上小心，你任何时候想回宁波都可以到药号找我。"冯正道吩咐道。

"谢谢大老爷。"小蓟朝冯正道深深鞠了一躬。

晚上，冯正道回到冯宅。他考虑许久，此事暂时还是不要惊动老爷子，怕老爷子急出病。跟平常一样，他去请了安，陪着老爷子聊一会儿天，然后回东兴屋。晚上他睡不着，怕影响到童香芸，不敢多动，闭着眼，醒着脑，苦等天明。

冯安富看了小蓟带回来的信，第二天就去《申报》报社，交了连续登一个月的钱和发的内容。报纸很快就登出了声明。

林长谷看到报上声明，才知假药一事已泄露，大发雷霆。幸好他做事谨慎，那些假药边生产边拉到另一处秘密库房存放。这段时间，他一直在动脑筋怎么把这批药神不知鬼不觉地卖出去，既能换来白花花的银子，又能让冯家药号打落牙齿往肚里吞，一箭双雕。由于量大，这批药不是一家两家能吃得下的，他还派人去苏州、杭州、江宁府等地，包括上海的药材批发市场找销路。很多商家都有固定的供货源，不太会轻易换，再加上价格便宜这么多，反而引起商家的警觉。当然，贪图便宜的商家也有，但要的量都不大。他心里已有个计划，只不过还没来得及实施，没想到冯家药号这么快就知晓假药的事，打得他措手不及，实在让他火冒三丈。

"到底是谁把消息泄露出去的？"林长谷阴沉着脸，和雪野一起直奔药厂。

到了那里，一查问，很快有了结果，这段时间没有一个工人出过厂区，只有一位因病重半夜被扔到河里的包装工。再查这位包装工，只知道名字叫小井，今年十七岁，是个孤儿，宁波人。林长谷看到调查结果，目光落在"宁波人"这三个字，他确定消息就是这个包装工泄漏出去的。

"你做的主？"林长谷盯着四眼问。

四眼忙摇头说："那天晚上我不在，是阿三值班，他怕那小子死在厂里，就叫人背出去处理了。"

"把阿三叫来。"

阿三被带进来，低头哈腰道："林经理好。"

"阿三，你本事大啊！"林长谷坐在那里，语气平和，还带着那么一丝调侃，可落在阿三耳朵里，让他禁不住战战兢兢，声音打颤。"对不起，林经理，是我自作主张，我该死。"

"你确实该死，坏我大事。"林长谷冷冷地瞥了一眼阿三，对雪野说："带他去松松骨头。"

阿三大惊失色，跪倒在地，哀求道："林经理，以后我再也不敢了，求求你饶过我这一次。"

林长谷拿起茶杯，慢条斯理地喝了一口水，视线落在四眼身上，四眼低头哈腰道："林经理，你大人大量，我保证，这样的错误绝不会犯第二次。"

"那些药暂停生产，这段时间任何人都不准离开厂子。四眼啊，你可不要让我失望，想当管事的人排着长队。"林长谷冷冷地说。

"是是，一切都听林经理的。"四眼连连保证，就差诅咒发誓了。

"好了，以后多长点脑子！"林长谷站起来，他得赶紧向上峰汇报，但愿不会挨批。

几天后，林长谷接到上峰指示。不过出乎意料的是，上峰肯定了用假药打垮真药这步棋高，只是让人提前泄露了消息就实在太蠢。至于已生产的假药，还是要想办法销出去，但不急于一时，先吊着。假药可以继续生产，不过需换个地方秘密进行。想要真药无人买，唯一的办法就是市场上充斥着假的……林长谷感叹，上峰就是上峰，这看问题的深度就是不一样。想到宁波有段时间没去了，林长谷决定抽个空过去一趟，和伊藤喝上两杯。

小蓟回上海后被冯安富送到冯公馆。冯纵川得知前因后果，半天没有说话，这又是一件让他无法想象的事。小蓟的举动也让冯纵川很震动，他对小蓟说："从今天开始，你就是我的兄弟，安心留在这里。"

"小少爷，这是我应该做的。"小蓟很惶恐地说。他从没想过有一天，自己可以跟冯纵川称兄道弟。

冯纵川说到做到，带小蓟去剪了辫子，又把自己以前的衣服给他穿。小蓟看着镜子里那个陌生的自己，感觉像在做梦。

"小蓟，我给你重新取个名字，送你去学洋文可好？"冯纵川认真地说。

"小少爷，你送我去学洋文？真的吗？"小蓟睁大眼睛，惊喜地问。

"当然，我说话算数。"

小蓟哪会不答应，开心得跳了起来。他想改变自己的命运，现在有这么好的机会，自然要好好抓住。

"你以前姓什么？"冯纵川问。

"姓姜。"小蓟说。

"那你以后叫姜强好不好？成为一个强大的人。在上海，学会洋文有很多好处。"

"谢谢小少爷，姜强这个名字我喜欢，我会好好学习。"

"好，那从今天开始，你就是姜强。"

冯纵川行动迅速，马上替姜强去洋文基础班报了名，送他去读书。刚开始，冯纵川还担心姜强不适应，没想到姜强比他想的还要努力得多。每天早出晚归去听课，不懂就问，连走路都念念有词，进步神速，这让冯纵川对他刮目相看。

姜强开始了新的生活。他没有忘记哥哥，跟冯纵川说了想去醉眠阁看大蓟。冯纵川提醒他，那个地方不要轻易进去，搞不好进去就出不来了。姜强点头，表示明白。

这一天，姜强听完课，特意拐到醉眠阁。到了那里，姜强惊讶地发现，醉眠阁居然门可罗雀。他走到隔壁的店铺，故作好奇地问原因。店主打量姜强，还以为他想进去消费，告诉他，醉眠阁晚上才热闹，这会儿天还没有黑。

"以前不是白天也有很多客人吗？"姜强问。

店主更加确定眼前这个年轻人是从别的地方来，很热心地给他解释，以前从早到晚热闹是因为醉眠阁不仅有妓子，还有大烟。自从万国禁烟会议在上海汇中饭店开过后，工部局迫于社会舆论压力，很不情愿地关闭了租界内的烟馆，故而这醉眠阁现在只有妓子没有烟，客人就少了许多。姜强这才明白过来是这么一回事。他谢了店主，走到醉眠阁门口，朝里喊了一声："请问有人吗？"

里面走出来一个身材高大的汉子，打量姜强，见他穿着不像个下等人，便客气地问道："先生何事？这会儿还没营业。"

姜强朝对方抱了个拳："我想找大蓟，请问他在吗？"

"大蓟？你是他什么人？"汉子看姜强的眼神里多了一味审视。

"我是他弟弟。"姜强说。

汉子犹豫了一下，对姜强说："你哥已不在这里，他现在八仙桥的飞燕窝当伙计。"

姜强道了谢，又向汉子问了大概的路线，去飞燕窝找大蓟。那汉子看着姜强的背影，摇了摇头，心想这兄弟俩一点都不像。想那大蓟，在这里染上了烟瘾又没钱买烟，便想偷客人的烟，被打折一只手赶了出去。他是前不久经过地下烟馆飞燕窝，无意中看到大蓟在那里。

姜强并不清楚飞燕窝是做什么的，走了很远的路，又问了好多人，才找到藏在一堆破平房深处的飞燕窝。再看四周环境，污水横流，垃圾成堆，无法落脚。想到哥哥在这里做工，姜强有一种很不好的预感，他站在一间低矮的小平房前，看墙上那块小小的木牌子，上面写着

"飞燕窝"三个字。

门，关着。

姜强上前，伸出手轻轻叩了几下，开口道："有人吗？"

有脚步声传来，门被开了一道缝，露出一双深陷在眼窝里的眼睛："你找谁？"

姜强很有礼貌地问："你好，请问大蓟在这里吗？"

"你找错地方了，没这个人。"门突然被重重关上。

姜强纳闷，感觉刚才那双眼睛有点熟悉，他拍着门喊："哥，是你吗？哥，我是小蓟。"

门里没声音，姜强继续拍门。门又开了，走出来一个瘦得只剩下一张皮的男人，朝姜强摆摆手："走走走，这里没有你说的那个人。"

姜强不死心，伸长脖子朝里看，当他看到烟雾萦绕的房间里，几个男人躺在罗汉床上抽大烟，心里有些害怕，声音里多了几分急迫："哥，我知道你在里面，我是小蓟啊，你快出来。"

"跟你说了没这个人，走走走！"那男人推了姜强一把，重新关上了门。

姜强很无奈地站在门外，过了许久，才垂着头转身离开。他没发现，有一双眼睛贴在窗户的缝隙，一直盯着他的背影越走越远，眼泪渐渐盈满了眼眶。

屋里，那男人问大蓟："这个小伙子是你弟弟？"

精神萎靡的大蓟靠着墙闭上眼睛，他到这一刻还不相信刚才在外面那个穿着体面、剪着短发的年轻人是他的同胞弟弟。他不清楚弟弟有什么奇遇，却很清醒自己变成了什么样子。他这副人不像人鬼不像鬼的样子，又有何颜面出现在弟弟面前？

"他不是我弟弟。"大蓟说，声音里有一种死寂的绝望。

姜强回到冯公馆，冯纵川见他神色不对，问他遇到了什么事。姜强没忍住，告诉冯纵川他去找大蓟的事。他已从旁人嘴里得知，那个飞燕窝是个地下小烟馆，由于提供的是土产鸦片，比洋鸦片便宜得多，很受那些家境差又染上烟瘾的瘾君子们欢迎。

"他明明就在里面，可他不见我。"姜强很难过，他没想到哥哥一步错，步步错，在那种地方又会好到哪里去？很有可能已染上烟瘾。

冯纵川倒是理解大蓟的做法，他对姜强说："他一定是觉得无脸见你，所以才躲起来，不想让你看到他现在的样子。算了，那种地方你以后也不要再去。你不用自责，你哥又不是三岁孩子，他自己做的事由他自己负责。"

姜强想到哥哥当初是为了他才去偷的药方，就很内疚，这是他心里的一个结。他很想把哥哥从那个地方带出来，可若哥哥已染上了烟瘾，他又该怎么办？小少爷让他住在冯公馆，还出钱供他读书，已是天大的恩情。他又怎么好意思再开口要什么？就算小少爷同意，他也不能那样做。

"我明白，小少爷。"姜强说。他想等以后有能力了再去帮哥哥吧，在没有能力之前，还是先管好自己。

冯纵川见姜强脑子拎得清，很欣赏。时候不早，两个人各自回房休息。

姜强住的是客房。躺在床上，他久久不能入眠，闭上眼睛，脑海里浮现的全是他和哥哥相依为命的场景。"哥，对不起，我现在没办法帮你，你等我。"

第十五章
等待的日子

林长谷来到宁波，伊藤很高兴，他这两年生意做得风生水起，商人的身份给他带来诸多便利，和官府关系也搞好了。

"林，怎么回事？我在报纸上看到冯家药号发的声明。"伊藤很纳闷地问道。他比林长谷年长两岁，中等个子，戴一副金边眼镜，短发，穿一套黑色西服，一脸斯文相。

"我做了一批假止血丹和回阳丹，结果提前被人泄露了消息。"提起此事，林长谷心情就受影响。

"回阳丹我们不是有药方吗？为什么要做假？"伊藤不明白。

"配方中有些药材很难找，做假药成本低，又可以假乱真，对冯家药号还是个打击，一举三得。"

"你说得有道理，那接下去我们怎么做？"

"不急，先吊着，不过平时你还是要多关注。"

"没问题。林，你辫子怎么不去剪？"伊藤实在好奇，他是早早就剪辫易服，可林长谷依然是一副传统装扮。

"暂时留着，方便我继续做货郎客。"林长谷玩笑道。见时间还早，林长谷说出去溜达溜达，让伊藤不用管他，一会儿他就回来。伊藤想陪同，林长谷说不需要，他拿起帽子戴上，走出日甬贸易行。

到了三法卿坊街，林长谷一家家药铺走进去看，有的冷冷清清，有的进进出出很多人。来到冯家药号门口，他快速朝里瞥了一眼，似乎一切都很正常，这让他感觉很不舒服。难道冯家不怕假药吃出人命？自己是不是太仁慈了？

站在门口的川连很纳闷，这个男人怎么一副想进来又不想进的样子，刚想问，人已经走过去了。林长谷不怕川连认出他，都一年了，他不相信这个伙计记性这么好，但他得防着苏木走出来，这脚步不自觉就快了些。

走到巷尾，回过头，远远打量"冯家药号"黑底描金字的长招牌，林长谷心里五味杂陈。他跟冯家并没有私仇，可现在若让他换一个目标，他心有不甘。这么多年来，这还是他第一次没有及时完成上峰交代的任务。作为一名间谍，他无论如何也不允许自己失败，对不起了，冯家，他还得继续咬着，不松口。

林长谷在宁波住了一晚，第二天就回上海了。伊藤想到林长谷说的看到冯家药号一切正常，心里不爽，便决定替林长谷出口气。他叫来几个手下，吩咐了一番。这几个人本来就是街头的混混，被伊藤收拢，过上了吃香喝辣的日子，自是"忠心耿耿"。一听有任务，个个兴奋得很，出了办公室，直奔目标而去。

怕太过引人注目，伊藤让他们不要只盯着冯家药号，只要求多点"关照"。伊藤认为，在所有的手段里，无赖的骚扰法成本最低，风险最小，官府吃饱饭撑着都不会来管，但对商家的影响却很大。想到这里，伊藤的脸上不禁浮起了得意的笑容。

几个混混觉得单打独斗力量太弱，不如一起。他们在各家药铺乱窜，弄得鸡飞狗跳。前面就是冯家药号，几个人商量，决定让其中一个混混装肚子痛，另一个扶着进去，其余几个看情况，灵活机动。

店堂里，约翰带着吕翻译正坐在沈世荣边上，桌上摆着浙贝母、浙元胡、浙白术、杭白芍、杭白菊、浙麦冬、浙玄参、温郁金、浙前胡等浙产中药材。

沈世荣拿起一颗浙贝母，介绍道："这是我们宁波产的贝母，味苦、性寒；归肺、心经；具有清热化痰止咳、解毒散结消痈之功效。"讲完，吕翻译赶紧把内容告诉约翰，约翰不停点头说"OK"。旁听的川朴和川连在用笔记录。见有病人来，大家很自觉把位置让开。

"哪里不舒服？"沈世荣见来者一手按着腹部，偏偏脸色看起来很正常。

"肚子痛。"

"你把衣服撩起来，我摸下是哪个部位在痛。"

那人把衣服撩起来了，沈世荣去摸，没发现异常的地方，偏这年轻人一会儿叫这里痛，一会儿又说那里痛。沈世荣又给他把脉，除了火气有些大，没什么问题，疑惑，又见对方目光闪烁，心里有了猜测。他语重心长地说："你这病我这里看不了，你还是赶紧去大美浸礼会医院做个详细的检查，千万不要耽搁。这么痛，我估计你体内的器官出了问题。"

另一个混混盯着沈世荣，阴阳怪气道："不是说冯家药号的沈医师医术高明吗？这点小病也看不了？原来是徒有虚名。"

沈世荣越发肯定对方是来挑衅的，不急不慢地回答："肚子痛有很多原因，西医比中医效果更好。我好心提醒，你们不听就算了。"

装病的混混站起来，给同行使了个眼色，一边朝外走去，一边大声嚷嚷："呸，分明就是个庸医，走，老子不看了。"

约翰听不懂，问吕翻译。吕翻译跟他解释，这是一个无理取闹的人。约翰让吕翻译问沈世荣需不需要帮忙。沈世荣摇头，对方没事找事，眼下没造成什么损失，不理也罢。只是被这么一打扰，教学的氛围被破坏了，沈世荣让约翰他们先回去，下次再来。约翰也不勉强，带着吕翻译回去了。

前一步出去的两个混混和外面的混混会合，装病的混混说了里面有洋人在，似乎跟那个沈医师有关系，担心闹起来得罪了洋人，惹来麻烦。另几人听听觉得有道理，就先去别处晃晃。反正今天没机会，明天再找。

接下来一段时间，几个混混时不时跑到店里来，东瞧瞧，西望望，这个问苏木这药怎么卖，那个问那药有什么效果，搞半天，一分生意都没做成，他们只拍拍屁股走人。要么就大清早跑来坐在店堂，还很不要脸地让伙计上茶。看到有求诊或买药的人进来，立马跟上，东插一句，西插一句，让人不胜其烦。

张东财无意中得知此事，主动向冯正道提出，这事交给他来处理。冯正道因一直没有弟弟和大儿子的音信，心里越来越不安，实在没精力应付那些，张东财愿意帮忙，他求之不得。

当几个混混又一次出现时，张东财派来的人拦住他们，说了很多好话，把他们哄到酒楼。出面请客的是个道上的大哥，那几个混混在投靠伊藤之前，久闻这位大哥之名，知道他心狠手辣，但人又很讲义气。

"来来来，几位兄弟喝了这杯酒，不管跟这些商家特别是冯家，有什么过节，一笑泯恩仇，如何？给大哥一个面子。"道上大哥举着酒杯，说着客气话，神情里却暗含警告。

这几个混混没想到有一天能和道上大哥一起喝酒，不由受宠若惊，他们不好把幕后的伊藤说出来，但大哥的面子必须得给，不然怎么死都不知道，于是一个个表示会听大哥的话。

一桌酒席吃下来，宾主尽欢。

回到日甬贸易行，几个混混一起去求伊藤，介绍了道上大哥的身份。伊藤此举本来就是单纯替林长谷出气，目的差不多达到了，就此作罢。毕竟他不想把那个道上大哥惹毛，引火烧身，那就划不着了。

冯正道见那几个混混不再出现，知是张东财使了力，很感激，问是怎么解决的。张东财没细讲，只说了那道上大哥曾欠自己一个人情，这次给还了。

"东财兄，那桌酒席花了多少银子？这钱我出。"冯正道说。

"一餐饭的钱你还跟我算？太见外了！我们还是不是兄弟？"张东财笑着问冯正道。

冯正道被张东财这么一反问，自觉好笑，遂心安理得收下这份情。张东财并不清楚冯正义和冯纵山已失去音信许久，像他们三天两头跑外面的人，不见人影是常态，故也没问。冯正道心里忧虑又不能说。两个人随意聊了些生意场上的事，张东财告辞离开。

等待的日子很难熬。

冯正道一回到冯宅，就能感受到空气里飘荡的压抑气息。叶上秋看到他，好多次开口就问："大老爷，二老爷和大少爷有消息了吗？"

冯正道只能摇头。见叶上秋脸上挥之不去的疲惫，他也很内疚。这段时间童香芸和乐如眉整日烧香拜佛，人变得神神道道，大院里外诸事都落在管家身上。乐如眉连三个孩子都没心思管，幸亏身边的丫鬟得力，没出什么问题。

这一天进门又碰到叶上秋，冯正道诚恳地说了句："这段时间辛苦你了。""不辛苦，这是我应该做的，就是老太爷那里恐怕不好办，我看他样子应该是猜到了。"叶上秋说。

"能拖一天是一天，我去看看老爷子。你也注意休息，跑腿的事叫小厮去做。"

"好的，大老爷。"

冯正道来到中兴屋，冯五洲一见到他，开口就问："正义和纵山是不是出事了？"

"不会，他们这次去的地方太偏僻，估计邮路不通。以前不是也有过啊，大半年才有音信传来。"冯正道不敢接老爷子的目光，含糊道。

冯五洲沉默，他确定小儿子和大孙子在外失联了，大儿子这么说，只不过是为了宽宽他的心。以前寄信靠信客或船家带，一封信走几个月很正常，现在有邮政，比过去快多了。再偏僻的地方，这么久也该走出来了。

"那就再等等。外面兵荒马乱的，希望他们都平平安安。"冯五洲不敢多想。他年轻的时候出去采购药材，也曾几次遇到九死一生的危险，但愿叔侄俩都有好运。

"一定会平平安安回来，阿爸不用过于忧心。"冯正道底气不足地劝慰道。

"去忙吧，我没事。"

"是，阿爸，儿子告退。"

冯正道回到东兴屋，见芍药站在小佛堂门口，便问："大太太还在念经？"

"是的，大老爷。"

冯正道抬头看了看天色，说："准备晚饭。"

芍药去小厨房了，冯正道轻轻敲了下小佛堂的门，说："香芸，吃晚饭了。"

等了一会儿，小佛堂的门开了，一身黑色衣裙的童香芸走了出来。冯正道看着妻子消瘦的面容，叹了一口气说："你还是悠着点，别把自己折腾病了。"

童香芸的目光落在丈夫脸上，很想说"你也一样"，最后还是没有开口，只点了点头。

夫妻俩一前一后朝餐厅走去。

新的一天开始了。

冯正道坐在办公室，和沈世荣在说假药的事："像头顶悬了一把剑，不知何时落下来。"

"你也别想太多，等落下来再说，总能想到办法。"沈世荣说。

"现在我就焦心正义和纵山的安全，还有假药这两件事，老爷子越来越沉默，你嫂子除了念经，其他事都引不起她兴趣。再这样下去，家里还不知道会变成什么样。"冯正道苦笑着说。

沈世荣正要开口，川连拿着一封信跑进来了："大冯经理，你的信。"

冯正道听到"信"这个字，猛站起来，差点把桌上的茶杯给碰倒了。接过信，目光落在信封上，惊喜地说："这是正义的笔迹。"

"正义来信了？太好了！"沈世荣也高兴地站起来，催促道："快看看他写了什么。"

冯正道激动地撕开信封，快速看了起来。

冯正义在信中说，他和纵山两人当日在重庆发走药材后，坐上去灌县的船，没想到中途船坏了，又搭了一艘去汉口的船，结果在丰都附近水域遇水匪抢劫，船上的人奋起反抗，只是水匪有备而来，又带着凶器，他们手无寸铁，战况惨烈。纵山为救他被击倒，他身受重伤被踢落江中。正当他以为自己要葬身江底必死无疑时，路过的一位好心渔夫救了他。那渔夫把他拖上小船时，他已昏迷，等醒来已是多日后。渔夫把他带到一个小渔村养伤，他想去找纵山下落，可手脚都骨折，无法行动。他想请渔夫写封信送出去，可那个小渔村没有人识字。渔夫心善，答应帮忙去打听，只是出事那夜太混乱，有多少死伤谁也说不清楚。由于小渔村缺医少药，仅靠土方草药，好几次他都以为自己撑不过来，万幸最终还是活了下来，养了这么久，终于把伤给养好了。他就告别渔夫，离开了小渔村，他计划沿途去找纵山。他相信，纵山一定会跟他一样幸运被人救了，等他找到纵山就回宁波……

信纸落在地上，冯正道胸口似有腥味涌上来，他想压下去，结果没压住，一口鲜血吐了出来，面如土色。沈世荣大惊，忙过去握住他的手腕："急火攻心，发生什么事了？"

视线落到地上的信纸，沈世荣捡起一看内容，双手抖个不停："怎么会这样？怎么会这样！"

冯正道神情痴呆地坐在那里，大脑一片空白。这么久没有音信，他们都猜到两人在外肯定遇到了意外，但没想到是这么要命的意外。现在一个好不容易有了信息，另一个依然下落不明！

"纵山生死不明，世荣，你说他会不会……"冯正道瞪大眼睛，嘴角还残留着血迹，目光直直地盯着沈世荣。

"不会，你别胡思乱想，纵山是个有福气的孩子。我记得纵山周岁时冯叔请高僧给他排过八字，说他将来有大出息。放心吧，纵山一定会逢凶化吉。"沈世荣只能尽力宽慰。

"对，高僧说过他有大出息，一定没事一定没事！"冯正道似乎找到了一个很强的证据，自我安慰。

沈世荣再一次握住他的手腕，细细把脉："肝火犯胃，脉象为弦数。我开个方子，你先喝七天。这个时候你若身体垮了，你让老爷子怎么办？另外，这消息你暂时还得瞒住家里人才行。"边说边直接在纸上写下药方：生地七钱、黄芩三钱、黄连二钱、丹皮三钱、大黄二钱（后下）、藕节炭八钱、灯芯草二钱。七帖。

冯正道喃喃自语道："恐怕瞒不了几天，老爷子每天都会问一遍。"

"实在瞒不住，我跟你一起去冯宅。"

冯正道两眼无神，盯着虚空，好半天才说："我这段时间不回去，就住药号，我怕一回去就瞒不住了。"

沈世荣叹了一口气说："你现在先休息一会儿，我给你去配药，让他们去煎。"

冯正道靠在椅背上，闭上眼睛，不知不觉，已泪流满面。

为了避免冯五洲怀疑，冯正道叫一个伙计去传话，借口订单太多，工场要赶工，他不放心，这几日就住药号。童香芸每日待在小佛堂吃素念佛，晚上睡另外房间，冯正道回不回对她来说都一样。她现在一心一意为儿子祈祷。乐如眉也如此，丈夫这么久没音信，她每天没任何心思做事，连三个女儿都顾不上，全丢给丫鬟照顾，自己跟着大嫂念经。幸好叶上秋管家多年，很有经验，冯宅人又不多，还是省心。

连续几日不见冯正道来请安，冯五洲感觉不对劲，药号又不是没有人管，哪用得着他亲自监工？儿子肯定有事瞒着他。冯五洲坐不住了，他让叶上秋给他安排轿子，带上小厮，进城去药号。

短短一周，冯正道就瘦了一圈，如果不是沈世荣每天盯着他喝药，他很有可能就病倒了。当沈世荣看到冯五洲带着小厮走进店堂，他知道这事瞒不住了。

"阿爸，你怎么来了？"冯正道手中的笔掉在了地上，忙弯下腰捡起，掩饰自己的惊慌。

冯五洲盯着大儿子的脸，威严地问："说，出了什么事，让你一下子瘦了这么多？"

沈世荣请老爷子坐下，给他倒了一杯水，默默坐到一边。冯正道动了动嘴唇，实在熬不过，只好低着头，沙哑着声音说："正义和纵山在去汉口的船上遇到水匪，正义重伤被人救了，纵山下落不明。"

"你说什么？谁传来的消息？"冯五洲猛站起来，一脸震惊。

冯正道拉开抽屉，把信递给冯五洲，这一周他不知道是怎么熬过来的，每天脑子都是糊的。冯五洲接过信，仔细看了起来。沈世荣紧张地注视着老爷子，实在怕老爷子一下子接受不了这个打击而倒下。冯五洲看了信，还有什么不明白，大儿子一回冯宅这个消息肯定就瞒不住，这才故意找借口不回。他稳了稳神，厉声问道："你收到信后，可曾派人去找？"

"我……没有，不知道去哪儿找。"冯正道的声音比蚊子还轻。

"你，你，你糊涂啊！世荣，你马上派人把秦芄给我叫来。"冯五洲吩咐道。

沈世荣说了一声好，让川连去叫人。没一会儿，秦芄急匆匆过来，走进经理室，见老太爷也在，很意外。冯五洲对秦芄说："大少爷失踪了，你愿不愿意帮忙去找他？"

秦芄知晓二老爷和大少爷已失去音信多时，听老太爷这么问，定然是有了什么消息，忙说："我愿意，老太爷。"

冯五洲让秦芄看了一遍信，了解大致情况。冯纵山是在丰都附近出的事，若被人救，只有沿途的船家或渔夫，只是时间过去这么久，还不知道有没有线索可以找到，不管怎样，先去找找再说。"秦芄，我相信你，我等你的好消息。正道，拿盘缠给秦芄。"

冯正道见阿爸雷厉风行把事情安排好了，仿佛如梦初醒。他羞愧不已，自己怎么没想到派人去找？就算是找不到也要去找啊，他怎么可以每天行尸走肉一般，什么事都不做？

"阿爸，我……"冯正道低下头，不敢看冯五洲的眼睛，自责不已。

冯五洲不理这个糊涂儿子，他拍拍秦芄的肩膀，一切尽在不言中。冯正道取来两百块银票给秦芄。秦芄接过银票，贴身藏好，说："我明天一早坐船去上海，再转去重庆的船。老太爷、大老爷，你们等我的消息。我现在回去收拾一下。"

"你自己路上小心，一有消息，马上电报告知。"冯正道叮嘱道。他又想到一事，"你到上海去药号住一晚，此事可以跟安富经理讲，暂时不要让小少爷知道。"

"好。"

见秦芄离开，冯五洲感到一阵头晕，身体突然晃了晃。一直盯着他的沈世荣站起来一把扶住："冯叔，你快坐下，别急别急。"

扶老爷子坐下，沈世荣细细把脉，一脸严肃地说："冯叔，你平时是不是也会出现头晕目眩的现象？"

冯五洲不在意地说："年纪大了，不都这样吗？"

沈世荣认真地说："你们父子俩都要好好调理身体，这个时候千万不要生病啊，不然冯家怎么办？就算为了正义和纵山，你们也该把药喝了。冯叔，我给你开个镇肝熄风汤，你们聊会儿。"

冯五洲强打精神，说道："放心，老头子我还撑得住，我会等我大孙子平平安安回来。"

很快，一张镇肝熄风汤的方子摆到了药柜上。杜若拿着方子仔细看了一遍："怀牛膝五钱、代赭石七钱（先煎）、川楝子二钱、生龙骨七钱（先煎）、生牡蛎（先煎）、生龟板（先煎）、生白芍三钱、天门冬三钱、生麦芽五钱、茵陈二钱、生甘草二钱。"

"沈医师，生牡蛎和生龟板放多少？"

"各放一片。"

"好，那我标注一下。"

屋里，冯五洲盯着浑身散发着沮丧的大儿子，一字一句地说："正道，你给我振作起来。"

"是，阿爸，儿子错了。"冯正道深深吸了一口气，又缓缓地吐出来，无论如何，他都不该让年迈的阿爸来操心这件事。他去后院住处，洗了一把冷水脸，清醒了许多。回到办公室，对冯五洲说："阿爸，这件事暂时还是不要告诉童香芸和弟妹。"

冯五洲冷着脸说："今日就回去，以后没特别的事不要住在药号。"

冯正道低下头说："是，阿爸，对不起。"

秦芃带了一套换洗衣服，迎着十二月的寒风出了门。想到失踪的大少爷，他的心情无比沉重，心里暗暗发誓，一定要尽全力把大少爷找到。

到了上海，秦芃直接去了药号。冯安富看到他，非常惊讶，见他有话要说，忙将他带到办公室。秦芃简单讲了冯正义和冯纵山的事，冯安富的眼珠瞪得快要掉出来，怎么也不敢相信，还以为自己听错了，再三询问："你说老太爷派你去找大少爷？"

秦芃说："是的，二老爷说了，他们是在丰都附近出的事，我会沿路去找。"

冯安富发愁说："事情已过去这么久，还问得到线索吗？倘若大少爷被人救了，他应该跟家里联系啊，难道比二老爷的伤还要重？"

"有这个可能。"

其实两个人心里都不敢说出最坏的那个猜测，所谓活要见人，死要见尸，在最坏猜测没有百分百确定之前，他们都坚信大少爷一定还活着。"对了，老爷说，二老爷受伤、大少爷失踪的事，暂时不要让小少爷知晓。"

"小少爷现在很少来我这里，我不会跟他讲。"

两人也没心情多聊，冯安富安排秦芃去休息。第二天一早，他又让人给秦芃准备了一些干粮带上，送到他药号门口。

"秦芃，路上小心。"

"谢谢冯经理，我会的。"

冯安富回到办公室，想冯纵山的事，很揪心。这段时间他担心假药事件发作，怕哪一天有人找上门来陷害，为此他又特意去拜会了商会和同乡会几位宁波商界的大佬，碰上募捐之类的事，更是积极参与。他感受到上海的宁波商界同人之间的团结，不由多了几分底气。

"这或许是冯家的一个劫吧！"冯安富暗自叹息。这时，久未露面的冯纵川来了。

"小少爷今日怎么有空过来？"冯安富有些心虚，他刚得知大少爷失踪的秘密，憋着正难受，怕一不小心说漏了嘴。

"冯伯伯，你最近有没有收到我阿爹的信？还有，我阿叔和阿哥怎么还没回来？不应该啊，这出去都快一年了。"冯纵川很疑惑。他那次让秦芄带信回去，倒是收到阿爹回信，只是三言两语，并没有多说，只让他用心做好自己的事。

冯安富支吾道："没收到。可能是他们去了太偏僻的地方不方便联系。"

冯纵川感觉冯安富的神情不自然，追问道："冯伯伯，是不是家里出什么事了？你不说，我晚上就回宁波去。"

冯安富见瞒不住，只好把秦芄带来的消息告诉了冯纵川。冯纵川惊得一下子跳了起来："你说什么？阿叔受伤，阿哥失踪？"

"是，秦芄奉老太爷的命去寻找大少爷，今天早上的船去重庆。不是我们不告诉你，是大老爷嘱咐暂时不要让你知道。"冯安富解释道。

冯纵川跌坐在椅子上，不敢相信："怎么会这样？！"他很不满地说："你们都把我当小孩子，出了这么大事居然瞒着我，不行，我晚上回宁波。"说完，起来就要走。

"小少爷，你等等，听伯伯说两句。你现在回去又能帮什么忙？我听秦芄说，此事大太太和二太太都不知情，你这一去不就让她们知道了吗？特别是大太太，万一受不了病倒怎么办？大少爷吉人自有天相，一定会没事。"冯安福劝慰道。

冯纵川又恨不得立马跑去重庆找冯纵山。他焦急地说:"冯伯伯,你说我阿哥为什么这么久都没跟我们联系?我想只要他还有一口气,一定会写信回来。是不是他被人救到深山冷岙去了,那里不通邮路?"

这其实也是大家心里共同的疑问,如果冯纵山还活着,哪怕动不了,托人写封信报个平安应该可以做到,冯家也定会重谢对方的救命之恩。一直没有任何音信,很可能人已经不在这个世上。冯纵川无疑也想到了这点,他的脸色顿时变得惨白。

"我还是想晚上回宁波看看。"冯纵川抿着嘴,目光坚定地说。

"小少爷,你能保证不在大太太面前露出端倪?"冯安富提醒他。

冯纵川沮丧地低下了头,他知自己的性子比较冲动,想要稳重,可往往事到临头就控制不住。他保证不了,深知阿哥在阿姆心目中的位置,一旦知晓阿哥生死未卜,恐怕她的身体一下子就要垮掉了,他不能这样做。"只能这样等着吗?"

"是,小少爷,我们只能这样等着。"冯安富叹着气说。

冯纵川心里难受,没心思再坐在药号里,垂着头闷闷不乐走了。蒋文炳从账房间出来,看到冯纵川的背影,想了想,去了冯安富办公室。冯安富心情不佳,看到蒋文炳,语气有些淡:"有事?"

"无事,我只是方才看到小少爷很不开心的样子,有些担心,没什么事吧?!"

冯安富迟疑了一下,想到蒋文炳现在是自己的心腹,说说应该无妨,就让他关上办公室的门,把大少爷失踪的事说了出来。蒋文炳焦急地问:"去寻找的人可有消息传来?"

"哪有这么快,秦芫早上才走,二老爷也没消息。"

"有时候没有消息就是好消息,冯经理你自己还是要保重身体,切勿过于劳累。"

"我没事。文炳,此事切不可外扬。"

　　蒋文炳举起双手，一本正经地保证道："经理你放心，我听过就忘了。"

　　冯安富被他那样子逗笑了，说道："你就会逗我开心。"

　　蒋文炳给冯安富倒了一杯水，捧着放到他面前："喝口水，我不打扰冯经理了。"

　　冯安富看蒋文炳走出办公室，拿起茶杯喝了一口水，想着等过几年可以让蒋文炳接程兴的班。对这个年轻人，他很看好。

第十六章
悲喜交集

临近岁末，冯家药号生意火爆，大清早就有人上门购买滋补药品。

当瘦骨嶙峋，穿着一身晃晃荡荡衣服的冯正义走进店堂，所有人都不敢相信自己的眼睛，惊呆在那里。沈世荣第一时间站起来奔过去，紧紧抓住冯正义的胳膊，颤抖着声音说："你总算回来了。"

常山扔下手中的药材走过来，面对冯正义枯槁的面容，一时不知该说什么。闻讯出来的冯正道见到简直像换了一个人似的弟弟，又见弟弟身后没有大儿子的身影，不禁两眼发黑。冯正义忙上前将他一把扶住，沙哑着声音说："大哥，我回来了。"

沈世荣和常山赶紧把兄弟俩推进办公室，冯正义再也忍不住，抱住冯正道痛哭，一遍遍说着对不起，是他没有照顾好纵山，他不该买晚上的船票，都是他的错。冯正道的眼泪像开了闸门一样，他没有动，任泪水肆意流着。他们冯家精心培养的下一代掌门就这样活不见人，死不见尸，消失不见了，老天为何要如此残忍?! 沈世荣和常山转过背，也忍不住抹眼泪。虽然秦芫去找了，不知结果，但他们都清楚，若纵山还活着，怎么可能不跟家里联系? 他们就这样一天天自欺欺人，哄骗自己。

四个人等情绪稍微稳定下来，才重新坐下。冯正义详细说了一遍过程，他被一青年渔夫救走后，身上的银票早已被水泡糊。换个人，说不定早把他扔回水里不管。渔夫心善，把他带到自己家，在一个小渔村里。渔夫找来高度白酒给他消毒，还用他们那里的一种土方给他止血。也是他命大，昏迷多日后竟然醒了过来。渔夫家里还有一老阿爸，白天渔夫出去打鱼，就是那位老渔夫照顾他一日三餐。他向那父子俩承诺，来日必重谢。父子俩说不用，他们救人只为积德。他被人踢下江的时候伤到了腰，不能动，身上其他地方也有很多伤，养了大半年才好。好不容易可以正常行动了，他向父子俩辞行。听说他要去寻找侄儿，渔夫还赠了他二十个铜板。他这身体什么活也干不了，只好沿途边乞讨边打听，只要听到有人被救的消息，他就找过去，一问，对不上号，再继续找。一路风餐露宿，走到万州时，他虚弱的身体已到了极限，实在走不动了。他想来想去，这不是个办法，找到当地一家最大的药行，守株待兔。终于有一天，他听到有宁波口音的商人到药行谈生意，抱着试试看的心情，用宁波话问对方是不是宁波人。那人闻听很惊讶，再仔细一看，竟然认识，就这样把他带回了宁波。

"大哥，我碰到的那人是东财兄药行的采购员，那人是做梦都没想到，冯家二老爷居然会流落在万州变成一个乞丐，他们自己有船，我就搭了回来，运气算好了。"冯正义苦笑道。

"回来就好，等会儿我让人备一份礼送过去谢谢东财兄，但愿纵山也有这样的运气。"冯正道低沉着声音说。

"大哥，我该怎么向大嫂交代？"冯正义痛苦地闭上双眼，想到纵山，他的心又开始绞痛。

沈世荣说："要不要再等等秦尤，说不定过几天有好消息？"

冯正道已经不抱希望，他摇摇头说："早晚总要面对，世荣，辛苦你跟我们兄弟去一趟冯宅，我怕香芸会受不了。"

"好。正义，你先让我给你把个脉，你这身子需要好好调理才行。"

冯正义自己也知道，这一年他是心神俱疲。他伸出手臂，让沈世荣给他把脉。

"脉象沉细无力，你是严重的气血不足，我给你开个十全大补汤，先开七天，今天就把药带回去，你每天好好喝。"沈世荣说。他走到桌子边，拿过一张纸，在上面写下"党参五钱、炙黄芪八钱、当归三钱、熟地三钱、川芎三钱、炒白芍三钱、炒白术三钱、茯苓三钱、肉桂二钱（后下）、炙甘草二钱"这十味药，七帖，然后把方子交给杜若去配药。

常山提醒冯正道："还有老太爷。"

想到老爷子，冯正道大脑又清醒几分，无论如何，他都不能慌，冯家更不能乱。冯正道让冯正义先去后院客房洗漱，换身衣裳，等会儿他们一起回家，又让常山替他备一份厚礼送到茂昌药行交给张东财，说改日他和正义再登门道谢。常山二话没说就去准备，为表诚意，这份礼他亲自送过去。

冯正义收拾好，和冯正道、沈世荣一起回冯宅。三个人来到中兴屋，冯五洲看到已瘦得脱形的小儿子，心疼不已，又想到大孙子生死未卜，久久没有说话。过了好一阵，冯五洲让身边的女佣去请大太太和二太太过来，让她什么都不要说，只请她们来一趟。女佣去请人了，四个男人坐在客堂间，沉默。

童香芸和乐如眉听闻老太爷有请，就知道有重要的事，她们这位公公没特殊情况是绝不会叫儿媳妇去中兴屋的。两个人带着丫鬟一前一后过来，乐如眉一眼就看到丈夫，可丈夫的模样让她目瞪口呆，怎么会瘦成这样？童香芸也看到了小叔子，她四处张望，没看到大儿子的身影，又见这几个男人异常的脸色，她再也迈不动脚步，扶住门框，颤抖着声音问："纵山呢？"

这个时候，乐如眉如果再感觉不到反常，那是真傻了。她上前扶住童香芸，轻声说："大嫂，我们先进屋。"

童香芸感觉自己的四肢已僵硬得不会动，被乐如眉搀扶着进屋，忽又醒过来似的，冲到冯正义面前，不顾叔嫂之嫌，一把抓住他胸口的衣服，急促地问道："纵山呢？我儿纵山呢？"

冯正义不敢跟童香芸对视，他不知道该如何回答，任童香芸揪着衣服。冯正道拉过童香芸，安抚她坐好，冯五洲挥手让丫鬟、小厮都退下，对冯正义说："你详详细细讲一遍。"

"是，阿爸。"

冯正义就从那日他和纵山一起走出冯宅大门说起，一直说到他们夜遇水匪，两个人一前一后受伤，他落水后被救，伤愈后又怎么边乞讨边找人，最后又怎样被人带回宁波。一屋子的人在冯正义的述说中心痛不已。说到最后，冯正义双手捂住脸，垂着头呜咽着说"对不起"，泪水从指缝里顺着手臂流进袖口。

童香芸如晴天霹雳，神情痴呆地念叨："不会的，不会的，纵山他一定不会有事，我天天拜菩萨，他不会有事的。"话音刚落，人就晕了过去。

沈世荣连忙上前去按童香芸的人中。童香芸醒过来后，靠在乐如眉怀里，整个人像没了气息，脸色灰白。沈世荣把了脉，皱紧了眉头，对冯正道说："还是先送大太太去房里休息。"

"不，我要去拜菩萨，求菩萨保佑我儿平安回来。"童香芸猛站起来，不顾一切地向门外奔去。冯正道一把拉住她，低声说："你先去休息好不好？你这样子，纵山在天上看着，他会很难过。"

童香芸用劲推了冯正道一把，愤怒地说："你胡说，纵山还好好活着，你若再咒我儿死，我跟你拼了！"

冯正道没提防，踉跄几步，稳住身子，连忙认错："是是，我说错了，那你先回屋躺一会儿，好不好？"又朝外喊了一声，"芍药，扶大太太回屋。"

在院子里候着的芍药赶紧跑过来，扶着童香芸朝东兴屋走去。冯五洲对乐如眉说："你去照顾你大嫂。"

"是，阿爸。"乐如眉恋恋不舍地看了丈夫一眼，心里既庆幸又难过。

沈世荣快速写了一张方子："柴胡四钱、炒白芍三钱、炒枳壳三钱、甘草二钱、党参五钱、炒白术三钱、茯苓三钱、苏梗三钱、佛手三钱、神曲三钱、焦山楂三钱、炒麦芽三钱，七帖。"写好，他把方子交给闻讯过来的叶上秋，让叶上秋派人去抓药。

叶上秋拿着方子走了。沈世荣道："这药只能救急，我恐嫂子会落下心病，心病只有心药可医，其他没用。"

在座的都明白，只是这心药又到哪里去找？冯正道对冯五洲说："阿爸，正义搭张家的船回来，纵山失踪一事恐怕大家都要知道了。"

冯五洲说："等秦艽回来，如果还是没线索，就给孩子立个衣冠冢。"

立衣冠冢，意味着要正式向外宣布冯纵山已身故。一想到这个，四个大男人又不禁哀恸起来。冯正义泣不成声，他知道自己余生会一直活在对侄儿的愧疚之中。

"阿爸，这件事要告诉纵川吗?"冯正道问。

"告诉他，纵川也该长大了。纵山真有不测，冯家以后的担子他得挑起来。"

"是，阿爸，我给他写封信。"

"冯叔，你让我再把把脉。"沈世荣上前，想去握冯五洲的手腕。冯五洲拒绝，他站起来，摆了摆手："都回吧，世荣，我这把老骨头还撑得住，没事，劳你又跑一趟。"

见老爷子不愿意，沈世荣无奈，三个人只好退出客堂间。冯正道和冯正义把沈世荣送到门口，转回院内。冯正义喊了一声"大哥"，冯正道说了一句"去吧"，转身慢慢朝东兴屋而去。冯正义站在后面，发现大哥的背不知什么时候竟然有些驼，他的心突然无比酸涩。

冯正道到了东兴屋，乐如眉见大伯过来，站起来告辞。冯正道走到床边，在床沿坐下，见童香芸两眼无神地躺在那里。他握住童香芸冰冷的手，轻声说："纵山失踪，于我一样割肉般疼痛，我已派秦芃去找，你不要过于心焦，我们都要好好地等纵山回来。"

可无论冯正道说多少话，童香芸都没有反应，倘若不是还能感受到她在呼吸，冯正道几乎都要怀疑妻子是不是已经去了。没办法，他只好站起来，让芍药守着，自己去给童香芸煎药。等他煎好，端着药回到房间，不见童香芸，忙把药碗放在桌上去找人。走到小佛堂门口，芍药拦住他，"大老爷，大太太在小佛堂，她说不准任何人打扰。"

冯正道想到童香芸的身体，说了一句"胡闹"，让芍药把药端进去给大太太喝。芍药说大太太不肯开门，冯正道不信，去拍门，里面寂然无声。冯正道叹了口气，只好去书房，他要给小儿子写封信。

冯正义回到西兴屋，夫妻俩抱头痛哭了一场，三个闺女看到阿爹这个样子，即便年纪小，也知阿爹在外定是吃尽了苦头。冯薇薇年长些，知父母肯定有很多话说，懂事地带着两个妹妹回房间去了。孩子们一走，乐如眉关上房门，要看冯正义身上的伤疤。冯正义拗不过她，只好脱了衣服给她看。乐如眉又忍不住抱着他哭了起来，哽咽着说："你若有三长两短，叫我们母女四人怎么活！"

冯正义拍拍妻子的背说："好了，我不是没事吗？只是一想到纵山，我就通宵睡不着，眼睛一闭全是他替我挡灾的样子。现在我最怕大嫂难过这一关，你一定要多去陪陪她，劝劝她。"

乐如眉抬起头说："纵山那么好，不要说大嫂，就是我心里也很难受，更别说他为了护你受伤。"

接着，乐如眉想起一件事，忙跟冯正义说了她和大嫂去七塔报恩禅寺捐香油钱，还一人抽了一张签。"大嫂是下下签，我是中平签，你说纵山会不会凶多吉少？"

冯正义本来不相信这些，可此时听乐如眉这么一说，他不由怀疑起来，难道一切皆命中注定？

夜深了，童香芸还跪在小佛堂。她的双腿早已失去知觉，可她还坚持跪在那里，她已经念不出经来了，那些熟悉的经文已化作虚无。她的脑袋是空的，她的身体也是空的。全身唯有一双眼睛紧紧盯着供桌上大慈大悲观世音菩萨的白玉像。她不相信她的儿就这样不声不响地永远离开了她，她的儿还这么年轻，还没有娶妻，老天爷不会如此残忍。她的眼泪已经流干，额头红肿，这些她都没有感觉。她只想让菩萨知道，如果可以，用她的命换她儿的命，她绝无怨言。

冯正道从书房过来，见芍药还站在小佛堂门口，问："大太太还在里面？"

芍药点点头："大老爷，你劝劝大太太吧，这样不吃不喝怎么受得了？"

冯正道去拍小佛堂的门，对着里面的人说："夜深了，休息吧，你这样会熬出病来。"

过了许久，里面传出来一句话："不要来打扰我。"

冯正道了解妻子，她表面柔顺，骨子里又很倔强，见实在劝不了她，只好吩咐芍药注意小佛堂里面的动静，自己拖着沉重的双腿回房。

童香芸病倒了，发起了高烧。沈世荣又跑了一趟冯宅，重新开药，好不容易烧退，童香芸又拒绝吃药，无论谁去劝，她都一声不吭，一动不动地躺在那里。沈世荣对冯正道说："这样不行，得想办法激发她活下去的意志力。"

冯正道想起写的信还没寄出，索性就不寄了："我给纵川去拍封电报，让他马上回宁波。"

"你这样突然拍电报过去，会不会把纵川给吓着?"

"管不了这么多，让他来劝劝，也陪陪他阿姆。"

正在洋行上班的冯纵川接到石耳专程送过来的电报，盯着电报上"有事速回"这四个字，心里七上八下，赶紧找洋行主管请假，匆匆回冯公馆，坐当天晚上的船回宁波。

冯纵川一路上有种种猜测，可事实比他想象得要严重得多。阿哥失踪，阿姆病倒，阿爷和阿爹一下子苍老了许多，阿叔瘦得差点认不出来。冯纵川实在接受不了这样的变故，呆在那里一动不动，好半天才回过神来。这个时候，冯宅的主子们没有一个人注意到冯纵川剪辫后的新形象，就算注意到，也没有人说这事。他们比任何时候都深切感受到，人好好活着比什么都重要。

"阿姆，儿子回来了。"冯纵川弯下腰在童香芸的耳边轻声说。

一直没有反应的童香芸突然动了，她伸出手摸着冯纵川的脸，"我儿回来了，我儿回来了。"泪眼蒙胧中，她把小儿子认成了大儿子。

冯纵川顺着她的话说："是的，阿姆，儿子回来了。阿姆，你喝口药好不好? 儿子扶你起来。"

见童香芸没有反对，冯纵川赶紧把她扶起来，靠在床背上，芍药端着热了一遍又一遍的药站在旁边。童香芸擦了一把眼泪，看清眼前是小儿子，一把拽住他的衣服，急促地问："纵川，你哥呢? 我听到声音了，他说他回来了。"

冯纵川哄道："阿姆，你把药喝了，阿哥就回来了。"

童香芸还在喃喃自语："我听到纵山的声音了。"

冯纵川接过药碗，吹了吹，试了下温度，递到童香芸面前说："阿姆，把药喝了，好好睡一觉，等你醒来，阿哥就回来了。"

童香芸一脸狐疑："你没骗我？"

冯纵川用肯定的语气说："阿姆，你要相信我。"

童香芸终于把那碗药喝了，沈世荣开的方子里加了安神的药材，很快她就沉沉睡去。冯纵川让芍药守着，他去老太爷那里。无论如何他都不相信阿哥已不在人世，他坚定地认为，阿哥一定是被什么事给耽搁了，或有不得已的苦衷，才没有跟家里联系。对于阿爷说立阿哥衣冠冢的事，他坚决反对："除非我亲眼看到阿哥已不在的证据，不然我不相信。"

冯五洲看着神情激动的小孙子，想想优秀能干的大孙子，心里越发难受。他现在硬靠一股气撑着，若无这股气，他恐怕跟童香芸一样早病倒了。等小孙子的情绪稳定些了，冯五洲第一次用小心翼翼的口吻说："纵川，你不回上海了好吗？留在宁波，跟着你阿爹好好学习药号的事务。"

冯纵川想开口拒绝，目光触及阿爷哀伤的眼神，拒绝的话就哽在喉咙里。沉默了好一阵，他恳切地对冯五洲说："可不可以再给我两年时间做我喜欢的事？如果到时候阿哥还没回来，我就回宁波。"

冯五洲哪里会猜不到小孙子心中所想，他们也一样不甘心。既然这样，那就再等等："好，阿爷答应你。"

"谢谢阿爷！"冯纵川突然很想哭，可他又不想当着阿爷的面流泪，硬是把眼泪给逼了回去。

冯正义搭了茂昌药行的船回宁波，外面人多嘴杂，冯家二老爷流落万州、大少爷失踪的事早已传得沸沸扬扬。安排好家里的事，冯正道和冯正义去了一趟茂昌药行，当面向张东财道谢。

张东财让他们不用客气。提到冯纵山失踪，张东财说："我已经跟下面的人说了，让他们出去采购药材时留点心。"

冯正道说："我现在担心他已遭不测。想我冯家从未曾做过伤天害理之事，也不知为何竟然会接二连三遭此劫难？"他是真的想不明白，感觉自己像一头困兽，看不清前行的方向。

张东财心里极同情，这种事无论落到谁头上都一样难以承受，那些安慰的话其实没什么用。道过谢，冯正道和冯正义没有多坐，告辞回药号。张东财知他们心情不好，没再留，只说有任何事需帮忙，尽管开口。冯正道没跟他客气，答应下来。

下午，冯正道和冯正义去了恒峰药行。钱高峰看到兄弟俩，连忙请他们坐。冯正义取出三千两银票递给钱高峰，抱歉地说："对不起，高峰兄，没有替你找到空青。"

钱高峰已知晓冯正义的遭遇，所带银票肯定已在途中遗失，不然也不会沦落到当乞丐的地步，如果他不让冯正义帮忙去找空青，至少不用多掏这三千两，开口道："这损失不能让你一人承担，是我托你帮忙，我们一人一半如何？"

冯正义婉言谢绝钱高峰的这个建议："你交给我这么多，我没有办成事，自然还你这么多，没道理让你损失一半。"

钱高峰还想说什么，冯正义拦住他的话头："亲兄弟还明算账，高峰兄，此事跟你无关。"

钱高峰见此，只好收下，承诺帮着打探冯纵山的消息，顺道聊起当下的局势。冯正义说："我在四川时听说广安有革命党人起义又失败，看这天下只怕是越来越乱。这一乱起来，像我们这样的商户最容易成为各方势力的目标。"

钱高峰说了自己的想法："我这段时间一直在琢磨要不要缩小业务

范围。另外也在做一些准备，以防万一。搬到上海租界是一条退路，乡下也可以考虑，有义庄、义田在，只要仗不打过来，躲多久都没什么问题。"

冯正道说："是要做些准备，你在外面跑得多，见的世面不一样，若有什么消息，还望兄弟及时知会。"

"这个自然，我们都互通信息。"

告别钱高峰，冯正道和冯正义回到药号。冯正义说："大哥，还是让纵川在上海吧，我们两个现在还有精力。万一局势有什么变化，上海确实是条很合适的退路。再说，我相信纵山一定会平安回来。"

冯正道沉默了一会儿，说："也好，纵川喜欢上海，那就让他在上海发展，宁波这边还是留给纵山。"

晚上，冯正道找冯纵川好好谈了一次，第一次没把冯纵川当孩子，跟他说了目前的形势，答应以后不会强迫他回宁波："你若能在上海闯出一番事业来，一样能光宗耀祖。"

"阿爹，我会好好努力。"冯纵川郑重地保证。

"阿爹相信你。"冯正道忽略小儿子头上的短发，用肯定的语气说。

西兴屋，乐如眉在问冯正义这个年怎么过。去年因药号失窃，冯宅少了许多的喜气，今年大嫂一病好多天，再加上冯纵山失踪，乐如眉感觉谁都没心思过年，但问还是要问。冯正义确实没心思，不过这事还得听听老爷子和大哥的意见。一问，大家都没心情。冯五洲叫来叶上秋，让他看着办。眼下最要紧的还是童香芸的身体。这段时间，沈世荣成了冯宅的家庭医师，随叫随到。他想尽办法，只是遇到一个不配合吃药的病人，纵然有天大的本事也发挥不出来。

见阿姆这副生无可恋的样子，冯纵川心急如焚，他日日在病床前伺候。童香芸一会儿清醒，一会儿糊涂，情况很不好。冯正道给童世海写了一封信，详细说了冯家所遇到的事及童香芸的病情。冯正义和乐如眉看到童香芸病情不见好，心里像套着个枷锁，三个女儿都不敢大声说话，更不用说家仆，个个提心吊胆。乐如眉明白丈夫内心的痛苦与煎熬，她想象大嫂和纵山若有万一，她自己这个家是不是也要跟着毁了？为此，她以从未有过的虔诚去拜佛，吃素念经。

童香芸的情况越来越不好，气息越来越弱，沈世荣差不多每天都跑过来一趟，可童香芸摆明了不想活，众人实在一筹莫展。这时，乐如眉提出她要去一趟七塔报恩禅寺。上次去的时候，她许了愿，现在丈夫平安回来，侄儿失踪，这愿只实现了一半，但即便只有一半，也得去还愿，另外还要再为大嫂和侄儿求求。病急乱投医，大家都没意见，让乐如眉带着丫鬟和小厮进城去寺院。

乐如眉到了寺院，非常虔诚地把寺内所有菩萨都拜了一遍。看到了佛殿上的那只竹签筒，她迟疑一会儿，再次跪下，闭上眼，在心里默念所求之事，双手举起签筒来回摇。

"啪"一声，一根竹签掉了出来。乐如眉捡起一看，竟然是支空签，不知何意，忙放好签筒去解签处。

"师父，我抽到一支空签，不知何意？"乐如眉满肚子疑问。

"所求何事？"

"求外出之人平安。"

"变数即定数，定数即变数。"

乐如眉听不懂，想着大概是好消息，就急急走过去，跪在蒲团上，重重地磕了几个头，又捐了一笔香油钱，匆匆返回冯宅，直奔东兴屋。

走进房间，见童香芸仍似失了魂的样子，她快步走过去，坐到床边，俯下身对童香芸说："大嫂，我今天去七塔报恩禅寺了，我替纵山求了签，师父说没事。"见童香芸的眼珠转了转，乐如眉握紧她的手，坚定地说："大嫂，纵山一定没事，你不相信我，还不相信菩萨吗？你放心好了，赶紧把身体养好，我们一起等纵山回来。"

"你没骗我？"童香芸的声音很轻，嗓子哑得厉害。

"我怎么会骗你？真的，大嫂，我扶你起来，先喝几口粥。"乐如眉说。

童香芸低低地"嗯"了一声，乐如眉大喜，忙叫芍药去小厨房端碗粥来。这几日，小厨房的灶上一直温着药膳粥，这样童香芸任何时候想吃都是热的。在隔壁的冯纵川听说阿姆愿意喝粥了，马上跑过来。童香芸看到小儿子，又想起了大儿子，乐如眉和冯纵川好一番劝慰，她总算打起精神，吃了一小碗药膳粥。冯纵川见她喝了粥，就拿起沈世荣留下的药，亲自去小厨房煎。可惜他不太会煎，最后还是交给芍药。

等童香芸喝了药，安静睡去，冯纵川很郑重地向乐如眉道了声谢。乐如眉让他不用在意，一家人不说两家话。冯纵川很开心地去见阿爷，跟他汇报婶婶去寺院抽到的签文说大哥没事，说阿姆听了这个消息愿意吃东西了。

"阿爷，阿哥一定还活着。"

"阿爷相信。"

第十七章
线索与假药

　　秦芄在一个春雨绵绵的早晨回到了宁波，算算时间，他出去三个多月了。原本他想直接去冯宅，又怕与大老爷、二老爷错过，索性直接到药号等。

　　因冯纵山的失踪，冯宅里已许久没有欢声笑语，冯正道和冯正义每天早出晚归。秦芄前脚刚到，后脚他俩就坐着轿子来了。见秦芄回来，他俩忙叫上沈世荣去经理室。秦芄那张脸比炭还要黑，衣服已看不清颜色，两只布鞋都破了两个洞，露出了大脚趾，身上散发着一股难闻的酸臭味。冯正道看着很心疼，只是这个时候他顾不上这些，想问又怕失望，三个人盯着秦芄，想从他脸上看出点什么来。

　　沈世荣给秦芄倒了一杯水，让他先喝几口缓缓。秦芄拿起杯子喝了一大杯水，用手抹了抹嘴角，开口道："大老爷、二老爷，我猜大少爷还活着。"

　　一句话让三人的眼睛都亮了起来，冯正道颤抖着声音说："快，你慢慢讲。"

　　秦芄讲了自己的寻人过程。他到重庆后，先在码头打听，还去报社找了那段时间当地的报纸，这么大的事故，报纸不可能不报道。可惜报上新闻写得很简单，只说水匪劫财，伤了多人，官府正在追捕云云。他时刻牢记事故发生地在丰都附近，于是在那里方圆各百里范围

197

内寻找。

有一天，他走到一个小村，天色已晚，他想找户人家借宿。村里人问他到那里去做什么，他说找人。他说起了去年的那起水匪抢劫案，他要找在那天晚上失踪的大少爷。这时，有个中年男人说了一件事：那一夜他搭一艘小船回家，快到丰都时，见前方停了一艘大船，船上好多人举着火把，有船员在救人，听说那是艘去宜昌的船。

"我猜大少爷很有可能被那艘船上的人救走了，他一定还活着，只是不清楚什么原因才没有跟我们联系。我本来打算去宜昌找，谁知道第二天离开那个小村后，半路上被人打晕，身上的钱被抢走了。等我醒过来，发现自己躺在路边，包袱也不见了。我估计是那个小村的人下的黑手，没把我抛尸算我命大。没办法，我只好一路乞讨到重庆去做码头工，攒够了船票钱，想着还是先回来。"

冯正道没想到秦芜找人也如此曲折，内疚地说："幸好你没事，不然我们太对不起你了。"

秦芜摇头说："我没事，大老爷，我们去宜昌找吧。"

冯正义当即表示要亲自前往宜昌找人。

"我有个猜测，纵山会不会伤到了头部，忘了一些事，所以才没跟我们联系？"沈世荣想到了这个可能性。

冯正道和冯正义一听，异口同声地问："失忆？"

沈世荣说："你们想，如果纵山还活着，若没失忆，他为什么不跟家里联系？只有失去记忆，才有可能出现人活着却无音信的事。"

被沈世荣这么一分析，大家都觉得这个可能性还真的非常大。若不是失忆，那就已不在人世，自然怎么找也找不到。冯正义回忆当时的场景，他只看到冯纵山被击倒在地，到底伤了哪里，他没看见。现在想想，确实很有可能被伤到了头部，心里面不禁燃起了希望。冯正道也一样，他对秦芜说："你赶紧回去洗漱一下，晚点跟我回冯宅，去跟大太太说，有人看到大少爷被救走，告诉她，大少爷不联系我们可能是因为失忆了。"

沈世荣见秦芄走路不太利索，关心地问："你的腿是不是又伤着了？"

"没有，是脚底的泡全破了，走路痛。"

沈世荣出去拿了一瓶药粉过来，扔给秦芄，秦芄揣着药粉先回住处了。

冯正义看着秦芄的背影说："还是秦芄能干，不管怎样，能找到这么一条线索不容易。大哥，我想去宜昌。"

冯正道盯着冯正义苍白的脸，不同意："你身体还没有调养好，怎么去？"

沈世荣也不同意："你这身体这次不养回来，年纪再大点受罪的可是你自己，我给你开的药膳至少还得吃半年。"

冯正义固执地说："我身体没事，你们不要再多说，我一定要亲自把纵山给找回来。"

冯正道哪里会不知弟弟的心结，无奈地说："这事再商量。"

秦芄动作很快，收拾干净就过来了。沈世荣要去替童香芸看诊，四个人就一起回冯宅。

到了冯宅，一行人去见了冯五洲。冯五洲盼了一年，总算听到一条有希望的线索，不禁老泪纵横。

童香芸听秦芄说有人看到冯纵山被救走，没跟家里联系可能是失忆了，等他恢复了记忆就会回家来，哽咽着道："活着就好，只要活着就好。"这时她主动请沈世荣给她开药方，她要把身体养好，等大儿子回来。见童香芸振作起来，大家感叹，心病果然需要心药医。

冯纵川这次在宁波待的时间有些长，现在见阿姆的情绪已稳定下来，愿意配合治疗，阿哥好歹也算有个好消息，他也放心了。他向家人辞行，说得回上海去，再不回去工作要丢了。童香芸舍不得，但也知儿子有儿子的事，就没有拦着。

第二天一早，冯纵川坐船回到上海，被洋行主管劈头盖脸骂了一顿。倘若不是看介绍人的面子，再加上洋行实在需要人，冯纵川这工作老早丢了。冯纵川自知理亏，态度诚恳地认了错。

他想为寻找阿哥尽点力，约了叶家驹和项有志，跟他们说了家里的事，问他们有没有宜昌那边的关系，帮忙找人，两人一口答应。

"我们药房在汉口倒是有分店，我回去就托人打听。阿驹，我上次碰到叶伯伯，听他说要去汉口和宜昌开新店，估计那边应该有关系。"项有志说。

"好，我回家就问。阿川，你别太担心，纵山哥肯定没事。"

"其实我很想亲自去找阿哥，又怕给家里添乱。说来惭愧，我长这么大，就宁波、上海这两个地方稍微熟悉点，还从没出过远门，你们说我是不是很没用？"冯纵川的情绪有些低落，跟阿哥比起来，他太差劲了。

项有志开导冯纵川："你别这么想，说实话，我倒感觉你成熟了许多。我第一次见你的时候，你给我的印象就是一个富家少爷，可现在呢？你没发现自己的变化吗？"

冯纵川自信心一振，转过头问叶家驹："你什么感觉？"

叶家驹上下打量冯纵川，故意摆出一副了然的样子："是有变化，你比去年大了一岁。"

冯纵川哭笑不得："你越活越小？"

"反正永远比你小几天。"

被叶家驹这么一搅和，冯纵川心情好了些，他认真地说："我现在越来越感觉到我们所依赖的一切都很脆弱，我阿爹跟我分析过时局，冯家并非坚不可摧，很有可能一夜之间就会变得一无所有。"

叶家驹不以为然地说："阿川，你是不是想得太严重了？不会吧？！就算我们什么都不干，只要不去抽大烟、不去赌，家里的钱一辈子都花不完。"

项有志却认为冯纵川的忧虑是对的，他说："你们应该都知道胡雪岩吧？那么大的家业，还不是说倒就倒了。"

冯纵川和叶家驹虽年轻，但出身医药世家，这位大名鼎鼎的人物小时候还是听家里的人提起过。是啊，比起胡家的家业，他们家又算得了什么？这么一想，叶家驹第一次有了危机感，而冯纵川则在想，何时等他有了白手起家的本领，那就什么都不怕了。

冯正义坚持要去宜昌找人，冯五洲和冯正道拗不过，只好答应。冯正义想着出去一趟不容易，找人的同时顺道可采购药材，一举两得。去年因他出事，批发业务受到很大影响，再加上失窃案，药号亏损严重，今年不能再这样。和常山一起核对库存后，两人列出了所需药材清单。既然要采购药材，冯正义决定先去汉口，再到宜昌，那两个地方都有规模较大的药材批发市场。如果找到纵山，他还想去一趟那个小渔村，好好谢谢那对父子。

"正义，这次你多带几个人一起去。另外，以后就让秦尢跟着你学采购。"冯正道这几天一直在考虑这个问题，采购这块业务必须交给可靠、对药材又熟悉之人，秦尢无疑是个合适的人选，等以后冯正义年纪大了跑不动，秦尢可以接上。冯正义对大哥的安排没意见，他对秦尢同样欣赏，当即表示同意。冯正道把秦尢叫来，说了自己的打算，问秦尢有没有什么想法。秦尢摇头，他非不识好歹之人，能跟着二老爷学习如何采购药材，那是大老爷给他的又一个好机会。

"大老爷，二老爷，我没问题，我们什么时候出发？"秦尢问道。

冯正义对秦芄说："三天后出发，你把手上的工作交接一下。另外，这次除了带上将离和明石，我想再挑两个年轻人同行，以后可以当你的助手，你有没有合适的人推荐？"

"二老爷，我推荐倪平和倪安。这对双胞胎兄弟年纪不大，但做事很认真，又好学，我觉得比较合适。"秦芄马上想到了人选。

"你觉得可以就定下来。"冯正义不认识倪平、倪安，但他相信秦芄的眼光。

冯正道想起那对双胞胎兄弟，回阳丹第一颗药就是给倪安吃的。他听常山说过一嘴，倪安伤愈后，也到药号工场做工。秦芄整天跟他们打交道，应该比较了解。

冯正义让秦芄去通知倪平、倪安和将离、明石他们，三日后一起去汉口和宜昌。秦芄领命而去，办公室剩下兄弟俩。冯正道看着弟弟依然消瘦的面容，千言万语只化作一句话："一定要注意安全。"

"大哥，你放心，这次我带这么多人去，不会有事。"

"不管能不能找到纵山，都要平平安安，千万当心。"

"我会的，大哥。"

晚上，冯五洲得知小儿子已定下出门的日期，再三叮嘱："出门在外，万事小心，办好事早点回。"

"是，阿爸。"冯正义恭敬地说。

冯五洲摆了摆手，让兄弟俩各自回屋。想起下落不明的大孙子，他长叹一声，但愿小儿子此行有收获，不然这日夜牵挂煎熬，他就算天天喝人参汤，又能撑多久？

冯正义跟妻子和女儿们说了自己又要出门，嘱咐三个女儿要乖乖听阿姆的话。乐如眉被上次的事情吓坏了，一听丈夫又要走，心里难免有怨气。她正色对冯正义说："这差使你可不可以叫别人去干？你若在外面有个三长两短，你让我们母女四人怎么办？不行，我要去找大伯，让他另外派人。"

冯正义拦住她，耐心说道："纵山一直没有消息，我这次去汉口和宜昌，就是想再去找找。你又不是不知道，冯家药号一直以来都是大哥主内，我负责外，这次我还带了五个年轻人，我们六人同行，你大可放心。"

乐如眉嘀咕道："我怎么可能放心得下？外面这么乱，谁知道又会遇到什么。"

冯正义理解妻子的心情，可他不只是乐如眉的丈夫，还是冯家的二老爷，和大哥一起守住冯家药号是他的责任和义务。这一晚，夫妻俩絮絮叨叨说了许多。冯正义向妻子保证，他会平安回来，绝不少一根汗毛。

童香芸自从得知大儿子失踪的消息后，就一直跟冯正道分房睡。一天到晚，除了吃饭睡觉，其他时间她都待在小佛堂。因童香芸发愿，在大儿子回来之前，她戒荤，只吃素，冯正道就每天晚上去老爷子那吃饭。这样一来，夫妻俩基本上没机会交流。这次秦芁带来一丝希望，童香芸对丈夫的态度好了些，只是拜佛拜得更勤。冯正道怕刺激她，只能随她意了。

三天后，冯正义带着秦芁等人离开宁波前往汉口。

冯正道这边，则把所有精力都放在工作上。那个日甬贸易行的周星魁，沈世荣通过约翰牵线，还是接上了头，替冯正道下了份请客的帖子，可惜周星魁借故没来，再加上药号事情不断，他也没了兴趣。他不知道接下来的日子还会发生什么无法预料的事，只能谨慎度日。

林长谷从伊藤寄来的信中得知冯家二老爷和大少爷的事，他觉得，是时候放出那批假药了。就这样，这把一直悬在冯正道头上的假药剑落了下来。

这么多年来，冯家药号从没有遇到退货这种事，更让人愤怒的是，退回来的货居然是假药。那假药瓶仅从外表看与真药瓶一模一样，只有把里面的药丸倒出来比较，才能发现两者的差异，外行人根本不懂这些。

冯家药号的成药一向有固定的销售渠道和模式，各地都有一个大的经销商问冯家药号拿货，再分销给下级及下下级地区。按理说，他们直接问冯家药号拿的货绝不可能出现假货。现在只有一个可能：经销商为了利益，施了调包计，用假药换真药，又以药品质量问题为由，把假药当真药退回来，还要求药号赔钱，这样一来一回就可以赚双倍的钱。你若告他以真换假，那证据呢？对方手上有进货单，那退回来的假药瓶口都一样蜡封过，退货的理由是有顾客买了药，发现不对症，要求退药，而这些药都属同一批，自然就一起退了。冯正道没想到人性如此经不住考验，在利益面前，多年的合作关系不堪一击，这种明知是这么回事，却又无能为力去扭转局面的憋屈对人的自信心是一种极大的摧残。

"难道天要亡冯家？"冯正道不禁哀叹起来。去年小蓟来报信的事，他一直瞒着老爷子，可现在面对一箱箱假药，他实在想不出好办法，只能硬着头皮去找老爷子商量。

到了中兴屋，冯五洲正坐在书房喝茶看书，见冯正道过来，还以为是跟往常一样的每日请安，但见他神色不对，便问道："何事让你这副模样？"

站在门口的小厮见父子俩有事要谈，很自觉地退到一边，远远站着。冯正道在椅子上坐下，神情倦怠地说："阿爸，又遇麻烦事了。"

"说说出了何事。"冯五洲放下手中的书，"别慌，慢慢讲。"

冯正道从去年小蓟来报信，说到现在收到大批止血丹和回阳丹的退货，最气人的是，所有退回来的货全是假药，目前尚不知有多少损失，怕退货风波一时止不住。

"阿爸，那些还都是合作多年的老客户，你说他们怎么可以这样做？"

"一种是财帛动人心；还有一种可能是他们受到了威胁，迫不得已。"冯五洲没想到冯家药号又一次遇到危机。假药事件，损失的不仅仅是钱财，更重要的是声誉。声誉建起来很难，毁掉实在太容易，这幕后之人其心可诛。

"立即更换止血丹和回阳丹的包装瓶，再次发声明，欢迎任何人提供假药线索，一旦证实，给予重赏。另外，跟那些要求退货的经销商联系，看能不能问出一点什么：他们的假药是从哪里来的？是什么原因让他们放弃多年的合作关系，甘愿当帮凶？任何事，有因才有果。还有，去查一下：对方怎么会知道哪些人跟我们有合作关系？这名单是谁泄露出去的？"冯五洲年纪虽大，脑子却很清爽，很快就理清了应对思路。

"儿子惭愧，一有事就糊涂，全靠阿爸指点迷津。"冯正道低下头，自我检讨。比起阿爸做事的魄力，他真是有很大的差距。

"你啊，没经历过风浪，从小到大太顺。这假药是什么做的，有没有让世荣查过？万一出人命，祸就大了！"知子莫若父，冯正道有多少能力，冯五洲心里还是很清楚的，只要能守住，他就心满意足了。

"查过了，我和世荣很意外，那两种假药竟然都是用面粉加雪见草汁做的，就是假回阳丹里加了一点白酒。即便吃了，也没什么事，只是若遇重症，肯定会延误救治。"

"面粉加雪见草汁？这想出来的人也是个人才，算是良知未泯，也是我们冯家命不该绝。好了，忙你的事去。记住，遇事不要慌，你都多大的人了，还像个毛头小伙，哪天我老头子不在了，你又问谁讨主意去?"

"阿爸批评得对,儿子告退。"

冯正道走了,冯五洲端起茶杯,茶已凉,他又放下,站起来,走到门口。小厮小步跑过来:"老太爷要去院子里走走吗?"

"好,去看看我种的那些草药。"冯五洲抬起头看了看天空,这天,看样子又要下雨了。

来到后院,这里种满了各种草药。望着眼前绿油油一片充满了生机的草药,冯五洲不信冯家会倒在这件事上。

上海,冯家药号分号。

这几天冯安富感觉头发又少了许多,在这里做了多年的老司账程兴最近的账目频频出错,倘若不是蒋文炳及时发现,还不知要造成多少损失。他找程兴谈过,毕竟是药号老人,话又不能说得太重,问原因,偏程兴坚持说他做的账没错,他也不明白到底哪里出了问题。冯安富见程兴不承认错,更加郁闷。要不要留程兴?冯安富有些为难。虽说他之前有让蒋文炳以后接程兴的班的计划,但没这么快,现在这样,倒是左右为难。到年底吧,冯安富想,到时候给程兴包个厚点的红包,算是对这位诚诚恳恳干了多年的老雇员的奖励。

正想着事,有伙计跑进来,说有经销商来退货。冯安富一惊,他第一个反应就是假药冒出来了。出去一看,店堂中摆着十几箱货,站着几个人,其中有一位他认识,是一家经销商的手下。来人见冯安富出来,走上前说:"冯经理,我们上次从贵药号进的这批止血丹和回阳丹质量有问题,现把货退回来,麻烦你找人清点一下。"

店里还有其他顾客,听到冯家药号卖假药,很惊讶,犹豫要不要把刚买的药也给退了。冯安富沉着脸说:"你别污蔑人,冯家药号从来都不卖假药。"他走到那些货旁,打开一个箱子,从里面拿出一瓶止血丹，开了封口，倒出来一看药丸，马上说："这药是假的，但绝不是我们药号生产的，不信你们看看我们柜台上正在出售的止血丹和回阳丹。"

伙计从柜台上各拿一瓶过来，先是止血丹。倒出药丸，两相一比较，可以看出明显不同，无论是大小还是色泽、气味都不一样。又对比了回阳丹，只有酒味有点相似。周围的人都糊涂了，从瓶子上看是一样，可里面的东西却不同，这究竟怎么回事？来人似乎早就猜到冯安富会说什么，他一口咬定这些货就是从冯家药号拿的，至于为什么里面的药丸会不一样，他又怎么知道？他又不可能一瓶瓶打开检查。正争执着，又陆续有外地经销商的退货到，这下就更说不清楚了。

"各位报案吧，我们之前在《申报》上发过一个月的声明。"冯安富斩钉截铁地说，他让伙计去他办公室把那几份报纸拿过来，给众人看。可来退药的这几个人都是带着目的而来，哪里能让冯安富就这么轻易脱身，有一人掏出进货单扬了扬，说："上面明明白白写了进货时间、数量、品种，冯经理，你有什么证据证明我们退回来的货，不是进的那批货？大家都看到了，这瓶子包装一模一样。"

冯安富现在是有口难辩，越这样，他越要坚持报案。一行人去了巡捕房，各说各有理。从冯安富这方讲，有之前的报上声明，说明确实有人做了大量假的止血丹和回阳丹来栽赃冯家药号。偏偏来退货的人手上凭证齐全，坚持说进的就是这些货，药号这边又无法证明药被调包，毕竟从外表看，毫无差异。巡捕房最后只好和稀泥，让双方协商解决。

很快，有关冯家药号卖假药的事传得沸沸扬扬，很多人不相信，可看到不断有人来退货，难免心生疑虑，想买也不敢买。这也波及了药号其他品种的成药，一下子各成药销量大跌。冯安富知道用不了多

207

久，他就要变成一个秃头了。一气之下他又跑到报社，交了一大笔广告费，连续一周在报上再次发声明以及悬赏假药线索。同时，他一家家去拜访那些经销商，表面上大家依然都很客气，但只要提到这次退货事件，大家全都缄默不语。冯安富又不是傻子，哪里会猜不到这后面必有隐情，只是没想到对手这么强，能让这么多经销商一起做假。事后，有一位平时跟冯安富私交特别好的经销商悄悄告诉他，他们都是被迫无奈，若不这样做，且不说生意还能不能做，搞不好连性命都要丢掉。他劝冯安富吃了这个哑巴亏，说他们都斗不过那些人。

回到药号，冯安富在办公桌上看到冯正道寄来的书信，知晓宁波那边也遇到了同样的退货事件，也了解了相应的处理办法。想想冯正道的压力，冯安富只能咬紧牙关，得想办法搞促销，努力降低损失。不过信中提到经销商名单泄露一事，到底是谁把名单给了对方？冯正道说他查过，名单应该不是从宁波流出，怀疑是上海出了内鬼。因两边都有药号所有经销商的名单，而掌握名单的是少数人，会是谁呢？冯安富陷入了沉思。

若名单真是从上海药号流出去，那么最可疑的是程兴和蒋文炳，他们两个最清楚。冯安富实在不愿去怀疑：程兴在这里工作多年，为人忠厚可靠；蒋文炳来的时间不算长，但也各方面表现良好，冯安富还是相信自己不会看错人。可如果没人泄露名单，那对方又是如何知晓得这么清楚？冯安富想到那些经销商，会不会程兴或蒋文炳也是因为被威胁才做出背主的行为？越想越觉得有可能，只是现在他无法确定是哪一个，得暗中好好观察一下。

正想着，蒋文炳站在门口轻轻敲了下门。冯安富让他进来。蒋文炳一进办公室就把门关上，走到冯安富面前，欲言又止，最后似乎下定决心，说："冯经理，有件事我想私下提醒你一下。"

"什么事？"

"退货事件闹得这么凶，对我们药号的信誉影响太大，销量受到严重影响。我刚核对了一下，几乎所有跟我们有合作关系，在这几个月进过止血丹和回阳丹的经销商都把货给退了。可明明这批药不是我们的货，我很纳闷，这些人是从哪里拿的假货，又受谁指使？若无人指使，又怎么全是我们的经销商？我怀疑，我们内部有人把我们的经销商名单偷出去给了对方。"

"那你觉得会是谁？"冯安富盯着蒋文炳的眼睛问。

蒋文炳抱歉地说："冯经理，其实说起来我也是嫌疑人之一，没资格说这种话，不过既然身为冯家药号一员，我不能坐视不管。我在想，会不会是有人趁晚上账房间无人偷偷潜入，然后把名单给抄去了？"

"这名单你们平时都放哪里？不会随便就扔桌上吧？"冯安富不相信程兴会这么糊涂。

"名单锁在抽屉里，平时没事也不会拿出来。反正这事很蹊跷，冯经理，我觉得你有必要好好查一查。"

"是要好好查一查。"

蒋文炳不再多言，转身回账房间，坐到办公桌前，开始工作。

冯纵川看到报纸上登的悬赏，才得知假药事件，急匆匆到药号找冯安富了解情况。听完冯安富讲的事情经过，冯纵川再次滋生出一种无力感，他什么忙都帮不上："冯伯伯，那接下去怎么办？"

"新药和老药全部换上新包装。根据小蓟说的量，假药应该还有很多，退回来的只是一部分，更多的恐怕是当真药给卖了出去，这次事件对我们药号的影响确实太大了。"冯安富很头痛，有一种烂头焦额的无措。

冯纵川很快把前因后果给梳理了一遍，他觉得幕后之人肯定还有后招："冯伯伯，我估计他们很快又要动手。"

"我们总不能一直这样被动，得好好想想法子。眼下最要紧的还是尽快找到那个把名单泄露出去的人。"冯安富说。

"是的，也不知道何人所为。"冯纵川想到偷药方的大蓟，还有跑路的马辛，现在加上泄露名单的那个人，他再一次感到"人"的复杂性："但愿早点查出来。"

"是啊，得抓紧时间去查。"

程兴坐在蒋文炳对面，满脑子的不可置信，干了这么多年，怎么会犯算错账少个零之类的低级错误？他明明都核对过，目光落在对面的蒋文炳身上。要说谁动了手脚，那只能是账房间的人，难道是蒋文炳？回忆一下，这个小伙子从第一天来，一直对他恭敬有礼，称他为师父，为人谦逊，做事认真。这几次错误，幸好蒋文炳及时发现，没有给药号造成损失，不然这个责任他程兴可背不起，这么一想又觉得自己是以小人之心度君子之腹。

"师父，你是不是身体不舒服？我看你脸色不太好，要不要请假去休息一下？"蒋文炳抬起头，关心地问。

程兴的目光与蒋文炳的眼神碰了一下，迅速"缩"了回来，咳了一下："是有些累。"

"年纪大了，还是要注意休息，有什么事我来做好了。"

程兴略带几分尴尬，说道："是啊，年纪大了，精力跟不上了。"

蒋文炳站起来，倒了一杯热开水放到程兴面前，体贴地说："喝口热水。"

程兴很感动，内心有些自责，这么好的小伙子，自己怎么可以无端猜测是他暗中搞的鬼？真是越老越糊涂。不过今天他确实有些不舒服，胸闷，喝了几口热水，感觉又好些。

"文炳啊，你说人老了是不是真的不中用了？干了一辈子的司账，居然还犯这么低级的错误，我真是老眼昏花，无脸见人。"程兴摇着头，很感伤地说。

蒋文炳安慰道："难免吧，没关系，以后这些事都交给我来做好了。"

程兴叹了一口气道："老了没办法，不服不行。"即便冯安富没明说，程兴也猜到蒋文炳以后大概率会坐上司账这个位子，那趁现在他还在，就多指点指点这个年轻人。不管怎样，东家未曾亏待过自己。想到这里，程兴说："文炳，从明天开始，你辛苦点，我要把很多事交给你去做，司账一职你早晚要接任，先做起来。"

蒋文炳谦虚地说："我还年轻，担不起司账这个责，还恳请师父多教教我。"

程兴捻着下巴的山羊胡，对蒋文炳的态度非常满意，更加坚定了要好好带他的想法。账房间气氛融洽，程兴的心情终于好转些，搁在心里的那点不愉快消散了些。

冯安富说要查一查，是真想查。蒋文炳为什么要主动来跟他提这事，难道是贼喊捉贼？又觉得不太可能，若年纪轻轻就有这样深的心机，那还了得！倒是程兴，几次出错被自己批评，会不会因此产生怨气？如果证明是他所为，那这个人是不能再留在药号了。

第十八章

陷　阱

　　林长谷又一次看到冯家登在《申报》上的声明，心情和上一次完全不一样。他知道冯家急了，顿觉通体舒泰，对自己这招"以假换真的栽赃法"很满意。说起那些"乖乖"配合的经销商，他可是费了不少心思：找到他们的软肋，听话的给好处，不听话的吃拳头。林长谷越来越明白，人一旦有了软肋，就容易受制于人，故而平时他从不表现出对某事物的热衷，很克制，但今天他想偶尔放纵一次。

　　晚上，林长谷和雪野一起去醉眠阁喝花酒。到了那里，要了一个包间，雪野从钱袋里掏出十块银圆扔给老鸨，让她选两个干净的妓子，再加好酒好菜上来。

　　"两位老爷，烟要吗？"老鸨是个中年妇人，有几分姿色，收好钱，问了一句。

　　"不要，只要酒和女人。"林长谷拒绝。

　　"请两位老爷稍等。"

　　老鸨扭着腰肢出去安排。动作很快，没多久，酒和菜都上来了，老鸨带着两个妓子进来，笑眯眯地说："两位老爷，人我带来了，放心，保证干净。"又转过身吩咐，"好好伺候两位老爷。"

　　"是。"

　　老鸨退下了，林长谷见两妓子低着头，怯生生站在那里。目光落在她们的脚上，从裙子底下露出来的绣花鞋可以看出：一个天足，一个三寸金莲。"抬起头，让爷瞧瞧。"

两妓子抬起头。林长谷见两人大概十六七岁模样，眉眼清秀，他朝那位三寸金莲勾了勾手指。妓子迈着小碎步走过去，林长谷把她扯到怀里，说："来，给爷倒酒。"

雪野很自然地扯过另一位妓子。两个男人一边喝酒一边与妓子调笑。顿时，包间里嬉笑声、讨好声、求饶声，各种不堪入耳的声音交织在一起。

酒早已喝完，林长谷和雪野颇为尽兴。看时候不早，两人走出醉眠阁回住处。

"林，这花酒滋味不错，下次我们再来。"雪野回味着妓子柔软的身体，意犹未尽。

"瞧你这出息，小心暴露了身份。"

"不会，我们可是合法的商人。"

"那批药的后续事宜，你替我盯着。"

"明白。"

林长谷抬头看街头的路灯，黑夜中的昏黄灯光让上海这座城市变得神秘。这种神秘，他喜欢。

夜色中的冯公馆，很安静。

只有客厅里的灯还亮着，冯纵川心情不好，拉着项有志和叶家驹倾诉："有志哥，阿驹，你们有没有什么好办法？我看冯伯伯头发都要愁白了，我真没用。"

项有志劝慰道："你现在又不在药号工作，真有些风吹草动，你也没法发现。再说你们上海药号本来也没多少人，冯经理应该查得出来。"

"是啊，阿川，这事就交给冯伯伯他们去做吧，一定查得出来，你放心好了。"叶家驹说。

见冯纵川依然闷闷不乐，叶家驹忽想到了另一个话题："对了，阿川，你们洋行不是在做股票吗？要不我们凑钱也买一点？听说很赚钱。"叶家驹似乎找到了一条发财的路，眼睛发亮。

"叶伯伯买了不少，你还是算了吧，再说现在价位这么高，我估计你连一股都买不起。"冯纵川见叶家驹如此生硬地转移话题，知好友心意，很感动，就顺着讲。股票他每天接触，并不是很懂，总觉得这东西看不见，摸不着，有些悬。

"多少一股？"叶家驹好奇地问。

"一千三百两一股。"冯纵川说。

"这也太夸张了！那我是买不起，不知道我阿爹买了多少股？"

冯纵川不好透露，感叹一句："如果前年我进这家洋行就好了，这只股票刚发行时才六十两银子一股，你们算算涨了多少倍，发财的人是真发了。叶伯伯是去年下半年才买，不过现在应该也赚了不少。"

"你们说，如果我前年问人家借六百两，买十股，现在可就腰缠万贯了。"项有志玩笑道。

"阿川，你买了吗？"叶家驹撞了一下冯纵川的肩膀问。

"我没买，这东西不了解，再说我吃喝虽不愁，但手头任我支配的银两却不多，我阿爹在这方面管得很紧。"

"这么说起来我们都一样可怜。"叶家驹摊开双手，满脸的遗憾，"多么好的发财机会。不行，晚上我问我阿姆去借点钱来，到时候交给你，你帮我买。有志哥，你呢？"

项有志笑着拒绝："发财机会已错过，我就不参与了，这么贵买不起。"

叶家驹指着项有志说："你傻啊，算了算了，搞了半天就我一个人有兴趣，没劲。"

冯纵川说："人各有志嘛。"

项有志对冯纵川工作的这家洋行充满了好奇心，忍不住问道："你们这位洋老板很会做生意，我经常在报上看到有关兰格志橡皮公司的宣传文章。看介绍，公司实力雄厚，在新加坡拥有大规模的橡胶种植园，此外还从事木材、石油等行业，而且还在英国伦敦上市，是不是真的？"

"不仅仅是报纸，你若去电影院，还能看到公司宣传片。说实话，我也不清楚介绍的内容是不是全部属实，反正看那宣传片，你肯定会相信啊，一望无际的橡胶种植园，工人们佩着橡皮刀走向一棵棵高大的橡皮树，看得我好想去新加坡。"

"被你这么一描述，是很吸引人。"

"真正打动人的是公司股票的分红，每年可以达到45%，不得了。公司可以每三个月给股东分红，每股红利也相当可观，这发财机会几个人抵得住？而且上海好几家外资银行，像汇丰、花旗等，都宣布可以接受兰格志橡皮公司股票进行抵押贷款。"

叶家驹没学过财务方面的知识，但就算是外行，他听听这数字都觉得不可思议，这不是明摆着给人送财吗？项有志学的是司账，他很敏感地意识到这诱惑太大，一般人真的抵挡不了，同时他又觉得这分红实在高得太离谱，很不正常。他对冯纵川说："这么高的股息，难怪买你们公司股票的人这么多。"

"涨得越多，来买的人就越多。"这也是冯纵川纳闷的地方，这么贵的股票，那些人像买大白菜一样，就怕抢不到，真的疯了。

项有志朝冯纵川投去敬佩的目光："你能抵御住这个诱惑，很了不起。"

叶家驹摇着头说："你们两个傻子，居然有钱不赚，我要找银子去投资。"

冯纵川怕叶家驹真要买股票，劝他："叶伯伯买了不是一样吗？"

叶家驹梗着脖子说："他是他，我是我。"

冯纵川和项有志当他开玩笑，不再跟他争。见时候不早，叶家驹和项有志告辞离开。冯纵川上三楼，见姜强正在灯下用功，背洋文单词，对他说："你是我兄弟，他们是我的好友，以后也是你的兄弟，下次你不用避开，我介绍你们认识。"

姜强的眼睛有些发酸，他按捺住内心复杂的情绪，轻声说："谢谢小少爷，我知道了。"

"你喊我阿川哥就行，不用叫小少爷。"

"那不行，你永远都是小少爷。"

"随你，真倔。"

夜深了，冯纵川躺在宽大舒适的床上，想睡，又翻来覆去睡不着。不知寻找阿哥是否顺利？秦芄带回来的信息和小婶婶抽到的签，说到底都很虚无，没有一样落到实处，他不是没设想过最坏的结果，倘若阿哥真回不来，那么第一个倒下的可能就是阿姆，而年事已高的阿爷能不能撑过去也很难说。这次他就发现阿爷老了许多。还有阿叔，他能察觉到阿叔心里的愧疚。冯伯伯那里不知何时才能查到泄露名单的人？这些问题一个接着一个，似潮水要把他给深深淹没，不知过了多久，他才渐渐睡了过去。

叶林松坐在办公室，心情愉悦地喝着茶，手上的股票每天都在涨。在认识麦边之前，叶林松没接触过股票，对此很陌生，更何况那时候股票只售给洋人，中国人有钱都买不了。后来有朋友给他介绍了麦边，说他是位对中国人非常友好的国际友人，为了让中国人也能买卖股票，特成立了兰格志橡皮公司，并在报纸上打广告："英人麦边，鉴于橡皮世界指日可待，特成立兰格志橡皮公司，发行股票，欢迎商民购买。"

可惜认识麦边太晚，如果早点认识，那他就发大财了，叶林松一次次幻想过那个"如果"。他清楚地记得，当他听到兰格志公司发行的橡胶股票从发行价六十两一股一路上涨到九百两一股，整个人都惊呆了。他开药店这么多年，从没有见过涨幅这么大的产品。麦边告诉他，这个价远远没有到顶，他就花九万两银子买了一百股。涨到一千两一股时，他又投入二十万两买了两百股。现在手头上有三百股，才半年时间，已盈利十万两，不费吹灰之力，这还不算分红，这钱实在太好赚了。他原计划要到汉口和宜昌开新店，可眼下却有些犹豫，要不要暂时不开新店，把资金抽出来去买股票？人很奇怪，九百两一股的时候，他觉得好贵，不敢多买，现在涨到一千三百两了，反而认为这个价不高，还有很大的上升空间。这实在不能怪他这么想，而是周边的氛围，无论走到哪里，不管是有钱人还是普通市民，大家谈得最多的就是兰格志公司的股票，买进等于赚进，不让人热血沸腾都难。

桌上放着开新店的计划书，每家店先期需要投入六万两，两家店就是十二万两。开药店的利润是不低，有些自制的药丸更是本轻利重，只是所花费的精力不少，要租房、招人，还要派人过去管理。股票就不一样，买进待涨即可，不用费神，叶林松越比较越觉得还是买股票赚钱省心。

正想着，叶家驹进来了。叶林松见儿子在这个不上不下的时间跑过来，就问他有什么事。

叶家驹关上门，把脑袋凑到叶林松面前，巴眨着眼睛说："阿爹，你能不能借点银子给我，我要去买股票。"

叶林松买兰格志的股票只有药店的司账知道，钱是从公账上提的，打了借条，连他妻子都没说。见儿子突然提出要买股票，叶林松警惕地问："好好的，怎么突然想去买股票？你又不懂这个。"

叶家驹缩回脑袋，找了把椅子坐下，得意地说："阿爹，你别瞒我了，我知道你买了阿川上班的那家洋行股票，我也想买，你借点本钱给我，我赚了钱立马还你。"

叶林松明白了，这消息肯定是冯纵川告诉自家小子的，心里有些微微的恼。按规定，洋行对客户信息都要保密，还不知冯纵川说了多少，试探道："我只买了一点点，现价位这么高，你买几股也没多大意思，算了吧，这事你不要跟你阿姆说。"

叶家驹缠着说了很多好话，没有用，叶林松就是不松口，只好说："行吧行吧，那就不买了，反正你买了也一样。那你给我点零花钱吧，总不能让我白跑一趟。你不给的话，我去告诉阿姆。"

"长本事了，居然敢来敲诈你老子。"叶林松见儿子并不知晓他买了多少股，放心了，笑骂几句。最后叶家驹还是从叶林松手上拿到了一张一百两银票"封口费"，高高兴兴离开了。

叶家驹走到半道，才想起之前答应冯纵川问找人的事，于是又折回来。叶林松很奇怪，问他又想哪一出了。叶家驹就把冯纵山失踪的事跟他讲了一遍。叶林松很意外，这冯家够倒霉，接二连三出事。

"阿爹，我上次听有志哥说你准备去宜昌和汉口开新店，那一定认识那边的人，我们也帮忙找下人。"

"开新店的事还要再斟酌，那边是有认识的朋友，我托人打听打听。"

"谢谢阿爹，那我回去了。"叶家驹得到承诺，放心走了。

叶林松把开新店计划书收了起来，还是先用开店的本金去买股票，等赚了就套现出来，再去开店，早一步晚一步关系不是很大，只要有钱赚就好。至于托人打听的事，既然答应了儿子的请求，他就写封信，不过像这种寻人法，他不抱什么希望，也就图个心理安慰。

主意打定，叶林松不愿耽搁，找司账把十二万两准备开店的银子以借款一年的形式转了出来，又另外凑了一万，去麦边洋行买了一百股橡胶股票。叶林松想找麦边聊聊，结果没找到人，他就去找冯纵川。冯纵川在这里的工作是接待老外买股票，发挥他洋文好的优势。冯纵川见叶林松过来，忙打招呼："叶伯伯，你是来买股票的吗？"

叶林松说："是的，已经买好了。"他顿了下，说："冯世侄，下次若家驹问，你不要跟他讲我买了多少股，省得这孩子多想。"

冯纵川有些尴尬，忙解释道："对不起，叶伯伯，我是听阿驹也想买，就脱口说你买了，买了多少没跟他讲，以后我一定注意。"

叶林松很大度地表示："没事，我就提醒你一下。宜昌那边，我会托人去打听，若有消息，定及时告知。"

"谢谢叶伯伯！"冯纵川感激地说。

"不说了，你去忙。"叶林松扫视一眼麦边洋行富丽堂皇的大堂，想想手上的股票，脚步轻快地走了。

冯纵川溜到同事那瞧了一眼，心里暗暗惊叹，这叶伯伯真有钱，一次次能拿出这么多银子来买股票，家业不是一般的大。

此刻，冯家药号账房间，蒋文炳也在跟程兴感慨，这股票实在涨得太诱人了。

"师父，你不知道，麦边公司刚成立，国人也可以买卖股票时，我就对这个东西很感兴趣，可惜没钱，只能'望股兴叹'。如果那时候我买了的话，现在就发财了。说到底，还是胆子太小，缺乏冒险精神。"蒋文炳晃着脑袋说。

"谨慎一点好，都是真金白银投进去，我看这东西跟赌博一样，搞不好就要害人倾家荡产，你可千万别冲动。"程兴好心提醒。

"我知道，我就随便说说，更何况我就是想冲动也没这个资本和实力，师父放心。"蒋文炳站起来，给程兴换了一杯热茶。

"你虽年轻，但有头脑，我相信你以后一定前途无量。我在这里怕是要干不长了，到时候司账工作就要全部交给你来做了。"程兴真诚的语气里带着几分伤感，他心里有预感，泄露经销商名单的真相若查不出来，搞不好他就要背这个黑锅。

"谢谢师父，我们问心无愧，不怕，等着冯经理查明真相。"蒋文炳安慰道。

"但愿吧！"

林长谷坐在办公室翻报纸，他最近迷上了橡胶股票，当他了解到股票的涨幅和涨速后，目瞪口呆。他不知道这世上居然还有利润这么厚的商品，比贩卖大烟还要挣钱。可惜股价太高，虽说从冯家药号这只肥羊身上扯了点羊毛，但现在也买不了几股。林长谷琢磨，要么派人去上海冯家药号敲一笔竹杠？另外，他盼着用假货换来的真药能早日销出去，这收回来的可是实打实的钱。主意打定，他叫来雪野，说了敲竹杠计划。"你不要直接出面，让别人去找人，这样即使出现差错，也查不到我们身上来。"

"我去安排。"雪野搓了搓双手说，"林，到时候我请你喝花酒去。"

"去去去，我看你是喝花酒上瘾了。"林长谷扔了一纸团过去，雪野接过，嬉笑着跑了。

雪野找来刀疤脸，两个人嘀嘀咕咕半天。"再给你一次机会，这次如果办不好，你就不要在我面前晃了。"雪野拍拍刀疤脸的肩膀说。

"是，是，雪野先生放心，我一定办好。"刀疤脸拍着胸脯保证。

"去吧，必须成功。"

刀疤脸哈着腰，叫上他的同伙去办事了。雪野不担心，所谓"蟹有蟹路，虾有虾路"，反正方法都教给刀疤脸了，如果此计不行，就再另想办法。

休息日，冯纵川来到药号，问冯安富那个人查到没有。冯安富说有怀疑对象，差证据。两个人正说着话，忽听到外面传来嘈杂的声音，刚站起来，有伙计急急冲进来，惊慌失措地喊："冯经理，又有人来闹事了！"

冯安富很想大声骂几句娘，这没完没了的还让不让人活？！和冯纵川一起怒气冲冲出去，只见店堂里站着两个码头工打扮的壮汉，担架上躺着一个衣衫褴褛披头散发之人。冯安富不解地问："这里不是医馆，你们不把病人送去医院，送到我们药号来做什么？"

"自然是找你们算账，这位是我们兄弟，他受了内伤，吃了你们的回阳丹，不但没有效果，人还死了。你说该怎么办？是赔钱还是坐牢？选一样！"其中一壮汉走到冯安富面前，从口袋里掏出一只药瓶晃了晃，嚣张地说。

冯安富气得浑身发抖，愤怒地说："空口白话诬陷人，谁知道他是怎么死的？"

"他就是吃了你们的药断气的，人摆在这里，你可以去报官。"那汉子胸有成竹地说。

冯安富看他们这样子是有备而来，他一把扯过正准备上前理论的冯纵川，低声说："你从后门出去，快去请万国商团中华队的人过来，我这里先拖着。"

冯纵川顾不上想别的，匆匆离开去找人。冯安富则冷静地看着两位壮汉以及闻声来看热闹的人，开口道："冯家药号有几百个品种的成药，都货真价实，不可能出现吃死人这种事。大家都知道最近出了假药事件，那都是别有用心的人故意整出来的，到底是谁，我现在无法告知大家，有一点我可以说，幕后之人非我国人。"

众人听了冯安富的话，神情各异。两位壮汉很意外冯安富会这么讲，彼此对视一眼，又转念想他们不过是拿钱办事，于是继续嚷嚷假药害死人，要么赔钱，要么去吃牢饭。冯安富深知这又是对方的一个诡计，定是把人打死后又嫁祸给冯家药号。那些人为了达到目的，从来都是不择手段。

很快，冯纵川带着万国商团中华队的人来了。冯安富怕今天这事不好了结，便干脆当场揭穿阴谋，明确指出那假药实际上是用面粉做的，即便吃了也不会死人，若他们不相信，他愿意当着大家的面亲自试药。两壮汉没想到来的是中华队的人，有些慌，主子信誓旦旦冯家药号的人肯定会选择私了赔钱，毕竟坐牢于名声不利，但眼下事情并未如此发展。面对中华队的人的追问，搞事的有些乱了阵脚，只能一口咬定就是吃了回阳丹死的。

冯安富联想到回阳丹原名叫起死回生丹，他走到地上躺着的那个人身边，蹲下身，拿起对方的一只手去测脉搏，又去探他的鼻息，似乎还有气，忙站起来大声说："刚才大家都听到了，那位说此人是吃了回阳丹死的，现在我让大家看看冯家药号真正的回阳丹的功效，希望在座的各位能给我们药号作个见证。"

冯安富马上让人取了一颗回阳丹，用温开水把药丸化开，又让人撬开病患牙齿把药水灌下去。抬头，见中华队的人已拘着那两个壮汉，不准他们跑。冯安富放心了，他请大家耐心等待一会儿。冯纵川站在一边，紧张地盯着担架上的人，不由自主地捏紧了拳头。店堂里挤满了人，大家都很好奇。那两人感觉不妙，担架上躺着的是他们随意抓来的一个乞丐，明明被打得断了气，难道没死？可如果真断了气还能被救回来，那今天这场戏等于替冯家药号唱了，回去就交不了差了。

时间仿佛停止了流动，过得特别慢。终于，在众人等得不耐烦之际，一个声音突然响起："啊，痛死我了。"

"活了，他活了！各位看到了吗？他们就是诬陷，就是嫁祸，冯家药号从来都不卖假药，所有的药都货真价实。"冯安富喜极而泣，这次真忍不住了，一个大男人就这样站在那里哭出了声，这段时间他心里实在是太憋屈了。

所有人都被这大逆转给惊呆了。中华队的人见事情已搞清楚，就把那两人带走了。至于地上躺着的这位，既然冯家的药有效，就让他暂留在药号。他们嘱咐冯安富，此人是证人，必须保护好，过几天来带人。冯安富连连点头。

冯纵川见中华队的人走了，对冯安富说："冯伯伯，你说这证人留在我们这里，万一出了意外怎么办？更何况我们还不知道此人伤势如何。"冯纵川还有一句没说出口，那两人是带走了，可如果这证人被灭了口，这事又要不了了之。

冯安富被冯纵川这么一提醒，心里一激灵。想起上次刀疤脸他们被巡捕带走后，很快有人去保释的事，马上说："你说得对，这事我得去找虞先生帮忙。"

冯纵川见冯安富已有章程，就不再说什么。两人把目光投向担架上的这位倒霉蛋，衣衫破得不成样子，又浑身血污，可以肯定，此人也是个受害者，冯安富让两个伙计把他抬到后院去擦洗一下，给他换套衣服，再找个房间休息一下。

"冯经理，我是马辛，谢谢你救了我，我实在该死。"两个伙计刚走过去，就见担架上的人在努力抬头，对冯安富说。

"什么?! 你是马辛?"冯安富吓了一跳，再仔细看那张脸，还真是，只是瘦得皮包骨，眼睛深深凹在眼眶里，很吓人。冯安富不知说什么才好，就让伙计先把人给抬走。围观的人亲眼见识了回阳丹的功效，身上带着银票的就直接买了几瓶，没带的表示回头就来买。

"纵川，伯伯现在要去找虞先生，你替我守着马辛，我尽快回来。"

"好，冯伯伯，你赶紧去。"

冯安富点头，急急出去了，在门口碰到办事回来的蒋文炳。蒋文炳见冯安富脸上带着气，忙关心地问："冯经理，出什么事了？"

"我现在有事要办，回头再说。"冯安富摆了下手，匆匆走了。

蒋文炳一脸疑惑，走进店堂，一了解，才知原因，有点遗憾错过了目睹这场闹剧的机会，摇着头回账房间。

冯安富来到搬迁至福州路，已改名为宁波旅沪同乡会的事务所，虞先生刚好在。冯安富擦了一把头上的汗，把今日的闹剧说了一遍，还说了心中的顾虑。

"我给你两个人，让他们负责保护证人。中华队那边我会去打招呼，让他们审一下那两人，看能不能找到幕后主使。"虞先生想了想说。

"谢谢虞先生！"冯安富哽咽了，他弯下腰，作了一个长揖，心里一下子就踏实起来。

"不客气，你坐会儿，我去安排下。"虞先生说完，走出办公室，叫来一位干事，吩咐几句。等他再次回到办公室，冯安富跟他透露了生产假药的厂家名，以及他们明知背后弄鬼的是谁，却苦于无证据而无法反击的愤怒。

"既然已知道是谁，那就好办多了。你不要太焦虑，这事我想想怎么处理比较好。"虞先生说。

冯安富的心充满了感激，他从来都没有像此刻这般庆幸自己是宁波人，言语间更多了几分亲近。正聊着，两个长相普通，看起来孔武有力的青年匆匆进来，朝虞先生行了一个礼。虞先生把任务简单说了一下，那两个青年没有任何异议，就跟着冯安富走了。

路上，冯安富了解到这两位也是万国商团中华队的人，感叹道："有你们在，我们这些商户真安心多了。"

冯安富回到药号，第一件事就是把马辛送到医院检查，果然要住院。办好相关手续后，冯安富留了一个伙计给中华队的人使唤。他和冯纵川走出医院，深有感触地说："这场危机算是暂时解除了，有虞先生帮忙，我想以后应该能太平点了。"

"真好。"之前冯纵川对同乡会之类没什么感觉，更没关注，现在不一样了，他第一次意识到个体和集体力量的不同。

林长谷得知计划失败，很遗憾这么完美的局没有成功，他摇着头对雪野说："如果那个乞丐真是个死人，这局冯家一时半会绝对破不了，可惜了。"

雪野也没想到刀疤脸找的人这么不中用，现在说什么都晚了："下次吧，总有机会。"

"那两人不会牵出我们吧？"林长谷追问道。

"不会，那两个是街头游民，单纯拿钱办事，不用管他们，查不到我们头上。"

"那就好。"

这时，一个男人进来，林长谷一看是上峰的联络员，忙站起来问："先生可有新指示？"

"虞先生要保冯家，先生让你先收手，以后另找机会。"

林长谷有些意外，久闻这位虞先生的大名，知他深受英美租界当局的赏识，前几年还成立了万国商团中华队，有权有势。这样的人，能不得罪就尽量不得罪，这冯家运气还不错，抱了条金大腿，再一想，他们都是宁波人，难怪会插手。他对来人沉吟道："请先生放心，我不会再去动冯家。"

联络员走了。林长谷对雪野说："接下来的日子，我们集中精力把那批药销出去。"

"好。"

一周后，马辛被中华队的人抬着去了巡捕房，冯安富跟着过去。之前带走的两个壮汉，经过审查，交代说是有人给钱让他们去讹诈冯家药号，答应事成后不但有重赏，还带他们去见贵人，挣一条前途。这两人本就是闲汉，觉得有利可图就答应了。至于马辛，算他倒霉，成了讹诈的"工具"，平白无故差点丢了性命。只是幕后之人是谁，这两人并不知晓。最后，两壮汉因讹诈和故意杀人两宗罪被正式抓起来，进了牢房，这才后悔不已。

经此一劫，马辛再也不敢留在上海，等到能走动时，他带着伤势未愈的身体，向冯安富求了一张回宁波的船票回家去了。

马辛到宁波后，主动去药号找冯正道，跪下来磕了三个头认错。冯正道见他已受了应有的惩罚，也就不再追究。马辛很想重回冯家药号做工，但冯正道一口拒绝。马辛羡慕地看了苏木一眼，想如果当初他没有跑，现在一定跟苏木一样，好好地在这里，也不会吃这么多苦头，可惜世上无后悔药。苏木自然也看到了马辛，对马辛他一点都不同情。马辛见没有人待见他，只好低着头灰溜溜离开了。

这事解决后，冯安富又想去查经销商名单泄露事件，到底是程兴的问题，还是蒋文炳的问题？如果从为人方面来判断，他更相信程兴，毕竟这么多年下来，程兴是个怎样的人他心里还是有数的。可程兴有软肋，拖家带口的，很容易被人捏住命脉，做出迫不得已的事。蒋文炳来药号后表现一直很好，不像个为了利益出卖资料的人。除了这两位，库房发货的人也有嫌疑，若有心想得到名单，还是可以办到的。到底是谁呢？

正迷茫着，程兴敲了下门进来了。他阴沉着脸问冯安富："冯经理，你是不是怀疑我泄露了那些经销商的名单？"

冯安富立马反问道："谁说的？"

程兴嘲讽道："药号内部都传遍了，冯经理，想我在这里认认真真做工三十年，没想到老了还要被人泼一盆脏水。既然如此，你们就另请高明，我不干了。"

"谁在传那些乱七八糟的谣言？"冯安富站起来给程兴倒了一杯水，好言相劝，"你先别气，坐下来慢慢讲。你也知道这段时间药号没太平过，名单肯定是有人泄露，能接触到名单的又不是你一个人，你不要激动。"

程兴依然站着，气愤地说："那为何一个个说得有凭有据的样子？我活这么大岁数，还从没这样被人冤枉过。再说，你能保证找出真正的元凶？"

冯安富说："我一时保证不了。你放心，我马上去找他们谈。"

程兴有些心灰意冷，在冯安富安抚下，总算按下心里的不愉快回账房间。冯安富召集店里的员工，扫视一眼众人，沉着脸问："那谣言怎么回事？"

伙计们你看我，我看你，谁也说不清楚，谁是第一个传谣的人。这谣言已传了好几天，只不过冯安富忙，没注意到。

"下次再乱传，都不用干了。"冯安富严厉地说。

伙计们低下头，挨了冯安富一顿骂，个个表态以后一定管好自己的嘴。蒋文炳回到账房间，很不高兴，忍不住发了几句牢骚："这事搞得真是……如果怀疑你是泄露名单的人，那我一样是嫌疑。还不知道能不能找出那个人，不然我们是不是一直要被列入怀疑对象？"

"没做过的事，随便冯经理怎么查。"程兴有些心灰意冷。

"希望早日查明真相，还我们一个清白。"蒋文炳感叹道。

程兴心里自然也是这么希望，可最终能不能查清楚，那就不知道了。一时，账房间两个人各怀心事，不再闲聊。

冯安富以为那些伙计被敲打过后，谣言的事就过去了，没想到私底下各种猜测依然不断，甚至有人说看到程司账的儿子在外喝醉了酒，吹嘘他爹赚到一笔外快什么的。这些话传到冯安富耳里，无论他之前多么相信程兴，怀疑的种子还是无法避免地种下了。再加上这段时间他把所有能接触到名单的员工都查询了一遍，没发现异常现象。想来想去，他还是把程兴叫到办公室，问他儿子有没有说过这样的话。

这下，程兴真气狠了，当即提出辞职，并诅咒发誓绝没有做过对药号不利的事。冯安富见程兴气得脸色发白，很尴尬，只好找台阶挽留。这么多年的老员工，就算要走，也该高高兴兴走，而不是现在这个样子。可这次程兴铁了心要走，冯安富没有办法，只好同意。程兴让冯安富跟他一起去账房间，当着面交接，免得以后有什么事又要让他背锅。蒋文炳跟着相劝，但程兴不松口，冯安富无奈只好答应。他深知，就算程兴留下来，心里恐怕也有了疙瘩。

交接完成后，程兴拿起包，走到店堂，环顾四周，对冯安富说："我最后一次跟你讲，我没有泄露过名单，信不信随你。"说完，转身离开了。

冯安富也不想搞成这样，事已至此，说什么都晚了。程兴这么一走，账房这一摊子事就都交给了蒋文炳去管。蒋文炳再三向冯安富保证，他一定会小心谨慎，不会让账目出半点差错。

"好，这段时间辛苦你了，我会尽快再去找个人来帮你。"冯安富说。

"不辛苦，我年轻，多干点活没事。"蒋文炳微笑着说。

冯安富什么也没说，只拍了拍蒋文炳的肩膀。

第十九章
寻　人

　　冯正义带着秦艽等人到了汉口，这里有个非常大的药材批发市场。一行人找了家客栈，放下行李，先去汉口有名的药帮巷转。

　　"药帮巷"是个总名称，里面有药帮大巷、药帮一巷、药帮二巷、药帮三巷以及邻近的巷，开有很多的药材店。冯正义来过好几次，对这里的药材市场比较熟悉，一路上，他给秦艽他们介绍湖北本地产哪些药材。这次他是抱着带徒弟的心思，讲得特别仔细。五个人当中，秦艽和将离、明石都有基础，只有倪平、倪安没当过学徒，不懂这些。

　　走进一家药材行，冯正义指着那些药材说："你们看，这天南星和辛夷出自荆州，京山的特产是苍术，黄陂和孝感出桔梗，兴国的五加皮不错，蕲州的艾质量很好。"环顾四周，他又接着说："汉口这地方，几乎集中了全国各地有名的药材，如果你们想成为一名优秀的采购员，需要学习的东西太多了。"

　　五个人连忙表态一定会好好学习。冯正义语重心长地说："没有你们想的那么简单。采购药材，首先得认识所有药材，不然搞错了，把假药材买回去就不只是损失一点钱财的问题。其次要知道同一个品种的药材哪里产的最好。再就是价格，要了解市场行情。等你们把这些都学会了，才算是入门。要精通的话，还要了解每种药材的性能，这样每次进货才能心里有数。秦艽，你当过三年学徒，那些背过的药材性能还记得吗?"

秦芁回忆了一下,不好意思地说:"有的还背得出来,有的记不全了。"

冯正义指了指半夏,考秦芁:"你说说半夏的药性和功效。"

秦芁回忆了一下,说:"半夏性味辛、温。归脾、胃、肺经。具有燥湿化痰,降逆止呕,消痞散结的功效。对了,生半夏有毒,必须要炮制过才能用。"说到这里,脑子突然断片,红着脸说:"还有什么,忘了。"

"那如何炮制可记得?"

"记得,半夏炮制有三种,分别为清半夏、法半夏、姜半夏。"

还没等秦芁说具体,在一旁的店主凑了上来,递给秦芁一张纸,上面正是有关半夏的详细介绍。店主热情地说:"各位先生慢慢看,我店里的半夏来自河南禹州,那里的半夏很有名气。"他又笑着指旁边的药材样品,说:"白术来自浙江,你们是内行人,应该知道这品质。"

冯正义笑着说:"我们就是浙江人。"

店主忙说:"浙江的药材不错,不过我们湖北有些药材也很好,你们若需要,价格可以谈。"

冯正义说:"我们刚到,先转转,了解下。"

店主客气地说:"好好,欢迎再次光临。"

一行人出了药材行,继续沿街走着,两边是二层楼的店铺,铺着青石板的街道不宽,但人来人往很热闹。在乐善堂门口,一个身穿一身粉色衣裙,鬓发间还簪了一朵粉色花的女人坐上一辆东洋车正要起步,目光落在秦芁身上,抛了一个媚眼过来,把秦芁吓了一跳。有生之年第一次出远门的倪平和倪安则是看什么都稀奇,他们难得看到这种打扮的女人,不由多瞧了两眼。将离和明石这几年跟着冯正义走过不少地方,表现稳重些。

冯正义见秦芄被吓着的样子，不禁觉得有些好笑，说："那女人估计是个妓子。对了，你今年二十三了吧，想不想讨个老婆成家？"

秦芄老老实实地说："没想过，还早。"

冯正义笑着说："行，什么时候你想讨老婆了跟我说，我让大嫂帮你留意，还有你们几个也一样。"

"谢谢二老爷。""谢谢小冯经理。"

倪平和倪安很羡慕秦芄，兄弟俩暗下决心，一定要好好做工，多学点东西，说不定以后也能跟秦芄一样，得大老爷和二老爷重用。

在药帮巷转了半天，大概了解了各药材的行情，冯正义就带着大家回客栈吃饭休息。

接下来几天就进入精挑细选阶段。冯正义开始想让倪平和倪安负责记录，但兄弟俩只读过一年书，识字不多，怕搞错。最后六个人分成两组，冯正义带着明石和倪平，将离和秦芄带着倪安，大家分片区行动。哪家药铺，哪个品种的药材，产地何处，价格多少，一一记录下来，以便最后来比较筛选，再确定进哪家的货。对秦芄和将离来说，这记录过程就是一个学习过程。

这次冯正义带够了银票，他要好好采购一批药材回去。让他高兴的是，在一家药行找到了一小堆空青，称了一下，一共二十斤，赶紧全部拿下。除了采购药材，他们没有忘记另一件事——打听冯纵山的消息。由于冯正义要的货量大，那些药材行老板看到他就像看到了财神爷，三言两语后立马开始称兄道弟，热情得不得了，又是请喝茶，又要请吃饭。冯正义趁机打听一年前那艘从重庆到宜昌路遇水匪的船，汉口这边有没有听到过什么传言。可惜打听来打听去，都没收获。汉口的茶馆很多，冯正义去了好几家，坐半天，最后都失望而归。

在一家小饭馆，秦芄见冯正义心情不太好，劝慰道："二老爷，我们去宜昌打听，一定会有消息。那个人跟我说的，就是去宜昌的船在救人。"

在汉口打听纯粹是碰运气，希望还是寄托在宜昌。"吃好饭到我房间来，晚上都定下来，明天我们就一家家去采购，你们几个都学着点。"冯正义说。

几个年轻人头点得像鸡啄米。吃过晚饭，大家一起到冯正义房间，秦芄手上拿着一叠纸，都是这几天他们跑市场记下来的信息。比如人参，有四川人参，也有东北人参，同样年份不同产地，药效和价格就不一样。冯家药号的几种人参丸用的全是东北人参。比如泽泻，有很多个产地，但优质的是福建的，个大，圆形且光滑。又比如川芎，四川的最好，其他地方的质量要差些；等等。秦芄发现这里面藏着太多的学问，他暗自庆幸自己有三年学徒基础。认药材、背药性是学徒的必修课，再加上他整天在制药工场，上手很快，这次能替二老爷分担一部分工作，他很开心。

"秦芄哥，你以后能教我们兄弟认字吗？"走出来才知世界大，倪平明白，他和弟弟若想挣一条出路，绝不能当"睁眼瞎"。再看将离和明石，虽为伙计，但能跟着二老爷一次次出来，又何尝不是好机会？

秦芄停下手中的笔，抬起头，见倪平神情认真，眼神里带着渴望，笑着说："没问题，不用等以后，今天就可以开始，每天认几种药材名，如何？"

倪平和倪安咧开嘴笑了，连忙说："那是再好没有了，麻烦秦芄哥！"

冯正义很喜欢勤奋好学的年轻人，他说："你们不但要识字，还要会写，好好学，一年后给你们换岗位。"

兄弟俩激动地点头，情绪高涨地投入学习中。

"将离、明石，你们若想成为一名合格的采购员，需要学的东西一样多。"冯正义笑着说。他选这两个年轻人，就是因为他们为人忠厚，非奸猾之徒，可以培养。

"小冯经理，我们记住了。"

几个人一直忙到半夜，确定了需要采购药材的品种、数量以及去哪家药材行，又核算了一下金额，确定在预算范围内。见时候不早，秦芃他们就回屋休息，冯正义简单收拾一下也上床睡觉。

冯正义他们在汉口住了半个月，采购了一大批药材。考虑到药材数量大，冯正义派秦芃和倪平去码头那里询问有没有去宁波的船，若有，看能不能搭个顺风船。秦芃到码头一问，运气不错，还真让他找到一艘两天后出发去宁波的船。秦芃直接找船主商量，一开口，乐了，原来船主也是宁波人，是个行商。这艘船长年往返湖北和浙江两地，把浙江的茶叶、毛竹、绍兴酒等货物装船上，沿江而行，又把湖北土特产及棉花、牛骨等货带上，赚取差价，这次最后一站刚好是宁波。秦芃跟船主约定后回复冯正义。冯正义让秦芃、倪平、将离、明石四人随船押送这些药材回去，他带着倪安去宜昌。

到了出发日，秦芃雇来几位挑工到他们临时租用的码头货栈，让他们把一麻袋一麻袋药材背上船，大家也一起帮忙。等所有药材上了船，秦芃等四人跟着上去。带上这些药材和四个人等于赚了一笔外快，更何况大家又是同乡，所以船主也是很热情。

秦芃他们走了，冯正义和倪安也准备出发去宜昌。就这样，六个人兵分两路。

冯正义到宜昌后，马上去了宜昌的报社登寻人启事。这是他在路上的时候想到的，之前老是想着请人找，没想到可以通过报纸找，如果早点想到，说不定人已经找到了。不管怎样，他都要试试，只是宜昌这张报纸一个月才出一期，这期赶不上了，下期在半个月后。冯正义决定这半个月内就去各茶馆打听，等报纸登出寻人启事后看有没有人到客栈来找他。他在启事上留了两个地址，一个是宁波，另一个就是他暂住的客栈。

宜昌商业繁荣，各种店铺、会馆、客栈、茶馆、钱庄等大多沿江而建，街上小摊小贩众多。冯正义没心情闲逛，只是一家茶馆接一家茶馆地打听，肚子里装满了茶水，有用的消息却没有。难道这次又要扑空？为了提高效率，冯正义和倪安分开打听，大茶馆冯正义进，小茶馆让倪安去。倪安捏着口袋里冯正义给的茶水钱，赶紧去执行任务了。

这一天，冯正义走进一家有些规模的茶馆，找了一个靠窗的位子坐下，要了一壶茶。

拿起茶杯喝了一口水，冯正义朝伙计做了个手势，伙计跑过来，弯着腰问："先生有什么吩咐？"

冯正义说："这位小哥，我有件事想跟你打听一下，不知道你有没有听说过。"

伙计回答："先生请讲。"

冯正义讲了一遍一年前发生的水匪事件，接着说道："我听人讲，当时有一艘到宜昌的船参与了救人，不知道那些被救的人是不是被带到了宜昌？后来怎样？小哥有没有听说过？"

伙计站在那里，回忆了一下，说："先生所说的事我有点印象，据说是救了不少人，他们运气好，船上刚好有大夫。能动的在中途都下了船，只有一位伤了脑袋的小伙子随船到了宜昌。是同船的周家大少爷送那个小伙子去仁德堂医馆治伤，再后来就不知道了。"

冯正义的心突突狂跳起来，他再也没心思喝茶了，急切地问道："小哥，能不能告诉我那家医馆在哪里？"

伙计把仁德堂医馆的地址告诉了冯正义，冯正义从口袋里掏出两块银圆塞在伙计身上，道了一声谢，快速朝外走去。伙计没想到还有这份意外之财，高兴得眼睛都眯成了一道缝，把银圆放进口袋，乐呵

234

呵地忙去了。

冯正义走出茶馆，叫了一辆东洋车，直奔医馆而去。他太激动了！寻寻觅觅，终于有消息了。他可以肯定，那个伤到脑袋的就是冯纵山。"纵山还活着，太好了，真是太好了！"冯正义喃喃自语，缠在身上许久的郁积之气似乎瞬间散开了。

到了仁德堂医馆，冯正义见里面坐诊的是一位满头白发的老先生，正在给人看病。冯正义耐着性子在一旁等着，好不容易没病人了，他走上前，弯腰朝老先生做了一个非常恭敬的拱手礼，开口道："老先生，我来自宁波，我听闻去年上半年你曾治过一位磕到脑袋的年轻人，不知他后来情况怎样，现在哪里？"

老先生请冯正义坐下，问道："你是这位伤者何人？"

冯正义说："我是他叔父，去年四月，我们叔侄两人从重庆坐船往汉口，不料途中遇水匪，受伤失联。听说当时有一艘到宜昌的船救了人，也曾托人打听，但一直没有消息。这次我特意过来寻人，听说老先生救过这么一个人，故冒昧前来询问。"

老先生打量冯正义，大概发现眼前这位和那个受伤的小伙子都有一双相似的凤眼，他缓缓说道："那个年轻人送来时身上的伤倒是处理过了，就是头晕头痛，不能动，他记不清自己是谁。说起来这小伙子命大，送他来的是我们这里有名的周大善人家的大少爷，他让我帮这年轻人医治，还留了药费。我用针灸给他治了半年，他的头不晕也不痛了，只是记忆没有恢复。我看他对药材很内行，就问他愿不愿意留在医馆，他答应了。"

"真的？！那他现人在哪里？"冯正义惊喜地喊了起来，顾不得礼貌，眼睛四处察看，但没看到那张熟悉的脸。

老先生惆怅地说："那孩子真不错，勤快又聪明，可惜他伤好后在这里没干多久，后来就跟着救他的周家少爷走了，说想去找家人。"

冯正义的心刚被提得半天高，这会儿忽又跌落低谷，迫不及待追问道："他想起来了是吗？"

"针灸效果还是有，就是不明显，他偶尔会想起一些零星的片段，但不能多想，一多想头就痛。老朽惭愧，不能让他的记忆完全恢复。"

"老先生可知晓他去了哪里？"

"他说隐约想起自己好像是上海那边的人，我想他可能会去上海吧！"

冯正义又问了那位周家少爷的家，想去打听一下。老先生把地址告诉了他。临走前，冯正义从贴身衣袋里摸出三张银票，凭此票可去钱庄支取三百两足色银。他双手奉上银票，恳切地说："谢谢老先生收留我侄儿，还替他治伤。区区薄礼敬请笑纳。"他有心想多给，可这次药材进得多，身上没几张银票，不敢全花了。

老先生不收，说："医药费周少爷早已给过我了。"

冯正义坚决要给，老先生只好收下一张，说道："老朽与那孩子也有缘，若他平安归家，烦请来信告知。"

"一定一定！"冯正义满口答应，记下老先生的地址和名字，急急告辞而去。跑到那位周少爷家，只见大宅门紧闭，敲半天没有人应，无奈只好先离开。

既然冯纵山已不在这里，冯正义就没必要再留，他恨不得长出翅膀立马飞到上海。此刻他已没心思去重庆，心里对小渔村的父子俩暗暗道了一声抱歉。到码头，当天去汉口的船票已售完，只好买第二天的。买好票，回到客栈，冯正义开始考虑在上海找一个人要用什么法子。寻人启事不能用，怕引来幕后人的关注，只能悄悄找。这边报社的那份启事要不要撤？想了想，钱已交了，登就登吧，说不定还会有其他收获。反正在没有见到冯纵山本人之前，冯正义不敢高兴得太早。

倪安回来，听说大少爷有消息了，很开心。他这趟是开了大眼界，心里对冯正义充满了感激。

这一晚，冯正义睡得比以往安稳许多。

第二天一早，冯正义和倪安坐上去汉口的船。到了汉口，又立刻去买到上海的票。可汉口到上海的船不是天天有，他们又心急如焚地等了几日，终于买到去上海的票，踏上返程。

船开了。冯正义站在船头，望着滔滔江水，思绪万千，心里无数边祈祷冯纵山早日平安到家。

这一日，项有志和叶家驹来冯公馆。冯纵川把两位好友迎进客厅。姜强去倒茶水，他现在叶家药房工作，仍暂住在这里。没让他去冯家药号，是为了姜强的安全考虑。

叶家驹一见面就迫不及待地说："阿川，最近你们药号新闻有点多啊！"

冯纵川苦笑道："是，好事不出门，坏事传千里。"

项有志和叶家驹早已知晓假药是怎么回事，姜强逃出来报信，冯家药号登报申明，他们还以为对方会有所顾忌，没想到等大家以为这事应该翻篇了的时候，突然就爆了出来，还设了个吃死人的圈套，实在欺人太甚。

"这幕后主使是日本人，因为那家药厂背后的老板是日本人。就是不知道他们为什么会盯上我家药号，暂时还没找到原因。幸好虞先生帮忙，短时间内应该不会再来找我们麻烦了。"冯纵川说。

项有志担忧地问："你确定他们以后不会再来针对、搞事？"

冯纵川摇头："不确定。可又有什么办法？只能被动应对。"

叶家驹说："是啊，想以牙还牙，还得看你有没有那实力。"

怎样才能让自己变得有实力？冯纵川低下头，无声叹息，脑子里闪过一个念头，忙抓住："你们说，我们办个药厂如何？"

叶家驹打量冯纵川，伸出一只手在他眼前晃了晃："你在说梦话吗？你有钱吗？"

冯纵川把那只调皮捣蛋的手拨开："钱，我问我阿爹去借，给他打欠条，我们三个合作如何？"

"那你生产什么产品？还有办厂需要厂房、机器、工人，还要懂管理，等等，都要细细筹划，没这么简单。"项有志是个务实派，他毫不客气地把一个个现实问题抛给冯纵川。

冯纵川没有被打击到，他脸上是难得的正经。"我不是突然才想到的嘛。给你们透个底，我阿爹已经同意我留在上海发展，我想总要搞出点名堂来。你们都是我的好友，我一个人力量有限，再说阿驹、有志哥，你们不想干一番事业吗？还有姜强，到时候你也一起来，只要我们齐心协力，我就不信干不出点名堂来。"

项有志和叶家驹没想到冯纵川想办药厂是这个原因，对他的这份兄弟之情很感动，姜强更是惊喜地睁大了眼睛："我可以吗？"冯纵川说："你当然可以。"

"阿川，我记得你的理想是当买办啊，怎么现在改了？"感动归感动，叶家驹嘴上还要故意刺激冯纵川几句。

"我现在想办药厂不行吗？"冯纵川已被新的理想点燃，正热血沸腾，似乎明天就能创业成功。

项有志作为大哥，赶紧把话题拉回来："那我们就开始来筹划这件事，每个人都动动脑筋，等条件成熟再去做。"

"好。"三个小弟一副很听话的样子，盯着项有志。

"那就先好好考虑，下次我们再来确定分工，这样提高效率。"

"听有志哥的。"

叶家驹不禁跟着兴奋起来，从小到大，他走的每一步都是阿爹安排好，从没有过一次自主的选择。当然，那些小打小闹不算。他也想独当一面，如果他们几个真把药厂办起来，对他个人来说就是一个很好的成长机会。

四颗年轻的心在这一刻豪情万丈，乱世风云起，谁说他们不能闯出一番天地？

冯正义带着倪安回到上海，他让倪安先回宁波报信，自己留在上海继续找人。

晚上，冯纵川从洋行回冯公馆，看到阿叔在家，惊喜万分，急切地问道："阿叔，可有阿哥消息？"

冯正义说："有。"

"阿哥在哪里？"冯纵川简直要跳起来。

冯正义说了一遍宜昌之行："如果去年我能查得仔细点就好了，若那时候去宜昌，定能把你哥找回来。"

冯纵川汗颜，说："身为弟弟，却没尽过一点力，我对不起阿哥。"

"这不是你的责任，你阿爷和你阿爹都把你当小孩子，家里很多事都瞒着你。现在还是想想怎么在这大上海找你哥吧。"

"我们去《申报》登寻人启事。"

冯正义说了自己的顾虑："登寻人启事确实是个办法，眼下却不行，你别忘了针对冯家的幕后之人在上海，这启事一登，若让他们早一步找到你哥，岂不让他陷入危险当中？"

冯纵川立马惊出一身冷汗，紧张问道："那怎么办？"

"只能暗中寻找。"

这时，姜强回来了，见冯正义在，忙上前招呼。冯正义一下子竟然没认出来，昔日的小家仆已完全变了个样："你是小蓟？"

"是，二老爷，不过我现在的名字叫姜强，小少爷给我取的。"姜强笑着回答。

见冯正义摸不着头脑的样子，冯纵川说了他送小蓟去了学校读书，现在叶家药房工作。没有送冯家药号，是怕幕后之人找上门来。冯正义很高兴，自己的小侄儿虽为富家子弟，却有一颗善良的心。听到冯纵川想创业办药厂，冯正义当即表示支持，问他需要多少本金。

"阿叔，我们想先搞个小厂试试，有志哥说可以做戒烟丸，这个很有市场。他认识一位医师，手上有戒烟丸配方，愿意以配方入股。具体预算还没出来，如果阿爹不同意，到时候我问阿叔借钱。"

"你需要时尽管问阿叔来拿。"

"早知道我去年就问阿叔借钱了，错过一个发大财的机会，好可惜。"

"什么发大财机会？"

"橡胶股票啊！阿叔，你不知道现在上海人有多疯狂，不信你明天去茶馆坐半天，保证你从头到尾听到的全是谈股票的人。不过想想也确实太诱人了，就去年五月到今年五月，一年时间一只股就涨了五百两白银，太可怕了。"冯纵川一脸后悔又害怕的样子。

"那个跟赌一样，钱来得快也去得快，不要去眼红。"

"我知道，我就说说。不过阿驹的阿爹买了不少，也赚了很多。"

冯正义说："没进口袋不能算。"

冯纵川想想也对，他就不相信这股票会一直一直涨，万一哪天跌了，还不知道会成啥样。

姜强已回房间，他没有打扰叔侄两人的相聚，听到失忆的大少爷可能在上海，他想明天跟叶少爷他们说下，人多力量大，说不定让他们找到了呢。

吃过早饭，冯正义去药号，跟冯安富说了冯纵山可能在上海的猜测。冯安富听说冯纵山失忆，又发起愁来。不过比起之前音信全无，现在这个已经是特大的好消息了。冯正义考虑到冯纵山虽然失忆，但有关药材方面的知识并没有忘记，他就把寻找范围限定在各大药店、药行。冯纵川因洋行太忙，实在请不了假，只能利用下班时间打听。

倪安到宁波后，马上去药号见冯正道。秦芃他们带着药材也刚到不久。他们原以为这船是直接到宁波，谁知是一路做生意过来，路上耽搁了不少时间。

从倪安嘴里得到冯纵山还活着的确切消息，冯正道静静地坐在那里，一言不发，只有满脸的泪水表达他此刻真实的心情。这一年多来，他心里只剩下一个愿望，那就是纵山还活着！活着就好，哪怕把他们忘得一干二净，只要活着就好！沈世荣的眼眶也红了，他已在古书中找到针对失忆的方子，只要人回来，他有信心恢复纵山丢失的记忆。

过了许久，冯正道慢慢站起来说："我得马上派个人去跟老爷子说纵山的消息。"

沈世荣说："要紧。"

自从冯正义叔侄两人失联后，冯五洲的身体就明显不太好了，哪怕有那么多的养生丸、养生汤吃下去，老爷子也没了以前的精气神。老人明白，主要还是心情。整日郁郁寡欢，就是天天人参当饭也不会有什么效果。后来冯正义回来，他内心又燃起希望之火。现在听说大孙子还活着，只是失了忆，他又喜又悲，不禁老泪纵横，心情久久不能平静。

很快，大少爷还活着的消息传遍了内院，童香芸大哭一场，乐如眉跟着流泪，丈夫早跟她说过，如果纵山没找回来，他这余生再也不会开心。她知道，这是他心里的一个坎，唯有纵山回来他才能越过去。

这天晚上，冯家大厨房开了，大家难得坐在一起开开心心吃了一餐饭，集体掰手指头，盼着冯正义早日带冯纵山回来。

钱高峰收到秦艽送过去的二十斤空青，很感动，为冯正义的这份用心。得知冯纵山还活着，钱高峰高兴地说："回去跟你家大老爷带个话，等你家大少爷回来，我来安排，我们要好好喝几杯，庆祝。"

秦艽笑着回答："好。"

大家都在等冯正义带冯纵山回来。在上海的冯正义没有闲着，他每天早出晚归，一个区域一个区域去找，走进药店、医馆，先眼睛打量周围，没看到人，再找管事的打听最近有没有招新伙计。人家说没有，他只好收回失望的眼神离开，再继续到下一家找。

这一找，整整过了十天，不见人影，冯正义的情绪一天比一天低落。他一直在琢磨，如果冯纵山来了上海，身上没有钱的他肯定会去找事做，假如不找跟药相关的工作，又会去做什么呢？

"阿叔，你确定我哥来了上海？你说他会不会根本就没来上海，而是去了别的地方？"冯纵川提出疑问。

冯正义一愣，再回忆医馆那位老先生的话，才惊觉去上海更多的可能是老先生的猜测，而他是想当然了。冯纵山跟着周家大少爷离开医馆，接着去哪里，有太多的可能性。这下，冯正义的信心像被刺了一针的气球，一下子就瘪了下来。他开口道："这个我还真不能确定，只能说他很有可能到了上海。这样吧，明天我先回宁波，这边你还是继续留意。"

"好的，阿叔。"

冯正义回到宁波，一家人见他没有带冯纵山回来，脸上写满了失望。冯正义也没办法，不管怎样，能得知冯纵山还活着的消息已是一大收获了。他们能做的，只有耐心等待。

第二十章
事　发

又一个夜晚来临。

冯安富见蒋文炳仍在账房间忙碌，走进去对他说："文炳，司账一职正式由你担任，我尽快给你配个助理。"

蒋文炳忙站起来，请冯安富坐，笑着说："冯经理，若真要找，还是找司账吧。司账一职太重要，我年轻，不够格，还是先做助理好了。眼下非常时期，我先顶着。这些账我还比较熟悉，你放心，我保证不出差错。如果暂时找不到合适的也没关系，大不了我多加几次班。"

"放心，我不会让你白辛苦，从下个月开始给你加薪资。"冯安富看蒋文炳的目光越发慈祥。

"谢谢冯经理！"蒋文炳笑得非常开心。

开心的人很多，叶林松就是其中一位。每天看着手中的橡胶股票唰唰上涨，他笑得合不拢嘴，越涨越舍不得抛掉，越涨越想继续追。现在，除了股票，他对其他都没了兴趣。

股票实在太火了，满大街的上海市民，无论男女都在疯狂抢购兰格志公司的股票。不但把积蓄投进去，还典当首饰，甚至变卖家产，能买到一股也好。典当行顾客盈门，各大钱庄和外国银行都陷入这股狂热的买股浪潮。当叶林松听说上海道台都一心扑在炒股上，他就更像吃了一瓶定心丸。

蒋文炳一直关注这橡胶股票，以前心有余而力不足，现在他一个人掌控了冯家药号上海分号的财务，冯安富又对他信任有加，想动点手脚太容易了。在短短一个月时间里，他先后分三次，从药号户头转出五万多两白银的货款，悄悄购买了三十股橡胶股票。他知道，上海药号的财务是每年年底查一次账，现在才年中，冯安富不会发现。他后悔的是，让程兴离开得太晚，不然他还可以赚得更多，都怪自己心肠太软，拖了这么久，如果去年就能当司账，早就发洋财了。

夜深了，药号关门打烊，蒋文炳回到住处。一时睡不着，回想起自己前面走过的人生路。也曾有温柔的母亲、勤劳的父亲，可在他十岁那年，家里出了意外，一夜之间，家破人亡。邻居要来上海做工，他就跟着来，偏又在街头走散，稀里糊涂跟着一个陌生男人来到一个地方，后来才知道是个地下间谍培训学校。他只是个乡下小子，哪知道那是狼窝？能吃饱饭，有地方住，有衣服穿，已经很不错了。就这样在里面学了六年，才出来执行任务。司账这一块，还是前两年学的，多一技之长，可以多扮演一个角色。

随着年龄的增长，蒋文炳越来越觉得他像个可怜的木偶，除了老老实实听命，不能有自己的想法。这让他的内心暗暗滋生不满，总有一个念头时不时冒出来，他又赶紧把那念头给按下去。他不是没想过脱离，可背叛需要实力，眼下他还没有这实力。他到冯家药号是带着任务而来。第一步就是取得冯安富的信任。他做到了，还用计赶走了程兴，获取了冯家药号的销售渠道、经营收入等一系列资料。最终的目标是取代冯安富，成为冯家药号上海分号的经理。他相信，凭着自己的能力，这个任务不算特别艰巨。最多两年，他一定会取代冯安富。蒋文炳越想越兴奋，恨不得明天就成功。此刻，就盼着股票上能大赚一笔，他也能好好享受有钱人的生活。

正当人人都做着发财梦的时候，一场突如其来的股灾发生了。

1910年6月底，全球最大的橡胶买主美国突然宣布对橡胶实行限制消费政策。顿时，涨疯的橡胶股票一落千丈，天天暴跌，上海股市陷入一片恐慌。潮水般的人群涌向麦边洋行，群情激愤。洋行这边一看这阵势，吓着了，赶紧把大门关上。这下更惹了众怒，股民开始冲击大门。眼看着要出事，来了一群巡捕维持秩序。

"快开门，我要卖股票。"

"还会不会涨啊？"

"骗子，为什么不开门？"

"跌一下，说不定还会涨吧？"

门外，各种嘈杂的声音交织在一起。门内，洋行员工们面面相觑，他们的老板大清早跑了，说是有急事回一趟英国，马上回来，让他们先稳住。可看现在这样子，老板还会回来吗？有员工提出，让司账查一下公司户头上的钱还在不在。大家觉得有道理，只要钱在，老板肯定会回来。结果一查账，发现账上的钱全转走了，这下大家都傻眼了。

冯纵川目睹了这一场因股票引发，从疯狂到恐慌的过程。虽然明天开始他就失业了，但比起一夜之间倾家荡产的股民，他万分庆幸没有拿家里的钱去炒股。这时，冯纵川想到了叶林松，慌忙跑到专门接待中国客户的同事那里，请同事帮忙查一下叶林松的股票之前有没有卖掉，一共有多少。

同事这个时候哪有心情做事，指着一大堆客户交易资料册，让冯纵川自己找。冯纵川赶紧坐下，一本本翻，翻了半天，终于找到叶林松的名字，从上面的交易记录看，叶林松一直在买进，一股也没有抛掉过。冯纵川暗道，完了，这次叶家要受重创了。视线顺下去，落在此页最后一位客户的名字上，冯纵川以为自己看错了，揉了揉眼睛，没错！是"蒋文炳"！上面详细记录了买入时间、股票数量和价格。从

5月中旬到6月中旬，先后花了五万多两银子，一共购进了三十股橡胶股票。

"蒋文炳这么有钱吗？"冯纵川一愣，觉得不可能，他马上想到程司账的离开。这钱不会是药号公款吧？想到这个，冯纵川手里的资料册直接滑落了，他再也顾不了许多，冲出去，拼命挤开人群，跑了很远的路，才叫到一辆东洋车，直奔药号而去。

账房间，蒋文炳已知股票暴跌，急得像热锅上的蚂蚁。这下完了，他上哪去找这么大一笔钱来填窟窿？为今之计，只有一个字——"溜"。眼下股票是抛不掉了，但药号户头上还有点钱。主意打定，蒋文炳走出账房间，跟冯安富说他出去办点事，大模大样地离开了。

冯纵川到了药号，稳了稳神，走了进去。他先到账房间，发现没有人，又转身去冯安富办公室。冯安富见冯纵川头发没了发型，衣服皱巴巴，还满头大汗，奇怪地问："怎么了？急成这样。"

"冯伯伯，出大事了！蒋文炳人呢，怎么不在账房间？"冯纵川顾不上解释，急切地问。

冯安富说："他有事出去了，发生什么事了？你说。"

冯纵川就把自己偶尔发现蒋文炳花五万多两银子买了橡胶股票，现在股票暴跌损失惨重的事说了一遍。"冯伯伯，蒋文炳哪来这么多钱？肯定是挪用了公款，只是我不明白，他不是助理吗？又没你的印章，哪来的取款权限？难道他私刻了你的印？！"

冯安富五雷轰顶，手脚发软，他急忙带上印章对冯纵川说："赶紧去钱庄！"

两个人急急忙忙赶到钱庄，发现沿途的几个钱庄外面都乱哄哄成了一锅粥。听了一耳，原来很多钱庄为了炒股，不但挪用储户的钱，还去外资银行借了款。现在股票跌得不成样子，无人接盘，外资银行当机立断宣布取消可以用橡胶股票抵押贷款的政策，还停止对部分钱庄的借款业务，之前借出来的全力追讨。这样一来，很多钱庄都顶不住了。

冯安富跟钱庄的老板很熟，都是宁波人，冯家药号自在上海开分号起，钱一直存在他家。好不容易找到人，说要查药号户头上的账。那老板惊讶地说："查什么账？你刚才不是派人把账上的余钱都提走了吗？说有急用，我还正纳闷呢！"

冯安富整个人如坠冰窟，说不出话来。冯纵川忙说："我们没有派人来过，刚发现药号司账助理蒋文炳私刻印章，就过来查。"

钱庄老板摇着头说："你们来晚一步了，我把账单给你们看。"

没多久，账单拿来了，冯安富看到账上只剩下十两银子，就这一个月多点的时间，蒋文炳转走了六万五千两白银，而第一笔款就在程兴离开后第三天转的。这个时候冯安富还有什么不明白？只见他面如土色，一口气接不上来的样子，把钱庄老板吓一跳，连忙和冯纵川一起把他扶到一边坐下。冯安富神情痴呆，两眼无神地坐在那里，大脑一片空白。冯纵川想到接下来时不时有货款会汇到这个户头，忙提醒冯安富，他的私章得作废另换。

冯安富内心充斥着无尽的悔恨，他强打精神对钱庄老板说："从现在开始，冯家药号提款转款启用冯纵川的私印。"

钱庄老板一口答应，忙吩咐下去，办好相关更改手续。见冯安富整个人像失了魂似的，钱庄老板长长地叹了一口气，说道："那个蒋文炳到你们药号来当司账助理，没有担保人吗？你们是不是还没有去报官？这种人不让他坐几年牢，他还会故伎重演去害其他人。"

冯安富苦笑，他是自作孽，活了一大把年纪居然还落入一个二十多岁年轻人设的圈套，损失了这么多钱，他又上哪去找回来补这个窟窿？这个经理，他已经没脸当了。他摇摇晃晃站起来，冯纵川扶着他一起出了钱庄，去巡捕房报案。回到药号，找出那位经销商介绍人留的店铺地址，赶过去一看，发现店铺早已易主。冯安富垂着头，拖着沉重的脚步回到办公室，坐在椅子上发呆。

"冯伯伯，接下来我们该怎么办？"冯纵川问道。

冯安富跟冯纵川说了冤枉程兴的事，悔恨交加："小少爷，你帮帮伯伯，财务这一块，现在除了你，我谁都不敢信了，我晚上就去宁波，是我的错，怎么处理我都没意见。"

冯纵川心里五味杂陈，当初招蒋文炳当司账助理，起因是自己不想干，没想到招来一只狼。这事说到底他冯纵川也有责任，现在洋行不用去了，那就回药号吧，他得担起这个责。

"小少爷，这里就交给你了。"冯安富把一大串钥匙交给冯纵川，又让伙计给他去买船票。冯纵川说了一声好，接过钥匙，去了账房间。整理各种资料，核对账目，一直忙到天黑才回冯公馆。

冯纵川刚进门，还来不及坐下，叶家驹、项有志跟着姜强一起进来。一见他，叶家驹哭丧着脸，第一句话就是："阿川，我家要完蛋了。"

这牵涉别人家的隐私，姜强没有留下来听，而是去厨房和石耳一起帮木香做晚餐。冯纵川请好友们坐，沙哑着声音说："我们药号存在钱庄的钱被之前的那个司账助理全部转走了。"

项有志一脸惊诧："怎么回事？"

冯纵川也不好多说冯安富的不是，只说冯安富落入了别人的圈套。又转过头问叶家驹："阿驹，我查过，叶伯伯之前账面浮利好多，他怎么就一点都不肯卖掉，还不断买进？你们家现在什么情况？不至于破产吧？"

叶家驹苦涩地说："按说家丑不可外扬，只是我心里憋得慌，我阿爹是以借款的形式把账上的钱转出去买股票，现在亏了，没钱还，几十万两银子，不是小数目。你们不知道，叶家药号不是我阿爹一个人的，我两个伯伯也有股份，只不过他们不参与经营，每年拿分红，这个规矩是我爷爷定下的。因为我两个伯伯跟我阿爹不是一个奶奶生的，是大奶奶生的，他们没有儿子，我爷爷就把药房交给我阿爹继承。还有我阿姆，她居然偷偷把叶公馆的房契拿到钱庄办了抵押，贷出钱全部买了股票。这事开始我阿爹不知道，现在知晓了，他万万没想到我阿姆胆子会这么大。这下完蛋了，阿川，我在你家暂住几天，我不想回家。"

见叶家驹一身颓废坐在那里，冯纵川说："这里房间多，你随便住，不要跟我客气。只是阿驹，你阿姆怎么会想到去炒股？"

提起这个，叶家驹一肚子怨气："我阿姆是被我舅哄骗的，她这个人耳根子软，没主见，又特别帮扶娘家。我那个舅很不争气，吃喝嫖赌全来，还抽大烟，没钱就问我阿姆要，我都撞见过很多次。提醒过她，没用。这次出了这么大的事，我阿爹要把我阿姆给休了。我那个舅鬼影子都不见，阿川，有志哥，你们说这是不是很讽刺？"

项有志安慰叶家驹："你别太担心，就算真的破产，你难道没信心养活自己？"

叶家驹叹着气说："我是没信心。"

冯纵川想想药号的糟心事，说了一句话，不知道是说给叶家驹听，还是给自己："办法总会有。"

姜强过来招呼，饭菜已做好，可以吃了。三个人站起来去餐厅，不管怎样，先把肚子喂饱再说。

一夜轮船，冯安富到了宁波。这一晚，他不曾合过眼，满脑子就是这六万五千两银子他该如何赔。站在码头，看着熙熙攘攘的人群一片茫然，直到接二连三被人撞到，他才回过神来，鼓起勇气迈着虚浮的步子朝冯家药号走去。

大清早，冯正道和冯正义就到了药号。退货事件发生后，冯正义和常山在重新寻找新的经销商，这段时间特别忙。看到神思恍惚的冯安富突然出现在面前，两个人第一个反应是出事了，齐齐变了脸色。

冯安富走进冯正道办公室，双腿一软，就要下跪。冯正义动作快，赶紧把他扶住："你是哥，怎么能朝弟弟下跪，有话好好说。"

"正道、正义，药号被人转走六万五千两货款，是我眼瞎，落入别人圈套，这个经理我实在没有脸再当了。"冯安富边说边深深地低下头，恨不得有个洞能钻进去。

冯正道和冯正义感觉耳朵出现了幻听。见冯安富一副想以死谢罪的样子，冯正道强打精神无奈地说："安富哥，你坐下，慢慢讲。"

冯安富就一五一十地说了蒋文炳的事，没有半点隐瞒。"都是我的责任。这些年我置了一点薄产，我会尽快去变卖。余下的写下欠条，我这辈子还不清，就让我儿子还，儿子还不清，让孙子继续还。"

冯正道和冯正义没想到上海药号会出这样的事。财务上，从来都不能让一个人掌控，哪怕是自己人，这是规矩。冯安富当了这么多年经理，犯下这种错，确实太不应该。六万五千两不是一笔小数目，这两年冯家药号连续出事，损失惨重，若非家底较厚，恐怕早一蹶不起了。但再厚的家底，也禁不起这样折腾。罚肯定是要罚的，怎么罚，还得商量一下。冯安富在冯正道这边交代好，就去了冯宅，向老太爷请罪。冯正道让他在冯宅等他们晚上回去一起吃饭，顺便告知处理意见，白天就陪陪老太爷。冯安富说好。

到了冯宅，冯安富见了冯五洲，说了自己因为蠢而给药号造成的巨大损失。冯五洲气得眼前发黑，跺着脚连声说冯安富糊涂："你啊你，这个岁数了连看人的眼力都没有了吗？被一个小后生搞得团团转，我都替你丢脸。"

冯安富的脑袋都快低到了裤裆，自责道："好人坏人分不清。老太爷，我真是眼瞎了啊！"

"这事就让正道来处理，我不会插手，你要牢记这次教训，绝不能再有这样的事。"冯五洲摇着头，语气里带着深深的失望。

"老太爷，我出了这么大的漏子，不适合再担任经理。不过你放心，在新经理上任之前，我会好好守着药号。无论什么样的处罚，我都接受。"冯安富诚恳地说。

"唉，你啊你！"冯五洲不想继续这个话题，就问冯安富上海的情况，特别是这股票怎么回事。冯安富不懂股票，只是听得多了，多少也了解些，他还说到了很多钱庄、银行牵涉其中。冯五洲一听那高得离谱的分红就说这东西太危险，但确实让人很难抵挡，难怪上海有那么多人会如此疯狂。

"纵川在那家洋行上班，他没参与？"

"是的，小少爷说他没钱，他也没问我来借过钱，没有参与。老太爷，小少爷有这样的定力，一看就是干大事的。"在这一点上，冯安富是真心佩服冯纵川，这么年轻，面对如此巨大的诱惑竟然守得住，不简单。

冯五洲有些意外，他一直把小孙子当成一个还没长大的孩子，没让他吃过一点苦，十岁之前在宠爱中长，十岁之后当主子。即便知道家里有钱，他也没有长歪，这让冯五洲非常欣慰。"纵川是个好孩子，现在就盼着纵山早日回来，这样我这老头子死了也可以瞑目了。"

冯安富忙说："大少爷是有福气的人，老太爷你不用太担心。"

"借你吉言。"

冯安富走后，冯正道和冯正义商量这事该如何处理。这个经理是不能再让他当了，这么大一笔货款，就算把他们一家全卖了，都不可能凑出来，冯安富提出打欠条的态度还是好的。另外，作为经理，冯安富在上海药号有股份，是把他的股份收回来抵这个债，还是股份不动，写欠条分期还，要好好斟酌一番。除了这个，还有一个问题：冯安富免职后，谁去当这个经理？

"大哥，不如让秦芃去吧，怎么说这孩子也是在我们眼皮底下长大的。这次我带他一起去采购，感觉得出来，他很能干，最关键就是忠心。年纪轻点也无妨，让安富哥带他，也是一种将功赎罪。"冯正义提议道。

冯正道在脑海里搜索合适的人，他想的是如果内部没合适的，那就只能对外招聘，可蒋文炳的事又让他不敢在这个时候找个外人来当经理。听了弟弟的建议，他不得不承认，秦芃是眼下最合适的人选。冯正道让川朴去叫秦芃过来，他们想听听秦芃本人的意见。

秦芃急匆匆进来。这段时间，他一有空就教倪平和倪安认字，自己又重温所有药材的药性，以及同种药材不同产地的功效区别，还要盯着工场，忙得脚不落地。

"大老爷、二老爷，你们找我？"

冯正道打量这个从小看到大的青年，指了指椅子让他坐下："我想让你去上海药号当经理，跟我说说，你能不能胜任？"

秦芃瞪大眼睛，以为听错了，反问一句："去上海药号当经理？那里不是有安富经理在吗？"

冯正道说："安富经理犯了大错，他不适合再当经理。若你有信心，我就让你去，也会让安富经理好好教你。如果你认为自己没有这个能力，就继续干现在干的这些事，不过我无法保证你以后还有没有这样的机会。"

"秦芃，这是大老爷对你的信任，你好好想想。"冯正义说。

秦芃站起来，非常认真地说："大老爷，我去，我一定好好替你守住上海药号。"

冯正道用欣赏的眼光看着秦芃:"好,大老爷相信你一定会做得很好,我给你三年时间。三年后,希望上海药号能比现在更好。"

"我一定好好努力。"秦芃暗暗握紧拳头,这是一个自我挑战的机会,他不能让两位老爷失望。

"既然要去,你坐下来,好好听一听上海药号的事,有个思想准备。"冯正义说。

秦芃又重新坐了下来,听冯正义讲了上海药号最新发生的事。听完他震惊了,没想到这么有经验的冯安富经理也会看错人!这让秦芃一下子紧张起来,这是个极大的教训,以后自己一定要擦亮眼睛,不能轻易相信人。想到去上海,他只认识小少爷,药号伙计只混了个脸熟,不了解底细。犹豫了一下,他向冯正道提了一个请求:把倪平、倪安带去上海,做他的帮手。冯正道答应了,这对双胞胎都不在重要岗位,带走也无妨。秦芃很开心,相信那两兄弟也一定愿意跟他去上海。

谈好事情,秦芃回到工场,找倪平和倪安过来:"有件事我想征求你们兄弟的意见。大老爷派我去上海药号工作,我跟他提出带你们两个一起走,不知道你们愿不愿意?"

兄弟俩喜不自胜,明白这是秦芃在抬举他们,一口答应。秦芃让他们晚上回家跟父母说一声,做好去上海的准备。兄弟俩齐齐朝秦芃鞠了一躬,异口同声说:"谢谢秦芃哥!"

秦芃说:"不用谢,我们都要好好干,这样才能对得起大老爷和二老爷的信任。"

兄弟俩点头,眼睛里充满了对未来生活的向往。

冯正道叫来常山,说了上海药号的事。听到这么大的损失,常山都感觉到肉痛，两个人去了账房间，开了一个小会，重申账房间的规章制度。柏仁和陆英当即表示，一定会严格执行相关规定，随时接受监督。青盐和石竹更不用说，老老实实坐在那里听。

"柏仁，上海药号今年允许他们拿货赊账，到年底发账单给他们，看能先付多少。"冯正道说。

"好，我单独做账。"

等冯正道和常山下楼去了，青盐吐了吐舌头说："上海药号那个人胆子发育了，不怕被抓到坐牢吗？"

陆英斜了一眼青盐和石竹，说："胆子不大就不会做这种事，你们两个可别动歪脑筋。"

青盐和石竹作求饶状："不敢不敢，我们胆小得很。"

柏仁说："这事安富经理要负很大责任，这么大业务量，他怎么放心交给一个半路来的司账助理。我们药号这几年真的是招霉神了。"

陆英叹了一口气，去年因损失太惨重，本该年底发的红利推迟到今年，现在看来，几年的利润都填不了这几个大窟窿！

晚上，冯正道和冯正义回到冯宅，跟冯五洲汇报了商量结果：冯安富不再担任上海药号经理一职，由秦芃接任；冯安富去凑一万五千两赔款，余下五万两写下欠条；股份不收回，欠款逐年从分红中扣除。还有一个条件，冯安富至少还需要在药号工作三年，协助秦芃工作，但只能领普通薪资，三年后，按实际岗位领薪资。对此处理意见，冯五洲表示认可，毕竟这么大一笔银子，都可以开一家新店了。

见老爷子没意见，冯正道又跟冯安富好好谈了一次话，冯安富当即感谢冯正道的宽容，表示他会尽全力帮助秦芃当好这个经理。他对冯正道说："我犯了这么大的错，得到应有的惩罚，这对其他员工来说也是一个震慑，大家会更认真地对待工作。回去我尽快去凑银子，写欠条。"冯安富知道这个处罚对他来说已经非常轻了，冯正道完全可以趁机收回他手中的股份，但这两兄弟都没有这样做。他唯有好好教秦芫，才能减轻内心的愧疚之情。

"安富哥，谢谢你的理解。"冯正道说。

冯安富惭愧地说："是我汗颜。"

这一晚，冯正道和冯正义陪冯安富喝了不少酒。冯五洲看着他们兄友弟恭，彼此敞开心扉交流，没有疙瘩，也就放心了。饭后，冯安富留宿冯宅，第二天一早赶回上海处理自己的事。

秦芫把手头工作交接好，带着倪平和倪安踏上了去上海的轮船。对他们三人来说，一段全新的人生旅程开启了。

第二十一章

挑 战

日清贸易研究所。

身材微胖，五官颇具欺骗性，像个和蔼可亲中年大叔的野泽雄狠狠扇了蒋文炳一个巴掌，气得大骂："蠢货，谁让你自作主张的？坏我大事，该死！"

蒋文炳捂着火辣辣的脸，低着头不敢吭声，心里却增了几分怨恨。这一年，他自认为已经做得非常好了。如果不是因为股票暴跌，他也不会搞得如此狼狈。现在只能老老实实挨训，等过了这关再说。

野泽雄气的是蒋文炳为了这么点银子，把好不容易握在手的机会给废了，作为一颗棋子，怎么可以有自己的想法？现在想再放一颗棋子进冯家药号就难了。他得给其他棋子提个醒：必须听话，不然乱套了。

"你改个名，以后就叫江怀，马上离开上海去江宁府，想办法进童氏正仁堂，我要你半年内取得当家的信任。如果以后再不听话，你知道会有什么后果。"看在蒋文炳积极主动坦白，承认错误，又确有能力的份上，野泽雄决定原谅他一次。

"谢谢老师，我一定听话，保证完成任务。"蒋文炳又赶紧作了一番深刻检讨，说了一堆奉承话。

野泽雄看了蒋文炳一眼。日清贸易研究所刚成立那几年，培养的间谍全是日本人，后来一半日本人，一半中国人。能被选中进入这里的中国人都是年纪很小的孤儿，接受日式教育，等他们长大，就满脑子都是对天皇的忠诚。他们不敢背叛，不然被发现就会生不如死。蒋文炳虽是中国人，进研究所时年纪也不算太小，但野泽雄仍很自信他没有这么大的胆子背叛，于是像赶苍蝇一样，说："别在我眼前戳着，滚出去。"

"老师，那我走了，到了江宁府给你写信。"蒋文炳恭敬地朝野泽雄行了个礼，退出房间。

走到门口，蒋文炳回过头盯了许久挂在墙上的日清贸易研究所牌子，暗暗捏了一下口袋，那里还有他私藏的一万多两全国通兑通换的银票，然后转过身朝前走，很快消失在茫茫人海。

野泽雄坐下来理思绪，今年四十五岁的他1885年从东京来到上海，成为上海商界名人岸田吟香的门客。岸田吟香手腕了得，生意做得非常大，是东京乐善堂的主人，在上海开了分堂，真实身份是日本情报组织玄洋社成员。1886年，一个名叫荒尾精的日本人来拜会岸田吟香，得到岸田吟香的赏识。听说荒尾精要在中国建一个完整的谍报网络，但缺少资金，岸田吟香就表示全力支持，最后决定到汉口去开乐善堂汉口分堂，野泽雄就跟着去了。

表面上看，上海和汉口的乐善堂一样，都卖眼药水，但作为间谍机构，汉口分堂比上海分堂更正规。野泽雄最佩服的就是荒尾精，这个人跟他差不多年纪，可比起能力和胆魄，他不得不承认，自己和荒尾精差得太远了。汉口分堂成立后，荒尾精只用了三年时间就组织了上千名一线间谍，让他们扮作小贩或游医，还有风水先生等，走街串巷，从城市到乡村，暗中观察和记录当地军备等方面信息，最后整理了一份厚厚的《复命书》交给了上面的参谋本部。同时，乐善堂又先后在京师、天津、成都、长沙等地成立了分支机构。

1890年，由岸田吟香和荒尾精筹资组建的日本地下间谍机构日清贸易研究所在上海成立。野泽雄又跟着回到上海，专门负责间谍培训。第一批一百五十名学生全部来自日本。1896年，荒尾精去台湾时感染鼠疫死了，不然还不知道会有多少"壮举"。

野泽雄每次想到中国很多地方都有他们的人，内心就有一种极大的满足和骄傲。为了防止间谍身份暴露，除了同一期学生彼此认识，其他人都互不相识。不过这些学生毕业后会去哪里，他也不清楚，都由上峰指派。野泽雄知道，日本在中国有庞大的间谍网，仅上海就有好几个机构，每个都有各自的任务和侧重点，不过有一点都差不多，就是需要赚钱养活自己。虽然每年军方和政府会给点补助，但杯水车薪，他们只能挖空心思多动点脑筋，有的办贸易行、药房、药厂；有的办钱庄、搞航运等，各显神通。野泽雄擅长的是培训间谍，做生意外行，故身边留了几个各有专长的年轻人帮他赚钱，蒋文炳是其中一个。本来野泽雄对蒋文炳很看好，觉得他外表温和，彬彬有礼，做事稳重，可没想到他会自作主张去买股票，胆子真是不小。

这时，林长谷来了。林长谷这个学生年轻、有手腕，野泽雄见他登门，关心地问："长谷，今天怎么有空过来？"

"很久没来，想过来看看老师。"在野泽雄面前，林长谷态度很谦逊。

"好好，难为你常惦记着我。最近生意如何？"

提到生意，林长谷忍不住想分享他的成功经验："老师，最近上海冯家药号的假药事件你可听说？"

"这事我听说了，是我们的人干的？"野泽雄打量林长谷，反问道："是你？"

林长谷得意地说："假药是从我这里出去的。老师，我用假药不但换到了他们的真药，还大赚了一笔。"

野泽雄一听，很有兴致："说说你是怎么做的。"

林长谷就说了怎么偷到的药方，又怎么买通药号司账助理，拿到了他们经销商的名单等经过。野泽雄一听，才知这中间还有蒋文炳的事，笑着说："你不是认识蒋文炳吗？怎么，还花钱问他买名单？"

"啊，居然是蒋文炳？我还真不知晓，是我下面的人去办的，花了我一百块银圆。他是老师您派去的吧？那真是大水冲了龙王庙。"

野泽雄也不隐瞒，说了他派蒋文炳去冯家药号的目的。"可惜我埋在冯家药号的这颗棋提前废掉了，我已经把他打发去江宁府了。这小子胆大，居然自作主张挪用药号款项买股票。"

"难怪他这么配合。"林长谷总算找到原因，当时他还有些怀疑，这么容易收买，给的名册会不会是假的，事实证明那名册是真的。听到蒋文炳是因为股票的事导致计划中止，想到自己差点也一头扎进去，不禁暗自庆幸。其实公款的念头，他也动过，只不过他怕被上峰发现，才强制按住那颗蠢蠢欲动的心。现在想想，真是万幸。

"冯家药号这次元气大伤，以后他们恐怕会更加谨慎。"野泽雄说。

"虞保他们，暂时不会再动了，反正一切听上峰指令。"林长谷说的是实话，说到底，他的自主权有也限。

"这就对了。你还年轻，好好干，前途无量，老师很看好你。"

"谢谢老师！"

林长谷想到曾意外得来的二十箱货，有十五箱卖到江宁府，五箱止血丹捎回日本，忍不住问野泽雄："老师，江宁府也有目标吗？"

野泽雄说："你没看过冯家的关系表吗？江宁府童氏正仁堂跟冯家是联姻。既然冯家药号这边没搞成，那就去搞搞他们的亲家。"

"哈哈，老师，你太厉害了。"林长谷朝野泽雄投去崇拜的目光，冯家的关系表，他还真没有见过。

野泽雄摸着下巴上的胡子，脸上闪过一丝得意的笑。

股票风暴在继续。

这天，叶家驹提着简单的行李来冯公馆找冯纵川，神情颓丧地说："阿川，我阿爹一个人回宁波去了，我来投奔你了。"

"自家兄弟说什么投奔，这里你尽管住。你不来找我，我也正想去找你，具体怎么个情况，你说说。"冯纵川让叶家驹坐，姜强去倒茶水。

叶家驹在沙发上坐下，反问冯纵川："受股灾影响，现在的上海怎么个情况，你应该最清楚吧？"

冯纵川点点头，说："用一个字来形容，就是疯。自六月底股票暴跌后，兰格志公司之前做的橡胶园等广告被曝出弄虚作假，很多人一夜之间倾家荡产。短短半个月时间，上海有名的正元、谦余、兆康三家大钱庄被橡胶股票拖累，直接破产。之前跟这三家钱庄有拆借关系的一批中小钱庄也跟着倒闭，受影响的人太多了。"

"是，我阿爹就是受不了股票暴跌和我阿姆私自抵押叶公馆借贷这双重打击病倒了。我那两个伯伯得知这消息，就上门来要求我阿爹交出全部的药房股份，抵那巨额损失。我阿爹心灰意冷，爷爷已不在，没有人替他撑腰，只好把股份都交了，一大把年纪，落了个妻离子散的下场。他说幸亏有钱时在老家置办了不少田地，还修缮了祖屋，日子总能过下去，上海他是不想再留，就一个人回去了。他让我跟着你干，说你年纪轻轻有这样的定力，是个有出息的，跟着你不会吃亏。现在叶家药房换人，我和姜强都失业了，你也失业了，你说接下去我们干什么？"叶家驹可怜巴巴地盯着冯纵川，明明两个人同龄，这会冯纵川在他心里却是主心骨。

"我准备明天出去找事干，看哪个商家要伙计，总不能每天无所事事。"姜强说。他本来就是小厮出身，小少爷给了他一个改变命运的机会，还让他免费吃住在冯公馆，他若自己再不争气，那就实在太对不起人了。眼下即便被叶家药房解雇，他也不慌乱。

"你们药号还需要人吗？"叶家驹伸长脖子，满怀希望地问。

冯纵川心里的那个念头又浮了起来，他看看这个，又看看那个，终于下定决心，说："之前我们不是说过要一起办药厂吗？既然目前我们三个都没事干，不如来实施这个计划。资金由我来负责筹集，大家都没办厂经验，那就先搞个小厂试试，如果成功，下一步可以再扩大规模。"

叶家驹一听，连声说："好，我们齐心协力大干一场。"说完，摆出一副摩拳擦掌的样子，恨不得立马就有一家现成的药厂从天上掉下来。

姜强跟着眼睛一亮，办厂和当伙计，当然是办厂更有挑战性。他也忍不住搓搓双手，脑子在快速转动：若药厂真办起来了，他能做些什么。

"姜强，你去跟石耳说，让他跑一趟华英药房，请有志哥下班过来一趟，说有要事相商。"冯纵川吩咐道。

"好，我马上过去跟他讲。"姜强站起来，走出客厅去找石耳。

"阿川，你以前曾说过，如果没有冯家少爷这个身份，还能不能凭着自己的能力挣到一口饭吃。那时候我就不敢想，我还以为自己能当一辈子的叶家少爷，以后是老爷，没想到这么快就不是了。"姜强不在，只有冯纵川一个人在眼前，叶家驹就没必要伪装，他垂着头，目光散乱，神情沮丧。

冯纵川讲不出什么大道理，想了想，轻声说道："家驹，不管怎样，我们还年轻，你别太难过。以后有什么困难，我们一起面对，一起努力。"

"你说得没错，我们还年轻。"叶家驹抬起头，朝冯纵川一笑。

"我相信你。"

　　项有志接到石耳带来的口信后，下了班直奔冯公馆。叶家驹家里的事，他更清楚，叶家驹暂时住在冯公馆也好，至少安全可以保证。他估计冯纵川找自己商量的事肯定也跟叶家驹有关。

　　不出所料，冯纵川跟项有志说了自己的打算。最初冯纵川是叫项有志入伙，现下他改变了主意，说："有志哥，这事你就不要参与了，风险太大，再说你现在当了分店经理，很有前途，没必要陪我们折腾。以后若有机会，我们再合作。"

　　项有志明白冯纵川的顾虑，很感谢冯纵川为他着想："我现在提出辞职确实不合适，不过以后我可以帮你们出点主意。"

　　冯纵川说："这样再好没有了。"

　　"阿川，以后我们就跟你混了。"叶家驹不再像过去那样没心没肺，家庭变故让他一夜之间成熟了许多。

　　姜强跟着说："反正这辈子我就跟着小少爷。"

　　年轻的冯纵川心里涌上一股冲劲，他既想试试自己到底有没有这个能力，又真的想帮帮好友们："少废话，药厂是我们共同的，这次动真格，不像上次是嘴巴说说。先做预算，等预算出来，我回宁波筹款。"

　　接着，四个人讨论药厂的名字，每个人取一个，再投票。琢磨半天，冯纵川想了一个"潮涌"，叶家驹是"四通"，项有志提出"康平"，姜强说了"发达"，最后大家认为"康平"最好，通俗易懂，又暗含"健康平安"之意。接着又讨论药厂的规章制度，没有规矩不成方圆。讨论越来越热烈，慢慢地，一个纸上药厂渐渐成型，就等着落地生根。

项有志找了个时间，去找之前认识的一位手中有戒烟丸方子的医师，想帮冯纵川牵个线。谁知那位医师已卖掉了那张方子，项有志失望而归。冯纵川萌生了拿一张冯家药号的方子来生产的念头，想了想又觉得不妥。宁波那边的制药工场，无论是药材还是技术、人员等各方面，他这里根本达不到同等水平。于是四个人继续讨论，当谈到上海市场上那些进口护肤品时，冯纵川灵机一动，提出他们可以生产此类产品，若做得好，说不定还能跟洋货竞争一下。反正都没搞过，那就试试。既然要做，还得有个商标，最后决定用"潮"这个字，代表一种潮流。厂名定"康平化工社"，这样生产的产品范围广一些。

冯纵川去了解设备，项有志帮他们打听哪里有合适的技术人员可以聘请，叶家驹和姜强则做市场调查，看哪些产品销量好。冯纵川给沈世荣写信求助，问他手上有没有适合做护肤类产品的方子，若有，以方子入股的方式参与。沈世荣给冯纵川找到一张养颜美容的宫廷古方，至于入股，沈世荣说不需要，他也是从古籍中找来的，是前人的智慧，以后若挣到钱了，给他封个红封即可。冯纵川很开心地答应了。

1911年1月1日，新年新的开始。投资一万银圆，位于闸北区的康平化工社里终于传出了机器的声音。冯纵川负责日常管理兼财务。他还要负责冯家药号那边的财务，所以不可能整日在化工社。他不在的时候，化工社就交给叶家驹管。原材料购买和产品销售由叶家驹和姜强负责。社里聘请了一位专业技术人员，给了一成技术股份，专门负责产品质量，另招了十个工人。化工社的产品，最后定了三种：花露水、牙粉和玉容雪花膏。其中玉容雪花膏的方子由沈世荣提供，名字则是冯纵川取的。花露水和牙粉的生产技术相对简单，但玉容雪花膏还是花费了不少时间和心血才试制出来。等所有产品上市，已是三个月以后的事了。

项有志长年在一线药房，深知无论什么样的产品面世，只有得到市场认可，销量才能上去，而在此之前，知名度就非常要紧。一家无名小厂生产出来的产品，怎样才能让顾客愿意掏钱买？一般商店又不会进他们的货。现在康平化工社的产品做出来了却又销不出去，积压在仓库。看到冯纵川他们一脸愁苦的样子，他提出了三点建议：一是用最笨的宣传方式，雇人挑担到街头巷尾去叫卖；二是去报上连续登广告；三是跟上海各大药房去谈合作，经销不行，代销是不是可以试试。

冯纵川和叶家驹都觉得这三个建议非常好，姜强自告奋勇去挑担卖货，以便收集第一手资料。冯纵川和叶家驹则去和上海各大药房谈。他们决定先找宁波人开的药房，看在老乡的份上，说不定人家愿意帮他们一把。至于去报上登广告，则排在下一步，等货上柜看看效果再决定要不要登。

姜强走街串巷卖了一个月货，牙粉倒是卖出去一些，主要是价格低廉，雪花膏几乎卖不动，原因很简单，有钱的太太小姐瞧不上这地摊货，穷人家的女孩又嫌贵买不起。花露水也卖掉一些，沾夏季用品的光。令人高兴的是，冯纵川和叶家驹的代销计划进展得比较顺利，老乡果真不一样。有些总店没让进，但答应让分店代销一下，反正就占一个角落，又不需本钱，冯纵川他们还提供送货上门，东西卖掉才结账，分店可赚个中间差价，还做了个人情。

冯纵川自然不会放过自家药号，设了一个专柜销售化工社的产品。他让药号伙计附带着推销，卖掉一瓶就给他们提成。

摊子铺开了，销售量却一直上不去。冯纵川知道这个急也没有用，只是看着月月亏损的账单，初次创业的他很受打击。

思来想去，冯纵川决定去报纸上打广告，至少要让人家知道有这么一款产品，产品有哪些特点。想到报纸是按字数和版面收费，冯纵川又把项有志叫来，四个大男人一起想广告语。可怜他们从没有谈过恋爱，对女性是一点也不了解，写什么样的句子才能让她们对这玉容雪花膏感兴趣？绞尽脑汁，总算整出一条广告语："'潮'牌玉容雪花膏，来自宫廷配方，让你如花似玉每一天。"广告的事交给叶家驹去办，连续登一周。报上广告太多，他们又舍不得登个大版面，小小一块豆腐干在报角，有没有人关注只有天晓得了。

秦芃到上海后，每天跟着冯安富，先熟悉药号各项业务。药号每年营业额很高，结构并不复杂。进货不用操心，全部由宁波总店提供，他们只负责批发与零售。说白了，只要把各种成药销量提上去就可以了。另一块就是人员管理。秦芃用心学，冯安富用心教，两个人相处愉快。程兴那里，冯安富带着礼物，亲自登门道歉，想请他重新来药号主持账房间工作。程兴婉拒了，凭他的资历，找份同样的工作很容易，再去冯家药号，程兴总觉得有隔阂。冯安富见说服不了程兴，只好放下礼物，带着羞愧的心情离开。程兴不愿回来，新人又不敢招，司账工作就全部落到冯纵川身上，逼得他不勤奋都不行。为防止账目出差错，冯安富就代行监管之责。

这一天，秦芃叫上冯安富和冯纵川一起开了个小会。秦芃提出当前最重要的任务是进一步提高各种成药的销量。由于账上没钱，现在从宁波总号发过来的所有货只能延期付款。对之前那些参与退货的经销商要有个选择，分别面谈，有的可以重新考虑合作，有的打入另册。千头万绪，一件件都列出来，按急缓重轻分类去做。

冯安富陪秦芃去和经销商面谈，那些人他都熟悉。倪平和倪安被派出去跑业务，推销各种成药，收入与推销业务挂钩。冯纵川则负责资金回笼。有些经销商不是拿一次货就结一次账，老客户一般会隔三五个月才结一次，冯纵川要做的事就是把那些拖欠货款及时收回来。每个人每天都忙碌又充实。

第二十二章
武汉来信

这是一个夏日的午后，冯家药号店堂里没有顾客，大家都坐在那里，昏昏欲睡。

门口响起邮差的声音，川连跑出去接过信，一看信封上的字，惊喜地大声喊："大少爷来信了！"边说边向冯正道办公室冲去。

所有人一下子都清醒过来，沈世荣和常山动作最快，站起来奔向冯正道办公室。

"大冯经理，大少爷来信了！"川连蹦蹦跳跳进来。

冯正道以为自己听错了，瞪大眼睛问："你说什么？"

"大少爷的信，武汉寄来的。"川连扬了扬手中的信，赶紧双手捧着放在桌上。

"你快去请二老爷过来。"冯正道的心像要撞破胸腔，跳得很不正常，他捂住胸口，倒在椅子上直喘粗气。

沈世荣和常山进来，见冯正道神色不对，吓了一跳。沈世荣赶紧上前，帮他慢慢平静下来。冯正道的目光落在信封上"冯正道　父亲大人亲启，下面是'儿纵山缄'"这几个字，眼泪不知不觉涌了出来，模糊了视线，忍不住呜咽起来。

冯正义气喘吁吁进来，惊喜地问："大哥，纵山来信了？"

他冲到桌前，拿起书信，又哭又笑道："总算来信了，太好了，太好了！"

沈世荣笑着说："你们两个不打算拆信吗？那交给我，我来拆。"

冯正义紧紧捏着信封说："我来我来。"他找了一把剪刀，小心地剪开信封，抽出里面折叠的信纸。还没打开，冯正道就抢了过去，"我先看。"

冯正义和沈世荣、常山只好坐下来眼巴巴地望着冯正道，冯正道从未感到手中这一张张薄薄的纸有这般沉重。

冯纵山在信里对自己受伤的事，很轻描淡写，说运气好被过路船上的周家少爷救了，带到宜昌，还送他去医馆，养了很久的伤，只是由于丢失了记忆，故一直没有跟家里联系。他和周家少爷也因此成为至交好友，伤好后随好友去了武汉，机缘巧合，遇到名医，不久前让他恢复了记忆，特来信请家人放心。

在信里，冯纵山说了两件事：第一是他暂时不回宁波，他和好友正在做一件很有意义的事，走不开，让他们不要担心，合适的时候他会回来；第二是他决定走另一条人生路，要辜负长辈们的期望了，以后还是让弟弟来接药号掌门人的班。最后是代问家人们安好，请长辈们原谅他的不孝。信里还特别提到了冯正义，问阿叔会不会也跟他一样失去了记忆。信里还夹了一张他的一寸近照，短发，清瘦，双目炯炯有神。最后附了回信地址，收信人写"周剑锋"，这是他现在在用的名字。

信和照片，从冯正道手中传到冯正义，再到沈世荣、常山，又回到冯正道手中。沈世荣见兄弟俩都不说话，便打破沉默："纵山能恢复记忆是件大喜事，不管他在武汉做什么，我们都要相信他不会去做什么大逆不道的事。从照片看，纵山像换了一个人似的，你们看看他的精气神，很不一样。"

冯正道想不明白，是什么原因让大儿子在失踪两年多后不回家？

难道他不担心家里出事？冯正义看了信才知道冯纵山没有来上海，难怪找不到踪迹。对冯纵山不回宁波的原因，他心里暗暗有种猜测，只是没有说出来。不管怎样，整整两年了，今天得到确切消息，悬着的心终于放了下来，晚上可以睡个真正的安稳觉了。

"大哥，我先早一步回冯宅，把信带过去。晚上我们好好庆祝一下，世荣、常山，你们一起过来。"冯正义说。

沈世荣和常山都高兴地答应，异口同声地说："这是大喜事，晚上多吃两杯老酒。"

冯正道把信和照片装好，递给冯正义："晚上开大厨房，让他们提前准备。"

"好。"冯正义接过信，小心地放进口袋，起身回冯宅。

沈世荣转头叮嘱冯正道说："你以后要注意控制情绪，不能大喜大悲，太伤身体。"

冯正道想起那瞬间的异常，说："刚才胸口是有些不舒服，下次注意。"

沈世荣不放心，又给他把了一次脉："你可以吃点人参养生丸"。

冯正道则在想冯纵山的信，无奈地说："大儿子不想继承家业，小儿子在上海想创一番自己的事业不愿回来，这里只能靠我和正义了，确实要好好保养才行。"

沈世荣继续开导："你和正义都还没到半百，他们两兄弟不想管有啥关系，有你们就够了，等二十年后，要或不要都交给他们。"

冯正道一笑，说："听你的，反正我们兄弟俩的健康就由你来负责。"

常山跟着笑了起来："要么请沈医师也帮我看看要吃些什么补药。"

沈世荣推了常山一把，"活腻了，快干活去。"两个人说笑着走出冯正道办公室，各就各位。

冯正义回到冯宅，去了中兴屋，让小厮把童香芸和乐如眉请来。冯五洲从冯正义手中接过书信，手抖个不停。冯正义连忙帮他把信纸和照片取出来。冯五洲拿起照片，这是个新鲜玩意儿，他反复看，对冯正义说："纵山变得我都要认不出来了，这孩子在外定受了很多苦，辫子也剪掉了。"

冯正义既喜悦又心疼，说："肯定吃了很多苦，瘦了，不过精神。"

冯五洲拿起信来仔细看，果然，他和冯正道有一样的疑问，说："纵山说的有意义的事，到底是什么事？有没有危险？不行，晚上你们给他写封回信，好好问问清楚。"

冯正义安慰道："纵山不是小孩子，您不用过于担心，还是好好保养身体，等他回来。"

没多久，童香芸和乐如眉带着丫鬟来了。两人拜见了公公，见冯正义在这里，有些意外他今天回来得这么早。冯正义拿着信和照片，递给童香芸："大嫂，纵山的信，他人在武汉。"

"你说什么？"童香芸差点栽倒，乐如眉赶紧上前一步扶住她。这两年童香芸一直吃素，冯家虽有很多养生丸，只因她愁绪郁积在心，再好的药也起不到应有的效果，人很瘦弱。"纵山的信？你，你没有骗我？"说着又转过身问乐如眉："如眉，你听到了吗？纵山来信了。"

乐如眉一样又惊又喜，见丈夫肯定的眼神，连忙说："是的，大嫂，是纵山来信，你快看看他写了什么。"

童香芸松开手，接过信和照片，还没有看，就忍不住痛哭起来。这次，没有人劝她，任她把情绪都发泄出来。好不容易平静下来，洗了一把脸，童香芸才坐下来认真读儿子的信，看着照片上那张熟悉又略带陌生的脸，她的眼泪又止不住地流下来。

"大嫂，纵山好好的，你不要难过，这是大喜事，你要开心。"乐如眉说。

"是，开心开心。"童香芸用手绢按了按眼角，含着泪说。

"阿爸，晚上我们好好庆祝一下，世荣和常山都会过来。"

"是要好好庆祝，你们去安排，开大厨房，正义留下。"冯五洲吩咐道。

童香芸把信和照片装回信封，紧紧捏着，和乐如眉一起告辞去安排。冯正义留下陪冯五洲。

"正义，你整日在外面跑，跟我说说这局势现在是怎么个情况。"冯五洲问。

冯正义想了想说："乱。很乱。非常乱。阿爸，前不久中国同盟会在广州起义，之前他们已发动了好几次武装行动，虽说失败了，但影响很大。现在各方势力都在拼命夺权，接下去恐怕会越来越激烈。"

"同盟会？"冯五洲对这个组织还真是第一次听说，问道："宁波也有？"

"宁波有同盟会的人，阿爸可能没关注，他们可是做了不少大事。"

冯五洲说："你倒是了解。"

冯正义摸了摸鼻子，解释道："我们药商里有同盟会的人，我也是无意中得知。我估计东财兄也是，他虽然没有明说过，就算不是，应该也是个支持者。还有那个赵家你知道的吧，赵家不是有两个儿子以前在日本留学和经商吗？后来回来了，去了上海，他们就是同盟会的人，追随的那位叫孙中山。这些年，赵家可是卖了不少家产支持他。"

冯五洲沉默了一会儿，说："那如果这位孙中山成功了，当了皇帝，赵家就有了从龙之功。"

"他们应该不一样，不是当皇帝吧。"

"你说纵山会不会干的也是这种危险的事？"冯五洲忽然想到这个可能，盯着冯正义的眼睛问。

冯正义避开老阿爸的目光，赔着笑说："纵山没这么大的胆子。"

冯五洲没接话，看不出他在想什么。过了许久，他才慢悠悠地说："我老了，管不了这么多，只要他好好的就行。"

冯正义笑着说："哪里老了，您就安心等着，说不定下次纵山给你带个孙媳妇回来。"

"只要他活着就好。正义，你给纵川写封信，告诉他一声，等你哥想到，猴年马月了。另外，问下你大嫂，她有没有什么话要带给纵山，到时候可以一起寄过去。"

"阿爸，我现在就去写，您休息下。"

"去吧！"

冯正义回到西兴屋书房，给冯纵川写信，对小侄儿的快速成长，他很欣慰。

晚上，为了避嫌，童香芸和乐如眉带着孩子还是另外开了一桌吃，让四个男人陪老爷子。大家都喝了不少酒，连老爷子都吃了一杯黄酒。饭后，沈世荣给冯五洲和童香芸把了一次脉，留下两张药膳方子，让他们好好调养身体，然后和常山一起告辞。

在上海，每天药号、化工社两边跑，忙得脚不落地的冯纵川收到冯正义的信，整个人都要飞起来了。这样的好消息当然要跟好朋友分享，很快身边人都知道了，大家为有冯纵山的消息而高兴，都说"大难不死，必有后福"。

阿叔信中还说大哥不回来继承家业，下一任掌门人由冯纵川担任，但冯纵川表示他的兴趣还是在于自己干。大哥为什么不回来，他在做什么有意义的事？冯纵川等不及了，信中附有大哥的地址，他还是赶紧写封信过去问候。

武汉，周家药行后院。

冯纵山站在院子里，仰着头看墙边一棵高大的樟树。对樟树，冯纵山比较熟悉，宁波人哪家生了女儿，都会在房前屋后种一棵樟树，等女孩长大，树也成材了，可以把树砍了，用樟木板做成木箱、各种盆，那是女孩的嫁妆之一。冯家有三个女孩，宅院里就种有樟树。看到樟树，冯纵山就会思念家人。之前由于失忆，无法联系，前段时间好不容易恢复记忆，赶紧寄了信回去，现在每天都在等回信，也不知道家里情况怎么样了。真想回去啊，可眼下确实走不了，只能再等等，他相信家人们都会理解他的选择。

"周先生，有两封你的信。"药行伙计跑进来，朝冯纵山扬了扬手上的信，笑着说。

"谢谢你！"冯纵山惊喜地接过，看信封上的落款，一封来自宁波，一封来自上海。捏着厚厚的信，冯纵山忽没有了打开的勇气。

两年多前他从昏迷中醒来，满眼的陌生人，空白的记忆，他不知道自己姓名、哪里人氏、来自何方、要去哪里。那一刻，他的内心无比恐慌，像一个被遗弃的孩子，面对这个陌生的世界，不知所措。

冯纵山无比庆幸，自己能遇上一位好大哥，那位比他年长五岁的宜昌周家少爷周奇道。周大哥不但是他的救命恩人，还是他的引路人。如果没有周大哥，他早就命丧江底。由于他一直想不起自己是谁，周大哥就把他带到宜昌，送去医馆治疗。在医馆，他发现自己对药材有一种天然的熟悉和亲切感，猜测自己的身份可能是个药商，或家里从事这一行业，只是人海茫茫，他又去何处找家人？

巧合的是，周家也是做药材批发生意。周大哥经常到处跑，但只要一回家，必到医馆来，请他去茶馆喝茶，跟他谈理想，聊时局。慢慢地，两个人成为无话不谈的好友。他清楚地记得，有一次他正为自己想不起以前的事痛苦时，周大哥安慰他："即便你的记忆一辈子都恢复不了，你都是我的兄弟。这样，我给你取个名字，我叫周奇道，你以后就叫周剑锋吧，做一把刺向黑暗的锋利宝剑，如何？"

从此，他有了一个崭新的名字。

他从周大哥口中知道了中国同盟会，第一次听到"驱除鞑虏，恢复中华，创立民国，平均地权"这十六字时，他很清晰地感受到全身奔涌的血液像在燃烧。周大哥给他讲了很多革命道理，让他明白一个残酷的事实：覆巢之下安有完卵？他并没有马上加入中国同盟会，而是跟着周大哥参与了一些行动，这让他对这个组织有了进一步的了解。特别是看了周大哥送他的两本书——《革命军》和《扬州十日记》，他感愤泣下，下决心追随中国同盟会。

就这样，他跟着周奇道来到了武汉。在这里，有周家的一家药行，他们以药行作掩护，从事各项革命工作。这是一种跟他之前的人生完全不同的生活，很辛苦，也很危险，但他无所畏惧。

今年四月，广州黄花岗，一百余名革命党人在明知清廷已有准备的情况下，依然义无反顾举起起义大旗，终因寡不敌众而失败。他了解到这些革命党人大多是来自各省的精英骨干，有海外留学生、记者，还有商界经理、新军军人等，平均年龄不到三十岁。这给了他极大的震撼，更加坚定了他内心的信念。

当他恢复了记忆，跟周大哥说了自己以前跟随阿叔去采购药材时所见的"朱门酒肉臭，路有冻死骨"现象，以及自己的思考。周大哥说他就该干革命，不适合当少爷，因为他有一颗慈悲心，只是自己没有意识到罢了。

"也许吧！"冯纵山又看了一眼樟树，想。冥冥之中他遇见周大哥，遇见组织，从此走上一条革命的道路。

站了一会儿，冯纵山回屋坐在书桌前，拿起剪刀小心剪开信封。他先看冯纵川的信，厚厚的几张纸，详详细细地告诉他这两年家里发生的事：阿姆病倒，差点没有熬过去；阿爷身体也不好了；阿叔是怎么被人救的，这两年家里是怎么找他的……接着冯纵川又说了上海药号的事，说了叶家破产，说了自己现在办了一家小小的化工社，只是目前月月亏损，但他有信心把它办好……

冯纵山没想到这两年多会发生这么多的事，想到阿爹的苍老、阿爷和阿姆病倒、阿叔为了找他吃尽苦头，自责不已。尤其知道阿姆为了他日日吃素拜佛后，心里更是歉疚。让他最意外的还是弟弟。弟弟在信中说他也不愿继承家业，想独自闯一番事业。原来在不知不觉中，不谙世事的弟弟已经长大了，他有了清晰的人生目标，并为之在努力。

真好！冯纵山的眼眶又酸又胀，记忆里弟弟天真调皮的样子，很难跟信上的弟弟对应起来。在他失去记忆的日子里，弟弟在迅速成长，这让他既心酸又欣慰。

喝一口水，冯纵山又开始拆另一封信。

这封信的信封里，装着四封信，写信人分别是冯五洲、冯正道、童香芸和冯正义，还夹了一千两银票。冯纵山一一细细阅读。倘若他没有收到弟弟的信，没有弟弟跟他说那些事情，他还真以为这两年家里一切安好，来自宁波的信明明白白的报喜不报忧。

一张纸，又一张纸，冯纵山认认真真，反复看着。阿爷、阿爹、阿叔，他们写的信内容大同小异，左右不过是让他在外注意身体，早日回家，还问他做的事危不危险，让他万事小心。有很多话想说，又不知该如何表达，很"男人"。唯有阿姆的信，字字句句都是一个慈母牵挂儿子的浓浓亲情，"纵山我儿，自你离开，失去音信，阿姆度日如年，日夜求菩萨，忧心如焚，求菩萨保佑我儿平安。今传来我儿音信，阖家喜泣。阿姆虽是一深宅妇人，也知我儿有志，无论儿从事何业，唯求勿忘平安两字……儿行千里不知何日归？阿姆盼着。"信纸上泪痕斑驳，好几个字都模糊了。

"儿行千里不知何日归"，冯纵山的泪终于没忍住，一滴一滴地掉了下来，落在信纸上，洇开了墨迹。他把信纸拿开，站起来仰头，让眼泪倒回去。他想家了，非常非常想。可现在他走不了，既然他已加入了组织，就该先公后私。他相信，用不了多久，他们一定可以一家团圆。

"剑锋，怎么了？"周奇道走了进来。他是个五官端正的青年，跟冯纵山差不多身高，但人要结实许多。冯纵山现在对外的身份是周奇道的堂弟。

冯纵山用手抹了一把脸上的泪水，不好意思地说："没事，家里来信了，我才知道这两年家里发生了很多事。我阿爷和阿姆因为我失踪病倒，差点没熬过去。对了，周大哥，你把这银票拿去，家里寄来的，组织上可以用。"冯纵山把银票递给周奇道说。

"你自己不留点？"

"不用，我们不是要买武器吗？钱当然是越多越好。"

周奇道接过银票，拍拍冯纵山的肩膀："那我拿走了。"他走到门口，又转过身说，"再熬熬，等我们胜利了，我陪你一起回宁波。"

冯纵山说："一言为定！"

"一言为定！"

第二十三章
改朝换代

1911年10月10日晚，湖北武昌城内新军工程营的革命党人打响了辛亥革命第一枪。随后，汉阳、汉口的新军也宣告起义，革命在武汉三镇取得胜利。10月11日，起义军成立湖北军政府，新军将领黎元洪被推举为都督。

在遇到周奇道之前，冯纵山从未想过有一天他能参与到改朝换代的大事件中，虽然他只是一名普通的会员，做了些不起眼的工作，但他同样激情满怀。他兴奋地对周奇道说："没想到我们真的胜利了。"

周奇道一样激动，说："期待不一样的国家。"

冯纵山自信地说："一定不一样。"

这一刻，两个人都充满了对美好未来的信心。

武昌起义的消息立即传遍全国，各省纷纷响应，远在千里之外的宁波也不例外。

冯正义在听到武昌起义的消息后，脑子里第一个闪过的想法就是冯纵山说的有意义的事，大概率就是这件事。他把猜测告诉了冯正道，冯正道的心又悬了起来，背着手，不停来回走着，口中念念有词："他哪来的胆子干这要命的事？他不知道这事搞不好要掉脑袋吗？"

"大哥，你也别太焦虑，我看改朝换代是大势所趋，估计宁波也快了，我们还是要有思想准备，这一乱还不知道会出什么事。"

276

"对，家里要安排好，回去看下还存有多少粮食，万一打仗，怕到时候有钱都买不到吃的了。"

兄弟俩立马行动，把药号年轻力壮的伙计都组织起来分批全天候巡查库房。怕出现打砸抢事件，所有贵重药材都被转移到隐蔽处。冯宅也做了相应安排。上至官府，下至百姓，个个惴惴不安，谨言慎行，药号养生类成药销量急剧下降，止血丹、回阳丹等却销量暴增。

宁波掌权人——宁绍道台文溥，听说宁波有很多革命党，知已无力回天，在宁波知府江奫经的劝说下，决定明哲保身，他弃印携眷偷偷跑路了，躲到了上海租界当"寓公"。

道台跑路的消息传开后，民众一片哗然。那些官府的人跟着跑的跑、躲的躲，也有头脑活络的投机分子，立马转身表示支持革命。老百姓虽然吓得战战兢兢，可为了讨生计，还得偷偷摸摸上街去。

冯宅上下一样紧张，供出入的各道大小门全部紧闭，无特殊情况，宅子里的人都不准出去。幸好冯正义有先见之明，在收到冯纵山的第二封信时，从字里行间隐约感觉到有大事要发生，他就提醒叶上秋做准备。叶上秋和童香芸商量后，用最快速度囤了粮食。买了一头猪，让厨房的人把猪肉切成块，用盐腌起来，装在一只只坛子里；新鲜的鱼，则用酒糟做成糟鱼；还买了些大白菜、土豆等可以放的蔬菜，再加上原来就有的咸菜，短时间内应该没什么大问题。万一外面太乱，可暂时闭门不出。

果然，收到冯纵山信没多少天，武昌起义的枪声就响起了，冯正义暗暗庆幸自己的直觉。由于不知道何时一切才能恢复正常，冯正义让叶上秋吩咐厨房，非常时期，不再讲究吃，更不许浪费，大家一起共渡难关。他和冯正道仍然每天去药号，店铺和工场都开着，为了安全，安排人日夜守着。

在提心吊胆中熬到11月5日中午，街上有人大喊"光复军来了"，吓得家家户户大门紧闭，人人惶恐不安。正在药号守着的冯正道和冯正义听到外面人声鼎沸，两个人对视一眼，走出经理室。店铺门已关上，他们看到沈世荣站在窗边朝外看，便走了过去。只见一队人马从街那边走来，走在最前面的一个年轻人举着一竿白旗，后面一男人骑着一匹大白马，很是威武。马后面跟着长长的队伍，他们手臂上缠着白布，手里举着"保商安民"旗帜，一路高喊"光复军已到宁波"等口号，朝前行进。

午后，有几个人挨家挨户发白旗，说只要挂上白旗，就一切照常，不用怕，宁波已成立军政分府，安民告示已贴，有临时保安会的人维持城内秩序，更有军、警、民、商各团分班梭巡，严行防范。没多久，宁波城内白旗飘飘，紧闭的店铺也都先后开门营业。

"就这样结束了？"冯正道诧异地问冯正义。

冯正义说："大哥，我出去看看。"

"你带川朴一起去。"冯正道不放心地说。

"好。"

冯正义带着川朴上街打探消息。见街上有好多手臂上缠着白布的年轻人，还有拿着武器在巡逻的人，看起来很有震慑力。他俩悄悄来到道台衙门门口，见站岗的是拿着武器的光复军。又去看安民告示，其中有一条：凡损害外人财产或掠抢放火者，即须斩首。冯正义不由暗暗称赞新政府此举甚得民心。转了一圈，情况出乎冯正义的意料，除了多出满眼的白旗，其他好像没什么变化。冯正义放心了，和川朴一起回到药号，跟冯正道说了外面的情况。

"真这样结束了？"冯正道还是不敢相信，又问了一遍。他以为怎么着双方也得打个仗，分出个胜负。

"是的，兵不血刃就结束了，对我们老百姓来说是件大好事。我们算是逃过一劫了。"

"不知道上海那边情况怎样?"

"我在街上听人说上海在昨天已起义胜利,纵川他们应该没事,大哥不用太担心,倒是纵山那边的情况不好猜。"

"现在这么乱,写信也不知道能不能收到,这孩子,真让人操心。"冯正道想起大儿子,心情很复杂。从小到大那么听话,一直按着设定的路一步步走的大儿子,居然会选一条那么艰险的路走,不知是幸还是不幸。

"大哥多虑了,纵山还年轻,他选的这条路不见得不好,说不定哪天会有大出息。你看,他们不是成功了吗?"冯正义劝慰道。

冯正道也知道,儿子大了,又不在身边,他想管也管不了,遂不再继续这个话题。

宁波城光复,随后杭州、慈溪、镇海、奉化、定海、象山等地纷纷宣布光复,宁波成为浙江首义,民众对新政权充满了期待。

身在上海的冯纵川做梦也没想到他还能亲眼看到政权的更迭。那天下午他从化工社回药号,发现路上行人慌张,大家都在逃命似的跑,大大小小的店铺都关上了门,民居就更不用说了,都是门窗紧闭。他听到有人喊:起义部队来了,他们去攻打江南制造局和上海道、县衙门了。拉东洋车的车夫看在冯纵川出高价的份上,咬着牙在马路上飞奔,把他惊出一身冷汗。回到药号,店门已关上,他赶紧拍门进去,喝了一大杯温水才慢慢平复过来。

秦芫见他回来,忙问外面情况。冯纵川说了路上所见情形,大家都不知道结果会怎样,只能在焦虑不安中等待。

这一晚,药号所有人都在店里,听着不远处时不时传来的枪声,通宵未眠。一直到第二天上午,外面忽传来"胜利了"的欢呼声,众人紧绷的神经才稍稍有些松懈,打开了店门。

事后，大家才了解到这过去的一夜倘若没有革命党人浴血奋战，不可能这么快取得胜利。冯纵川第一次对革命党产生了兴趣，他想起身在武汉的大哥，莫非大哥是革命党，不然为何不回家？越想越觉得有可能，他决定写信去问问，就是不知道这兵荒马乱时期，信件能不能按时送达。

上海光复了，冯纵川就时刻关注着宁波的情况。他先是在11月6日的《申报》上看到"宁波昨日午后悬挂白旗归顺，官商均安"的消息，又在8日、9日两天的报纸上看到了详细的《宁波光复记》，总算放心了。他本来打算回一趟宁波，宁绍轮照常开班，并没有因上海和宁波的光复而停运，但秦芃劝他暂时不要回，安全第一，谁也无法保证会不会有人趁机浑水摸鱼。冯纵川想想也对，只好按捺住回乡的冲动。

对革命党光复上海，无论是野泽雄还是林长谷等人都很安静，没有轻举妄动，而是依然扮演好商人这个角色。其实对他们来说，谁上台都一样，在对人性的把控上，他们有自己的一套办法。只要是人，总会有弱点，必有贪，他们不信革命党人是铜墙铁壁，并不担心革命党上台后，他们的日子会不好过。宁波这边，周星魁一样接到命令：不挑事，观望。

不过这段时间，有件事让野泽雄很郁闷：蒋文炳失踪了。去年股灾发生后，他让蒋文炳去江宁府。一个月后他收到蒋文炳一封信，说已顺利进入童氏正仁堂，只是先当伙计，他会安心在那里。按规定，平时没特殊情况，他们不联络，怕暴露身份。蒋文炳很久没有音信，他也没在意。直到不久前，他有事去江宁府，想跟蒋文炳见一面，去了童氏正仁堂。一打听，人家说是有个叫"江怀"的新伙计，但那个人只干了两个月就不见了，没辞职，也没带走行李，莫名没有了踪迹，生死不明。

到底是出了意外，还是跑了？野泽雄头痛的就是这个。若是出了意外，他得对上报死亡，从此名册上就会划去蒋文炳的名字。若是跑了，那就意味着背叛，得想尽一切办法把人给抓回来。从打听来的信息看，似乎是出了意外，但蒋文炳不是普通人，他是受过严格训练的间谍，伪装成意外以躲避追杀对他来说并非难事。野泽雄更倾向于蒋文炳叛逃了。

"中国人，养不熟的白眼狼，枉费我们大日本国那么多精力培养他。"野泽雄愤怒咒骂，恨不得立刻把蒋文炳抓到面前来抽筋剥皮，让这只白眼狼尝尝背叛的后果。可他心里明白，凭着蒋文炳学到的本事，若有意躲起来，这人海茫茫，还真不好找。野泽雄不敢欺瞒上面，只能报失踪，追不追查，由上面决定。

1911 年 12 月，孙中山被各省代表选为临时大总统。1912 年 1 月 1 日，孙中山在南京宣誓就职，宣告中华民国临时政府成立，以 1912 年为民国元年。2 月 12 日，清宣统帝爱新觉罗·溥仪下诏退位。

冯宅，已经很久没有出门的冯五洲听到清帝退位的消息，对两个儿子说："真的改朝换代了。"

"是的，改朝换代了。阿爸，我们该把辫子给剪了。"冯正义今天负责做老爷子的思想工作，怕他不肯剪发。

冯五洲确实舍不得头上这根长辫子，说："身体发肤，受之于父母，不敢毁伤啊！"

冯正道轻声说："阿爸，这是大势。"

冯五洲岂会不知？他坐在那里不说话，冯正道和冯正义陪坐着，一边偷偷看老爷子的神色。过了好一阵，冯五洲开口道："正道，这辫子剪后你替我好好保管，百年之后我要随身带走。"

"是，阿爸。"冯正道理解老阿爸的心情，当即答应下来。

想到冯宅还有其他男性家仆，这辫子要么就一起剪了，于是冯正义选了一个日子，叫一个剃头匠来上门服务。第一个剪的是冯五洲，听到剪刀"咔嚓"一声，冯五洲的心里有一种"失去"的恐惧，他紧紧地抿着嘴，脸色很不好看。冯正义连忙接过那根辫子，扶着冯五洲回屋，找来一只精致的木盒子，把辫子装了进去。

三个主子剪好，剩下的就是管家和小厮，随着"咔嚓""咔嚓"的声音，一根根辫子应声而落。

这是一种告别，也是新生。

除了冯五洲，其他人都没有留辫子作纪念，任那剃头匠把所有辫子装进袋里带走了。冯正义让他第二天去药号，那边还有好多要剪辫子的员工。剃头匠开开心心地挑着担回了，最近他的生意实在火爆。

一院子的主仆，打量彼此的新形象，很不习惯。那剃头匠不会理新发型，所有人现在都一个样子，前面是光脑门，后面披着齐耳短发。

"这发型太难看，下次找人理个像纵山、纵川那种发型才好。"冯正义说。

冯正道同感，风 ⋅ 吹，头发都跑脸上来了。

"等这些头发长出来就去理。"冯正义摸了摸亮得可以照明的前额补充道。

"你还是去陪阿爸说说话，我要给纵山和纵川写封信，问问那边的情况。"

冯正义早注意到老太爷神情不对，忙赶过去。冯五洲一个人静静地坐在书房里，小厮站在门口。冯正义让小厮退下，他进去，找个椅子坐下，对冯五洲说："阿爸心情不好？"

冯五洲看了小儿子一眼："你觉得这民国是不是一定会比清廷好？"

冯正义没想到阿爸会提这么个问题，他想了想说："还是不一样，新官上任三把火，新政府上台后，承认老百姓有人身、选举、参政等好多自由和权利，成立独立于地方政府的法院，废除了清廷的各项税制，全国统一实行大、中、小学制度等等政令，我认为还是不一样。"

冯五洲对这些新名词不太理解，既然儿子这么说，那应该还不错，"现在是最乱的时候，你们做事一定要稳，切不可冒进。"

"阿爸放心，我们会小心行事。"

这几个月宁波很不太平，一会儿因统捐罢市，一会儿轮船被劫，打架斗殴出人命的也不少，还有兵与兵之间的各种冲突，其中驻甬新军第四十九旅兵士到宁波后，纪律松弛，在地方上多有骚扰。想到这些，冯正义也不免忧心。

七月的一天，天气异常闷热，街上行人不多，各店铺里的伙计们拿着蒲扇不停地摇着。

突然，街上有人高喊"新军暴动了"！有胆大的跑出去打探，原来昨夜有一名新军兵士在江北岸一个娼寮召了一名土妓，完事后不肯给一文钱，被老鸨和龟公骂了一顿。他恼羞成怒，今天纠集了一群兵士去闹事。开始大家还以为那群人在江北岸那边闹事，总有人会出来管，议论几句，大家就各自干活去了。谁知道那群人一路横冲直撞，越闹越凶，不但捣毁了民团总局，还把警署给毁了，接着看到商铺就进去抢劫，有的还进老百姓家里抢。由于他们手中有枪，大家都不敢反抗，更有地痞混混趁火打劫。一时间，行人吓得四处逃窜，哭爹喊娘声不断。

冯家药号的人听到"新军暴动"的喊声时，大家还没意识到严重性。等喧闹声越来越近，感觉不对劲，忙去关店门，可已经来不及了。几个背着步枪，像土匪一样的兵士冲了进来，一边喊拿钱出来，一边翻箱倒柜。店里的人被吓住了，等回过神，见他们这副穷凶极恶的样子，又顾忌着他们手里的枪，不敢硬碰。杜若悄悄握紧了裁纸刀，沈世荣的手则搭在他坐的椅子上，大家眼睛都盯着那几个人。负责零售收款的伙计忍冬吓得缩进脑袋，怕那些人进来抢钱，他连忙插上门闩，自己则躲到柜台下。冯正道听到嘈杂声，走了出来，一见这情形，冲过去呵斥道："你们干什么？"

一兵士抬头，嫌冯正道多嘴，抢起枪杆就朝他头上砸过去。沈世荣大惊，高喊"小心"，提起椅子冲了过去。几乎在同一时间，离那兵士最近的川连咬着牙冲对方撞过去。枪杆偏了，砸在冯正道的右肩膀上。那兵士恼羞成怒，嚣张地嚷嚷"找死"，端起枪杆摆出射击的姿势。常山一看这情形要出大事，大喊"拼了"，冲上去夺枪。苏木、杜若和川朴几个深知若不反抗，可能就死路一条，为了活命，顾不上害怕，一拥而上和那几个兵士展开肉搏。川连则快速跑到门口，站在街上，高声喊："杀人啦，杀人啦！"

混乱之际，民团的人闻讯赶来，很快制服了那几个犯兵，把他们带走了。

危险解除，大家都瘫坐在地上直喘粗气。其中杜若靠着墙在发抖，沈世荣见他手中的刀有血迹，忙上前安抚，"没事了，你别紧张。"

杜若牙齿打颤，结结巴巴地说："我，我杀人了。"

常山走过来，握住他的手，把刀从他手中取下来，语气平和地说："你没杀人，这么点血，连伤都算不上，别怕，他们活该。"

杜若的情绪慢慢平静下来，沈世荣见一个个的都有皮外伤，赶紧去拿药膏，给大家上药。冯正道感觉自己的右肩膀肿得厉害，很痛。沈世荣检查了一下，让冯正道去陆氏伤科，他怀疑伤到骨头了。

"川连，你叫小冯经理过来一趟。"沈世荣说。

川连去叫人了，这会儿大家想起来又有些后怕，同时又很庆幸没有给那几个兵开枪的机会，不然这子弹无论打到谁，后果都不敢想。

楼下店堂的喧闹声，二楼账房间的人都听到了，青盐在二楼窗口看到有背着枪的兵士进店，担心他们闯到后院来，第一时间把楼道口的门给关紧了。直到那伙人被抓走，大家才下楼来，看到现场一片狼藉，个个心有余悸。

冯正义听说药号出事，快速过来，见大哥脸色苍白坐在那里，右手明显不对，忙催促他赶紧去陆氏伤科。

"这里交给你们了，我过去看一下。"冯正道站起来，实在太痛了，他只好叫了一顶轿子过去。冯正义不放心，让川连跟着去，自己和常山、沈世荣一起善后。苏木、杜若、川柏赶紧收拾店堂。忍冬跑了出来，沈世荣表扬他活络，账房间的人也跟着一起帮忙。

收拾得差不多了，冯正义出去在这条街上走了个来回，一了解，家家都有损失，因为作乱的兵士不止这几个，他们是一群人分组行动。

回到药号，冯正义说："这条街没一家不被抢的，没出人命算运气好了。"

沈世荣严肃地说："是的，钱没有了还可以再挣，命没了就什么都没有了。"

冯正道和川连来到陆氏伤科，才发现伤员还不少，一问，原来都是被那群乱兵所害，伤者个个义愤填膺。

经检查，冯正道肩胛骨骨折了，难怪右手臂疼得抬不起来。陆医师对冯正道说："不幸中的万幸，你这骨折还好没有明显移位，也没其他严重内伤，不然你很有可能会昏迷。骨折部位我用石膏给你固定好，这几个月你得小心，右手不能用。"

"谢谢陆医师！"

包扎好后，冯正道回到药号，说了自己的伤势，冯正义和沈世荣让他好好静养，店里的事交给他们。

"大家都很勇敢。正义，等会你给他们每人发五块银圆作奖励。还有世荣，今天幸亏你喊了一嗓子，变被动为主动。"冯正道又想到川连那勇敢的一撞，决定额外给他奖励。

沈世荣说："我看这世道还得有枪才行，这玩意儿太厉害。如果下次又碰到这样的事情，我们是不是还能像今天这样幸运地逃过一劫？正义，你交际广，去找找关系，看能不能买到枪支，以防万一。"

冯正道和冯正义从未想过买枪，听了沈世荣的话，也意识到乱世有枪的重要性。冯正义说："我去找找。"

沈世荣感叹道："没办法，我们总得自保。特别像你们这种家大业大的，没点自保手段可不行。"

冯正道兄弟俩深切感受到，在当下乱世，要保住这份家业确实不容易。今天倘若不是民团的人及时赶到，怕是要血流成河出大事。一枪在手，杀人比杀鸡还要快，实在让人心惊胆战。

冯正义出去给大家发钱，听说有五块银圆奖励，个个笑逐颜开，纷纷道谢。事后，冯正道又单独把川连叫到办公室。对这个小学徒，冯正道印象挺好，年纪虽小，但机灵。"川连，今天谢谢你，这是单独给你的奖励，你可以去钱庄取，藏好了。"

川连做梦都没想到这一撞会如此值钱，这还是他第一次看到五十块的银票长什么样，翻来覆去看了好几遍，生怕眼睛花了看错。其实下午那一瞬间他是头脑一热就撞了过去。这下好了，他发财了，要知道五块银圆就能买一头大水牛。现在他有了这么多钱，还要不要当这个学徒？晚上他得好好想一想。川连把银票折好，小心放进口袋，道了几声谢，欢天喜地地出去了。

冯正义对冯正道说："我看这小子挺活络，要么以后让他跟着我。"

这时，沈世荣插话道："我看你们就别费心了，看他样子应该是不想再在药号当学徒了。"

冯正义说："那我再看看，如果他不走，我就带他。"

见冯正道一脸痛苦的样子，沈世荣就不多言，让冯正义送他哥回家去休息。冯正道是有些熬不住，就和冯正义先回了。沈世荣和常山则留在店里，和柏仁、陆英一起统计损失。砸坏的柜台等也要修补，店门已关上，暂时营业不了。

回到冯宅，对受伤的事，兄弟俩不约而同没有说详情，只说不小心受牵连，养养就好。冯五洲看出两个儿子没说实话，知晓他们是担心自己，也就没多问。童香芸见丈夫没法使用右手，让叶上秋指派了一名小厮贴身照顾他起居。

新军的暴行波及诸多商铺民居，影响极其恶劣。从第二天开始，宁波各商家联合起来相继罢市，要求政府严罚犯兵。冯正道受伤在家休养，冯正义仍去药号，相关损失昨天已统计出来。那几个犯兵还没来得及进账房间，钱没被拿走，但店堂里的药瓶被打碎不少，里面的药丸全给踩烂了，算起来至少损失了两千块。

因兵士纠众滋事，宁波城内民团与巡防各队同时戒严，宪兵巡查不敢穿军装，怕挨揍。一直到月底，肇事兵士得到严惩，军方承诺会约束兵团，今后不会再有寻衅滋事现象，街市才慢慢恢复人气。而川连果真如沈世荣所说，向常山提出不再来药号做工，他要回乡下去。常山也不勉强，人各有志，就随他去了。川朴劝不了堂弟，他向常山表示，自己会好好留在药号学本领。

"你好好学，我会教你很多东西。"沈世荣微笑着说。

川朴红着脸，保证道："嗯，我会好好学。"

第二十四章
久别重逢

　　冯纵山坐在书桌边，桌上放着一封来自宁波的信。阿爸在信里说，家里一切都安好，问他何时回家，还说他这个年纪该考虑成家了，阿爷还等着抱重孙……自己是该回家一趟，再不回去，家人可能都要不认识自己了。站起来，走到院子里，望着郁郁葱葱的樟树，冯纵山又一次清晰地听到自己内心真实的声音，他想家了，非常非常想。

　　去年，他和周奇道都以为革命胜利了，从此改天换地，可以实现心中的抱负。谁知中华民国临时政府刚成立不久，孙先生就被迫辞去临时大总统一职，辛亥革命的胜利果实被袁世凯窃取。这期间又发生了很多事，同盟会会员有的被暗杀，有的被逮捕，还有叛变的，局势更加混乱。他和周奇道听从上级命令，暂时隐藏，保存实力。残酷的现实让冯纵山明白，革命没有想象中那么简单，这是一条任重而道远的路。

　　冯纵山来到前院找周奇道，对他说："周大哥，我想年底回一趟宁波，你跟我一起去吧！"

　　周奇道放下手中正在看的书，说："你是该回家一趟了，上级近期也没什么任务下达，你回去好好陪家人过个年。这里还得有人守着，我就不跟去了，下次我去你家做客。"

　　冯纵山说："好，那我给家里写封信提前说一声。周大哥，希望下次你能和我一起去宁波走走。”

“会有机会的。放心，我一向说话算数。”

“期待。”

回到房间，冯纵山认认真真写了两封信，一封寄到宁波，一封寄上海。想到弟弟，冯纵山不禁微笑起来，孙先生说实业救国，在办实业这一块，弟弟已先行一步，他还没这样的魄力。至于阿爸说的成家问题，他真没想过，他还年轻，想先立业，再成家。他在信里告诉家人，计划年底回宁波，在家里过年。不过阿叔在信中问他的买枪事宜，这个还不好办，武汉是有工厂生产枪支，但就算买到，恐怕也带不回去。他只能提醒家人平时注意安全，保护好自己。

得知冯纵山年底回家过年，童香芸捧着信哭了半天，她日夜盼着大儿子回来，现在总算盼到了。擦干眼泪，童香芸去找丈夫，之前因大儿子失踪，越到年节越难过，家里没有一点喜庆的氛围，这次要好好热闹热闹。冯正道当然赞同。之前右手不能动，实在太不方便，现在他的伤终于好了，他长长吁了一口气。他让童香芸多准备一些好菜，到时候请些亲朋好友过来聚。童香芸点头，她恨不得明天儿子就到家。想着得好好拟个计划，她又去找叶上秋，告诉他冯纵山的消息。叶上秋听说大少爷要回来过年，激动万分：“太好了，大太太，大少爷最喜欢吃乌狼鲞㸆肉，我今天就去买些乌狼鲞回来。”

“叶管家，你多费心了。”

“大太太客气，这是我应该做的。”

很快，冯宅开始里里外外大扫除，提前进入过年环节。童香芸角角落落盯得仔细，人反而有精神了。

冯正道和冯正义的心情也愉悦起来，兄弟俩每天早上一起到药号，晚上一起回家。冯正义还想起一件事，给宜昌仁德堂那位老医师写了一封信，告诉对方，他的侄儿找到了，信中再次道了谢。

这一天傍晚，冯正义在冯正道办公室说货币贬值的事，忽听到外面人声鼎沸，两个人担心又要出什么事，赶紧出去看。

刚走到门口，只见一群身穿囚犯衣服的人从街那边逃过来，后面有警察在追。而这条街的另一头已有驻扎防勇的人呈包围之势。逃犯见此，连连开枪拒捕。顿时，街上枪声四起，有一逃犯被击中，猛地扑倒在药号门口。冯正义慌忙拉冯正道退进店堂，用最快速度把门关上。外面枪声激烈，吓得人魂飞魄散。

事后他们才知晓，有四十一名逃犯抢去监狱卫兵六支枪，劈开狱门，开枪逃出。而监狱对面只驻扎了九名防勇，虽出手迅速，可人太少，只抓住了四个逃犯。其余逃犯过开明桥、三法卿、砌街，一路狂奔。最后，只有三十名逃犯被抓，还有十一名在逃。

冯正道自从听了枪声，心一直乱跳，平静不下来。沈世荣说他受惊吓了，得喝两帖安神的药。冯正义见大哥脸有恐色，更加希望能拥有枪支，但他知道这个很不容易。他已经打听了许久，钱高峰和张东财也想买枪，反馈来的意见却都是枪还可能想办法买到，但要运到宁波就太难了，上面查得很紧。若被查到，不但会被全部没收，人还要坐牢。纵山也早在信里说了此事的难度，冯正义知道目前还只能想想。

冯纵川在报纸上看到驻甬新军暴动的新闻，但他怎么也没联想到此事会让阿爸受伤，没有人告诉他，对此他一无所知。许久没有回宁波，实在是因为上海事情太多。化工社仍在亏损中，但比刚开始那段时间好多了，亏损在减少，按目前的势头，明年很有希望可以扭亏为盈。对未来，冯纵川还是很有信心。收到大哥的来信，他很开心，决定今年回家过年，别的什么都不带，就把化工社的产品带一提包过去。

要过年了，大街小巷飘荡着浓浓的年味。

上海到了，冯纵山踏上十六铺码头，一时有些恍惚。他叫了一辆东洋车，直接去了冯公馆。冯纵川今天没去化工社，在家里焦急地等着。木香早早出门买了很多菜回来，石韦站在安保室，伸长脖子盯着窗外的动静。冯纵川算算时间，阿哥应该快到了，他不想在客厅等了，跑到安保室，和石韦一起守着。

当冯纵川看到冯纵山风尘仆仆的身影出现在门口，忙冲出去，拉开铁门，一把抱住冯纵山，哽咽着喊："阿哥!"

冯纵山拍拍弟弟的背，压下心头万千思绪，故意说："想把你的鼻涕擦到我衣服上吗?"

冯纵川伤感的情绪一下子消散了，跳起来，瞪了冯纵山一眼说："阿哥就会欺负我。"

石韦上前，恭敬地行了一个礼："大少爷、二少爷，外面冷，快进屋去。"

冯纵山朝石韦点点头说："石叔辛苦了。"

石韦呵呵笑着，摇头说："不辛苦不辛苦。"

兄弟俩肩并肩朝里走去，冯纵山又看到那棵长在石缝里的树，虽纤细，却依然努力向天空舒展枝叶，他不由会心一笑。石耳已把客厅的壁炉给烧了起来，看到两位少爷进屋，又连忙去倒茶。冯纵山让他别忙，他要先去洗漱。等收拾好，两兄弟才坐到沙发上一边喝茶一边聊天。

"阿哥，你快跟我说说这几年的事。"冯纵川眼睛一眨不眨地盯着冯纵山，似乎怕一眨眼，阿哥又不见了。

冯纵山简单说了自己的经历，又打量着弟弟说："阿川，你这几年成长很快，阿哥很开心。"

冯纵川惭愧地说："阿哥，跟你比起来，我还是差远了。"他好奇地问冯纵山有关中国同盟会的事。冯纵山向弟弟介绍了中国同盟会的宗旨，说："以前我不知道，这世上真的会有那么一群人为了大义，愿意付出一切，包括生命。"

冯纵山跟弟弟讲周奇道，讲他认识的那些同盟会会员，他们很多都家境优渥，有的还去过国外，见识多广，大家为了一个信仰，走在一起。他给弟弟讲很多革命的道理，还有理想、人生价值。冯纵山所说的一切，对冯纵川来说，犹如打开了一扇崭新的窗，让他见到了一个完全不一样的世界。他既感觉新鲜，又心生敬意。

"很危险吧？阿哥不怕吗？"冯纵川迟疑了一下，问道。

"是很危险，要说一点不怕也不可能。阿川，你若见识了海的波澜壮阔，就不会再愿做小河里的一条鱼，你会想成为一只鹰，在蓝天翱翔，你就会心生勇气，无所畏惧。"冯纵山语重心长地说。

冯纵川发现自己还是见识少了。"阿哥，你们是一群了不起的人。"冯纵川的敬佩发自内心，这样的路，不是谁都有勇气选择。

"你做得很好，办化工社，跟洋商争市场。现在市面上全是洋货，国货太少，孙先生提倡实业救国，你走的其实是孙先生指的路。"

"我这个哪谈得上救国，只是想试试，可惜化工社目前还亏损，离实力还有太遥远的距离。"冯纵川的脸有些红，他是小打小闹，阿哥却给予了这么高的评价和肯定。

"不急，慢慢来，洋人每年从我们国家挣了很多钱回去，想打败他们确实很难，但哥相信你一定可以。"

冯纵川被自家哥哥说得心潮澎湃，说："等过了年，再好好想想办法，争取早日扭亏为盈，我还欠了阿叔一万块钱呢。"

"好好努力。"

"你也是。"

冯纵山在上海住了两天，到药号见了冯安富和秦芫，详细了解了这几年药号遇到的事，又去了冯纵川的化工社，见到弟弟的合作伙伴。

化工社虽然设备简陋，但冯纵山相信以后一定会不一样，他很欣慰地说："阿川，阿哥看好你。"冯纵川暗下决心，一定不辜负阿哥对自己的期望。

北风呼啸的除夕早晨，冯纵山和冯纵川回到宁波。同行的还有倪平、倪安和叶家驹、项有志，一共六人。秦芫没一起来，他没家人，就留在上海过年。姜强则去守化工社，带着一床铺盖每天晚上过去睡在车间，工人都放假了，化工社里没有人，他不放心。至于哥哥大蓟，姜强找过几次后，已经放弃寻找，生死有命，他也没有办法。

到了宁波后，冯纵山和冯纵川回冯宅，其他人各自回家，约定过完元宵节回上海。

近乡情怯。离家越来越近，冯纵山的心七上八下，有太多的情绪纠缠在一起，让他有种莫名的胆怯。冯宅到了。兄弟俩提着行李，站在紧闭的大门前，冯纵山深深地吸了一口气，他的心跳得有些快。

"阿哥，你是不是很紧张？"冯纵川碰了一下冯纵山的肩膀，调皮地问。

冯纵山不好意思地笑了笑，说："有点。"

冯纵川嘿嘿一笑，上前拍了几下门上的铜环，很快有婆子在里面问："谁啊！"

"阿婆，快开门，我们回来了。"冯纵川亮了一嗓子。

守门的婆子赶紧打开门，一见门外站着兄弟俩，惊喜地说："大少爷、小少爷，你们回来啦！"

兄弟俩跨进院子，婆子关上大门，回头高声喊道："大少爷、小少爷回来了！"

中兴屋，一家人都齐齐聚在客堂间。家里已提前收到电报，知道两兄弟今天会到。童香芸很早就起来，一直坐立不安，听到两个儿子回来的消息，她那颗一直悬着的心终于放下了。

两个英姿挺拔的年轻人逆光而来，所有人的目光都落在冯纵山脸上。冯纵山把行李放在一边，走到冯五洲面前，双膝跪地，磕了一个头，仰起头看着冯五洲满脸的皱纹，哽咽着说："阿爷，不孝孙回来了。"

冯五洲激动地扶起大孙子，不停地说："回来就好，回来就好。"他上下打量，见大孙子眉眼坚毅，看得出来变化很大，说明在外面没有白历练。

冯纵山站起来，扶阿爷坐下，转过身来到冯正道和童香芸面前，还未开口，童香芸忽地站起来，一把抱住冯纵山，大哭道："我的儿，你可回来了！"

见阿姆曾经一头乌黑的青丝竟然有了很多白发，冯纵山一阵心痛，连声说："阿姆，是儿子的错，让你忧心了。"又朝冯正道叫了一声："阿爹。"

冯正道看起来还比较平静，只是声音有些异样："回来就好。"

童香芸哭了好一阵，才放开冯纵山，冯纵山连忙又见过阿叔和婶婶。冯正义伸出拳头捶了一下冯纵山的肩膀，百感交集，却也只吐出一句："回来就好。"

这时，冯纵川走上前。他故意玩笑道："你们一个个只看到阿哥，眼睛就没看到我吗？我在门边站半天了！"说着，他又走到冯五洲面前要宝："阿爷，你不认识你的乖孙孙了？"

冯五洲瞪了冯纵川一眼说："都这么大的人了，还像个小孩子。"

众人被逗笑，年纪最小的冯爱爱跑到冯五洲身边说："阿爷最喜欢我了。"

冯纵山又跟三个堂妹打了招呼，打开行李箱，把带来的礼物一一奉上。给冯五洲的是宜昌红茶，给冯正道和冯正义各一瓶孝感米酒，给三个堂妹的是一堆湖北特产吃食。童香芸和乐如眉的礼物最特别，居然是貂皮，虽不大，但可以做个披肩。冯纵山对礼物作了解释：他这几年没挣什么钱，买不来贵重物品，只能带点当地特产，这两块貂皮是他的好兄弟周奇道送的，他就厚着脸皮收下了。

"无论贵贱，都是一个心意。"冯五洲不在意大孙子送什么，有这份心就好。

"纵山有心了，阿叔晚上就尝尝这米酒的味道。"冯正义笑着说。

冯正道把米酒放在茶几上，心里有疑问，明明给大儿子寄过几次银票，怎么仍然这么穷？一会儿得好好问问。

"来来来，这是我为大家准备的礼物，你们自己挑。"冯纵川简单粗暴地把一大包化工社产品拖到众人面前，笑眯眯地说。

热闹了一阵，冯五洲让两个媳妇和三个孙女退下，他还有很多事要问冯纵山。童香芸心里恨不得马上把儿子拉走，母子俩好好说说话，但行动上还是很克制，行了个礼告退。

人逢喜事精神爽，冯五洲看两个孙子越看越满意，不过眼下最要紧的还是问清楚冯纵山的事。

冯纵山坐下来，详详细细说了一遍自己的经历。他没有隐瞒，说了周奇道的身份，也说了自己受他影响加入了中国同盟会，他们视孙中山先生为革命导师。他又说了接下去的打算，年后他仍回武汉，现在他是有组织的人，不能像过去那样随心所欲，要听从组织安排。

"寄给你的银票，你是不是都交给你那个组织了？"冯正道打量大儿子，问。

"是的，阿爹，对不起。阿爷、阿叔，这几年我明白了一个道理，先有国，才有家。现在虽然是民国，但你们也看到了，从上到下依然很混乱，谁有枪，谁就腰杆硬，吃苦的都是老百姓。我以前不相信，现在确信，这世上真的有那么一群人，他们心怀天下，有信仰，并愿意为之付出一切，我想成为这样的一个人。"冯纵山的眼里闪烁着光芒，这样的他，是特别的，在他亲人们的眼里，尤其在冯纵川眼里，他的形象前所未有的高大。

对冯纵山有这种见解，冯正义并不奇怪，相比冯正道这个当阿爸的，他可能更了解这位侄儿。以前出去采购药材，每次看到底层穷苦人的生活，冯纵山总有很多的疑问，总是问他为何有这么多穷人，什么时候人人都能吃饱饭就好了。他对冯纵山的选择表示理解，年轻人，有一腔热血好。只是这选择是对还是错，冯正义不知道，这需要时间来证明。

冯五洲活到这把年纪，虽身居深宅，对外界并非一无所知。他想得更多的是，大孙子这个身份在某些时候是不是能助冯家逃过一劫。乱世出英雄，或许这是冯家的一条退路，但也有可能是冯家的一劫。他缓缓开口道："阿爷没有别的心愿，只希望你在外保护好自己，切不可轻易丢了性命。"

"阿爷放心，孙儿会小心。"

冯正道犹豫再三，还是开口问道："你就不能留在宁波吗？你们那个组织宁波也有。你要干大事，家里不拦你，只是你年纪不小了，成家的事该好好考虑。还有纵山，你有没有喜欢的女子？"

冯纵山朝冯正道抱歉一笑，说："阿爹，这事我做不了主，要听从组织安排。至于成家，若哪天遇见喜欢的女子，儿子会考虑。阿川可以先结婚。"

冯纵川马上像炸了毛，急切地说："阿哥，你说啥？我还小，我先立业，等成功了再考虑成家的事。"又对冯正义说："阿叔，借你的钱现在还不了，等化工社赚钱了，我连本带息还你。"

冯正义笑着说："没关系，你先用着，阿叔现在用不到。"

冯正道见两个儿子都没心思结婚，不再啰唆，毕竟年纪不算大。冯纵川问冯正义借钱办化工社的事，他直到此时才得知，他对冯正义说："这钱问你嫂子拿。"

冯正义道："不用，我就当存钱庄。我相信纵川，他有这样的决心，一定可以成功。"

冯纵山又跟他们分析当下的局势，他要让父辈们明白，如果人人都想明哲保身，最终必定什么都保不住。连冯纵川都听出话中之意，更不用说冯五洲他们了。

中午，五个男人一起吃了餐饭。冯纵山看到一盆乌狼鲞㸆肉，眼眶不知不觉湿润了，他夹起一块乌狼鲞送进嘴里，还是记忆中的味道，又吃了一块肉，感叹道："真好吃。"

"好吃就多吃点。"冯五洲笑眯眯地看着大孙子说。

"嗯，好久没吃到家里的菜了，味道一如既往的好。"冯纵山又夹了一筷子黄鱼，笑着说。

"你想吃什么，跟你阿姆说，让厨房去做。"冯正道心疼地看了大儿子一眼说。

"阿爹，还有我。"冯纵川嚼着肉，吃得满嘴的油。

冯正道瞪了他一眼，冯正义笑着接过话头说："哪里都不能少了你。"

一餐饭吃得其乐融融。

饭后，冯纵山和冯纵川回到东兴屋。童香芸看着两个儿子，忍不住又抹起眼泪。冯纵山劝慰道："儿子一切都好，阿姆不要过于感伤，保重身体才最要紧。"

冯纵川赶紧转移话题，指了指自己的脸说："阿姆，你以后就用玉容雪花膏，你看我这，多白净。"

童香芸哭笑不得，拍了下小儿子的手臂，说："你又不是女孩子，要这么白净做啥？"转过头，又问冯纵山武汉那边的事。冯纵山自然是报喜不报忧。母子三人说了一会儿闲话，童香芸高高兴兴去准备年夜饭。

冯纵山回到以前住的房间，里面的摆设一点没有变过，不禁有些感慨。冯纵川跟着过来，他想跟阿哥多亲近亲近，说说话。这一下午，兄弟俩就躲在房间里天南地北地聊，极其尽兴。

年夜饭开始了。

桌上摆好了冰糖甲鱼、咸肉蒸蛋、醉鱼、乌狼鲞燸肉、咸蟹、鳗鲞、红烧黄鱼等菜，还有两只荤素搭配、热气腾腾的大暖锅。温好的米酒和黄酒在两只锡酒壶里。男人们面前的酒杯已斟上了酒，冯五洲坐在那里，满脸笑容。自从大孙子失踪后，这个家就没好好过过年。他对两个儿子说："如果你们的阿姆还在就好了。"停顿了一下，接着说，"今天看到你们都好好的，我很高兴，活到我这岁数，就图个儿孙满堂，知足了。好了，别的话我不多说了，吃吧。"

男人们开始喝酒，童香芸和乐如眉以茶代酒敬公公，祝他健康长寿，接着冯纵山和冯纵川敬阿爷和阿爸、阿叔酒，最后是冯薇薇三姐妹以茶代酒敬长辈。

冯纵山许久没吃家乡菜，胃口大开。他平时从不沾酒，唯有在亲人面前，那根一直紧绷警醒的神经才松懈下来，第一次喝得醉意朦胧。冯纵川吃了一杯黄酒，脸就红了，童香芸想劝兄弟俩不要喝多，最终还是没有开口。最后，一家人都吃得尽兴而散。

墙外，炮仗"噼里啪啦"连续不断响了起来。接着，冯宅里的炮仗在叶上秋的指挥下，也跟着响了起来。

有孩子在外面大声喊："过年啰，过年啰！"

各喝了一碗醒酒汤的冯纵山和冯纵川站在廊前，听着阵阵迎新年的爆竹声，相视一笑。对未来，他们都充满了信心。

第二十五章
再受重创

相聚的时光总是短暂，元宵过后，冯纵山、冯纵川要出发返程了。临别之际，童香芸一脸的难舍和担忧，叮嘱的话说了一遍又一遍，说着说着，眼泪就下来了。她恨不得跟着儿子们一起走，冯纵山再三安抚，她才慢慢平静下来。

告别家人，两人带着行李来到码头，叶家驹和项有志等在那里，倪平与倪安已提前回上海。到上海后，冯纵山只住了一晚，又坐船去武汉，兄弟俩互道珍重。

送走冯纵山，冯纵川回到药号，开始工作。姜强来了，大冷天，他额头上都冒着汗。冯纵川见他这样子，心里"咯噔"一下："出什么事了？"

姜强喘了几口气说："有人去我们化工社闹事，说用了玉容雪花膏脸坏掉了，家驹哥出去谈业务，不在厂里。"

冯纵川腾地站起来，激动地说："不可能，我们自己都在用，哪里会坏脸？是什么人来闹事？"

"一个中年妇女，她就在化工社门口闹，引来很多看热闹的人。"

冯纵川一听就察觉这里面有阴谋，他和姜强急匆匆赶往化工社。还没到厂门口，就看到很多人围在一起。一个女人高亢的骂声从人群中传出来，"什么黑心肠的厂家啊，狗屁如花似玉啊，把人的脸都给毁了，我不活了。"反反复复，像唱戏一样。

冯纵川挤了进去，见一矮胖的妇人站在那里，指着化工社的门在那里跳脚。冯纵川上前，盯着那妇人红肿的脸说："有什么证据证明你这张脸是用了我们的雪花膏才变成这样？这雪花膏我们自己都天天在用，而且此配方来自宫廷，是以前专门给宫里的娘娘们用的，怎么可能会毁容？"

围观的人群中有人挑话头："那你又有什么证据证明你们的雪花膏没问题。"

冯纵川打开随身带着的包，拿出一瓶玉容雪花膏，当着众人的面挖出一点擦在自己的脸上、手上："你们看我的脸，就是天天擦这个。这雪花膏不只是女人可以用，男人一样可以用。"

那妇人没料到冯纵川来这一招，本以为自己会被请进去并赔到一笔钱，现在看目的达不成，她干脆又撒起泼来，一口咬定她的脸是雪花膏的问题。冯纵川对站在一边的姜强说："你去找巡捕来。"又对那妇人说："等巡捕来了，送你去医院检查，如果你的脸确定是我们的雪花膏造成的，该怎么赔就怎么赔，但如果不是我们产品的质量问题，你要登报道歉，并赔偿我们玉容雪花膏的名誉损失费。在场的各位父老，请给我作个证。"说完，冯纵川朝人群双手作揖，转了一圈。

原本被妇人忽悠以为雪花膏真有质量问题的人，这会儿见那妇人神色慌张，感觉不对劲，意识到他们可能上当了，于是开始七嘴八舌声讨起那妇人。有几个藏身在人群中煽风点火的人看情形不对，悄悄溜了。那妇人东张西望，没找到同伙，怕了，但嘴巴还很硬："老娘以后再也不会用你们的产品，算我倒霉！"自说自话，脚底抹油，溜了。

趁此机会，冯纵川向在场的人介绍了化工社的几款产品："为了感谢大家的支持，今天所有产品都便宜卖，凡是买了玉容雪花膏的顾客，再免费赠送一包牙粉。各位如果愿意买，请排好队，我马上叫人把产品摆出来。"

等姜强叫来巡捕，看到的却是排着购物的队伍，他傻在那里，咋回事？冯纵川见巡捕过来，忙拿起一个袋子，装了几样产品塞给他，说是不值钱的东西，让他别嫌弃，闹事的人已跑了。巡捕也不客气，提着袋子走了。

等叶家驹回来时，冯纵川和姜强正在登记"战果"，一共卖掉十瓶花露水、二十瓶雪花膏、三十包牙粉，另外送掉二十五包牙粉、两瓶雪花膏、两瓶花露水。便宜卖加赠送，虽没赚钱，但大家都觉得这个效果比广告还好。冯纵川教姜强，以后若再遇到这种事，不要怕，不要自乱阵脚。姜强表示学到了。

冯纵川说："我怕今天这事是有人故意为之，大家小心点。"又问叶家驹今天出去结果如何。

叶家驹说："我找了以前跟叶家药房有关系的批发商，他们看了样品，答应代销我们的玉容雪花膏，先送一百瓶过去。"

"好。"冯纵川高兴地说。

日沪贸易行，林长谷坐在办公室里盯着耷拉着脑袋的雪野，骂也不是，不骂也不是。过去一年，他听从上峰指令，安心做生意，观望新政府。对他们来说，不管是清朝还是民国，反正越乱越好。那批假药，最后还是没有达到他的预期效果。在上海的宁波人那么团结，让他们不得不有所顾忌。偶尔得知冯家药号的小少爷开了一家化工社，他没忍住，让雪野找两个人去闹闹，寻个乐子。没想到弄巧成拙，反被将了一军，让化工社不费力气做了一波免费的宣传，这种自搬石头压自己脚的感觉太不好受了。

雪野抬起头，见林长谷脸色不好，赶紧检讨："都怪我，没想到他们反应这么快。"

"还是小看他们了，以后要么不搞，要搞就搞大的，最好是让他们翻不了身的那种。"林长谷拿起茶杯，喝了一口水，把心里的那股怒气给压了下去，狠狠地说。

"是。上海这边他们抱着虞的大腿，我们不好动，宁波那边他们没有大腿抱，我觉得可以从宁波下手。"雪野出主意。

"我先去探探上峰口风，再做打算。"

雪野点头，倘若上峰不同意他们动手，他们也不好违背命令。林长谷又喝了一口水，在上海待久了，他差点忘了那些风餐露宿的日子，已经好几年了，那地图恐怕又要增补了。

上峰那边回话很快，八个字："时局不清，暂不折腾。"林长谷朝雪野摊了摊手说："那就先老老实实干自己的活。"

雪野耸耸肩，做了个鬼脸："晚上去喝花酒吗？"

"喝什么花酒，小心被革命党割了脑袋。"林长谷告诫道："别把我的话当耳边风。"

"听，听！我哪敢不听你的话？"雪野一副狗腿子相。

"实在想喝，就让人去买点酒菜来这里吃。"林长谷没好气，白了雪野一眼，两人搭档多年，跟亲兄弟一样。

"好，我这就叫人去买，给你来一份锅烧河鳗补补身体。"雪野嬉笑着说。

"臭小子，滚。"

"我滚了。"

雪野大笑着跑出去，林长谷摇了摇头，自言自语道："人生难得几回醉，那就醉一回。"

因冯纵山的缘故，冯纵川现在特别关心报上新闻。1913年3月20日晚间，奉袁世凯电召准备北上组阁的国民党代理理事长宋教仁在沪宁铁路上海站内被人枪杀了。很快有消息传出，此案幕后主使为袁世凯。接着，在日本的孙中山回到上海，下决心要武装倒袁。一时间，街头全是军警、巡捕和便衣，上海局势极其紧张。冯纵川每天从冯公馆去化工社，见此情景越发担心远在武汉的阿哥。自年后，他才收到阿哥一封平安抵达的信。

在惴惴不安中，时间到了夏天，以孙中山为首的革命党人为反对袁世凯专制统治，先后在江西、江苏两省举起了讨袁大旗。随后上海的陈其美成立讨袁军，宣布上海独立，并担任驻沪讨袁军总司令。当冯纵川从报上得知湖北革命党遭到副总统兼领鄂督的黎元洪镇压，他再也坐不住，拿着冯纵山留下的联络地址拍了一份是否平安的电报。几日后收到一封电报，上面只有一个字："安。"冯纵川这才安下心。

可惜到了八九月，形势急转，孙中山发动的二次革命失败，他和陈其美等大批革命党人逃亡日本。冯纵川又试着拍电报过去，却再也没有回音。冯纵川不得不接受一个事实：阿哥又失联了。他很担心，此消息若让阿爷和父母知道，他们恐怕又要大病一场。他打定主意，若宁波来信问，他就先哄着，能瞒一时就一时。

果然，没几天宁波就来信了。冯正道在信里问冯纵川有没有跟冯纵山联系，说家里已很久没有收到他的信。冯纵川写了封回信，说之前有过联系，阿哥非常忙，这段时间应该是在执行任务，不方便联络，请家里人放心。冯正道收到信后，沉默许久，面对老爷子和妻子的询问，又轻描淡写说在忙糊弄过去。

十月，袁世凯当选大总统这一天晚上，大街上全是人，炮仗声不断。林长谷听着炮仗声，忽生恶念。想起有一次他和四眼无意中经过康平化工社，那周边全是密密麻麻的棚户。上次被反将一军的气还存在胸口，他想，如果半夜有火星落在那里会怎样？忙叫来雪野，问他想不想看热闹。雪野当即表示想。林长谷让雪野记住，此事绝不能让第三人知道，不然后果自负。雪野让林长谷放心，这是他俩的秘密。

午夜，林长谷和雪野悄悄摸到康平化工社门口，撬开窗户，朝里面扔了一根燃烧的木棍。雪野提出，如果只烧了化工社太明显，干脆一不做，二不休，多扔几个点。林长谷看了看四周，迟疑了一下，点头同意。两人随手丢了几个火星子，快速离开。

这一晚，上海闸北区华界发生了一场大火，火势汹涌，蔓延迅速，很快就火烧连营。

年初，叶家驹和姜强就搬出了冯公馆，在化工社旁边租房住，只想一心一意管着厂子，争取早日扭亏为盈。火烧起来时，姜强第一个被惊醒，一看情形不对，急忙叫醒叶家驹，两个人胡乱抓起衣服套上，捂着鼻子，拼了命逃出火海。跑远了回头一看，这火势，化工社难逃一劫。

"完了，这下我们又成一无所有的穷光蛋了。"叶家驹很想哭，这次他回宁波过年，在乡下见到曾经意气风发的阿爹一下子变得无比衰老，天天借酒浇愁，活在悔恨中，像行尸走肉，他就特别难受。如果不是因为跟冯纵川约好一起回上海，他早离开了，一天也不想待在那里，后来他干脆去了项有志家。项家虽家境普通，但他们一家人和和美美，让他非常羡慕。接下去该怎么办？叶家驹很迷茫。

姜强说："家驹哥，我们去找小少爷吧！"

叶家驹又看了一眼熊熊燃烧的大火，到处都是惊慌失措逃生的人，点点头，迈着沉重的脚步和姜强一起朝冯公馆走去。

当他们敲开冯公馆大门，天快亮了。匆匆起来的冯纵川看着面前被烟熏得五官都模糊的两个人，又听到化工社被火烧了，他第一次感受到命运的捉弄。来不及多想，冯纵川连忙安排他们去休整，又找出两套自己的衣服，让他们将就穿。等两人收拾干净，木香的早餐也做好了，吃饱后，三个人一起去火灾现场。

火已被扑灭，但个别地方仍在冒着白烟。周围到处是惊天动地的哭声：家没有了，什么都没有了。一大片房屋被烧毁，没有标志物，三个人只能凭着印象去找化工社，摸到那里一看，化工社烧得只剩下断墙残垣。冯纵川想到他们的努力和心血一夜之间化为乌有，没忍住，蹲在地上呜呜地哭了起来。叶家驹和姜强感同身受，对化工社他们有着不一样的感情，这是他们的梦想，没想到梦想会以如此残忍的方式破灭。就算他们想东山再起，可哪来的本钱？

这时，化工社的工人和技术人员陆续赶了过来，冯纵川的情绪已平静下来，他想到还有很多善后工作。出来匆忙，他身上没带多少钱，只好让工人和技术人员先回去，第二天去冯家药号找他结算薪资，他带着叶家驹和姜强回冯公馆。

"幸好你们两个平安无事，化工社已经没了，先不去管它。眼下最要紧的还是要回收货款。阿驹、姜强，我们的产品都是代销，你们回忆一下跟哪些药店签有代销协议，哪些还没有结过账，有多少量。你们两个好好想一下，用纸记录下来，我也想想。账本没有了，早知道多备一份放在家里就好了。现在只能用这个笨办法，先记下来，然后一家家过去谈，看他们认不认。如果不认，又会是一笔损失。"冯纵川强打精神安排。

找来纸笔，三人各自回忆，每个人写下记得的产品名称、数量、代销点名称。最难的是具体数字，毕竟不是只有一家，再说一样的产品，很容易混淆。等写好，对照一下，三人一样内容的圈起来另外记录，不能确定数量但其他可以确定的再抄在另一张纸上。

冯纵川看了看手中的几张纸，说，"我们这段时间的任务就是讨债。如果他们因为我们的协议烧了想赖账，那就把货讨回来，能弥补一点损失就弥补一点。"

叶家驹说:"下午我和姜强就去走访几家,如果他们想当无赖,那我们也当一次无赖,天天上门去,反正也没事。他们要开店做生意,我就不信他们一点也不顾忌。"

"对,光脚的不怕穿鞋的。"姜强说。

正说着,秦芄和冯安富闻讯一起匆匆赶来。冯纵川让他们坐,冯安富在那里唉声叹气,他总觉得这几年冯家的运气很背,每年不是出这个事,就是出那个事,实在让人郁闷。秦芄问冯纵川有什么打算,冯纵川说了他们商量的结果。

"善后工作结束后,你们又有什么计划?"秦芄问。

冯纵川说:"我现在身负巨债,靠药号那点薪资要还到何年何月?我想还是哪里跌倒,从哪里爬起来。再说阿驹他们也要找事做,就继续好兄弟一起干,本金的话,这次我得问我阿爹去借了。"

这话落在秦芄和冯安富耳里都让他们感动不已,更不用说叶家驹和姜强了,他们最清楚,冯纵川借钱办化工社,最开始就出于单纯想帮他们的目的。受此重创,他依然还想帮他们。都说男人有泪不轻弹,可此刻,两个人再也忍不住热泪盈眶。尤其是姜强,他本来只是冯家一个卖身为奴的小厮,就因为他送了一次信而得到这么多,让他活得如此体面。

冯安富也想到因自己的过错给药号造成的巨额损失,这张老脸实在无处安放。冯家仁义,他们也不能做忘恩负义之人,这就是为什么他被免了经理一职后,依然愿意尽全力帮秦芄的原因之一。

"还是办化工社吗?"秦芄问。

冯纵川说:"是的,好歹积累了一些经验,再说玉容雪花膏真的很好,这样放弃很可惜。我还不知道阿爹愿不愿意借给我本金,过几天回一趟宁波,当面跟他谈。"

见冯纵川已有主张,秦芄和冯安富就不多言,只是说有什么需要帮助的地方尽管开口。冯纵川表示不会跟他们客气。秦芫和冯安富前脚刚走，项有志后脚就到了。早上他得知消息，很担心，安排好工作就跑过来了，见到他们，第一句话："你们还好吧？"

"有志哥，幸好我有先见之明，没有让你参与，不然你跟我们一样惨。"冯纵川苦笑道。

项有志关心地问："你们下一步有什么打算？"

冯纵川说了自己的计划，项有志也被他的一片赤诚之心所感动。"阿川，找个机会我给你介绍一位朋友，同乡，他叫方卓越，跟你同岁。他是个化工迷，办了个很小的化工社，跟你一样，产品卖不出去。他不气馁，发誓要生产出与洋货可以抗衡的国货产品，我相信你俩一定会有共同语言。"

冯纵川说了一声好。项有志就跟他们一起讨论从哪一家代销点开始，怎么去谈各种细节。讨论完，差不多中午了，草草吃了点东西，冯纵川去药号，项有志回华英药房分号，叶家驹和姜强出门去找代销产品的那些药店。

这场火灾究竟有多大损失？无法统计。死伤多少？也不清楚。冯纵川事后只在报纸上看到，说有约两万人因为这场火灾无家可归。这火是怎么烧起来的？不知道。是天灾还是人祸？已杳无踪迹可查。林长谷看到报上新闻，沉默许久。冯家小少爷的化工社毁了，他却发现自己并没有多高兴。

叶家驹和姜强第一家去了姜衍泽堂分店，这是上海最早开设的药店之一，店主是慈城人。姜衍泽堂主营跌打损伤特色产品"宝珍膏"，愿意代销化工社的产品，纯粹是看在同乡的面子上。下半夜发生这么大的火灾，等天亮全上海都知道了。姜衍泽堂分店的姜经理听说他们的化工社也在其中，深表同情。他主动取出之前签的代销协议，说：

"今天你们可以先把已卖掉那部分的账结了，若余下产品还需要继续代销，我们重新签一份协议好了。"

"谢谢姜经理，那今天先结一部分，余下的麻烦继续放你们这里代销。"叶家驹感激地说。

"应该的，谁能保证自己一辈子不遇到难处。"姜经理叫账房的人过来，核对好销售数和存货数，很快就结好账，重签了代销协议。

走出姜衍泽堂分店，两人感觉他们之前或许是多虑了，开店的人最讲究信誉，更何况代销的也不是贵重物品，哪怕没有了凭证，人家也不会赖账。第二家走进苏存德堂，这家店开的时间不长，店主是宁波人，聘请的经理是慈城人，姓叶。叶经理很热情地接待了两人，跟姜衍泽堂分店一样的处理方案。接着又去了宁波人开的蔡同德堂、童涵春堂分店以及苏州人开的雷允上诵芬堂等店，无不顺利，这让叶家驹和姜强压抑的心情好了许多。

晚上，等冯纵川回来，叶家驹把下午收来的货款和清单、重新签的协议交给冯纵川："余下的明天继续，这是已结账的款，一共五百五十块银圆。"

冯纵川接过，翻了一下清单和协议上的药店名，收了起来，又从自己的口袋里掏出一张五十块银票，"这钱拿去，一人一半，除了这个月薪资，余下的你们去添置两套衣服。至于住处，你们先这边住着，等化工社找到新址，还得辛苦你们住到厂里去。"

叶家驹和姜强没搬出去前都免费吃住在冯公馆，冯纵川给他们开的薪资每个月十六块银圆，另只要化工社有盈利，年底他们就能根据销量拿红利。早上冯纵川对工人和技术人员说了结算薪资的事，他们两人已商量过，目前是最困难时期，每个人最多拿十块，主要是逃出来时什么都没带，天冷起来了，需要置办厚衣物、鞋子等。

"阿川，你给我们每人十块银圆就可以，这几年已经很拖累你了。

等收完账，我和姜强先去找个事做。"叶家驹说。自从叶家破产后，他尝到了人世间的冷暖，庆幸的是，他有冯纵川这样的好友。

"是的，小少爷，我们吃住都在冯公馆，花钱的地方不多，十块够了，等我们找到事就有薪资了。"姜强说。

冯纵川说："你们两个行了，拿着吧，下个月我可没钱给你们发薪资。过两天我要回一趟宁波，先去筹款，你们收好款去打听下租界哪里有合适开小工厂的房子出租，租金多少，相关信息都记下来。"

叶家驹和姜强见冯纵川这么坚持，只好收下银票，心里都暗下决心，若有一天他们有能力了，一定好好报答冯纵川的这份深情厚谊。

上海闸北区发生特大火灾的事，冯正道和冯正义在报上看到了相关新闻，只是他们一直不清楚冯纵川的化工社开在哪里，两个人除了感慨几句，没特别在意，倒是冯纵山又失联的事让他们忧心忡忡。冯纵山年后回武汉后，只来过一封信，称已平安抵达。后来就再无音信，寄书信、拍电报，都没有回音。冯正义想到今年只在浙江境内采购了一批药材，外地还没去过，就准备去一趟武汉，看看具体情况，顺道采购药材。两个人正商量着，冯纵川来了。

冯正道看到小儿子，很惊讶："你怎么来了？"不是逢年过节，这小子没事是懒得回的。

"阿爹，阿叔，我有事。"

"知道你没事不会回来。"冯正道没好气地说了一句，发现小儿子人好像瘦了不少，又生起慈父心肠，关心地问："什么事慢慢说。"

冯纵川看到墙角的小方桌上放着一叠报纸，指了指说："阿爹、阿叔，上海特大火灾，你们知道吗？"

冯正义说："看到报纸了，说有两万人无家可归，这火灾得有多大。"他猛地反应过来，冯纵川不会无缘无故问这个问题，脱口而出：

"你的化工社开在那里?"

冯正道吓了一跳,焦急地追问:"真的?"

冯纵川垂下头,声音低沉,说:"是。一夜之间,一无所有。"停顿了几秒,他又抬起头对冯正义说:"阿叔,借你的钱怕是一时半会儿还不了了。"

"阿叔的钱没关系,化工社的人都没事吧?"

"人没事,逃出来了。"

冯正道想小儿子是越来越有主见,之前办化工社怕他不同意,问弟弟借本金,偷偷办,现在好了,一把火都烧没了,接下去还会不会继续折腾?还没等他问,冯纵川说出了此行的目的:想借钱再次办化工社。"这次我会把化工社办到租界去,这样能保证安全,恳请阿爹支持,本金我会写下借据,到时候连本带息还。"

"如果又亏了呢?你还欠你阿叔这么多钱,你拿什么还?办厂没有你想的这么容易。"冯正道瞪了小儿子一眼说。

"我知道很难,可我不想放弃。化工社虽然一直处于亏损状态,但我们已积累了不少经验。阿爹,这次一定可以,你相信我。"冯纵川恳切地说。

"你先回家看看你阿爷和你阿姆,这事我要考虑一下。"

"对了,阿爹,阿哥又联系不上了,我给他拍过电报,没回复。"

冯纵川说完,又转向冯正义:"阿叔最近有出去采购药材的计划吗?"

冯正义说:"正准备去一趟武汉,顺道去看看你阿哥。"

冯纵川其实心里有个猜测,报上说大批革命党人逃亡日本,他在想阿哥会不会也跟着去了日本。不过阿叔去一趟武汉也好,耳听为虚,眼见为实。

这次冯纵川在家里待了两天就回上海了。临走前,冯正道给了他两万银票，再多就没有了，实在怕冯纵川又把钱给折腾完。冯纵川很认真地写下借据，雄心勃勃开始第二次创业。

几天后，冯正义带着川朴、将离和明石三人出发去武汉。经过这几年的学习和观察，冯正义认为川朴这个小伙子值得培养。有这么好的机会，川朴非常珍惜。他想起堂弟川连，拿着大冯经理给的钱回到乡下，很快修了房子，买了田和牛。刚开始日子过得挺好，可惜好景不长，被人哄骗去了赌场，很快输得一干二净，连房子、牛、田都抵了赌债。想重新回药号，又觉得没脸再开口，一家人只好老老实实当佃农。有一次他回家碰到川连，两个人都没有说话，但他从川连的眼睛里看到了后悔。

一行四人到了武汉，冯正义让将离他们三人先去转市场，他按着书信地址找到周家药行。从店铺门面看，周家药行的规模属于中等。冯正义走了进去，店内摆满了各种药材的样品，有伙计迎上来，笑容可掬地问道："先生，需要什么药材？"

冯正义微笑着说："请问你们经理在吗？"

"先生请稍坐，我去请经理。"

冯正义没有坐，他走过去看那些药材品种，还挺多，想着先了解一下，说不定还能合作做一笔生意。

很快，一个长相富态的中年男人走了出来，很和气地问："这位先生，你找我？"

冯正义上前，低声说："可否借一步说话？"

"请随我来。"

到了经理办公室，冯正义从包里拿出一个信封，递给那位经理看，"打扰了，我从宁波来，是想问一下我侄儿现在人在哪里，一直没有收到他的音信。"

　　这位自称姓马的经理听到冯正义来自宁波，又看到信封，连忙关上门："他们去日本了。"

　　"去日本了？"冯正义惊讶地反问一句。

　　"嗯，走得非常匆忙，具体我不太清楚，这事得保密。"马经理打开一格抽屉，把他们寄给冯纵山的书信和电报拿出来，交给冯正义，"这些你带回去，我估计他们即便以后回国，也不一定会回到这里。"

　　冯正义接过书信和电报，装进包里，向马经理表示感谢，接着讲了他来这里的目的：采购一批药材。马经理热情地带着冯正义介绍他们经销的药材，最后两家达成一笔合作业务，周家药行向冯家药行长期提供湖北地区的优质药材，冯家药行则向周家药行长期提供浙江地区的优质药材。

　　冯正义把冯纵山的消息带回宁波，除了童香芸不吭声，坐在那里抹眼泪，冯五洲和冯正道比较平静，他们清醒意识到，当冯纵山加入那个组织，他已不再只是冯家的孩子，至于最后有没有造化，那要看老天爷的意思了。

第二十六章
风声鹤唳

1914年初秋，在不知不觉中来临。

经过大半年的筹备，冯纵川的化工社又重新响起了机器声，这次依然是主打玉容雪花膏，附带着花露水和牙粉。叶家驹和姜强铆足劲要好好干，他们就住在化工社里，一是不用来回浪费时间；二是为了化工社安全。冯纵川这次吸取教训，所有账本一式两份，一份在厂里，一份放在公馆，以防万一。另外，冯纵川让石耳去了化工社，跟着技术人员学技术，他需要培养自己的技术员，石韦和木香对此感激万分。冯纵川自知晓阿哥去了日本，尤其关注局势的变化，可惜没联系方式，急也没用。

十月的一天，黄浦江上，随着一阵响亮的汽笛声，一艘从日本开往上海的轮船缓缓靠岸。

冯纵山提着精致的行李箱，和周奇道一起，随着船上的乘客一起上了岸。两个人都是一副富家子弟的打扮，很有派头。三个月前，中华革命党在东京举行成立大会，孙中山任总理职。八月下旬，因孙中山改变了在东北建立革命基地的方针，转注全力于江浙与广东。为便于统一指挥，决定在上海设立总部，他派蒋介石等人前往筹办，同时又派遣三百多名中华革命党党员从日本回国筹备起事，冯纵山和周奇道奉命回国。

上岸，冯纵山和周奇道相互对视一眼，各自坐车离开码头。他们这三百多人是分批到上海，不能暴露身份，更不能与家人联系，到了暂住地，一切听从命令。冯纵山知道自己去年又失联，家里人肯定焦虑担心，可他既然选择了这条路，只能把对家人的思念深深埋在心底。到了上海，与弟弟近在尺咫却不能相见，这心情有些复杂。看着熟悉又陌生的街景，冯纵山幻想有一天能在大街上与弟弟相见。

冯纵川不知道日夜牵挂的阿哥已到上海，他现在每天很充实地忙碌着，依然是两头兼顾。药号这边，秦芄已坐稳经理之位，年轻人想法多，做了一些改革，整体销售量上升了不少。八月初，日本军舰出现在青岛海面，随后日本对德宣战。一夜之间，止血丹和回阳丹销量暴增，宁波工场都来不及生产，附带着别的成药销量也跟着上升。

冯纵川把月销售单递给秦芄看，秦芄又喜又忧，喜的是成药销量大增，利润自然就厚，忧的是止血丹和回阳丹因战争而异动，他担忧地说："小少爷，你说这接下来会不会全面开战？"

冯纵川纠正秦芄很多次，让他不要再喊小少爷，直接叫他名字。跟姜强一样，秦芄总是改不了，后来好不容易在人前叫名字，可人后仍叫少爷。冯纵川没办法，只好随他。

"不好说，很有可能。"冯纵川又想到了冯纵山，不知阿哥在异国他乡可好？也不知他们兄弟何时才能再见面。

"化工社现在生意怎样？"秦芄关心地问。

"目前仍处亏损状态，中国有钱女人喜欢用洋货，量上不去，代销资金周转又慢，只能咬牙坚持了。"冯纵川说。他说不清楚为何不愿放弃，这似乎成了一个执念。"不过我还是有信心，有志哥给我介绍了一位开化工社的朋友，这人非常有想法，而且懂很多化学方面的知识。他说他的人生目标就是生产出又好又便宜的国货，打败洋货。我很佩服他，等哪天我们都有实力了，可以联手。"冯纵川补充道。

"抱团比单打独斗好。"

"是的。"

见时候不早，冯纵川跟秦尢打了声招呼，前往化工社。到了那里，叶家驹把月度销售报表给冯纵川看，"上个月雪花膏销量很差，花露水和牙粉销量还可以；这个月雪花膏销量有上升，花露水销量下降，牙粉保持稳定。"冯纵川看了一下，那么多代销点，一个月才销出三十瓶，太惨淡。"应该跟天气有关，我们以后天热就卖花露水，天冷卖雪花膏，牙粉哪个季节都可以卖。如果明年夏天我们能生产出蚊香就好了，现在市场上日本蚊香很受欢迎，可惜我们不懂这技术。"

叶家驹说："下次问问方兄弟，不知道他懂不懂这个。"

冯纵川眼睛一亮："对啊，下次问问。"

叶家驹开玩笑道："他跟我们开着一样的化工社，如果真懂这技术，他应该自己去生产，而不是告诉我们。"

"不会，方兄弟不是那种人，他的心胸很宽。"

叶家驹想想方卓越第一次来化工社，很认真地给他们指点的情形，笑了笑说："是我想岔了。"

这时，姜强急吼吼地跑来，看到冯纵川在，喘着粗气说："小少爷，我看到大少爷了。"

冯纵川的心猛地一跳，转过头对叶家驹说："阿驹，把门关上。"

叶家驹赶紧关上门，倒了一杯开水给姜强。姜强平复了一下气息，说："我刚才回来路上不小心撞到一个人，一看，原来是大少爷！我连忙问他什么时候到的上海。可大少爷不知为何，竟装作不认识我的样子，说我认错人了。我还想跟他说话，听到旁边有人在喊'周剑锋'，然后大少爷就走了。我听名字还以为自己真认错了人，可明明就是他啊！太奇怪了，难道这世上有两个长得一模一样的人？"

"你确定没有看错？"冯纵川激动地问。

姜强想了想，摇了摇头说："没看错，就是大少爷，只是不知为何他不认识我。"

阿哥在上海，为什么不联系自己？冯纵川转念想到冯纵山的身份，对姜强说："大少爷应该有特殊原因不认你，下次若碰到，他没跟你打招呼，你也装作不认识。"

姜强一愣，问道："为什么？"

冯纵川说："你不希望大少爷陷入危险吧？反正今天你就当没有碰到过他。阿驹，你也一样，你们都不要在外人面前提我哥。"

叶家驹和姜强见冯纵川如此郑重，忙点头答应。他们虽不是很清楚冯纵山在做什么，但有一点可以肯定，冯纵山做的事可能比较危险，应该是在做大事。

冯纵山真没想到上海这么大，他居然会碰到姜强。可纪律在那里，他不能违反，只好装作陌生人。他想这样也好，姜强会把他在上海的消息告诉弟弟，而弟弟定会告知家人，让他们放心。他们这些革命党人到上海后，主要任务是策动上海军队反袁和开展护法运动。所谋事宜太大，只能小心谨慎，秘密进行。冯纵山目光坚定地遥视远方，他相信，亲人一定会理解他。

冯纵川在化工社处理了一些事情后回到冯公馆，先去书房写了一封信寄往宁波。在信里他提到了冯纵山人在上海，没有跟自己联系，应该是有什么任务，不便相见。他同时提醒冯正道，冯纵山在上海的消息还是要保密，除了阿爷、阿叔和阿姆，其他人不要告知。

冯正道收到信后，一颗心放下又提了上去。冯正义劝他儿孙自有儿孙福，别想太多。晚上，冯正道悄悄把冯纵山的行踪跟老爷子和童香芸透露了一声，让两人心里有数就好。

冬天来了。

得知有革命党人在上海秘密活动的消息，被袁世凯委任为上海镇守使的郑汝成带重兵屯防上海兼控制海军，并大肆搜捕革命党人，上海陷入一片白色恐怖中。

冯纵川走在街头，看到满大街贴着"留藏匪类者，处死"的告示，心急如焚，不知道阿哥现在隐身何处，是否安全？时常看到军警在挨家挨户搜查可疑的人，报纸上不断出现"破获乱党机关""乱党分子被正法"的消息，他更加紧张了。

这一天早晨，冯纵川和石耳一起去化工社，方卓越提前一日派人送口信给他约见面，说有事相商。到了化工社，冯纵川处理了一些事务，见方卓越来了，忙迎进来。每次看到方卓越那张硬汉脸，冯纵川就会想，他这辈子大概是不太可能撕掉"小白脸"这张标签了。

方卓越说，他越来越意识到之前办的化工社太小打小闹，成不了气候。他想办个有一定规模的厂，可苦于没有资金，就想了个集资办厂的法子，他立志要办一个真正有实力、产品能跟洋货对抗的化工厂。

"纵川，你的化工社跟我那个差不多性质，你有没有兴趣一起参与？我们办一个大厂，把规模搞上去。"方卓越说。

冯纵川听了方卓越的计划，心里一动。这几年的摔打，让他学会了面对现实。他很清楚，凭目前这点产量，不管产品质量有多好，都根本无法跟洋货抗衡。只是他手上没钱，还欠着债，想参与心有余而力不足，他也不隐瞒，很坦率地说了自己的真实情况："若让我拿钱出来，那真没有，现在还欠着巨债，如果你看得上我这些小机器，那我就以机器折价入股，到时候看能折多少，我再凑个整数，可好？另外，玉容雪花膏你若有兴趣做，我可以把方子给你。"

方卓越想了想，说："这个方案可行，我们两家化工社合并，那些机器还可以用，我要办厂，投入的肯定不只这点，另外的股东我负责去找，等资金筹集了，按投入的比例给股份。至于玉容雪花膏的方子，到时候直接按技术股算。"

"卓越，我还有一个要求，如果你的厂办起来了，我想推荐三个人去你厂里工作。叶家驹和姜强这两人你认识，不瞒你说，我开化工社最初是想帮一下他们，这几年虽然没有赚到钱，但大家都很努力，而且积累了不少销售经验，你可以用。另一个是石耳，从小跟着我一起长大，我也当他是兄弟，他这人很好学、踏实，我让他跟着技术员在学技术。你可以面试，若合适，就给他们一个工作的机会。"冯纵川恳切地说。

方卓越当即表示同意，反正招别人也是招："这个没问题，纵川，你叫他们三位过来一趟，我问问，万一他们不愿意，我也不好勉强。"

"好。"

很快，叶家驹、姜强和石耳过来了。冯纵川跟他们说了方卓越的来意，想联合起来办大厂，与洋货争市场。"如果方经理的化工厂办起来了，你们三个愿不愿意去他那里工作？"

叶家驹、姜强和石耳没想到是这么个选择题，三个人一下子不知道该如何回答，毕竟他们跟方卓越算不上有多熟。方卓越见三位面有难色，笑着说："不急，你们慢慢考虑，这办厂不是过家家几天就可以办好了，最快也要明年才开张。到时候你们若愿意，我非常欢迎。如果另有好去处，没有关系，大家都是朋友。再说，这厂真办起来，纵川也是股东之一。"

叶家驹作代表，表态："方经理，我们会好好考虑。"

姜强在听到这个厂冯纵川也有股份时，他心里已经答应了，只不过习惯了共进退，所以附和了叶家驹的表态。石耳很直接，他听冯纵川的。方卓越不急，难得过来一趟，他想跟冯纵川讨论一下到时候他们可以生产哪些产品。冯纵川让石耳先回车间，叶家驹和姜强留一下。

"方经理，你们化工社做过蚊香吗？"姜强想到天热时日本的野猪牌蚊香特别受欢迎，可惜他们做不出来，只能干瞪眼。

"没有，等新厂办起来，定要把蚊香试制成功。"方卓越说。他特别痴迷化工类知识，喜欢做实验，试制新产品，在不断实验中提高自己的技术水平。

四个人正交流得热烈，石耳面带惊色进来："小少爷，有军警来搜查，让我们马上到院子里集中。"

冯纵川眉头一皱，很厌恶地说："这帮人整天没事找事。"

方卓越站起来，"走吧，看看他们想干什么。"

四人来到院子，工人们已站在那里，几个背着枪的军警东瞧瞧，西看看。冯纵川走上前说："我是这里的负责人，请问各位军爷有何指教？"

一个军警上下打量冯纵川，说："把你们化工社的名册拿出来，我们要核对一下人数。"

冯纵川让姜强把名册取来，交给对方，又指着方卓越说："这位是卓越化工社经理方卓越，今天过来谈合作。"

军警见人数没错，把怀疑的目光落在方卓越身上，问道："你真是卓越化工社经理？"

方卓越不卑不亢地说："是，若军爷不相信，可以跟我去查证。"

化工社就这么点大的地方，几个军警检查了一遍，没什么发现，只好粗着嗓子警告："最近乱党很猖獗，不要随便收留陌生人，若有可疑的人，要及时举报。如果敢窝藏乱党，同罪论处。"

走到门口，那位军警似乎不相信，又把方卓越叫上，让他带路去核实身份。方卓越无奈，只好跟冯纵川说下次再约，带着这几位瘟神走了。

三个人回到办公室，叶家驹忍不住骂道："这些人有病啊，昨晚上也来搜查过。"

冯纵川还不知道这事，他神色凝重地说："你们晚上住在这里还是要警醒点。"

姜强不明白，疑惑地问："外面到处是军警，真有这么多乱党吗？"

冯纵川讽刺道："所谓乱党，都是这些人按的名头。最近很不太平，大家都要小心。还有，方经理办厂的事没这么快，我们仍按自己的节奏来，可以生产到他新厂房搬进。至于你们去不去他厂里，我只作推荐，最终由你们自己决定。"

三人都表示会慎重考虑。冯纵川见这边没什么事，就回药号。看到满大街的军警，他的心像灌了铅一样重。

晚上，冯纵川翻来覆去睡不着，失眠了。开灯，看时间已过了午夜。这时，远处隐约有枪声响起，心里莫名不安。他穿好衣服，关了灯，走到窗前，拉开窗帘的一角朝外看。外面是昏黄的路灯，还有北风吹过树梢的声音。

冯纵川又侧耳细听，四周很安静，让他以为刚才的枪声是幻觉。正当他准备放下窗帘，看到前方空无一人的街上出现了两个人影，其中一个手臂似乎受了伤，捂着。两个人一边机警地打量四周，一边朝前跑，看方向是朝冯公馆而来。冯纵川虽然不知道他们是谁，但看这情形很有可能是革命党人。想到阿哥，冯纵川决定救他们。他悄悄下楼，来到铁门边，负责安保的石韦很警觉，他也听到了枪声，赶紧起来察看，见冯纵川走过来，很惊讶，低声问："小少爷，出什么事了？"

冯纵川已考虑过，若要救这两个人，瞒不了石韦他们，不如实话实说，上前附着石韦耳朵说："我想救外面的人，我们把小门开道缝。"

石韦虽然不明白冯纵川为什么要多管闲事，但小少爷既然信任他，他就好好配合。两个人把小门拉开一道缝，冯纵川站在门边，等脚步声过来。

　　街上，冯纵山和周奇道已跑得气喘吁吁，两腿发软，一身的汗。今晚，他们的一个联络机关因叛徒告密差点被一锅端。混乱中，他和周奇道等人逃了出来。途中，周奇道的左手臂受了枪伤。他就带着周奇道钻小巷子，七绕八弯，总算把追捕他们的人给甩掉了。他本不想去冯公馆，怕连累弟弟，可这个时候已经由不得他做别的选择，周奇道受伤的手臂急需处理，人也跑不动了，还是先到冯公馆再做打算。冯纵山知道这个时候公馆里的人肯定已进入深睡，但负责安保的石韦就睡在大门边的小屋里，只要发出一点声音，定会起来看。

　　两人到了冯公馆大门前，还没等冯纵山举起手，小门就毫无征兆地开了，兄弟俩四目相对。看到外面的人居然是冯纵山，冯纵川又惊又喜，忙做了个请进的手势。冯纵山和周奇道一前一后进了门，冯纵川赶紧把门关上，神情严肃地对石韦说："石叔，不要对任何人说今晚的事，包括石婶他们。"

　　石韦看到其中一人是大少爷，按捺住满心的疑问，忙说："大少爷、小少爷，你们放心，我有数。"

　　冯纵川嗯了一声，带两人进屋去。把客厅的窗帘拉严实，开了灯，冯纵山给弟弟介绍了周奇道。周奇道虽知冯纵山家境很好，但没想到这么好，更意外这两兄弟心有灵犀，连忙道谢。冯纵川让他们先坐一会儿，他去拿药箱，刚才他已闻到血腥味。他找出两种止血丹，让周奇道脱一只袖子出来，一边给他上药一边说："幸好没子弹，不然就麻烦了，我可以肯定，没有一家医院敢接收枪伤患者。"

　　周奇道愤恨地说："郑汝成就是个魔鬼，只要他在上海一天，我们就很难开展工作。"

　　冯纵山一脸愁绪："不知道还有多少人会死在他手上。"

　　见冯纵川端着一只碗从厨房出来，两个人就不再聊这个话题。"周大哥，这是内服的，你把它喝了，很快就能恢复。"冯纵川把化开的止血丹药水递给周奇道。周奇道接过，咕咚咕咚喝了下去，顺便问："这药粉很好？"

冯纵山骄傲地说："那是，用了这药粉，伤口愈合得特别快。"

周奇道拿起止血丹瓶，感叹道："战场上若有这药就好了。"

冯纵山说："是的，可以救很多人。"

冯纵川给两人各倒了一杯热水，问道："两位大哥，接下来需要我做什么？"

冯纵山征求周奇道的意见。周奇道对冯纵川说："我们先在你这里躲一天，还是要尽快离开，最近查得太紧，不能连累你。"

"没事，安心住。等天亮我上街去打听消息。你们如果不躲在这里，还有别的去处吗？"冯纵川心里巴不得阿哥能多住几天，外面实在太不安全。

周奇道说："有。"他没说哪里，冯纵川也不会多问，大家都心照不宣。

"阿哥，你带周大哥去休息。周大哥，你放心，这里除了我，只有石叔一家三口，都是跟着我从宁波过来的，靠得住。"

"好，阿川，你出去打探消息要当心。"

"我会的。"

冯纵山把周奇道带到客房，找出衣服让他换上，把周奇道那件带血迹的衣服拿到洗衣房，浸泡在水里，回房休息。一躺在床上，紧绷多时的神经松懈下来，他很快就睡了过去。冯纵川把药箱放好，想到周奇道那件沾了血迹的衣服，去洗衣房一看，血迹已泡出来，赶紧把血水倒掉，学着木香洗衣服的样子搓几下，然后挂了起来。回到房间，冯纵川再也无法入眠，这是他第一次真切感受到阿哥选择的这条路有多危险。

天亮了，冯纵川下楼，木香已准备好早餐。冯纵川边喝粥边对木香说："石婶，今天多买点菜，我哥和他朋友刚到上海，现在楼上休息，别上去把人吵醒了。还有，炖个鸡汤，我中午回家吃饭。"

木香笑眯眯地答应下来。吃好早餐，冯纵川走到院子里，蹲下身看地上，还好，没有血迹，又低声嘱咐石韦，千万不能让陌生人进公馆。石韦不是傻子，大概猜到了一些，他什么也没说，只点了点头。石耳过来了，他准备去化工社上班。冯纵川提醒他最近万事小心，不要跟人冲突。石耳每天上下班，能感受到那种无法言说的紧张气氛，点头表示有数了。

两个人出了院门，朝不同的方向走去。

冯纵川到药号后，先去了秦艽办公室，悄声跟他说了冯纵山和周奇道的事。秦艽紧张地说："他们留在上海太危险，我们是不是想办法把他们送回宁波去躲一阵？"

"现在风声这么紧，那些人肯定会在码头查，不能冒这个险。"

"那我让倪平、倪安出去打探消息。"

冯纵川想到那两兄弟的机灵劲，同意了，想了想，又补充道："别忘了让他们把上海的各种报纸都买一份回来。还有，这事跟安富叔就不要说了。"

"我明白。"

有伙计站在办公室门口，说外面有军警找，秦艽和冯纵川对视一眼，走出办公室。见店堂里站着一位军警，看到两人出来，开口道："谁是药号经理？"

秦艽走上前说："我。"

军警扫视柜台上的各种药，问："早上有没有人来买过伤药？"

"没有。"

"从今天开始，任何治伤药都不准出售，何时解禁，等通知。若私下出售，查到了后果自负。"

秦芄心一沉，刚想争辩，冯纵川忙替他答应下来。军警见他们很配合，态度缓和了些，又重申了一遍窝藏乱党的后果，见店里人个个脸上带着恐惧之色，这才满意离开。

倪平和倪安进来，秦芄把他们叫到一边布置任务，两个人奉命出去打听。冯纵川看到军警时就明白这形势恐怕比他想的还要更严峻，他们分明是在找昨晚逃脱的革命党人。如果受伤，他们肯定不敢去医院，但可能会上药店买药，现在药店被这么一威胁，那些受伤的革命党人就更难得到及时救治了。想到这里，冯纵川的眉头不禁紧锁起来。

中午，倪平和倪安回来了。上午他们去了茶馆，听说昨晚抓了很多乱党，白天又在大肆搜捕。

倪平说："今天我还听到一句顺口溜，'镇守使署是鬼门关，党人一去不复还'。"

冯纵川心想还真形象，他一翻报纸，果然有昨晚行动的新闻。时候不早，冯纵川带上两盒止血丹和报纸回冯公馆。见木香已把菜准备好，就让她炒起来，他上楼叫醒冯纵山和周奇道，让他们下来吃饭。

冯纵山和周奇道睡了半天，精神好了许多。等三人下楼，饭菜已端上了桌。木香跟两位少爷和客人打了声招呼后就回屋去了。冯纵川给两位大哥各盛了一碗鸡汤，让他们好好补补。

"阿哥，现在外面查得很紧，周大哥身上还有伤，我建议你们先在这里躲几天，止血丹能让伤口愈合得很快，过几天风声不那么紧了，你们再走。"冯纵川边说边夹起一筷子鱼肉，放进嘴里。

冯纵山也担心现在出去，万一路上遇到军警，被查到有伤口就麻烦了，在冯公馆还是相对安全，于是对周奇道说："周大哥，我们就在这里住几天，等你伤好一点再回去。"

周奇道考虑了一下说："那就住三天，时间久了也不行。"

三个人就这么说定，冯纵川吃好饭依然回药号，冯纵山和周奇道就在公馆，两人难得偷这浮生半日闲，下午就在壁炉旁边翻报纸边喝茶。周奇道打量着富丽堂皇的厅堂，想到他们正在走的路，心生内疚，"剑峰，如果不是我，你现在还依然是冯家的大少爷，既不会有危险，更不用吃苦。"

冯纵山喝了一口杯中的茶水，认真地问："那你为什么好好的周家大少爷不做，要选择走革命的路？"

周奇道哈哈大笑，道："说的也是。如此乱世，既然生为男儿，就该活得轰轰烈烈。"

两个人举起茶杯，轻轻一碰，一切尽在不言中。

冯纵山和周奇道在冯公馆躲了三天。这三天，三个人的交流非常多，周奇道畅想了革命胜利后他的愿望：走遍全中国。他说："我一定要好好走走、看看，再把看到的东西记录下来。"

"阿哥，你的愿望呢？"冯纵川好奇地问。

"我啊，等革命胜利了，我想出国留学去读书。"冯纵山微笑着说。

"希望革命早日胜利，两位阿哥的愿望早日实现。"冯纵川真心祈祷那一天早点到来。

"一定会的。"周奇道和冯纵山异口同声回答。

看着两位阿哥眼里的光，冯纵川的心里有一种灵魂被洗涤的震撼。

离开前的最后一个晚上，兄弟俩在房间说话。

"阿川，阿哥明天离开后，不知何时我们才能相见。阿爷年纪大了，你有空多回宁波，代阿哥尽尽孝。"想起冯五洲，冯纵山还是很伤感，从小到大，阿爷对他寄予厚望，可他却让阿爷整日提心吊胆，实为不孝。

"我会的，阿哥，倒是你，千万要注意安全。"冯纵川想到两位阿哥说的革命免不了要流血牺牲，心里很担忧。

"你也一样，保护好自己。"冯纵山感觉得出这几年弟弟的变化，人成熟多了，思想也进步。

"阿哥，你有考虑过什么时候成家吗？"冯纵川不想气氛搞得太伤感，换了一个话题。

冯纵山瞬间有一丝失神，很快又平静下来，语气平淡地说："现在不会去考虑这个问题，等革命胜利了再说。"

"我也不想早早成家，还是先立业要紧。"

时候不早，冯纵川不打扰阿哥，回房休息。

冯纵山躺在床上，闭着眼睛，思绪像一匹野马在狂奔，让他毫无睡意。想到刚才弟弟问他什么时候成家，他的脑海里不由自主地浮现出一幅画面：春天的樱花树下，一张年轻妩媚的脸，一双装满了星辰的眼睛。她是异国的富家小姐，他是逃亡他乡的革命党人，偶尔相遇，一眼万年。可他知道，他什么都做不了。面对她那份痴热的情感，他选择做了一名懦夫。既然他没有能力给予她一生的幸福，那就不要给她一点希望。他永远也忘不了，当他面无表情拒绝她羞涩的表白，转身离去，身后传来那个充满凄楚的声音："我这辈子都不会忘记你。"一辈子也许很长，也许很短暂。这是他人生中第一次对一个女孩心动，但爱情的火苗还来不及点燃，就已经熄灭。

"樱子，你还好吗？"冯纵山喃喃自语。这份深埋心底的感情，唯有在夜深人静时，才会像冬眠的虫子苏醒过来，撕咬着他的心。

"愿你一生平安。"

黑夜中，无人听见一个年轻人的呢喃。

冯纵山和周奇道离开冯公馆后，有惊无险地找到了革命党在上海的另一处机关。为了不牵连弟弟和宁波的家人，冯纵山离开后就跟之前一样，消失得无影无踪。

第二十七章
以身许国

"丧权辱国，这日本人的狼子野心现在是明目张胆露出来了，袁世凯这么做也不怕被国人唾骂死。"

方卓越办公室，冯纵川在拍桌子，项有志和方卓越一样气得脸色发青。

1915年1月18日，日驻华公使日置益向袁世凯提出了严重损害国家主权的"二十一条"。为了争取日本支持其复辟，袁世凯接受了"二十一条"的大部分内容。国内掀起了反日热潮，各地集会不断。在国外，在日留学生反应尤为强烈。上海总商会由虞先生等人为会长的"劝用国货会"，通告各帮董事分别召集各同业，开会劝用国货，在上海的宁波帮以及广肇帮、潮州帮、洞庭山帮、苏州帮等的两千多家同业会，均第一时间签字改用国货。

"明天张园开国民大会，你们不要迟到了。"项有志提醒道。今天他们三个人聚在一起，就在商量趁这波反日热潮，做些有意义的事。

冯纵川和方卓越点头，这次大会由绅、商、学各界联合发起，反对"二十一条"。这是大事，不能耽搁了。

"最近很多地方都有革命党人的讨袁行动，阿川，你哥可有消息？"项有志问。

冯纵川说："我好久没有他的音信了。"

作为冯纵川的至交好友，项有志和方卓越都知道冯纵山的身份，现在外面到处都在抓人，他们也很担心冯纵山的安全。两人虽然跟冯纵山只有数面之缘，但对他印象极好，得知他不当少爷投身革命，更是敬佩得五体投地。他们暗下决心，要以冯纵山为榜样，做一名爱国商人。一时，三人都没有说话，心里都默默为冯纵山祈祷。

转日，三人先后来到张园，发现人山人海。一打听，据说有近四万人参加。大会提出了抵制日货主张，通过了倡导国货，设立公民捐储处等项决议。与会者群情激愤，一致通过多项决议。

会议结束，冯纵川走出会场，满大街贴着抵制日货的传单，他在猜测这些会不会是革命党人贴的。再看街头巡捕一个个紧绷的脸，动不动就以"恐人众滋事"为由，用枪威胁有过激行为的民众，他的脚步越来越沉重。

张园大会后，有名爱国志士在《申报》上倡议开办救国捐，称自愿捐献十分之一的财产。上海商会见此倡议响应者众多，很快就成立了救国储金团临时通讯处，并召开了成立大会，宣布该团以中华国民协力保卫国家为宗旨，预定筹集储金五千万元，专备国家添设武备所用。会后，通电号召"各省各埠，请商会发起，冀达人人爱国，人人输金之目的"，此倡议迅速得到全国各地商会和民众的响应，到中国银行去交款的人络绎不绝。

这一天，冯纵川带着冯家药号和化工社全体员工的心意前往中国银行交捐款。途中，他看到一个年轻人一手提着一只木桶，另一只手中拿着一把刷子，站在一堵白墙前，用墨汁在墙上用力写下巨大的"国难"两个字，旁边有很多围观的人。等他交好款出来回药号，又经过那里，发现"国难"下面的地上是打翻的墨汁桶和扔在一边的刷子。冯纵川暗叫不好，那位写字的年轻人很有可能被抓走了，还不知会受到怎样的酷刑？

自从知晓自家阿哥是革命党人，冯纵川反复在想一个问题：为什么有这么多人明知危险，甚至可能丧命，仍义无反顾投身革命？像阿哥，像这位年轻人。他想起阿哥说的信仰，也许这就是信仰的力量。他的目光落到一张贴在电线杆上的传单，上面写着"中国人用中国货"。

"中国人用中国货"，冯纵川在心里默念这七个字，这是一种宣誓。冯纵川心中的疑惑忽然解开，他相信自己已经找到了答案。

1915年10月，革命党人准备在上海、山东、广东等地起兵讨袁。上海革命党负责人陈其美等人对郑汝成屠杀革命党人的暴行非常愤怒，他们决定派人暗杀郑汝成，斩断袁世凯的一只胳膊，好为接下来的起兵扫除一些障碍。

暗杀行动很成功。

冯纵川从报上得知郑汝成被刺身亡的消息，不由松了一口气。在他想来，这个人死了，阿哥他们就多了一份安全保障。谁知还没高兴几天，又听说袁世凯派亲信杨善德到上海就任淞沪护军使，他的心又提了起来，暗暗祈祷千万不要又来一个跟郑汝成一样残暴的人，于是越发密切关注时局的发展。

一个月不到，上海再次发生一件大事，由陈其美组织的肇和舰起义失败。一时，风声鹤唳，人人自危。冯纵川有种不好的预感，他整日心神不宁，坐立不安。他想自己得转移注意力，于是约了项有志和叶家驹晚上到家里来聚聚。项有志和叶家驹来了，聊着聊着，话题还是扯到时局上。

正说着，石韦进来了，对冯纵川说："小少爷，有位姓周的先生找你。"

"姓周？他人呢？"冯纵川马上想到周奇道，立马站起来问。

"他说在门口等你。"

冯纵川急忙跑出去，项有志和叶家驹对冯纵川这个举动很纳闷，不由好奇地跟了出来。冯纵川走到小门边，即便周奇道做了伪装，冯纵川还是认出是他："周大哥？"

周奇道默默把一个袋子递给冯纵川，哽咽着说："对不起，纵川，我没有保护好你哥，他在一次行动中牺牲了，这是他的遗物，现在交给你。"

冯纵川如雷轰顶，紧紧捏住周奇道的手臂问："周大哥，你说什么？你不要骗我！"

周奇道强抑内心的悲痛，摇了摇头。冯纵川松开双手，傻站在那里。周奇道抬起冯纵川一只手，把袋子挂在他手腕上，转过身，低着头走了，一直笔挺的脊背此刻似驮着千斤重担，让他的脚步都变得迟缓起来。虽然他也早做好了随时牺牲的准备，但当朝夕相处的兄弟真的永远离开，心仍禁不住一阵阵绞痛。他想起几年前的那个夜晚，他救了冯纵山，后来又领着他走进了革命队伍。他们一起训练枪法，一起流亡日本，又一起回到上海并肩作战。他们曾讨论娶妻的问题，只是与国比起来，个人的情感显得微不足道。周奇道清楚地记得，在日本期间，住在他们隔壁的一位日本姑娘很喜欢纵山，向他表白，明明纵山对那姑娘也有好感，但他还是婉拒了。"对不起，纵山。"泪水模糊了周奇道的眼睛，他用手抹了一把，想冯纵山在生命的最后时刻，不知有没有后悔跟着他走上这条路？

项有志和叶家驹听了两个人的对话，惊觉原来是冯纵山出事了，见冯纵川一副失魂落魄的样子，一个忙上前扶着他进屋，一个接过袋子跟上。石韦更是不敢相信自己的耳朵，大少爷没了？怎么会这样？！

冯纵川坐在客厅沙发上，一动不动，两眼无神，整个人像被抽走了魂魄。项有志和叶家驹默默陪着他，想起冯纵山，那么俊朗的一个年轻人，就这样消失了，他们心里一样难受。过了许久，项有志站起来，倒了一杯热水放在茶几上，打开袋子，里面是一套衣服、一只小小的盒子，还有一封信。项有志把信取出来，轻声说："阿川，你先看看信吧。"

冯纵川呆呆地坐着，没有反应，此刻，他的大脑一片空白。过了许久，才颤抖着伸出双手接过信，他浑身没有一点力气，更没有打开的勇气。叶家驹拿来一把小剪刀，小心剪开信封，抽出里面几张信纸，递给冯纵川。

　　　阿爷、阿爹、阿姆、阿叔、婶婶及弟弟、妹妹们好，当你们看到这封信的时候，我已经不在这个世上。若果真如此，请你们不要难过，这条路上已有无数热血志士付出了宝贵的生命，我只不过是其中一员。

　　　从小到大，我过着锦衣玉食、奴仆成群的少爷生活。我也知道世上还有许多穷苦人，他们日夜劳作，仍无法吃到一餐饱饭、穿一件能抵御寒冷的衣裳。有的还卖儿卖女，或因病无钱治疗而呜呼。同样生而为人，为什么差距这么大？起初我只是心有疑惑，不知原因。直到遇到了周大哥，我才真正静下心来认真思考。一个人该怎么活人生才更有价值？生命才更有意义？我感觉自己已无法心安理得回家继续做大少爷，我的内心有一个越来越强烈的声音在呼唤我，这个声音让我变得勇敢，明确了信念。

　　　自古忠孝难两全，既然选择了以身许国，只能对不起各位亲人。你们若问我怕不怕死，说实话，我也有过胆怯的念头。庆幸的是，我最终还是战胜了那个贪生怕死的'我'，加入了敢死队，做好了随时牺牲的准备。明天又有一场硬仗要打，我无法确定自己能不能安全无恙回来，写封信当作临别的遗言吧！

阿爷，你年纪大了，若孙儿真有万一，你老人家千万不要过于伤心。你应该为孙儿高兴，因为孙儿没有给你丢脸。还有阿爹和阿姆也一样，尤其是阿姆，身体本来就不好，更不可过于伤悲。谢谢阿叔、婶婶一直来待我如亲子，请多多保重。妹妹们，祝你们健康成长……

信写得很长，字里行间跳动的是一颗赤子的报国之心，以及对亲人们的愧疚之情。当冯纵川看到"阿川，以后家里就交给你了，你替阿哥尽孝，多多劝慰阿爷和阿爹，还有阿姆，勿要过于伤心。为了中国的未来，阿哥从不后悔选择了这条路，这世上总有些事需要人去做，哪怕再难，哪怕看不到希望……"的话，再也忍不住，痛哭出声。他不知道阿哥是怀着怎样的心情写下这封遗书，只知道从今以后，他再也没有这么好的阿哥了。

项有志和叶家驹跟着抹眼泪，任何安慰的话在此刻都显得如此苍白，他们就这样陪着冯纵川，一直等到他开口让他们回去，两个人都不走，想陪他，冯纵川拒绝了，他想一个人静静。项有志和叶家驹没办法，只好站起来告辞。离开时，两人给冯纵川一个紧紧的拥抱，"阿川，节哀。"

项有志和叶家驹走出冯公馆，心情极其压抑。项有志说："阿川的哥哥很了不起，好好的大少爷不做，投身革命。"想起冯纵山的谈吐和见识，项有志心里更觉遗憾，这么优秀的年轻人就这样走了，实在令人心痛。

"是，很了不起，我想都不敢想。"叶家驹说。

冯纵川捧着冯纵山的衣服，仿佛触摸到了阿哥的体温，泪水不停地流下来，打湿了手中的衣裳。他小心地把衣服放好，又拿起袋子里的那只小盒子，里面放着一只精致的怀表，眼泪又涌了出来。

这一晚，冯纵川紧紧捏着那只怀表，听表针嘀嗒嘀嗒地响着，在客厅枯坐一夜。第二天，他红肿着眼睛，一脸憔悴去了药号，随身就带了装着冯纵山遗物的那只袋子。秦芄和冯安富闻知噩耗，一样难以接受。发生了这么大的事，两个人当即决定晚上和冯纵川一起回宁波。

到宁波后，迎接他们的是绵绵冬雨，更显阴冷。秦芄让他们去冯宅，他到药号把沈世荣请过来，他怕老太爷大太太受不了。冯纵川和冯安富走进院子时，冯正道和冯正义还没有出门，进入冬季，他们两人早上要晚些去药号。这一年，无论是抵制日货还是捐储备金，冯家药号和宁波其他商家一起都积极参与，同仇敌忾。

大清早，兄弟俩先到中兴屋看老太爷，冯五洲这两天偶感风寒，身体不适，躺在床上休息。见冯安富和冯纵川出现在面前，直觉告诉他们定然是出了大事。冯正道想让两人去客堂间说事情，被冯五洲拦住了。冯纵川含着眼泪拿出信和怀表，抽泣着说："阿爷，阿爹、阿叔，我哥他，他走了，他走了，他再也不会回来了，他就给我们留了这只怀表和这封信。"说完，崩溃大哭。

冯五洲闻听，眼前一黑就昏了过去。冯正义正要叫小厮去请沈世荣，秦芄和沈世荣已从外面急冲冲进来。在来的路上沈世荣已知冯纵山出事了，心里像塞了一团乱麻，又忧心冯五洲的身体。见冯五洲昏过去，他急忙上前刺激人中、百会等穴位。一阵忙乱后，冯五洲总算醒了过来，沈世荣给他一把脉，情况很不妙。闻讯赶过来的童香芸得知冯纵山牺牲的消息，跟着昏倒。又是一番急救。

童香芸醒来时发现在自己卧室，她睁开眼睛看到站在床边的冯纵川，挣扎着坐起来，急切地问："你哥呢？快告诉我，你哥在哪里？"

"阿姆，"冯纵川张了张嘴，他很想说大哥还在的话来哄骗阿姆，可残酷的事实摆在这里，容不得人逃避，只能狠下心，沙哑着声音说：

"阿姆，我哥他走了，他让你不要太难过。"

"你胡说，你哥好好地在那里，你给我跪下，你为什么要诅咒你哥？"童香芸的心在这一刻被彻底撕裂，她不信，她那么优秀的儿子就这样没有了，她扑下床，像疯了一样要去打冯纵川。刚进屋的乐如眉赶紧把她抱住，哭着说："大嫂，你这样纵山怎么放心得下？"

沈世荣见童香芸醒了，让冯纵川留下照顾，他又回到中兴屋。冯五洲一动不动躺在床上，秦芫和冯安富一左一右站在床边守着他，冯正道和冯正义两眼无神坐在那里，屋里死一般寂静。沈世荣走过去，秦芫和冯安富连忙把位子让出来。沈世荣又仔细检查了一遍才站起来，对冯正道和冯正义说："你们两个跟我来一下。"

冯正道和冯正义回过神，见沈世荣神情严肃，跟着去了客堂间。沈世荣说："老爷子的身体这次恐怕要养很久，已经禁不起任何刺激。还有大太太的身体，如果再像之前那样折腾恐无法长寿。我一会儿去开两张方子，药还是要喝。"

"白发人送黑发人，好是好不了了。"冯正道心如死灰地说。

"你们要振作起来，纵山为大义而去，他是你们冯家的骄傲。"沈世荣说。

"世荣哥说得对，大哥，纵山若地下有知，定然希望大家都好好的，我们不能辜负了他的期望。"冯正义心如刀绞，可眼下只能先管活人。

过了许久，冯正道才开口道："我明白。"

见两个人情绪稍稍平静下来，沈世荣也稍松了一口气，三个人坐在一起商量冯纵山的后事。由于没有遗体，只能立个衣冠冢，又怕刺激到冯五洲和童香芸，决定丧事低调进行。

叶上秋听说大少爷没了，偷偷哭了一场，他带着小厮去城里买白布、黑纱、订棺木等丧仪需要用到的东西。很快，灵棚搭起来，丧幡也竖了起来。冯纵川和秦芫哪里需要就出现在哪里，冯正义则去请风水先生在冯家墓园找了块地，让石匠造衣冠冢。沈世荣守着冯五洲，时刻关注着老爷子的情况。芍药守着童香芸，只是童香芸一直不说话，只流泪。乐如眉负责盯着这一大家子的一日三餐。

因冯纵山是小辈，又没成家，冯正道就不准备通知亲友。只是宁波太小，冯家药号大少爷没了的消息还是很快传开了。亲戚来了，一些平时有交集、关系比较好的朋友也纷纷上门，到灵堂点一炷香，送上一份丧礼金。每一位吊唁的亲友来上香，一身黑衣的冯纵川和三个妹妹都一起鞠躬致谢。上好香，亲友们去找冯正道，冯正道只能强打精神接待，对于那些好奇的询问，他又不能透露儿子是革命党人的身份，只好借口是在外面出了意外，魂断他乡。众人唏嘘不已，只能劝慰节哀。

张东财带了几个陌生人过来上香，他没有说那几人的身份，但冯正义还是猜到了。其中一位年轻人离开时，对冯正道说："纵山的生命是有价值的，伯父节哀！"

冯正道听出来了，很想多问几句，可又不知该问什么，最后沙哑着声音说："这是他的选择，我尊重他。"

这行人刚离开，钱高峰到了。他先去上了香，又去看了老爷子，留下一大包滋补药材。见冯正道一下子苍老了许多的面容，再多的话都哽在了咽喉，只能说一句："节哀！"

夜深了，冯纵川和秦芫蹲在火盆边，一边烧纸钱一边守灵。他们的身后摆着漆黑的棺木，里面放着冯纵山穿过的四季衣服。

"阿哥，你在那边一定要好好的，你放心，我会照顾好阿爷、阿爹和阿姆。"冯纵川对着火盆自言自语。他已经连续好几天没有好好睡了，精神却异常亢奋。

这时，芍药扶着一身黑衣黑裙的童香芸走进来。短短几日，童香芸又瘦了一大圈，头发竟然白了大半，看起来像个单薄的纸片人，似乎风一吹就要消失不见。她慢慢移到棺木前，突然扑了上去，拍打着盖子，发出一声声撕心裂肺的哭喊声："纵山，你怎么可以把阿姆丢下，你怎么可以这样啊，你让阿姆怎么活啊！"

冯纵川站起来，拖着麻木的腿上前，扶住童香芸，大声劝慰道："阿姆，阿哥让我们不要难过，我们就听他的话好不好？你如果身体垮了，阿哥一定不会安心走。"

童香芸还在哀哀痛哭，她实在接受不了大儿子已不在人世这个残酷的事实。她还在幻想，说不定大儿子又像几年前一样被人给救走了。哭累了，嗓子已发不出声音，冯纵川好说歹说才让她回房休息。

"你说，我哥他是不是一直在看着我们？"冯纵川抬起头问秦芃。

"是的，大少爷一定就在我们身边，只不过我们看不到他。"秦芃肯定地说。

"阿哥，我好想你。你说胜利了想出国留学读书，可还没等到，你却走了，你怎么可以说话不算数？"冯纵川盯着棺木，眼泪又忍不住流了下来。

秦芃转过背，悄悄擦了一把脸上的泪水，这么好的大少爷怎么说没就没了呢？

转眼到了出殡的日子，随着唢呐与炮仗声，装着衣物的棺木被送到了冯家墓园安葬。躺在床上的冯五洲听到声音，问沈世荣："是今天吗？"

"是今天。"沈世荣低声回答。

"世荣，你说老天爷为什么不让我这个老头子走？纵山还没有娶妻，为什么要带走他？我已经活够了。"

"冯叔，你不要这样想，你应该为纵山感到骄傲，他跟我们不一样。"

"我知道，我只是没想到这一天来得这么快。"

"你好好养病，这是纵山的希望。"

冯五洲闭上眼睛，不知何时已泪湿枕巾。沈世荣装作没看到，他的鼻子一样发酸，只是克制着，努力让自己平静一些。

冯家墓园里，冯纵川和秦芃站在一起，看着棺木入穴，盖上石板，立起石碑，上面刻着冯纵山的名字和生卒日期。

当一系列仪式结束，冯纵川的心感到从未有过的空荡。

十二月的风，好冷。

第二十八章

这一年

　　冯纵山的丧事结束后，冯纵川原本打算等过了年回上海，可没住几天，他实在受不了家里令人窒息的悲伤氛围，还是决定提前走。怕冯正道不同意，冯纵川把冯正义请来，两个人一起在冯正道的书房里谈了半天。

　　冯正道的意思很明确：冯纵川留在宁波，该学的都要学起来。之前他已经任性这么多年，现在该挑起担子了。冯正义倒是支持冯纵川去上海，原因很简单，比起宁波，上海无疑有更多的机会，而且也是一条退路。他对冯正道说："大哥，纵川还年轻，他在上海一样可以干出一番事业来。药号这边，我们两个还有精力。实在不行，请人管理就是。"

　　"开了两次化工社都亏损，欠你阿叔的钱最后还不是你爹我替你还，我看创业你还是算了，别瞎折腾。"现在冯家只剩下这个"独子皇孙"，冯正道恨不得把冯纵川拴在裤腰带上。他心里很害怕，怕小儿子哪天也突然出意外，总觉得还是放在眼皮底下放心。

　　"阿爹，对不起，儿子让你操心了。"冯纵川羞愧地说。化工社亏损这是事实，他不否认，也不会逃避责任，但他坚信那些事情不会白经历，"阿爹，宁波有你和阿叔在，儿子留在这里也是浪费。如果说学习，在上海药号一样可以学。留上海，是想做些有意义的事，以前不

338

明确，是阿哥给我上了很好的一堂课，我想我也可以用另一种方式为实现阿哥未了的心愿尽点力。"

冯正道对大儿子的选择，已从最初的不理解到理解。最后一封信已反复看了多遍，他又何尝不知倾巢之下焉有完卵的道理？这一刻，冯正道只是觉得自己是真的老了。在冯正义的劝说下，冯正道最后长叹一声说："去吧，只是你切不可像你哥那样去做那么危险的事，冯家以后要靠你了，我们再也禁不起折腾。"

冯纵川说："儿子记住了。"

童香芸的反应出乎冯纵川的意料之外，她没有说同意，也没有说不同意，只是神情淡漠地看了小儿子一眼说："去做你想做的事，阿姆不会拖你的后腿。"

冯纵川对阿姆的冷淡态度有些不太适应，他明白是阿哥出事让阿姆太伤心。收起心里的一点小情绪，他收拾好行李回上海。

刚回到冯公馆，石韦交给他一封信，说是昨天收到的。见信封外没写寄信地址，只落款写了一个周字，冯纵川马上闪过周奇道的名字。拆开一看，果然是他。在信中，周奇道向冯纵川告别，说他回湖北去了，今后还会不会来上海，未知。

"我与剑锋情同手足，你也等同于我弟弟，他没有走完的路程，我会带着他的心愿继续走下去……就此别过，若有一日再见，定随你去宁波拜见两老，因为我答应过剑锋，陪他去见宁波家人……"冯纵川把信件收好，猜周奇道回湖北，要参与的恐怕也是九死一生的行动，不然就不会给他写信了，他只能在心里祈祷周奇道平安。

两个月后，冯纵川在报纸上看到一条消息："中华革命党湖北起义失败"。

"周大哥，你是不是也跟我哥一样，为了这个国家的未来付出了自己宝贵的生命？"冯纵川仰望天空，在心里问。其实从去年袁世凯想当皇帝开始，倒袁护国行动就像星火燎原一样，遍地开花。冯纵川随时关注报上各种消息，对局势还是略知一二。他想起两位阿哥曾说过的革命胜利后的愿望，不知过了多久，冯纵川才惊觉自己脸上全是泪水。

接下来的日子，全国各地起义不断。

4月，浙江驻军起义并宣告"浙江独立"。5月，袁世凯政府不顾百姓利益和金融安危，命令中国银行和交通银行等发行的纸币不能兑现，应付款项不准付现，引发民众巨大恐慌，社会各界反响强烈。此"停兑令"无论是对银行还是企业，都是灭顶之灾，上海总商会对于中行抵制"停兑令"给予全力支持。

冯纵川和秦芃紧张关注着事态的发展，纸币不能兑现，那就意味着这纸币很有可能在一夜之间变成废纸，你有再多的财富都要化为乌有，禁令一出后，纸币疯狂贬值，底层老百姓的日子更加难过。秦芃和冯安富、冯纵川商量，那些进货的经销商拿着纸币到药号来，他们收不收？若收了，今天一百的纸币价值八十，明天可能就只值六十，这损失又由谁来承担？三人讨论半天，觉得还是不能冒这个风险，可他们又不能明面上拒收纸币，于是想了一个法子：零售收纸币，批发可以晚一个月结账，但注明银圆结算。对批发商来说，民间到处都是反对的声音，形势日日在变，"停兑令"估计也执行不了多长时间，所以没有人对此提出异议。

方卓越的中兴化工社自去年开办以来，一直以生产出能抗衡洋货的国货产品为目标。为此，他特意派了新加入的姜强和石耳以及其他几位工人去日本学习蚊香等制作技术。等他们学成归来，方卓越叫石耳捎来口信，约了个时间让冯纵川去厂里，一起见证国产蚊香的诞生。

冯纵川到了中兴化工社，方卓越兴致勃勃地把他和另两位股东带到生产车间，那里有最新进口的日本机器，姜强和石耳等几位工人穿着工服，各自站在机器旁，看到冯纵川，都很开心地朝他笑了笑。

"开始。"方卓越说。

姜强启动机器，熟练地把原料倒进去，动作灵活地操作着，当第一盘蚊香压制成功，车间里响起了欢呼声。看着姜强认真工作的样子，冯纵川想起第一次在冯公馆见到他的模样。时间过得好快，庆幸的是，他们都在成长。

经过试用，国产蚊香的质量完全可以媲美日本蚊香。方卓越坐在办公室里，高兴地跟几位股东说："这下好了，我们有对抗日本蚊香的底气了。"

"是啊，我们的蚊香质量不输他们，价格又比他们优惠，只要知名度打出去，还是很有竞争优势。对了，卓越，这蚊香的牌子取了吗？"冯纵川问。

"取了，日月星。"

"他们叫野猪，我们日月星，比他们高雅多了。"冯纵川说。

大家都笑了起来。

冯纵川拿起蚊香放在鼻子底下闻："说起对抗日货，我最佩服黄承乾先生，他的龙虎人丹现在还在跟日商东亚公司打官司。"

提起黄先生，方卓越也是一脸敬佩："是的，我听说日商用了不少下作的手段去恐吓利诱，但黄先生不为所动，坚持打官司维护自己的权益。"

有位股东有些顾虑，问道："那他们会不会也诬告我们假冒野猪牌蚊香？"

方卓越说："我们只不过是借鉴他们的技术，创的是自己的品牌，不怕。再说，谁规定中国人不能生产蚊香？以后我们还要生产更多跟他们一样的产品，让中国人可以放心用中国人生产的产品。"

一席话听得众人很是振奋，开始讨论销路问题，大家把各自的想法说出来，最后确定了找几家大的洋杂货批发商发售蚊香，采取先拿货，三个月后结账的优惠方式，再在报纸上连续投放广告。

"不过现在有个很大的限制，生产蚊香的原料除虫菊国内还没有，需要向日商购买，下一步得找个地方试种，只要试种成功，不但能降低成本，还没了制约。"

正聊着，有人送报纸到办公室。冯纵川随手拿起一看，惊得站起来："袁世凯死了！"

这下，大家的关注点都到报纸上了。有位股东说："乱世出英雄，也出狗熊，就是不知道还要乱多久。"

"我们一定可以等到安定的那一天。"

"是，我们这么年轻，一定可以等到。"

在座的每个人没有想到，袁世凯死后，黎元洪继任大总统，中国进入了军阀割据混战时代。

1916年的8月，宁波特别热。

冯正义得到一个消息，孙中山要来宁波。自从那年得知冯纵山在湖北参加了中国同盟会，他就开始关注这个名字。这些年下来，通过张东财牵线，冯正义认识了几位同盟会成员，多多少少对中华革命党有些了解。现在听说孙中山要来宁波，他很好奇，这是一个怎样的人物，如何能让那么多人连命都不要去追随？

8月22日上午11时，孙中山一行经新修通的曹甬铁路抵达宁波江北岸火车站。冯正义站在欢迎的人群中，看到火车上下来一行人，目光落在走在中间的一位中等个子，头戴金丝凉帽，一身白色服装的中年男人身上。原来，他就是纵山追随的人，大名鼎鼎的革命家孙中山？冯正义暗暗嘀咕，这人看起来也没什么特别的地方。

下午2时，在省立第四中学礼堂，孙中山面对宁波数百位各界代表作了演讲。在演讲中，孙中山盛赞甬商之能力和影响，还为宁波的建设和发展提出了振兴实业、讲求水利、整顿街衢、大力发展海洋交通运输业等建议，寄希望宁波能成为"吾国之第二上海"。听完演讲后，冯正义似乎有些明白这个男人的魅力所在，那就是站得高、心胸宽，不像他们只盯着自家的一亩三分田。

走出礼堂，冯正义边走边打量市容，这几年宁波有了电灯、电话，还修了公路和铁路，建了第一家公立医院，孙中山来宁波，或许是宁波发展的又一个契机。只是现在主政官员调换太频繁，怕那些好设想无法实施。回到药号，冯正义跟冯正道说了孙中山的身份、他演讲的内容，感慨地说："大哥，我们的眼界窄了，今天这位孙先生所言若能实现，那明日宁波必定非今日宁波模样。我想之所以有那么多人追随他，应该是大家都坚信，他可以带着他们改造出一个不一样的中国。"

冯正道说："但愿吧，只是不一样的中国这个目标太大，要实现谈何容易。不过这也是纵山所希望，以后若他们需要什么帮助，能帮得上的，我们尽力帮一下。"

冯正义一愣，这大半年，纵山的名字成了冯家上下一个不约而同回避的禁忌，没想到大哥今天会主动提起，连忙说："我明白。"想起纵山，冯正义心底又弥漫起伤感，只是他很快把这情绪给掩盖住，怕冯正道伤心。

这么多年兄弟，冯正道当然知晓冯正义回避在他面前提纵山名字是怕他难过，但他已这个年纪，没什么想不开了，除了接受还能怎样？活着的人总归还要活下去。

这时，常山进来了，他要去一趟杭州收购一批杭白芍，另外还要把十月、十一月可以收的杭白菊、浙玄参、浙白术等药材提前向药农预订，交付好定金，以免到时候好货被人买走。这一年，冯正义基本上把采购药材的重任交给了常山，又让他带着将离、明石和川朴等几位年轻人，相信再经过几年锻炼，他们都能独当一面。

"你还可以顺道带点浙前胡和冬术，此时正是生长最盛期，采茎叶最佳。"冯正义提醒道。

"是有这个计划。对了，小冯经理，太乙紫金锭没货了，所有存货昨天被一位福建药商拿走了，万应宝珍膏药也不多了。"常山刚查过各药材和成药的库存，心里有数。目前他作为查柜的职责中，有一部分工作由冯正义接管，他挑起了采购药材和带新人的重任。常山边说边把手中的单子递给冯正义："这是成药缺货品种单。"

"我马上去安排。"冯正义接过单子扫了一眼说。每年春、夏、秋三季，宁波时不时会发生"时疫"，尤其是夏天台风过后，更易发生各类疾病。太乙紫金锭主治疗毒疮疾、四时疫病、霍乱吐泻，兼治小儿惊风等症，特别受欢迎。宁波有不少福建人，他们经常把福建的特产带过来，又把宁波特色的药品等带回去，不少药品通过他们销往台湾市场，其中冯家药号的驴皮胶、太乙紫金锭、万应宝珍膏药等产品在台湾很畅销。

来到制药工场，冯正义根据不同季节不同成药的销售特点做了生产次序的安排，又去各工坊转了一圈，见一切都井然有序，很满意。时候不早，冯正义没回药号，而是直接回了冯宅，先去中兴屋看老太爷。

这大半年，冯五洲的身体一直不太好。沈世荣想了很多办法，用名贵药材吊着，但大家心里都明白，老太爷时日不多了。

"阿爸，今天感觉好些没有？"冯正义走进卧室，关心地问。

冯五洲躺在床上，见冯正义进来，有气无力地说："无事，不用担心。"

冯正义看着阿爸消瘦苍老的容颜，心里不是滋味，又问了站在边上的小厮，老太爷饭量多少，药有没有按时喝等几个问题，见没什么异常，才回西兴屋去。

乐如眉见丈夫回来，忍不住跟他说："大嫂现在又跟以前一样，整日在小佛堂吃素念佛，百事不管。我现在都不敢跟她说话，那眼神整个儿是冰冷的，好像任何事都没法让她有反应。"

冯正义叹着气说："纵山把大嫂的精气神给带走了，她在逃避，一直不愿接受纵山已走的事实，慢慢来吧，你有空还是多陪她说说话。"

"我也心疼大嫂，这种事谁遇上了都受不了。"

"内院的事你就多费点心，我现在还是比较担心阿爸的身体，你每天不要忘了过去探望。"

"我知道。"

对冯五洲的身体，冯正道心里很明白，沈世荣跟他说过六个字——"油尽灯枯之相"，提醒他有些事要提前安排好，免得到时候手忙脚乱。冯正道虽不愿相信，可又不得不接受事实，吩咐叶上秋暗中做些准备。怕万一他们白天不在时老爷子走了，冯正道和冯正义商量后决定由冯正义留守家中，有事也好及时处理。

日甬贸易行，伊藤迎来了久未露面的林长谷。这半年，林长谷奉上峰之命，乔装改扮成货郎客，又暗中走了一圈宁波城乡，对照地图上的标识，根据实际情况进行了调整。现在任务完成，他来找伊藤，让他说说冯家药号的事。伊藤就跟林长谷说了冯家大少爷去年冬季出意外去世了。

"什么意外？"林长谷好奇地问。

"不清楚，挺神秘的。这位大少爷这几年都不在宁波，似乎在外地。"伊藤说。

林长谷想到这两年中国人动不动搞抵制日货，让他们吃了很多暗亏，对冯家药号的行动已停止许久，不如这次玩一把大的？他当即和伊藤密谋起来。

两天后，突然有警察来冯家药号，直接找冯正道，对他说："有人告你们药号配错药了，病人吃了药后死了，今天我要把人带走去问话。"

冯正道大吃一惊，连声说："不可能，配药有两个人反复查验，怎么会错？"

警察反问一句："难道是药方开错？谁开的？一起跟我走。"

沈世荣上前问道："请问是什么病人？何时开的药？有没有证据？"

警察不耐烦地说："人家告你们，当然有证据，你们三位先跟我走一趟。"

冯正道很紧张，说："我跟你们一起过去。"他让川朴和苏木先把店门关了，人别离开。

沈世荣把这几天开的药方都带上，一行人跟着去警察厅，大家心里都七上八下。到了那里，沈世荣等人一见告状的人，是个尖嘴猴腮的中年汉子，不认识。没想到那汉子一见冯正道他们，情绪激动大喊："你们这群王八蛋，赔我阿爸命来。"

冯正道问警察到底怎么一回事。经询问，原来此汉子名叫郑大海，他父亲郑阿六昨日拉肚子，到冯家药号找沈世荣求诊。沈世荣给他开了一张方子，结果喝了药不但没有好，反而昨夜就死了。大清早，郑大海就带着药渣和另两包还没有煎的药来告官。这么一说，沈世荣想起昨天是看过一位老者，人瘦得不成样，发热、头痛，还拉肚子，一个老太太扶着来的。他根据老者的症状给了一张方子，但怎么可能会吃死人？沈世荣仔细看那药渣，心一惊，又急忙打开另外两个药包，站起来盯着郑大海问："你确定这药没有被动过手脚？"

"我又不懂，怎么可能去动手脚，那是我阿爸老头，又不是旁人。"郑大海跳起来，一脸被冤枉的愤怒。

　　沈世荣转过身对警察说："这里面有一味法半夏的药被人换成了生半夏。生半夏超过三钱就有毒，这药包里的生半夏远远超过三钱，喝了当然要出问题。我方子上写的是法半夏，配药不可能搞错，我们有严格的检验制度。"沈世荣找出昨天那张方子递给警察，常山也把他们盖了章留存的方子给警察，上面确实很清楚写着"法半夏三钱"。

　　警察很无奈地对冯正道说："冯经理，虽然你们有方子，可现在无法证明这药包里的药是你们配错，还是有人动了手脚。另外，还没尸检，也无法确定是不是你们医师开错了药方。出了人命，我们不好不管，这样，先委屈三位暂留我们这里，我们会派人去调查，你也可以去找找新证据，若找到就递交上来。"

　　冯正道万万没想到会这样，若真出了人命官司，冯家药号就不用开了，更何况还要牵及沈世荣他们，他顿时心急如焚，急找警察通融，无效。冯正道气极，提出反告郑大海诬告冯家药号。警察想了想，同意了。

　　沈世荣和常山、杜若一看这情形，知道一时走不了，反倒平静下来。沈世荣走到冯正道身边，附着他耳朵轻声说："你回去马上给纵川拍电报，让他在上海给我们请个律师来，越快越好。"

　　冯正道微微点了点头，无奈看着沈世荣三人被带走，急急赶往邮政局，给冯纵川拍了一封加急电报。回到药号，冯正道挂出暂停营业的牌子，匆匆回到冯宅，跟冯正义说了此事。冯正义一时也慌了神，只好寄希望于冯纵川带律师来。

　　冯纵川收到电报，见上面写着："沈叔等人被诬陷出人命，速请一名律师回甬。"知道出事了，他不敢耽搁，急忙到上海律师公会，重金聘请了一名擅长打此类官司的王律师，当天晚上坐轮船回宁波。

　　第二天一早，冯纵川和王律师到了宁波，直接去了警察厅，到拘留室去见沈世荣等人。沈世荣、常山和杜若从没有遇到过这种事，这一夜大家都没睡，精神有些萎靡，看到冯纵川带着律师来，很惊喜。

王律师详细问了三人事情经过，做好记录，对他们说："此事我们必须要找到新的有力证据，不然是有些麻烦。事不宜迟，今天就去找。"

沈世荣说："那就拜托了。"

"沈叔、常查柜、杜师兄，委屈你们了。我们先走了。"冯纵川昨晚在船上也没休息好，担心了一夜，幸好年轻，身体还扛得住。两人又回头找警察了解了相关情况，王律师问来了死者的家庭地址。冯纵川带王律师到药号，冯正道和冯正义已在那里等他们。简单寒暄几句，王律师提出要走访病人住家附近的邻居，寻找线索。冯纵川跟着一起去。

出事的郑阿六家住在江东一条小弄堂里面。冯纵川和王律师到了那里，由于案子还没有了结，郑阿六的尸体暂时放在义庄，家里也没钱办丧事。两个人没去惊动，只悄悄跟左邻右舍打听郑阿六家情况。冯纵川出手大方，找的又是嘴碎的妇人，很快得知郑大海平时对他阿爸很不好，整日骂郑阿六是老不死，很嫌弃，没想到郑阿六死了，这郑大海转个身变成了孝子。

"这里面肯定有问题。"王律师边梳理收集的信息边说。

"会不会是有人出钱让他干这栽赃诬陷之事？"冯纵川说出自己的猜想。

"很有可能。如果能查到郑大海这几日的行踪和他交往的人就好了。冯先生有没有办法？"王律师问。

冯纵川想到了一人，马上带着王律师去找张东财。张东财还不知道冯家药号遇到了这样的麻烦事，很惊讶也很愤怒。这事一看就有蹊跷，张东财当即答应帮忙。冯纵川又马不停蹄和王律师去义庄，警察说了今天会派仵作去验尸。他们到的时候，仵作已在，经过检查，得出结论，郑阿六本来就因为暴泻加恶寒，虚弱不堪，偏偏药里混入大量生半夏，造成中毒，又没及时救治，失了性命。死因找到了，现在就要查这大量的生半夏是怎么到药包里去的。这是关键，决定了冯家药号那三人有没有罪。警察这边也派人去查，冯纵川这里等张东财的消息，王律师则做好打官司的思想准备。

张东财的动作很快，半天后，亲自送来重要线索。他是通过道上朋友的帮助，查到郑大海平时喜欢赌，在赌场欠下几百块赌债还不了，原本是要被剁去三根手指抵债，没想到竟有钱还了。冯纵川和王律师得此信息，直奔警察厅，提供了线索，要求他们提审郑大海。很快，郑大海被带来了。审问中，刚开始郑大海不肯说什么，把证据摆在他面前，又吓唬他要用大刑，郑大海害怕了，松了口，说他在赌场欠了债，正发愁时，有人找他做了一笔交易，替他还清赌债，保住手指，还问他有个发财的机会要不要。他当然要了，于是就有了后面发生的事。他故意让他阿爸吃已经变质的食物，把配来的药包交给对方，任对方换药，煎好后给他阿爸灌下去。对方答应，只要他能让冯家药号的人坐牢，事成后会再给他一千块。

"谁指使你诬陷冯家药号？"警察问。

"我不知道，是个在赌场认识的兄弟找的我。"郑大海有气无力地回答。

"叫什么名字？"

"吴常。"

警察去拘人了，冯纵川和王律师等着。吴常带到，可惜他一口否认指使郑大海诬陷的事，偏郑大海手上又没两人交易的证据，警察没办法，只好把吴常给放了。沈世荣和常山、杜若也同时放了出来，郑大海被正式收监。

一行人回到药行，冯正道和冯正义总算放下心来，大家都有一种劫后余生的庆幸。但冯纵川总觉得这幕后之人没找到，隐患一直在，对冯家很不利。他想去找张东财，请他再费点心，帮忙查一下吴常背后的人。还没等冯纵川去找，张东财过来了，他告诉大家，道上朋友帮他查到了给郑大海牵线的人叫吴常，而吴常背后的老板是日甬贸易行的周星魁。

"又是他们搞的鬼！这都几年了，还没完没了了。"冯正道气得吐血。

冯纵川还不知道日甬贸易行的事，冯正道就跟他说了当初查到的一些证据。冯纵川越听越愤怒，他问王律师："像这种情况，我们能告日甬贸易行吗？"

王律师说："没证据，你告了也赢不了。"

"难道就没有别的法子了？"冯纵川很不甘心地问。

"趁夜黑，套个麻袋，狠狠打一顿。"王律师开了句玩笑，又一脸认真地说："如果真要告，必须要有真凭实据，不可意气用事。"

"不行，我明天去找那个周星魁，不能让他太得意了。既然他是个商人，真要斗个你死我活，我们冯家未必斗不过他。我看他也只会一些下三烂的法子，吃准我们是君子，那我当一回小人又如何？这次事件如果就这样不了了之，肯定还会有下次，我们得把强硬的态度拿出来。"冯纵川并非一时冲动，他是真觉得该强硬起来了，为什么那些人不断折腾他们家？说到底还是他阿爹和阿叔为人和善，不够狠，好欺侮。

冯正道怕冯纵川冲动惹出祸事，想劝，可心里累积的愤怒确实需要一个出口。他提醒道："周星魁不会是真正的主使，真正幕后之人应该就是上次小蓟说的那家日沪制药厂的老板。从名称上可以看出，他们肯定有关系。"

"我回去查那人到底是谁，周星魁这边还是要去警告一下。"冯纵川说。

沈世荣对这个日甬贸易行是说不出的厌恶，他对冯正道说："虽然没证据，但我认为是该给警告，别忘了，我们还有商务总会，可以找他们出面。"

"那你不要一个人去，带上苏木。"冯正道想了想，还是同意了。

"纵川，我有个非正式的洋人徒弟，在江北岸，你明天可以先去找他，我给你地址，让他陪你去。"沈世荣说。

"谢谢沈叔，不用了，没事，我就带苏木去好了。"冯纵川婉拒。

"行，有需要跟沈叔说。"

"好。"

累了一天，大家都各自散去。冯纵川带上王律师，跟着阿爹和阿叔回冯宅，又去见了阿爷。没说官司的事，只说带朋友回来一趟走走。冯五洲精神不济，说了几句闲话，冯纵川不敢多打扰就退下了。童香芸见小儿子回来，冯正道没跟她说缘由，冯纵川也没提，只当平常。

第二天，冯纵川留王律师再待一天，等他处理好这件事再一起回上海。王律师答应了。冯纵川带上苏木去日甬贸易行，听说是找周经理，下面的人就直接把他俩给带了过去。

办公室里，伊藤正在和林长谷喝茶，他们没想到郑大海这么没用，好好的一个计划又给废了。林长谷遗憾地说："看来以后这种事还得让我们的人来做，像郑大海这种人派不了什么用场。这次幸好没有留下证据，不然就查到我们身上来了。"

"可惜了这个好计划。"伊藤知道原因，这事说到底还是他们心急了点，匆匆忙忙找了这么个人，计划不够严谨。

"我的责任。"林长谷举起茶杯，对伊藤说："我明天就回上海，辛苦师兄。"

"你跟我客气什么，下次再重新来过。"伊藤也举起茶杯，笑着说。

"周经理，有人找你。"手下走到办公室门口朝里喊了一声。

伊藤站起来，看着进来的两个陌生人，疑惑地问："两位找我有何贵干？"

"我叫冯纵川。周先生，冯家药号跟你无冤无仇，你为什么要一次次害我们？别以为没有证据我们不敢把你怎么样，大家都是生意人，你非要搞个你死我活也行，那就试试。"冯纵川开门见山，直截了当。

伊藤和林长谷都很意外，没想到冯家人会主动上门来警告。这时，跟在冯纵川身后的苏木惊叫起来："是你，是你偷了我们的行李单。小少爷，就是他在船上偷了我们的行李单，他就是那个货郎客。"

林长谷见是苏木，一惊，还没开口否认，冯纵川的目光从两人脸上扫过，哪还有什么不明白的？什么货郎客，分明就是一伙的，搞不好就是幕后主使。冯纵川当即上前，一把揪住林长谷的衣服说："走，跟我去警察厅说清楚。"

伊藤怎么可能会让冯纵川带走林长谷，连忙去阻拦。一场混战开始了，冯纵川毫不客气挥拳打去，苏木也恨眼前这个害人精，两个年轻人热血上头，顾不了太多。伊藤尖叫，很快手下就拥了进来，冯纵川和苏木寡不敌众，落了下风。已被打得鼻青脸肿的冯纵川挥舞着双拳，大吼一声："来啊，老子今天跟你们拼了。"

见冯纵川摆出一副拼命的样子，林长谷反倒冷静下来，若真把冯家小少爷打死在这里，他们恐怕要吃不了兜着走。再说，他们到底还是心虚，便当即让大家住手。伊藤同样反应过来，冯纵川今天过来，若在他这里有个三长两短，警察肯定要找上门。他的很多事不能查，一查就要露馅，不能因小失大，不然就得不偿失。

"冯先生，我想你是误会了，请坐请坐，喝杯茶消消气。"伊藤能屈能伸，他半边脸也挨了苏木一拳，有些肿。

冯纵川的眼里喷着怒火，在林长谷和伊藤脸上来回盯着，恨不得把他们都送进警察厅。可他知道，对方人多，若继续动手，他和苏木定要吃大亏，但就算现在撤，气势也不能输，厉声说："我今天把话放在这里，如果你们再对冯家动手，我冯家绝不客气，不要当我们是软柿子可以随便捏。"说完，和苏木一起扬长而去。

走出日甬贸易行，冯纵川才咧着嘴，骂了一句："娘的，痛死我了。苏木，你还好吧？"

苏木这会儿有些害怕，颤抖着声音说："小少爷，我现在浑身骨头痛。"

两个人相互搀扶着回药号。

林长谷和伊藤看着被砸得一塌糊涂的办公室，心情很复杂。这冯家小少爷看起来挺单薄，打起架来居然这么厉害，出乎意料。

"现在大势对我们不利，先这样，我去休息一下。"林长谷拍拍伊藤的肩，暗骂冯纵川恶劣，打人专打脸。这样子，他明天怎么回上海？

"你快去上点药，那小子狠。"伊藤说。这办公室得马上叫人来收拾，中国人讲君子报仇十年不晚，这顿打，以后总会有机会讨回来。

冯纵川和苏木回到药号，大家看到他俩这样子吓了一跳。冯纵川说在周星魁办公室遇到那个货郎客，现在可以肯定他们就是一伙，他回去查那个货郎客的真实身份。沈世荣给两人仔细检查了一番，还好，只是皮外伤。冯纵川打了这一架后，心情就舒畅多了，第二天和王律师一起回上海。

在一个秋风秋雨愁煞人的深秋夜晚，冯五洲从睡梦中醒来，叫小厮把冯正道和冯正义叫来，他有很重要的话要说。小厮赶紧出去叫人，冯正道和冯正义晚饭后一直在中兴屋陪着老爷子，见他睡着了才离开。这会儿两人刚入睡，听小厮在外面喊，立马起床，急急赶过去。

进屋，冯五洲看到两个儿子来了，让小厮去打盆热水来，他要洗脸擦身。冯正道和冯正义一听老阿爸的话，明白这恐怕就是回光返照了。热水打来，冯正道叫小厮去请叶上秋。叶上秋很快就过来了，冯正道在门口低声吩咐，让大家晚上都警醒点，怕一会儿就有事。叶上秋忙去做准备。屋里，冯正义给老爷子洗脸擦身，又听他的话把寿衣拿来，帮他穿上。等收拾好，冯五洲很精神地靠在床背上，让两个儿子坐下，他有话要说。冯正道和冯正义乖乖坐好，四只眼睛盯着老父亲。

冯五洲说："我就要走了，你们不用难过，能活到这个岁数，已经足够长寿。我走后，你们两兄弟好好守着冯家药号，纵川若喜欢，以后交给他。他如果没兴趣，就请人管理，只是这人要选好。还有，一定要低调做人，踏实做事。"说完，冯五洲似乎把力气都花完了。

冯正义赶紧扶他躺下："阿爸，你好好休息，晚上我和大哥守着你。"

冯五洲答应了一声，兄弟俩就这样坐在床边的椅子上。冯正义时不时站起来，把手指伸到冯五洲的鼻子下探呼吸。

到下半夜，只听到窗外秋雨声越发急促。兄弟俩睡意朦胧中忽听到冯五洲的喉咙发出很大的"呼噜"声，似乎喘不过气来。两人猛地惊醒过来，清晰地听到"咽气"的声音。再探，冯五洲已没了呼吸，闭着眼睛，神态安详地躺在那里。

"阿爸。"兄弟俩跪在地上，磕头。

没多久，冯宅各房的灯亮了起来，所有睡下的家仆被叫醒。童香芸把自己封闭在小佛堂许久，但公公去世，作为长房长媳的她不可能躲起来，她换上一身黑色衣裙，和乐如眉一起开始忙碌。

冯宅，再一次挂白。

冯五洲是冯家老太爷，他的丧事冯正道想低调也低调不了，况且两兄弟也不愿阿爸身后事冷冷清清。正因为有沈世荣之前的提醒，各项准备工作都比较充分，整个冯宅忙而不乱。

一个很大的灵棚搭了起来，外面竖起了孝帏、孝幛。考虑到的人可能会比较多，除了主棚外，冯正道又叫人搭了几个小棚，既可以上祭，又能让宾客有个休息吃饭的地方。冯正义见人手不够，又从药号临时调了几个伙计过来帮忙。报丧信一一送出，路远的拍电报告知。

冯纵川、秦芃和冯安富是第二天早上到的宁波。没能见阿爷最后一面，冯纵川很难过。他匆匆换上孝服，跪到灵前磕了三个响头。哽咽着说："孙儿不孝来晚一步，请阿爷原谅。"

冯五洲生前人缘很好，他去世的消息传出后，前来吊唁的人络绎不绝，冯家的亲朋好友、药号的合作伙伴等纷纷登门。路远不能来的，像乐如眉远在京师的娘家人，就拍来了哀电。来吊唁的人见童香芸瘦得脸上没有一点肉，心有戚戚，失子之痛，非亲历不能体会。

第三天，童香芸的弟弟童光耀代表他阿爸从南京赶来参加丧礼，看到姐姐这副模样，很心痛："阿姐，你一定要多保重身体，有时间和姐夫来南京，阿爸年纪大了，很想你们。"

童香芸已有很多年没见弟弟，自嫁进冯家，她没去探望过阿爸几次。只是现在她这个样子，实在没有勇气去见老父亲。张了张嘴，她带着几分心虚说道："阿姐知道了。"

晚上，冯正道、冯正义和冯纵川在灵棚守夜，棺材头部的那盏油灯万万不能灭，得盯着。冯五洲那根剪下的辫子，冯正义遵嘱在大殓时放进了棺材，让老爷子带走。沈世荣带了参片过来，一人一小包，让他们累了就在嘴里含一片。没有人说话，所有人都沉默着坐在那里。

灵棚外，淅沥的雨声不断。

到了出殡日，连续下了多日的秋雨终于停了。冯家的孝子贤孙们穿粗麻衣、草鞋，腰系草绳，持孝杖棍，众亲友早早就站在灵棚两旁。

当棺柩抬至大门口，殇夫在棺上绑好"龙杠"，冯正道和冯正义跪在棺前，众亲友再次向棺柩磕头，冯正道和冯正义回谢。等礼毕，即"起程"。四个年轻力壮的殇夫将棺柩抬起，冯正道双膝跪倒，头顶孝盆，灵柩开始移动，冯正道遂将丧盆摔碎。

这时，哀乐齐鸣，人群中哭声一片。最前面，纸幡、纸人、纸马引路，吹鼓手紧跟。冯纵川扛着"柳魂枝"，紧跟他的是撒纸钱的人。冯正道在棺头领棺，冯正义捧着牌位，后面是棺柩，以及浩浩荡荡的送葬队伍。

一路吹打，队伍来到冯家墓园早已为老太爷做好的寿坟前。等所有仪式完成，孝子孝孙们把草鞋、孝棍、花圈、丧幡等丢在坟地上，离开墓园。牌位依然带回来，放家里供奉。

冯五洲的丧事一共办了七天。这一周熬下来，冯正道和冯正义肉眼可见消瘦了，更不用说童香芸，她走路都踉跄，连一向身体很好的乐如眉都累得直不起腰。

丧礼虽结束，但童香芸和乐如眉的事还没有完。宁波人对去世亲人有"做七"习俗，每隔七天要做祭奠羹饭，以头七、五七、七七为大七。等冯五洲的七七做完，又到了冯纵山的周年，童香芸大哭了一场，再也撑不住，病倒在床。

冯正道把沈世荣请来，童香芸一副副汤药喝下去，仔细调养，才慢慢恢复精神。只是童香芸这一年心情太过抑郁，再加上前些年因冯纵山失踪伤过元气，再怎么养，这身体总归差了很多，人变得更加淡漠。

北风再一次呼啸大地，日历翻到了1917年。

第二十九章
十五年后

1931年夏，清晨。

上海冯公馆除了院子里的几棵树越发高大茂盛外，似乎没有太大变化。人到中年的冯纵川早已褪去青涩，他站在二楼的阳台上，看着满园绿意，脑海里闪过的却是那个远去的冬日午夜，两个在空无一人的街头奔跑的身影。

"阿哥，你在那边一切都好吧？我想你了。"冯纵川仰起头，看干净得似乎没有一丝杂质的天空。虽然阿哥已离开十多年，但在他心里，阿哥一直都在，"阿哥，你知道吗？这些年，这个国家发生了很多事，我和身边的朋友也都各有经历，如果你在就好了。"

冯纵川的思绪飘得很远，他有太多的话想跟阿哥讲。他要告诉阿哥，三十岁那年，他成家了。没有遇到自己喜欢的姑娘，娶谁对他来说没多大区别，后来遵从父母的旨意，娶了张东财叔叔家的侄女，比他小八岁的张蔓菁，先后生了一儿一女，算是完成了传宗接代的任务。妻子性格温和，夫妻相敬如宾，不说感情有多深，总归有一份亲情在。阿爹过完六十岁生辰，他就正式接管了冯家药号，成为新一代掌门人，只不过他把发展重点放在了上海。五年前，在上海又开了一家规模更大的分店，秦艽是他最好的搭档。宁波那边正式聘常山为经理，杜若和川朴则成为常山的左臂右膀，将离和明石已成为优秀的采购员，常

357

年在外奔波。

　　"阿哥，阿爹和阿叔在家待不住，三天两头进城，他们喜欢跟沈叔喝茶聊天。沈叔仍在药号当医师，医术比过去更为精湛，每天来找他看病的人很多。遗憾的是，阿姆走得太早了，她还没来得及看到孙儿出生就永远闭上了眼睛。沈叔说，这跟阿姆长期郁郁寡欢有关。我想，她一定是太想你了，才会迫不及待抛下我们离开。阿爷是在你走的第二年深秋走的，那个晚上下着淅沥的秋雨。你放心，阿爹和阿叔的身体还不错，都是沈叔的功劳。

　　"对了，阿哥，你还记得方卓越吗？他的化工社生产的产品以质优价廉赢得了广大消费者的喜爱，成为国货抗衡洋货的代表之一。还有有志哥，华英药房在他手中业务遍布全国，生意越做越大。他们比我能干多了，我很服气。那位叶家少爷你还有印象吗？他现在开了一家新叶家药店，虽然是家小药店，却是新的开始。姜强和石耳在方卓越那里工作，早已是化工社的技术骨干。他们还找了化工社的女工结了婚，我没啥好送，就各封了一只大红包给他们。

　　"阿哥，都说人心易变，不过我很庆幸身边一直有这几位至交好友。我想大概是因为我们都有一个共同点，那就是爱国。阿哥，我从未忘记你的信仰，我的好友们也一样。我们是商人，那就用商人的方式来支持那些为了这个国家的未来出生入死的人。阿哥，我相信，你听了一定很高兴。

　　"阿哥，你知道吗？曾一次次在暗中对我们下手的那个幕后主使名叫林长谷，是日沪贸易行的经理，此人居然还披了一张'慈善企业家'的皮。我一直没找到他为什么要针对我们的真正原因，或许他的背后还有人，那个人才是真正的主使。可惜弟弟能力太差，没有查到。这些年，我盯着日沪贸易行，开始有计划地反击：暗中抢他们生意，拦截他们药材的进货渠道，也算是一种警告。从那以后，他们果然老实多了，原来也不过是欺软怕硬的家伙。"

晨风吹过来，拂过冯纵川的脸颊，似身在天上的冯纵山的回答。

想到今天还有事，冯纵川收拾心绪，下楼去吃早餐。昨天妻子带着两个孩子回宁波替他尽孝去了，这也是出于安全考虑。他有一种直觉，上海的平静即将打破。孩子还小，万一有什么事，他赌不起。

餐厅里静悄悄的，没有人，这几年冯公馆又招了几个家佣，对石韦和木香，他最初是打算送他们回宁波养老或与石耳一家过。可老两口不放心新招的人，一定要留下来帮他守着冯公馆，等确定那些人靠得住，他们再离开。他去找石耳商量，石耳表示听父母的，他只好同意。从感情上来说，相伴多年，他们之间早已变成了亲人。

喝了一杯牛奶，吃了几片面包，冯纵川开始翻看最新的报纸。前几日日本人在吉林长春开枪射击我国同胞，挑拨中朝关系，制造了"万宝山惨案"，上海市商会召开了由各界人士参加的五百余人的反日援侨大会，决议成立"反日援侨委员会"，由赫赫有名的虞先生担任主席，目的就是反日和抵制日货，项有志是委员会成员之一。那天，冯纵川和方卓越过去参加了大会。他不会忘记，在他十七岁那年的冬季，冯家药号深受重创，后来又发生了一起起事件，无论是宁波还是上海，背后都有日本人的影子。对反日活动，他一向积极参与，不仅仅因为有私怨在里面，更因为日本人那越来越不掩饰的阴谋。

抬起腕上的手表，见时间差不多，冯纵川放下报纸，走到院子里。司机冯伟已等在那里，看到他，上前招呼，"冯叔，现在出发吗？"

冯纵川点了一下头，冯伟拉开车门，冯纵川上车。冯伟是个二十一岁的年轻人，来自冯家旁枝，十七岁到上海跟着冯纵川。当时他给冯伟两个选择：一个是去药号做店员；第二是学车，当冯公馆的专职司机。冯伟毫不犹豫地选择了当司机，现在开车技术越来越好，平时除了开车，还帮他跑跑腿，做些事情。

"去方经理那儿。"

"是，冯叔。"

汽车朝方卓越的化工社开去，虽说当年投入的股份后来因化工社改组退了出来，但这丝毫不影响他跟方卓越的私交，平时化工社有什么事，方卓越依然喜欢找他和项有志商量。

冯纵川走进方卓越办公室，项有志已经在了。今天他们要商量的事宜，是如何配合反日援朝委员会倡议的抵制日货运动。

对抵制日货，方卓越的心情有些复杂。在五四运动爆发前，化工社虽然生产出了不少替代日货的产品，但销量不大，化工社的日子并不好过。五四运动之后，在用国货、抵制洋货的口号声中，化工社价廉物美的产品占据天时地利人和的优势，迅速打开销路，占领市场，化工社有了新的转机。无论是蚊香还是牙膏、肥皂等产品，都把同类的日货压得死死的，算是为国货争了一口气，同时，也让资本迅速增值，再加上家族增资，化工社更是如虎添翼。经过这些年的积累，业务范围也越来越广，在三个人中，他的生意做得最大。

冯纵川想到报上的新闻，说："要让更多的国人知晓日本人的暴行，最好能自觉养成抵制日货的习惯。"

方卓越自信地说："只要国货价廉物美，把日货挤出中国市场并非不可能。"

项有志说："一个人的力量是有限的，一定要全民发动，全民参与。"

三人商量了一上午，定下大力宣传国货，呼吁民众用国货，对部分产品让利销售，联合同业共同抵制日货的实施方案。

"九一八"事变后，上海以及全国的反日和抵制日货的热潮达到了高峰。

事变发生第二天，冯纵川在《申报》上看到了上海反日援侨委员会发表的宣言，文中称日帝国主义者："于本月十八日，派二十七联队及朝鲜二师之众向我东北进发，抢占我辽宁省地，将我北大营军队强迫缴械，又毁我兵工厂及北宁铁路等。噩耗所及令人发指。是该帝国主义者平日自称亲善之假面具，至此昭然若揭。是可忍焉，孰不可忍焉！似此侵略不已，正我国民族生死关头，我国民众当激发伟大民气，合群策群力同御外侮，末日已临其各奋起。"

与此同时，宁波旅沪同乡会也马上行动起来，召开紧急会议，共商一致对外御侮之计。随后，旅沪各地同乡团体抗日救国会成立，决定组织义勇军、筹集救国储金等。

在同一时间，上海反日援侨委员会更名为上海抗日救国会，并在公共体育场举行了抗日救国市民大会，项有志、方卓越和冯纵川等人参加了这个由全市八百余个团体代表及二十余万市民参加的大会。而在这之前，上海数万名大中小学学生举行罢课，上海各大学学生还组织起抗日救国联合会，决定推代表赴南京请愿，即时实行罢课，"至代表回沪为止"。

这一天，上海工商学界，一致休业。会场上人山人海，群情激愤，表达了对日军的愤怒和憎恶。冯纵川望着台上，抗日救国会的人正在发表言辞激昂的抗日救国宣言，他想如果阿哥还活着，一定会像台上的这个人一样，站在那里，大声疾呼，以唤醒民众的爱国热情。

大会后还举行了游行，游行队伍沿途散发反日传单，反日口号声响彻云霄。

游行队伍经过日沪贸易行门口，年已半百的林长谷面无表情地站在窗前，听着那些口号，胸中郁气一次次炸开。七月份的抵制日货对他们的影响不算特别大，但这次比之前几次要严重得多。短短几日，上海各商界和市民罢工罢市、所有商家不给日本商人提供原材料，连码头工人都团结起来，拒绝为日本船只装卸和搬运货物，迫使满载日货的船只停靠在码头无法行动。这样下去，在上海的日资企业必将遭受严重损失。他们药厂倘若进不来药材，那只能停工。药店已被砸过好几次，现在只能先关门避风头。

难道他们的好日子要到头了？不可能！如果不是上峰要求他们"蛰伏"，让他们一心一意多赚钱，像冯家药号这类，哪有机会发展得这么好？可眼下林长谷就算有再多的不甘，也只能咽下。况且他早已不是当年那个年轻冲动的他了。他有感觉，他们准备了这么多年，他忠于的天皇应该很快会对中国全面宣战。

林长谷不再去听窗外的口号声，他坐下来，给自己泡了一杯茶，慢慢品了起来。

冯纵川在游行队伍里，当他的目光落在"日沪贸易行"这几个字上时，记忆里的那些恩怨又浮了上来。他放慢脚步，对身边的方卓越和项有志说："我想去见见那个林长谷。"

方卓越和项有志早已从冯纵川这里知晓林长谷就是幕后主使，当即说："我们陪你去。"

三个人悄悄退出游行队伍，冯纵川去敲院门。林长谷今天一个人在贸易行，听到敲门声，还以为是手下回来没带钥匙，就过去开门。

院门开了，外面站着三个男人。虽然多年不见，林长谷还是认出其中一位是冯家小少爷。他很意外，开口道："怎么，冯掌门想趁机落井下石？"

冯纵川盯着林长谷眼角倒垂的眼睛说："我只想知道，你背后的人是谁？"

林长谷没想到冯纵川会问这个问题，他没接话头，顿了一下，语气复杂地说："其实一开始我们只想单纯买些你们的药方子。"

"就因为我们不愿卖药方子给你们，所以才想豪取强夺？"冯纵川讽刺道。

林长谷沉默，他当然不会说，冯家药号只不过是其中一条小鱼罢了，他们的"网"哪有这么小？想到自己的真实身份不能暴露，林长谷深吸了一口气，反问道："你想怎样？"

"欠下的债总要还，中国人不是那么好欺负的，你们好自为之。"冯纵川看着林长谷，冷冷地丢下一句话，和项有志、方卓越再次走进游行队伍。

林长谷站在院门口，望着看不到尽头的游行队伍，心里对团结起来的中国人有一种莫名的惧意。

"欠债要还吗？我也只不过是奉命行事。"林长谷苦笑着，转身回屋。

10月，上海第一支民间义勇军成立。

冯纵川带着一批药品去华英药房，项有志现在是抗日救国会委员，他代抗日救国会接收了冯纵川捐赠的药品，还带他去了药厂的操场。冯纵川见一群身穿义勇军制服的人正在训练打枪，惊讶地问："义勇军？"

"这是厂里的员工。"项有志指了指一个教官模样的男人说："他是我请来的军事教官，我让年轻员工每天下班后进行一个小时的军事操练，如果中日开战，这群年轻人随时都能拿起枪上阵杀敌。"

冯纵川看着这群生龙活虎的年轻人，感慨地说："如果我再年轻点，我就从军去。"

"你现在所做的事情一样在抗日救国。"

"尽点微薄之力。"

"中日恐怕是无法避免开战了。"

"风雨已来。"

谁也没有想到，风雨会来得这么快，这么急。

上海抗日救国运动得到全民支持，沉重打击了日本在上海的贸易以及日资企业。自9月下旬至12月中旬，日本在华轮船空停达九十万吨，损失六千四百万日元。中国沿海和长江一带日本航运业遭到很大打击，其中日清轮船公司的轮船全部停航，损失惨重。而此时日本正密谋成立伪满洲国，为了转移国际视线，逼迫中国当局进一步屈服，1932年1月28日午夜，日军突袭上海闸北，驻守上海的第十九路军在蔡廷锴、蒋光鼐的率领下奋起抵抗，史称"一·二八"事变。

淞沪战争爆发。

那天晚上，日军对我军阵地及民宅、商店狂轰滥炸。

冯纵川正准备上床休息，听到远处传来的枪炮声，心头一紧，难道最担心的事发生了？这半年，妻子多次提出要带孩子回上海，他没有同意，惹来妻子不少怨气，现在看来这决定是正确的。不知道外面情况，冯纵川心里很急，更无睡意，只能坐等天亮。

整个上海被炸醒了。

天亮后，枪炮声依然不绝于耳，冯纵川让公馆里的人都不要出去。他给秦芃打了个电话，问药号情况。秦芃说已通知今天暂停营业。

"注意安全，随时保持联系。"

"好。"

冯纵川这一天都在冯公馆。虽然不知具体战况如何，但持续不断的枪炮声在告诉他，战况肯定激烈，不知道这次又有多少无辜之人送了性命。

日军连续的四次总攻均遭到中国军队的顽强抗击，最终均告失败，死伤逾万。日军进攻受挫，29日下午，英、美领事出面调停，中日两军达成在29日夜20时停止战斗的协定。短暂的停战，给了上海民众逃离的机会，跟宁波有沾亲带故关系的人，都先跑回宁波再说，上海开往宁波的轮船爆满。

30日晚上，方卓越给冯纵川打来电话，"我今天想找有志哥买一批他们生产的军需药品捐出去，经理办的人跟我说他失踪了。我打听了下，原来是昨天傍晚有一辆满载日军伤兵的军车在华英药房其中一家分店附近遭到了枪弹袭击，然后一群日军和便衣人员闯入店里搜查，结果被他们发现了义勇军制服。以此为借口，日军把留守的十多名店员全抓走了。那些店员的家属得知消息后去找有志哥，请他想办法去营救，他当即去了分店，只是进不去，那路段已戒严，店周围全是日军。今天下午他又过去，就再也没有回来，估计凶多吉少。"电话里，方卓越声音很低沉。

"怎么会这样？"冯纵川心里的不安越发加重。这个时候项有志若落到日军手中，几乎不可能脱身，况且他还有抗日救国委员会委员这个身份。

"我们帮着一起呼吁营救，不管有没有用，总要尽点力。"方卓越说。

"夜长梦多，明天就开始行动。"

"好。"

刚放下电话，铃声又响了。冯正道看到了报纸，不放心，打电话过来，让冯纵川回宁波避战火。冯纵川哪会在这个时候离开，他说："阿爹放心，今天没打，如果形势不对，我会及时离开。你转告蔓菁，让她娘仁好好待在宁波，不要东想西想，等哪天安全了我会过去接。"

冯正道知小儿子不会听他的，只好说："那你自己小心。"

"我会小心，阿爹。"

想了想，冯正道还是把儿媳妇叫过来，转告了冯纵川的话。张蔓菁之前怀疑丈夫是不是在外面有了人，才不准她和一双儿女回上海，现在明白过来，丈夫是真为她们的安全着想。"阿爹，那纵川留在上海是不是太危险了？"

"他心里有数，你和两个孩子就安安心心在这里等他，去吧。"冯正道说。

"是，媳妇告退。"

张蔓菁回东兴屋，六岁的儿子冯天翼、三岁的女儿冯天羽已上床睡觉。盯着儿女稚嫩的小脸，她暗暗祈祷丈夫一切平安。

西兴屋里，冯正义和乐如眉也在说上海战事，三个女儿已出嫁，现在冯宅比过去冷清多了，当张蔓菁带着一双儿女回宁波小住，他们都很高兴。没想到这一住半年，冯正义现在才知冯纵川葫芦里卖的什么药。

"你说这仗会不会打到宁波来？"乐如眉发起愁来，真打过来的话还能躲哪里去？

"难说，家里还是早做些准备，以防万一。"冯正义不敢乐观，毕竟宁波离上海这么近。

"唉，想过几天太平日子真不容易。"

"别多想了，走一步看一步，睡吧。"

夜深了，动荡不安的夜色里，又有多少人能安然入眠？

2月3日，日本增兵后再次向闸北、八字桥等地的中国守军发起总攻，战火又起。而项有志和他的员工，还来不及等亲友们想出营救的办法，已被日军残忍杀害。当冯纵川和方卓越从叶家驹那里确认这个消息后，悲痛不已，胸腔里是无法抑制的怒火。

"不能就这样算了！"两个人从彼此的眼睛里看到了抗日的决心。他们深知个体的力量有限，于是并肩更积极地配合宁波旅沪同乡会做好抗日后援活动。

见好几位同乡为了支持孤军抗敌的第十九路军，纷纷开办伤兵医院，方卓越马上在自己厂里腾出一间库房，又请来医生，准备药品，接收救治伤兵。冯纵川则免费为伤兵医院提供了一批药品，另调整药厂产品结构，重点生产军需药品。叶家驹也送来自家药店在销售的几种西药。

为支援前线，仅宁波旅沪同乡会就募集到了大量钱款及药品、衣物、食品、洋烛等。同时，宁波旅沪同乡会联合四明公所还设了难民收容所，开办临时医院，收容救治难民九千余名。同乡会又出资加添沪甬班轮，疏散宁波籍同乡回甬达四万余人，其中免费运送万余名。

参与这些事件，对冯纵川来说，犹如一场精神的洗礼。他看到了团结，也看到了这个民族的希望。

淞沪抗战一直打到3月初，国联决议中日双方下令停战。24日，在英领署举行正式停战会议。5月5日，《中日停战协定》在上海签订，但一直到7月中旬，日军才全部撤出公共租界和虹口越界筑路以外的地区。

方卓越的伤兵医院在最后一名伤兵治愈后，顺势关闭，恢复原来的库房模样。

冯纵川请方卓越和叶家驹到冯公馆来一聚。他这次没有在客厅接待他们，而是在书房，这里私密性更好，可以畅所欲言。

冯纵川边给两位好友倒茶，边说："现在的上海又跟'一·二八'之前一样，天天歌舞升平，可我这心里总是不踏实，怕有更大规模的战争在后面。"

方卓越端起茶杯，喝了一口茶水，说："这个可能性百分之九十，就是不知道他们什么时候动手。"

"如果我现在只有二十多岁，我真的会从军去，跟日本人真刀真枪干一场。"自从项有志被日军杀害后，叶家驹现在看到日本人就恨不得手里有把枪："有志哥这么有能力，满腔的爱国热血，却死得不明不白，可恨我没有本事替他报仇。"

"家仇国恨，我们不能轻易忘记。"方卓越一个字一个字地说出来，字字有力量。

"是的，家仇国恨。我今天跟两位好兄弟说说心里话。你们看，去年'九一八'后，我们普通民众倒是群情激昂，可南京政府却来个不抵抗政策，让日军在东北称王称霸，随心所欲。据说这次打上海，日军扬言'三小时占领闸北'，'十二小时搞定上海'，倘若没有第十九路军和第五军将士的誓死反击，还真不敢想象最终结果会是个什么样。这次日方虽然接受了国际调停，但可以肯定，他们绝不会就此罢休。如果后面有更大规模的战争发生而南京政府依然不抵抗，我们又该怎么办？说实话，我对这政府很失望。有时候想想，如果我哥还活着，看到他追随的组织变成这样，你们说，他会后悔自己的选择吗？"冯纵川盯着两位好友问道。

方卓越说："我想纵山大哥不会后悔，因为他对他的信仰无愧于心，至于后来的变化，跟他已没有任何关系。阿川，政党之争太复杂，我们爱这个国家，做个坚定的爱国者就好。"

叶家驹表态道："我没什么本事，但什么事该做，什么事不该做，我心里还是有数。"

冯纵川听了两位好友的话，不再纠结冯纵山会不会后悔这个无谓的问题。"九一八"事变一周年纪念日马上要到了，他们想商量一下做点什么事。想到在抗日、抵制日货上，在沪的宁波商人没有一个置身事外，哪怕屡次遭受驻沪日军的挑衅和恐吓，也不畏惧。可恨的是"一·二八"事变之后，国民党当局严厉压制抗日活动，日本人趁机报复，日货如潮水般在上海滩倾销。偏国人健忘者有之，贪图便宜者有之，这又对国货造成了很大的冲击，对此，方卓越特别生气。

"我想组织一场国货联展，继续宣传国货，不能让好不容易占领的市场又被日货给夺去。其实这一年我一直想办一家国货公司，一个厂家设一个专柜，既是宣传，也让民众看看我们国货并不比洋货差。"方卓越说了自己的心愿，也是下一步计划。

冯纵川一听，很赞同："办国货公司这个主意好，而且很具有操作性。"

叶家驹也觉得挺好："我都开始期待了。"

"星星之火可以燎原，我相信，只要第一家国货公司办起来，以后一定会有越来越多的国货公司成立，全中国都联合一起推销国货，用国货，我们还怕什么洋货？"这是方卓越的理想，他相信这个理想总有一天可以实现。

冯纵川和叶家驹被方卓越的情怀深深折服，三个人击掌为誓，共同努力。送走方卓越和叶家驹，冯纵川收拾了一下，准备回宁波。

当冯纵川敲开冯宅大门，已是新的一天。

自从冯薇薇三姐妹出嫁后，冯正道做主，冯宅只留下两个小厮、两个女佣，两个专门负责厨房的人，再加上叶上秋，其他家佣都被他遣散了。这一年，有孙子、孙女陪伴在身边，冯正道的心情好了许多。倘若不是担心上海的战事，他会更开心。这会儿冯正道和冯正义刚吃好早餐，准备晚点进城去，见冯纵川提着包进来，两位老人悬着的心终于放了下来。

三个人坐在一起，冯正道问冯纵川上海的情况，虽然报纸每天看，但纸上写的跟实际总有差别。冯纵川把大概情况说了一遍。他提到了项有志的事，冯正道和冯正义听了都很难过。冯正道不由自主又想到了大儿子，想起那位陌生的年轻人说过的话："他的生命是有价值的。"

"他的生命是有价值的。"冯正道语重心长地说。

"是的，他的生命是有价值的。"冯纵川从阿爸的这句话里，想到了阿哥，"阿爹、阿叔，只是很多时候，我总觉得南京政府像一个头上长疮毒，眼睛又有疾的病人。这次战事，如果南京政府能态度强硬地反击，又会是另一种局面，至少我们这边不会死伤这么严重。唉，也不知道这个国家何时才能真正清明，让老百姓过上安定的日子。"

"纵川，中药里有两味药，一味叫雪见，是种野草，量大，价格便宜，可治疮毒；另一味是空青，治眼疾极好，只是此药材比较稀有。只要有药，不怕有病，哪怕病入膏肓，若能对症，治总比不治好。实在治不好，置之死地而后生。"冯正义对着冯纵川说，一脸的意味深长。

冯纵川细细品味冯正义说的话，恍然大悟："阿叔，你是一语惊醒我这个梦中人。"

正聊着，张蔓菁带着一双儿女过来请安，发现丈夫在这里，又惊又喜。冯纵川故意没有提前打电话告知，就是想给家人一个惊喜。他的目光落在妻子脸上，细眉细眼，偏有一张圆润的脸，给人第一印象是不带攻击性。父母当初会选她，是说她很有福相，能旺夫，性格又好。现在看看，还不错。他微笑着说："我来接你们回上海。"

"好。"张蔓菁跟冯纵川生活了这些年，知他的心思不在儿女情长上。而她对他也是敬多于爱。不过此刻，她看他的眼神里多了一点别的东西，或许是因为战争吧，她想。

"爸爸，爸爸！"两个孩子看到父亲，兴奋地扑了上来，一人抱住一条大腿，仰着可爱的小脸，晶亮的眼睛盯着冯纵川。

冯纵川弯下腰，抱起女儿，又摸了摸儿子的头："长高了。"

冯正道笑眯眯地看着一家四口。他想，不管这世道如何，只要人

370

活着就有希望。哪怕他等不到，还有儿子。如果儿子没等到，那就让孙子继续努力。他坚信，总有一天，会有一个不一样的新世界。

"爷爷，太阳公公今天会出来吗?"冯天翼跑过来，偎依在冯正道怀里，一脸依赖。

"乖孙孙，爷爷带你去找太阳公公。"

"爸爸、姆妈、妹妹，我们一起跟着爷爷去找太阳公公。小爷爷，你跟我们一起玩，还要叫上小奶奶和叶爷爷。"

"好好，小爷爷去叫小奶奶和叶爷爷，我们一起玩。"

寂静的深宅大院里，传来孩子们清脆的笑声，似一束光，刺穿乌云密布的天空。

2023年8月8日完稿于大理
11月1日定稿于宁波